INK

INK INK INK INK INK INK IN
K INK INK INK INK INK INK
INK INK INK INK INK INK IN
K INK INK INK INK INK INK
INK INK INK INK INK INK IN
K INK INK INK INK INK INK
INK INK INK INK INK INK IN
K INK INK INK INK INK INK
INK INK INK INK INK INK IN
K INK INK INK INK INK INK
INK INK INK INK INK INK IN
K INK INK INK INK INK INK
INK INK INK INK INK INK IN
K INK INK INK INK INK INK
INK INK INK INK INK INK IN
K INK INK INK INK INK INK
INK INK INK INK INK INK IN
K INK INK INK INK INK INK
INK INK INK INK INK INK IN
K INK INK INK INK INK INK
INK INK INK INK INK INK IN
K INK INK INK INK INK INK
INK INK INK INK INK INK IN
K INK INK INK INK INK INK

INK

文學叢書

141

老憨大傳

郭楓◎著

目次

序

許達然

我不說：「我將描寫自己。」而說：「我正在寫一個文本。」

——巴特爾①

我們可說這個世界是創作文本的世界，反映在文本裡的現實，作者、讀者……都參與文本裡表述的世界的創作。

——巴赫金②

我漸漸明白每個偉大的哲學迄今都是作者個人的自白，和一種非自願的，無意識的傳記。

——尼　采③

郭楓的《老憨大傳》是反思時代情境、社會生活，以及個人和群體經驗的「史詩的小說」和歷史論述。

「史詩的小說」是個人擁抱時代、民族、社會、歷史，融合個人和群體的傳記。在盧卡契看來，近代「小說是被神所遺棄的世界的史詩。」④它要「揭露并建構生活隱匿的全面。」⑤它的主角是「從外在世界疏離的產物。」因此，它的主題「不是個人的命運而是共同體的命運。」⑥郭楓這本史詩小說，顯現一九三〇～一九四九年中國國民黨政府所背棄的人民和社會的全面。在那被統治者遺棄的情境裡，主角——疏離的年輕知識分子跟民族共同體的命運緊密結合在一起。

在《老憨大傳》史詩小說，生活全面的內容是作者個人和群體存在的反思和反諷。對盧卡契「反思的需要是每個偉大和眞正的小說家最深沉的憂鬱。」[7]對郭楓，憂鬱是由於對個己和人民存在的反思。在個人的存在方面，他跟羅素一樣，表達三種熱情：對愛的渴望、對知識的追求，及對人受苦的憐憫。[8]由於對人受苦的憐憫，「老憨」介入人間情事。人間情事，對哲學家阿德蓮，無非「人間關係之網」；[9]對「老憨」則是他和人民的互動關係。他在人間全面的內容裡，站在人民立場上，反思跟他們互動的人間情事。他呼應沙特：「人是有意指的存在，爲自己，也爲別人。」[10]無論如何，這史詩小說裡人間全面的內容標示，只有也爲別人存在，個人的存在才有意義。畢竟，人，都活在社會和歷史裡。「老憨」顯然也和哲學家雅斯培那樣，有著「存在的歷史意識」，認爲每個人「自我」的存在都有著歷史性格。[11]在歷史意識下，個人爲群體存在是這部史詩人間全面內容的主軸。《老憨大傳》寫的不僅是個人的傳記，更是人民的歷史。

史詩的小說《老憨大傳》也是關於一九四〇年代世界四分之一人口的歷史論述。對特別注重論述效用的傅柯，「論述都關聯著歷史：我們承認那些被說的話來自過去，它們被別人傳續，反對，影響，代替，釀成，並且累積。」[12]郭楓對掌握論述的當權者沒有興趣，他毋寧要追究那些被說的。至於「別人」，傅柯問：「什麼是歷史的來源？來至庶民。歷史向誰表述？向庶民。」[13]在《老憨大傳》，歷史論述的主體是人民，主題是人民的歷史。

在史詩小說《老憨大傳》，郭楓把文學和歷史融合在一起。而不管是文學還是歷史，都需要敘述。主張歷史是敘事的法國哲學家利克爾強調：「歷史的開始和結束都是故事的敘說；歷史的可理解性與連貫性都靠這述說。」[14]而在可理解和有連貫性的歷史或歷史論述裡，利克爾認爲：「在敘述和事情的演變之間，不是複製、重疊、相等的關係，而是隱喻的關係。」[15]郭楓在《老憨大傳》，精巧的用講故事的方式，以隱喻的關係表現歷史論述裡事情的演變，使歷史不但有連貫性，還讓讀者可以理解在動盪時代，人民橫遭扭曲的生活。

歷史論述也是歷史解釋。再怎樣論述，重要的還在於解釋。對尼采，「世界的價值在於我們的解釋。」[16]不僅是世界，歷史的價值也在於我們的解釋。論述再怎樣根據客觀的情境，都難免是主觀的解釋。哲學家波普爾認爲：「不能有『像眞的發生的』歷史；只能有歷史解釋；沒有任何歷史解釋是最後的；每個世代都有權力去架構其解釋。」[17]儘管沒有決定性的最後解釋，但郭楓在隱喻的解釋裡，總堅持理性的思考。對詩人奧登，「不用理性思考的／在行動裡毀滅／那些不行動的／以那理由毀滅。」[18]不僅在隱喻裡，也從經驗，郭楓反諷歷史裡無理的統治者行動的結局，以及理性但不行動的被統治者的遭遇。

在這本史詩小說和歷史論述裡，經驗是郭楓融入現實並要解釋的根據。關於經驗，尼采反諷：「從存在所收穫的最大成果和愉悅之祕密，是危險的生活。」[19]郭楓和人民在一九四〇年代危險的生活經驗，是他們共同要解釋的歷史和文學。文學，在研究詮釋學的美國學者帕默爾看來，「不是概念化的知識，而是經驗。」[20]而經驗，對神學家狄里克，「所有存在主義哲學家都同意個人直接經驗的歷史性格。」[21]這有歷史性格的存在經驗，德國哲學家迪爾泰尤其注重，因此「我們所經驗和理解的是人生，（那使）我們擁抱人類的脈絡。」[22]無論如何，人生經驗使《老憨大傳》史詩小說和歷史論述成爲擁抱人類的原始文本。郭楓如同那位擁抱苦難人民的德國詩人劇作家布萊希特：「我僅向你說／一如現實本身／……雖然我看到的現實你似乎不認識。」[23]即使如此，郭楓在經驗豐足的七十歲之後寫的《老憨大傳》，卻使我們認識了要解構的德希達：「眞實居住在虛構（小說）裡。」㉔總之，郭楓在這本大傳裡，隱喻了個人和群體經驗的歷史，讓眞實住在反映現實的小說裡。

「現在是開始不是結束。」㉕美國詩人史迪芬斯點出了小說和歷史的事實。事實是，郭楓深愛住了五十多年的台灣以及有互動的人民，他用詩和散文寫了不少台灣的現實。我們期待他也把台灣的現實寫進小說裡。維根斯坦曾經承認：「我的作品包含兩部分：在這裡的以及我還沒寫的。」㉖沙特更感慨：「我最好的書是我還沒寫的，我計畫寫的，我可能永不寫的。」㉗無論如何，我相信，奉獻於創作的郭楓，將會寫出台灣的老憨以及老憨的台灣史詩小說和歷史論述——更精采的《老憨大傳》！

①Roland Barthes, *Roland Barthes*, trans. Richard Howard (New York: Hill and Wang, 1977), p. 56.

②Mikhail M. Bakhtin, "Forms of Time and of the Chronotope in the Novel", *The Dialogic Imagination,* ed. Michael Holquist and trans. Caryl Emerson and Michael Holquist (Austin: University of Texas Press, 1981), p. 253.

③Friedrich Nietzsche, "On the Prejudice of Philosophers", *Beyond Good and Evil*, trans. Walter Kaufmann (New York: Vintage Books, 1966), section 6, p. 13.

④Georg Lukács, "The Historico-philosophical Conditioning of the Novel and Its Significance", *The Theory of the Novel,* trans. Anna Bostock (Cambridge: The MIT Press, 1971), p. 88.

⑤Lukács, "The Epic and the Novel", ibid., p. 60.

⑥Ibid., p. 66.

⑦Lukács, "The Historico-philosophical Conditioning of the Novel and Its Significance", p. 85.

⑧Bertrand Russell, "Prologue", *The Autobiography of Bertrand Russell* (New York: Bantam Books, 1968), pp. 3-4.

⑨Hannah Arendt, "Action", *The Human Condition* (Chicago: The University of Chicago Press, 1958), pp. 183-184.

⑩Jean-Paul Sartre, *Search for a Method,* trans. Hazel E. Barnes (New York: Vintage Books, 1963), p. 152.

⑪Karl Jaspers, *Philosophy,* trans. E. B. Ashton (Chicago: The University of Chicago Press, 1970), vol. 2, pp. 17, 104-105.

⑫Michel Foucault, "On the Ways of Writing History", *Aesthetics, Method, and Epistemology. Essential Works of Foucault, 1954-1984. Volume 2,* ed. James D. Faubion and trans. Robert Hurley, et al. (New York: The New Press, 1998), p. 292.

⑬Michel Foucault, "Nietzsche, Genealogy, History", *Language, Counter-Memory, Practice: Selected Essays and*

Interviews, trans. Donald F. Bouchard and Sherry Simon (Ithaca: Cornell University Press, 1977), p. 158.

⑭Paul Ricoeur, "Dialogues with Paul Ricoeur: The Creativity of Language and Myth as the Bearer of Possible Worlds", in Richard Kearney, *Dialogues with Contemporary Continental Thinkers: Phenomenological Heritage* (Manchester: Manchester University Press, 1984), p. 20.

⑮Paul Ricoeur, *Time and Narrative*, trans. Kathleen McLaughlin Blamey and David Pellauer (Chicago: The University of Chicago Press, 1988), vol. 3, p. 154.

⑯Friedrich Nietzsche, "Book Three: Principles of a New Evaluation", *The Will to Power, trans.* Walter Kaufmann and R. J. Hollingdale (New York: Vintage Books, 1968), p. 330.

⑰Karl R. Popper, "Has History Any Meaning?", *The Open Society and Its Enemies, Volume II: The High Tide of Prophecy: Hegel, Marx, and the Aftermath* (New York and Evanston: Harper Torchbooks, 1963), p. 268.

⑱W. H. Auden, "Shorts (1929-1931)", *Collected Poems*, ed. Edward Mendelson (New York: Random House, 1976), p. 56.

⑲Friedrich Nietzsche, "Book Four: St. Januarius", *The Gay Science*, trans. Josefine Nauckhoff (Cambridge: Cambridge University Press, 2001), section 283, p. 161.

⑳Richard E. Palmer, *Hermeneutics* (Evanston: Northwestern University Press, 1969), p. 252.

㉑Paul Tillich, "Existentialist Philosophy", *The Journal of the History of Ideas* 5 (1944): 62.

㉒Wilhelm Dilthey, *Pattern and Meaning in History: Thoughts on History and Society*, ed. and trans. H. P. Rickman (New York: Harper Torchbooks, 1962), p. 72; "The Construction of the Historical World in the Human Studies", *W. Dilthey: Selected Writings*, ed. and trans. H. P. Rickman (Cambridge: Cambridge University Press, 1976), pp. 177-178.

㉓ Bertolt Brecht, "From a Reader for Those Who Live in Cities", *Poems, 1913-1956,* ed. John Willett and Ralph Manheim (New York: Methuen, 1976), p. 140.

㉔ Jacques Derrida, *The Post Card: From Socrates to Freud and Beyond,* trans. Alan Bass (Chicago: The University of Chicago Press, 1987), p. 426.

㉕ Wallace Stevens, "An Ordinary Evening in New Haven", *The Collected Poems of Wallace Stevens* (New York: Alfred A. Knopf, 1976), p. 469.

㉖ Paul Engelmann, "Editor's Appendix", *Letters from Ludwig Wittgenstein, with a Memoir*, trans. L. Furtmüller (Oxford: Blackwell, 1967), p. 143.

㉗ Yiannis Stamiris, *Main Currents in Twentieth-Century Literary Criticism: A Critical Study* (Troy, New York: The Whitston Publishing Company, 1986), p. 288.

第一章

一

1

南郊賓館，園林幽深，向來是古城徐州的神祕傳說。

賓館位在徐州南郊的雲龍山北麓。雲龍山雲霞縹緲，雲龍湖煙波浩蕩，左山右湖的賓館，誰也看得出是一塊風水寶地。半仙們說得神靈活現：照風水形勢論，這塊寶地正好扼著一條龍脈的腰眼，這裡嘛，帝王豪傑、才子佳人的故事總是說不完。

憑怎麼說，古城人見得多，心裡自有分曉；改朝換代，誰上誰下，反正，江山都是他們的。就說這賓館，歷代沿革，再經前清的一位王爺擴建，佔地遼闊，圍著磚雕花墻；從磚雕空格，只見林木蒼鬱，處處泉石、亭台，點綴著半隱半現的幾座樓閣眞像畫兒的仙境。尋常百姓，站在墻外瞄幾眼，行了，沒誰會作王府尋奇的大夢。到了民國賓館變成頂級招待所，是中央大員和地方首長的享樂天堂，尋常百姓，照舊是，站在墻外瞄幾眼。汪政權時期，賓館維持國民黨的格局。解放了。共產黨的人民政府，再把「南郊賓館」定位為第一招待所，為中央領導和地方領導服務。警衛的制服換了幾回，賓館神祕依舊，開進開出的還是些黑色大轎車；尋常百姓升格爲人民了，人民，人民，在墻外瞄你的吧，要進去出來似乎還不怎麼容易。

慚愧，慚愧啊！

我：老憨、鐵牛、姓郭的，叫我哪個名字都差不多。我不是什麼，不是吃香走紅的大名人。我這回返鄉「探親」，眞想不到，竟被接待住進這座南郊賓館；不由分說，配給了特別禮遇的、高規格的、親切又周到的服務。憑什麼呢？

憑什麼呢？我想：此時是一九八七年十月二十一日，距台灣當局准許人民「探親」令只有七天，距國民黨退據台灣嚴禁兩岸同胞往來已長達三十八年；這項史無前例違背人性的管制最終被歷史浪濤衝垮，海峽兩岸新聞炒得正熱。我原先已到北京辦事，現轉來徐州，恰巧碰上中共要對台胞顯示情誼的時機和台辦要對任務展開工作的關頭；這應該是主因。或許徐州郭家還有些底兒？或許還有別的原故？

從前，三〇年代，郭家在徐州地區的歲月曾經輝煌耀眼過。那時，我的父親郭劍鳴，從廣州黃埔軍官學校第一期畢業，因爲他文筆不錯，隨即擔任蔣介石侍從室參謀，再派爲陸軍特一旅旅長。因作戰負傷，改調文職。先任徐州市睢寧縣縣長，後膺派徐州市警察局局長。母親王家，原是徐州望族，宅第在城中心鼓樓大街，巍峨精工門樓聳立在五層青石拱起的台階上，蹲踞大門兩側的一對高大石獅子還守著前清豪門大戶的尊榮。據說我的母親王淑之，當時是風靡全城會活動而又時髦的女士，加上父親的工作關係，他們建立下廣泛的人脈。

儘管是這樣，我們郭家還是道道地地的鄉下人。我們來自農村，老家是徐州城外東南方五十里靠著老黃河南沿的小店村。我祖父郭玉山是一個背對青天面向黃土的莊稼人；育有三男，大伯郭傳仁，二伯郭傳義，我的父親郭傳德。兩位伯父一直在老家種田。我父親書讀得好，到北京上大學，感受了時代風雨仰慕中山先生在東南發展革命，他改名郭劍鳴潛去廣州，投入黃埔，後來就在徐州定居。再下一代，依照族譜規定，是「繼」字輩。大伯有一子，名繼棠，是叔伯兄弟大排行的大哥。他只少我父親十歲，叔侄倆投合，情同兄弟，便改名郭幼鳴，也去北京讀大學。二伯父的兩子，年紀小得多，卻比我大好幾歲。長子名繼宣，是大排行的二哥；次子名繼宏，是三哥。我和弟弟都在徐州出生，父親給我取名少鳴，弟叫稚鳴，不用族譜輩分的「繼」字；在大排行中，我算老四，弟是老五。大伯的長女嫁到西村水口姊夫叫李敏，二伯有一女是小妹。因日本侵華使我父親和大哥喪亡，在中央敗退後無政府期間，土匪興起又殺害了我兩位伯父，全家中壯盡死，財產破散，留下一群孤兒寡婦淪落到悲慘的絕境。

我在一九四九年隨國軍遺族學校到台灣，弟弟的學校未及撤離而留在大陸，兄弟天各一方，音訊難通。直到一九八四年我擺脫國民黨的監控，邀稚鳴夫婦在香港見面，才知道他移居安徽靈璧縣，幹外貿局長，弟妹戴蘭英、大侄亞飛、二侄亞軍、三侄女亞莉，都是「革命幹部」。我平生不喜歡做官的，可弟弟或許有他的原由就去做官。哥倆講親情，各幹各的事情。這回我從北京轉來徐州，通知稚鳴夫婦帶子女在徐州會合，同回鄉下探望我們的二哥。

不知是誰的策劃，徐州市台辦熱烈地接待了我和弟弟一家。他們早派人通知郭稚鳴：「會作個隆重接待。」不問我的意見，不管三七二十一，把我放到附有大小客廳一組五間的主樓特別套房，弟弟一家也排在客樓的豪華套房；這讓我很是別扭。雖然比這更豪華的特別套房我也住過，可那是自己花錢住的。

2

歡迎晚宴設在賓館海月樓的貴賓廳。

席開四桌。

對台辦主任，殷勤地把主人一一介紹給我。人那麼多，官位和名銜那麼複雜，我既無能力，也沒有多大興趣，把他們的大名、官職、臉孔組對在一起。印象中，徐州市和銅山縣的第一把手，以及重要領導都來了，努力記住幾位首長姓什麼，已經很不容易。反正，在點頭、問好和握手之後，我結識了一大疊名片。

這種官式宴會，社會主義、資本主義，或天下什麼主義，都一樣，在席位順次安排方面，尊卑上下，階級分明，一點都馬虎不得！說來說去，也許這就是普世的公理？我們這一桌，列坐的清一色是市和縣的正副首長，可是，竟有一位低階幹部「三埔鎮長」郭品賢可以敬陪末座。這個出格的安排，顯然是爲了博取我的感情而經過領導特許的安排。另一方面，也顯示了郭品賢官場上的手段和工夫很不簡單。

致歡迎辭，是宴會的重頭戲，也是首長的專利演出。徐州市委王書記、銅山縣委錢書記兼縣長，兩位的致辭，同樣展露出訓練有素的口才，抑揚有致的聲調，搭配上動作得當的肢體語言，演說大概精彩，贏得滿堂掌聲。不過，我的肚子實在有些餓了，的確是精神不濟，沒能聽仔細全部的歡迎辭，只聽到他們都送給我兩頂帽子：台灣的著名作家、企業家。我正暗自嘀咕，他們的定義是怎麼下的？已輪到我致答謝辭了。便按照常規，囫圇了幾句感謝之類的話。簡單些，簡單些好，大家可以開席了。

開席了，整個廳堂活了。

碰杯、乾杯、划拳、賭酒，人人確乎都有一副豪飲的好酒量。滿屋徐州腔笑鬧鬥嘴，豪爽唱歌取樂，人人忽然都放縱起來。酒，眞正是一種能消除階級差異的魔方！官員們鬧酒的勢頭，比起台灣農民在廟埕辦桌時的海拚勢頭，不會遜到哪裡。

好在我們這個主桌，首長們面對遠客和下屬，總得矜持些來保持身分，因而文雅的氛圍也保持下來。除了第一杯在市委書記提議下大家乾了，隨後都是自由飲酒、自由交談。說是自由交談，一桌十個人，只有我是客，談話的對象自然集中在我身上。他們除了想知道台灣的各種變化外，大家最熱烈談論的事，就是要我來徐州投資。這件事情，王書記一再提起，並且拍胸脯保證黨和政府提供最優惠條件，各單位一定全力對投資設廠工作積極配合。我眞不明白，他們如何對我在台灣辦過的幾個小企業這麼清楚？我卻十分明白，投資設廠，除了對故鄉的回饋，必須有利潤的前景。企業有利潤，才能回饋鄉梓；沒有利潤，企業必死，還不如乾脆捐錢算了。投資，珠江三角洲、江浙等地，是熱門地區；深處蘇北的徐州，至少目前還缺少引資辦廠的多種條件。這話，心裡能想，口不能說。關於投資的話題，我只能支支吾吾地應付著，不作深談。但受到高規格接待的原由，我算弄懂了。

坐在我左首的銅山縣委書記兼縣長，忽然面向我，雙手舉杯：

「我要喊您老師，這杯是拜師酒。」一副認眞樣子。

看我一臉錯愕，他跟著敘說：

「老師，我叫錢之仁，之乎者也的之，仁義的仁。」他鄭重地再介紹自己：「我是南京大學中文系的，修習專業是古典文學。畢業快二十年了，我還是喜歡讀讀寫寫。老師，您的散文集《老家的樹》、《九月的眸光》這兩本，我都讀過。」

「噢！」

「我非常喜愛您的散文。那本《九月的眸光》寫得眞美！不過，我還是偏愛《老家的樹》裡寫咱們銅山農民的文章。咱們鄉下人的悲哀歡樂，讓老師寫活了。」

一旁的王書記，聽得大感興趣。嚷著：

「好哇！咱們的才子縣長，今天向作家前輩拜了師。這杯拜師酒，可是得乾杯。」

「這當然了。」錢縣長一仰而盡。

「老師，您請隨意。」他體貼地說。

我也高高興興地乾了。想不到這位年輕斯文的縣長，果眞竟是文學同行。

「老師，希望能請您來家坐坐，家父曾向我談起過令尊。」

「噢！」

「就我所知，台灣散文家中，咱們銅山人還有一位，曉風。」

「是的。」

「曉風，在台灣文壇上很紅吧。」

「是的。她聰明、靈活，很紅。人不一路，我和她不來往。」

錢縣長，善觀顏色，便把話題轉到明天回小店村的事上。

「郭鎭長！」他以命令的口吻，交代郭品賢：「你是咱們貴賓的本家孫子，明天可要小心辦事，照顧好我的老師。」

郭品賢，我這位不知從哪裡冒出來的「本家孫子」，三十出頭光景，五短身材，臂粗腰壯，圓盤臉，大環眼，眼珠滴溜溜轉，臉上隨時有豐富的晴陰變化，是精明能幹的當令角色。從稚鳴那兒打聽到我要回老家探親，他本是小店村人，在郭姓族譜裡「繼」字下一輩是「憲」，「憲」字下一輩是「品」；論輩分他低兩輩，我「理所當然」成了他四爺爺。大約憑這層關係，他搭上對台辦的線，不曉得怎麼調理的竟搆到和市縣首長同席，得意而又不敢顯露的勁兒老是讓想大笑的嘴巴張開一半就趕快閉上，弄成一臉扭曲滑稽的模樣。

聽到縣長的命令，郭品賢立刻站起來：

「報告市委書記，報告縣長，請二位領導放心，品賢在對台辦的幾位長官指揮下，管保能特別地小心辦事，一定會遵照二位領導的命令，把俺本家的四爺爺妥妥當當舒舒服服送到小店，再把他妥妥當當舒舒服服接回徐州。絕對認眞到底，完成任務。報告完畢。」向二位首長，舉手行個軍禮，輕輕坐下。

我向書記、縣長說：

「只要派一輛車送我就行，……」

沒等我說完，郭品賢就搶著說：「四爺爺：咱們就遵照領導的意思辦吧，您老人家是大名人，怎麼說也不能怠慢您哪！」

我很不高興郭品賢攔阻我的要求，也不喜歡他油滑的恭維腔調和向我擠眉弄眼傳達什麼的表情，更不願意和他辯爭；我想，怎麼個回老家法大概他們早就定下了，爭也是白廢。只好向二位領導抱拳致謝，感謝他們的一切安排。

整個晚宴，我還是愉快的。

好土！又美妙悅耳！不聞已久的滿堂鄉音。

3

太陽剛露臉，我已起身出門，走走路。

我很喜歡走路，在台北，我住在新店山間，總在四、五點鐘就爬起來，到山中走個把小時，上坡下坡五、六公里。走得滿身大汗回家沖一陣冷水，全身細胞都活躍起來要多舒服就有多舒服。估計賓館這片園林，放開腿走，也需要個把小時繞一圈；究竟不那麼方便，散步大半圈，就踅回來。

錢縣長已經站在主樓門口，滿臉笑容迎上來：

「您早啊！老師。」

「縣長早。」

走進小客室坐下，茶几上早已備好兩份蓋碗熱茶。

「縣長大清早光臨，有事吧？」

「向老師報告，」縣長好像有點不好意思：「原來的計畫是，我親自陪您去小店。夜間接到王書記電話通知：今天上午市黨部要開黨委臨時會議，市委和各縣書記必須出席。王書記並且交代我，彼此一見如故，要我務必請求老師，後天從小店回來，在徐州再待幾天，大家好好的敘敘。」

這套委婉的說辭，並不是臨時起意，實在是安排好的計畫。

昨晚宴會後，稚鳴到了我的房間。到處觀看一遍，連聲嘖嘖。小時候相依為命，我愛他，他敬我。現在也這樣，他坐得很端正，說話也有些緊張：

「哥哥，今晚的宴會還好吧？」

「當然嘍，和老鄉聚會我總是高興的。在台灣，大半是土生土長的本地人，外省人中，五湖四海，來自全國各地，很難聽到咱徐州的鄉音，銅山人更少碰到。」

「哥哥，在宴會中間，市對台辦主任把我拉到旁邊特別告訴我，王書記和錢縣長想要你在徐州停幾天，賓館的房間已保留下來。他們說，徐州人在台灣的，你的聲望很高。想要爭取幾天時間，好好向你請教。哥哥，你能把別的事挪一挪，再留下幾天嗎？」

弟弟停了一下，看我專心聽著，並沒有反應。接著說：「具體要談什麼？雖然不清楚。我想，大概還免不了是投資的事。哥哥，你可知道？現在黨中央和國務院堅決要把中國經濟搞上去，經濟上實施改革開放政策，大搞對外的招商引資活動。把『招商引資成果』訂爲各級黨和政府領導們的政績指標，規定了作爲年終考核的參數，而且按照吸引外資的『到位金額』，直接發給個人一定比率的獎金。……」

弟弟不厭其詳的解說，是有開導作用的。我原本知道大陸自從一九七九年實施改革開放政策以來，便走「政治左、經濟右」的路子而且愈來愈向右傾斜。可是如果沒有稚鳴具體透露，就不容易知道在「招商引資」的旗子下，他們把資本主義的一套軟硬包夾辦法學得那麼到家。按照我的日程表，在小店住兩晚，回到徐州就坐火車去南京，三天後搭機返台。想了一想，日程必須更改。在徐州停幾天吧，投不投資是另一回事，至少不會過分違拂了人家的盛情，也讓在中間的稚鳴，對他們可以交代過去。

「好吧！」我給弟弟一個爽快的答覆。

相信這個答覆的訊息，稚鳴回房間後，立刻傳過去了。

既是昨晚已經溝通確定的事就無須裝腔作勢。

「好吧！」我給錢縣長一個爽快的答覆。

「那就太感謝了！老師，您給了很大面子，讓我可以漂亮地向王書記覆命。」縣長的辭令很漂亮：「早晨，我陪老師用餐，送老師上車，然後請一位張副縣長——就是晚宴坐在我左邊的第一位副縣長——代表我，一路把您護送回老家，您說個時間，讓他後天準時再接您來徐州。老師，您回來，是咱家鄉的光榮，一點都不必客氣，有任何需要或任何要服務的，儘管告訴他，我已請他作爲老師在徐州這些天專責的服務和連絡人。他得到您的吩咐，就會立刻辦，辦到好。」

對這麼體貼的接待，我無話可說。唯有連聲道謝。

讓我驚訝的是，錢縣長娓娓的言談，如此文雅，如此溫柔。

二

1

早上八點，市政府派來了三輛迎賓專用的豪華轎車德國奧迪，排在樓前停車場。駕駛員們制服整齊，車子烏黑油亮，郭品賢忙前忙後地向幾位駕駛員遞菸點火熱乎得不得了。

大家遂即上車。第一輛郭品賢帶頭領路，後座是他愛人，和特別向學校請兩天假讀小學五年級的兒子。第二輛坐的是市和縣的兩位對台辦主任。張副縣長陪我坐第三輛，一開始他就介紹自己是張集人，所以高縣長特派他來陪我。稚鳴他們從靈璧縣開來的一輛也是黑色的桑塔娜車，由亞飛自己駕駛，算是第四輛車。加上一輛前導的警車，總共五輛的車隊，派頭是挺威風的。而且，一路上的交警大開綠燈和前導車的警笛不時長鳴，更顯出一種特權的架勢來。這樣的派頭和架勢，讓我很不舒服，感到反胃。不曉得如此陣仗，是由於郭品賢的建議或慫恿還是領導們原有的指示和規劃？無論怎樣，他們一定以為拉開這般陣仗風風光光的回家探親，必然替我掙足面子，我會滿心高興。沒料到老憨卻是厭惡這一套的人。我，一生中，目睹，身歷，對國民黨上上下下腐敗的體認太深刻了。那些擺架子講排場虛僞做作的行徑，那些貪婪的毫無廉恥荒淫腐敗的行徑，在我少小受盡苦難的、侮辱的生命裡，留下了極端憎惡的心理，終而發展成我的孤僻的習性。在以往的大半生中每當遇到官式場合像遇到一種傳染惡病似的，能躲開我就儘量躲遠一點。在台灣，實在躲不掉時，可以沉默；最近這幾年，已可以抗議或批評。現在，徐州弄這般陣仗出來，不容推辭，不能評說，我得把厭惡的情緒，壓在心裡。

儘管壓著厭惡，不把它掛上臉，堵在心頭確實很不舒服。和旁邊的張副縣長挨的雖近，竟當作沒這個人似的，不管他絮叨什麼，我都嗯嗯哼哼。不久，他打盹兒了。

車隊出了市區。上了徐淮公路，進入銅山縣境。

黃淮大平原，驀地從遙遙遠遠的夢裡逼近過來。晚秋晶亮的銀藍色天空，升得很高又很玄虛，似乎預示著自然的生長成熟季節將要結束。平坦而廣大的田野，大豆、玉米、青紗帳似的高粱都已收完了，連撲在地面的花生也已收完了，剩下東一塊西一塊的紅芋田地裡，有些人幹活。遼闊大地，裸露著沉鬱的一地蒼黃，像產後的母親般寧靜而安詳。除了偶而有一角蓊鬱的松林掠過視線，各種樹木葉子落得差不多了，柳枝兒不再柔軟低垂，榆樹和槐樹的乾硬枝枒有點悽涼也有點悲壯，只有村莊裡那些挺直伸向高空的衝天白楊還搖晃著金子般的圓亮葉片向秋末的藍空要顏色。曾攀爬過的，老黃河北岸沿上一長列崢嶸的巒峯，退得遠遠的，升起一層淡紫的迷濛的氤氳……

多麼陌生。多麼熟悉。粗獷而柔情的，我親愛的原野。

曾經在遙遠的夢境呼喚我的原野喲，又把我拽進它美麗的夢境。

「叭，叭，叭。」車隊駛下張集交流道。前導的警車，連按喇叭，驅趕幾條在鄉道上散步的黃牛。

張集，在交流道口的市鎮，是張集鄉政府所在地，街道和市況很有些樣子了。副縣長打過了盹精神起來：

「郭老，我家在張集東街，今天沒法請您到家坐坐了。」像位盡職的旅行團導遊似的，他又開講了：「現今，小店是張集的一個村。其實，張集和小店都是銅山的寶貝。張集人會做買賣，出商家；小店人會念書，出人才。小店近代出了兩位才子；一位是劉樂山前清末榜舉人，不久，改民國了，他沒機會當官。另一位就是您老的尊人黃埔一期畢業，都說他做官做人很好，給家鄉培植出不少人。」

這類的故事，不曉得多少人對我唸叨過，特別是母親。

父親去世時，我是四歲孩子，對父親的印象很淡，不大懂悲哀。有模糊影像，父親身旁有衛士，坐汽車，去的大飯店很高很亮……父親出殯時，我披麻布孝袍，捧著一個父親穿軍裝的小小鏡框，很多人，很多車子，大家都哭，母親多次哭暈過去……不久，母親到南京一座廟裡出家，把我和弟弟給外婆撫養。印象中，母親很少見到，都是外婆帶著，我倆已習慣依靠外婆。母親出家後，偶而回徐州來看我倆，總述說父親的好處，讓我倆學。好多次，指著我說：

「你爸爸做人做事都有原則，就是太寵你！有一回，咱們和你爸的幾位拜把兄弟，到花園飯店吃西餐，給你要一份羅宋湯，那是徐州最高級的牛尾湯，端來，你吵著湯熱，一下子把碗打翻。我還沒罵，你就大哭大鬧，你爸抱起你繞著包廂，拍著，哄著，又陪給你一碗；你那些伯伯都笑你是小皇帝……」

成長以後，有時想起母親描述我兒時的富貴生活，許是一半說給別人聽，一半說給自己聽的。記得有一回，母親向愛打扮的大表姊說：「你們現在講究什麼時髦？我們那時候，跟你姑爹出去應酬，高跟鞋至少五吋，旗袍的下襬一定要蓋到腳面……」

「誰不知道您有名的王美人呀！姑姑。」大表姊打趣地回答。

其實，兒時的生活，即使被外婆撫養後，還是十分幸福。那時年紀大了一歲，記事也清楚些。外婆家很大，有四進很大的大庭院，最後的更大，附有東西兩個跨院，跨院月亮門洞外是花園。外婆全家住第四進大院子，前面院子住的是大舅管的好幾家「店裡的」什麼人。外婆給我和弟弟各請一個年輕的保姆照顧我倆，可不准到前面院子和那些小孩一起玩。印象最深刻的是我每天上午到幼稚園上學的事，幼稚園離家不遠，只在同一條鼓樓街的另一頭，保姆丁嫂說，她拉著我蹦蹦跳跳就到了。可外婆不准，每天早晨讓丁嫂抱著我坐上家裡的黃包車，外婆坐她專用的一輛跟在後面。送我上學，中午再照樣去接回來。下午不上學，外婆、舅媽、丁嫂老是喊著我們。弟弟小，跑不動。我就讓兩個表姊帶著到處玩，院子大，屋多，加上兩邊跨院的花園，就覺得龐大的迷宮似的，總也玩不完。

這麼幸福的日子，不久就結束了。

日本飛機轟炸徐州了，大舅安排外婆和保姆帶著我們頭一批逃到小店去。那時也是五輛車，不過都是黃包車，前三輛坐著外婆，我和丁嫂，弟弟和吳嫂，後兩輛拉的是些大箱子。

我和弟弟，在徐州落地從未到過鄉村，一路上，看到的景物，都新奇得不得了。五輛黃包車，順著徐淮公路向東南方奔跑，左邊老黃河北岸的一列青山隨著車子前進而後退，弟弟發現十幾座山峯中有一座特別尖銳，就指著問車伕：

「大叔，那座尖山，叫做什麼山？」

「你看到了麼？」

車隊穿過了張集，到小店只有七、八里路了。車伕們，放慢腳步，很快就要到家了。

丁嫂和吳嫂齊聲笑罵：「恁這個死拉車的才是烏龜哩。」

「噢，龜看山，龜看山。」弟弟拍著手歡叫。

「那座山叫做『龜看山』。」

「看到了。」

2

當我們五輛逃難的黃包車來到小店村老家，爺爺摟著城裡來的兩孫子，樂得合不上嘴。據說在我一歲時爺爺到徐州小住，和我玩熟了，偷偷抱我回來老家，想讓我和他多玩些日子。老頑童天眞的愛孫子舉動，惹急了媽媽罵爺爺是老拐子，鬧得媽媽、爸爸、爺爺間吵了好大一陣。現在忽然間回來了兩個，弟弟三歲多了，活潑、乖巧，全家都喜歡，兩位大娘更是愛得不行。因爲大大娘的兒子幼鳴大哥，在北京讀大學已幾年沒音訊，她整天唸叨。一位大哥同學回來說，郭幼鳴在校活躍，參加了中共地下黨，在一次抗日運動中犧牲了。這個消息大家都知道，只瞞著大大娘一個人。她還有個女兒早就出嫁了，屋裡空蕩蕩地就更加想孩子，爺爺把我和弟弟交給大大娘撫養，讓喊她娘。娘，特疼我倆，人人都稱道她疼得像寶貝似的，晚上，我和弟弟，偎著娘，娘摟著我倆，說啊，笑啊！夢中也是溫柔的疼愛。

不久，日本飛機大群轟炸徐州，外婆的家和幾處商號炸毀了，大舅三口遭害了，二舅帶全家逃來小店。南京早已淪陷，大悲庵的徒眾各自逃散。母親的師父、師兄、她，三個尼姑披著袈裟也逃來小店。

小店的老家，一下子增加十幾口人。大大爺喜歡熱鬧，二大爺是實幹的會管事的人，滿心歡迎親戚們從城裡跑來避難投奔。好在我們房子寬綽，前後三進院子，有後園，左首有個小東院，右首是一圈高牆，養著兩棚子馬和牛。在小店村裡四百多戶，都是茅屋。大瓦房只有五家，我家，村東張家都是從「學」到「仕」起家，另三家是鄉下土豪地主，彼此井水不犯河水。親戚來避難，二位大爺，安排出家人住在僻靜的東院，給陳設一間佛堂；前院是長工們住處、草料房、農具房；二舅一家住中院；妥妥當當，各有一片天地。大大爺三不五時在後院的天井，擺開四張八仙桌子，請大家一起晚餐，大人喝酒聊天，二哥領我們小孩，鬧得好歡。雖常有台兒庄大戰的消息，村外大路上也看到中央軍散亂退撤的隊伍，畢竟日本兵沒開到咱鄉下，農民還沒感受到戰爭造成的痛苦。

約莫半年光景，日軍攻下整個江蘇。徐州、南京等城市也安定下來。逃難的人，都回城市去了。

第二章

一

1

我和弟弟，在鄉下玩得痛快，和村裡孩子混成群，溝邊河沿滿地裡亂跑。大大爺，四十五、六，胖，挺著大肚子整天喝酒，家推給二大爺管。二大爺，個子魁梧，方臉大眼，眉毛很粗又黑得嚇人！可他待人熱誠平和，粗細活一把抓絕不含糊；長工們和村裡人提起他就說：郭傳義是個能幹的義氣人。二大爺不會罵我倆，卻管得緊。我怕。

二大爺說：「恁幾個小子，這一陣子可玩瘋了，該上學了。」

春節一過，我進入小店國民學校。據說是我父親建造的，有八間教室、兩間辦公室、操場，能收兩三百個學生。那時只有二十來個，從一年級到四年級合成一班上課。校長是北京回來的大哥同學張立身，帶著徐州師範畢業的一位男老師，兩人包辦各科。稚鳴才四歲，還不准入學；我七歲，就插班在二年級讀。我覺得課本太淺了，沒意思。倒是校長教的唱歌，我一直記得很清楚：

手把著鋤頭鋤野草呀，
鋤去了野草好長苗呀，
咦呀嘿，呀喝嘿！
鋤去了野草——
好長苗呀，
呀喝嘿，咦呀嘿！

五千年古國靠鋤頭呀，
鋤頭啊鋤頭要自由呀，
咦呀嘿，呀喝嘿！
鋤頭啊鋤頭——
要自由呀，
呀喝嘿，咦呀嘿！……

這支〈鋤頭歌〉，我們小孩唱得好玩。被村裡大小伙子學去，唱得更起勁！你也唱，我也唱，直唱得翻了天。還有一支：

義勇軍，義勇軍，
我是義勇軍。

膽氣豪，志氣高！
敵人要打倒。
日本鬼子，日本鬼子，
中國的大仇人，
要殺敵，要報仇！
打倒小日本。

這支〈勇敢軍〉歌，也是張校長親自教我們唱的。記憶中，張校長除了教我們，還時常向農民演講。村裡小伙子非常喜歡他，晚上常圍坐在校長身邊聽他說「外面」的抗日大事。可大人就不喜歡我們的張校長，把小學叫洋學堂，說淨教洋玩意兒，讓孩子學壞。鄉下人原就不要孩子讀書，讀書沒啥用。要嘛，就送去私塾念古書。我在「洋學堂」也不過讀半年，張校長走了，聽說去「抗大」教了，小店小學停辦。

2

二大爺到處尋找塾師要聯合幾家辦間私塾。很快就籌辦好了，決定：二哥、我、弟弟，三個人都得去念私塾；三哥從前隨二哥一起念過兩年私塾，這回，他怕私塾先生的打，寧願去種田、去學手藝，死活不肯去讀書，也只好隨他。

我們的私塾，就在隔壁過去五家的一處茅屋裡。茅屋明暗三間，裡間是「夫子」的臥室，外兩間打通作爲塾堂。夫子姓胡名慶標，中過秀才，六十多歲，是東鄉下洪村人。也是塾堂屋主姓閆的老岳丈，私塾教了二、三十年，管教嚴格是遠近有名的。老夫子常說「教不嚴，師之惰！」鄉下人認爲「不打不成材。」所以，二大爺給我們選定了這位夫子。

「拜師禮」隆重。一大早塾堂內外灑掃得溜溜光，門框上掛一條紅布，屋裡迎門擺一張八仙桌子，胡老夫子一身灰布長衫，也不怕七月的大熱天硬是還罩一件黑色緞面上盤著兩列細工編結紐扣的馬甲，戴上一副黑框的老花眼鏡，花白的頭髮稀稀落落沒幾根了，襯得極富泰的臉盤兩個肥幫子不停地活潑顫動。夫子端坐在桌後一張太師木椅上。背後墻面上掛出來一幅「大成至聖先師孔子之像」的墨拓中堂；桌上，鋪著大紅桌布，亮起兩支紅燭，中間一座黃銅香爐裡，一炷線香青煙裊裊飄散蕩開，整間塾堂的書香氣氛濃了。胡老夫子，原本黑黝矮胖的身軀此時顯出無比的莊嚴。秀才，應是有學問的人，農村更是少見，站在墻邊觀禮的家長都肅穆無聲。學生八名，由十五歲的俺二哥領頭，依次是十三歲的兩個姓閆的，十二歲姓張的，九歲姓閆的，七歲的我，四歲的弟弟和同是四歲的老夫子的外孫，排成直行，一個接著一個，下跪，口喊夫子，報姓名，磕三個頭。等到夫子從眼角兒裡射出的一道毫光掃過，點了頭，才起身站在一邊；陸續併一橫排。胡老夫子，宣布塾堂的教學規矩，「灑掃、應對、進退」禮節，指定郭繼宣爲大學長，閆廣琛爲二學長，大家都是同窗，互稱學兄學弟。最後，夫子揮一揮手，學生退下，家長奉上紅包，禮成。

「敬師宴」開始。塾前打麥場邊有五棵大槐樹，濃蔭遮天蔽日，高亢蟬聲嘶鳴得比大太陽還熱和，更熱和的是那幫包辦酒席的廚子，站在爐子前火燒火燎的刀鏟鍋杓響成了一片。三張大圓桌，酒席上菜了，胡老夫子換一身輕涼的短打兒高坐中間首座，二大爺和家長們和村裡的頭頭腦腦奉陪著；按照鄉下開館敬師的老規矩，這頓酒席，結結實實地，能打晌午吃到天黑。學生放了，明兒早上入塾。

入塾第一天，胡老夫子拿姓閆的黃眼珠子開戒。

也快十歲的人了，黃眼珠子的個子只大半人高，一顆光頭，兩丸黃眼珠，精瘦，生就一個猴相，會逗人也是讓大夥戲耍的傢伙。早上跨進塾堂，忘了昨天聽過的規矩，沒向夫子行禮請安。胡老夫子一把扭住耳朵把他扯拉到八仙桌旁，叫他伸出手掌，手背放在桌面的一本厚書上，揚起「戒尺」，砰，砰，砰，三下。這戒尺是榆木做的，寸半見方，一尺來長，沉甸甸，捱上一下可不是鬧著玩的，馬上手心紅腫得老高。這三下子，打得他抱著手直跳，哇哇大哭起來。

「不准嚎！」夫子高喊：「嚎，再打。」

戒尺，戒尺的厲害，胡老夫子的厲害，每個人低頭趴在自己的書桌上，眼皮也不敢翻。

夫子「授業」是一個、一個地單獨教的。每天早上，墻上的掛鐘敲完八響，從最小的開始教；學生捧著書站到夫子面前，教法很簡單，夫子拖著調子唱誦一句，跟著學一句，重複三遍。按學生情況增減分量，最少十來句，最多教二十句。夫子唱誦，從來不看本子，不論教什麼全都滾瓜爛熟裝在肚子裡。他唱誦時，多半瞇起眼睛，斜靠太師椅上，一隻手托著桿旱煙袋，時不時吸上一口煙，另一隻手摩挲著肚皮，讓我們覺得他肚皮裡不曉得包藏了多少學問。他唱誦的調子，抑揚頓挫，聽起來就很古雅！學生跟著調子學，眼睛可得落在書本的一字一句上，要是一走神兒，夫子就照頭給你一煙袋鍋子。銅鑄的煙袋鍋子，敲下來，疼得沒法治，還鼓個大肉泡，好多天讓人看到捱夫子打了的標記。就這麼一個接一個，要教老半晌，學生回到自己桌上，得照唱誦腔調大聲唸，不准默讀，定要大聲，塾堂朗朗的讀書聲傳送出去，經過的家長得意，有的還扒著窗子往裡面瞧，夫子就更得意。誰要是停聲了，有時受到喝罵，有時遇到他老人家哪裡的氣兒不順，令你立刻拿書給他，然後轉過身子來背，要是背不出來，他把書捲成一卷，往門外扔，書落到什麼地方，你就去跪在那裡唱誦，直等唱誦熟了再到夫子面前背出來，回座。這一招，也是胡老夫子管教學生的一種狠招和絕招，既讓學生害怕抬不起頭來，又讓人家看到對學生的管教多麼嚴格和盡心。到了下半天，寫完大小字，背會書才准回家。

弟弟是蒙童，念《三字經》、《百家姓》、《千字文》，什麼時候把這些認字的本子全背了，再正式念《論語》；我已經讀過小學，認識不少字，就從《論語》開始；二哥念過兩年私塾，《四書》過了關，就接著念《詩經》。俺兄弟三個念的書本，剛好和另外五個同窗編配得一樣，夫子教起來，簡單方便，不費多大事兒。而且，胡老夫子有一套教學程序，一本書，分成兩個階段教。第一階段，他唱誦一句，學生跟著學一句，完全不講解字詞、句子、全文的意思。你只管唱誦、誦到會背、背到「純熟」才行。第二階段，把這本書從頭開始「開講」，夫子講了一個段落，學生回到座位去溫習，溫習熟了，捧書到夫子桌邊「回講」。如此把一本書從頭到尾又翻炒一遍。胡老夫子在這兩個階段的要求很嚴！書，怎樣背算「純熟」？拿《論語》來說：《論語》共二十篇，從〈學而第一〉，到〈堯曰第二十〉，每篇的章數不等，每章的段數不等，全書總共四九二章。學生先分段、分章背，學完第一篇，就要全篇背出來。學完第二篇，要一、二兩篇合起來背出。這麼積累著背，到第二十篇學完要全書都整部背出來。只會整部背出來，不行！還得能「跳接」著背。把一部《論語》放上夫子的講桌，轉身從第一篇背起。當你背到〈里仁第四〉的某段時，夫子喊「停」，他從〈微子第十八〉中提出一句，你得接著這句毫不打結地向下背。背著、背著，夫子又從〈述而第七〉中提一句，你就接下來滔滔不絕。學生跟著夫子在玩一個跳、一個接的背書遊戲，行雲流水，絕不停一下頓，就算行了過關了。可這還不眞行，念完《論語》，念《孟子》，念完，《論語》和《孟子》

兩部一齊背；接著念《大學》、《中庸》完了，合起來《四書》一齊背，還在各部書間「跳接」著背，行雲流水，絕不停一下頓，才算眞行。總之，就是要把這些死書鐫在你的活腦袋裡！再說「回講」吧，胡老夫子規定，學生回講，必須和他教的說法一模一樣，要是有出入，那就不行！

算我們這些學生倒楣，遇上這麼一個胡老夫子。顚倒過來看，說不定倒楣的還是胡老夫子。塾堂已開館兩個月了，胡老夫子，每天都有各種體罰方法來整治我們。可是，那麼炙熱的燒焦人的太陽，也會一天一天消滅掉可怕的威勢；什麼威勢能夠長久呢？

黃眼珠子是胡老夫子各種體罰的實驗活物。有一回，夫子令大學長、二學長把他按在長凳上扒下褲子打十來板屁股，只能哼，不准嚎。黃眼珠子倒是乖巧了，願意每天一大早到塾裡，替夫子倒尿盆、洗痰盂、掃臥室，說是事奉師尊，果然打捱得少了很多。另外一個小受氣包兒就是夫子的外孫，他和我弟弟同歲，學名小好，可念起書來，眞孬！我弟弟早把《三字經》背過在念《千字文》了，小好是念到後頭忘了前頭，半本《三字經》就吭哧個沒完沒了，大家喊他笨驢。夫子每天擰他耳朵，戒尺只偶而動用。咱們這一夥，沒嘗過戒尺的，很少。我小心眼裡有數，夫子想抓個毛病治我。我的毛病多，可他一直沒抓到，我就沒嘗過戒尺滋味。譬如，他早上教我唱誦《論語》，跟他唸三遍，那一兩百字的段落就會背了。回到座位，我就不大聲唸；把我叫去背，我能背出來給他聽。他老人家就沒理由開打。功課給我加多，我回到座位，也只念幾遍就能背了。他再加多，我還是背得很快。胡老夫子知道不能再加了，我每天念的已經是別人三倍的分量，一般要一年讀完的一部《論語》，兩個月，我就把「上論」十篇念完。他也只好准我在座位上看自己的「閒書」。夫子說的閒書，其實是以後大有益處的好書，我在徐州上幼稚園時，就學會國語注音符號，讀了一些娃娃小書。大表姊是師範學生，在小店半年，教我讀《世界兒童故事》，讀不懂的找她講。她給我一本

《標準注音國語小辭典》，教我查字，還給我留下十來本各國的「童話集」，可以說，大表姊是我讀閒書的啓蒙老師。上了私塾，胡老夫子只教背誦，不講解，文言自己弄不懂，很煩！恨不得他教得愈多愈快才好讓我《論語》背過以後，聽他開講。可是，經過幾番「教」和「背」的較勁兒，他一天加到五、六百字，不再往上加了。總不能讓我吃不飽就餓著，我便在背全功課以後就看閒書，愈看愈多，愈看愈迷，夫子也放任著我看。有一天，他發現我看《水滸傳》，把二哥和我叫到一起：

「恁弟愛看閒書，也就罷了，可小孩子別走到邪路上去！」胡老夫子像對大人一樣和我們說番道理，「你們不知道，自古有一句話：『少不看水滸，老不看三國。』《水滸傳》裡那些賊寇的作亂造反，藐視王法，違背天條，孩子們是看不得的。」

「這書是俺叔留下來的。夫子這麼說了，俺就不讓四弟看啦。」

二哥很聰明，搬出我父親這擋箭牌來，胡老夫子便不吱聲了。《水滸傳》也被二哥收去放在他的書包。

我正看到勁頭上，對書裡豹子頭林沖、花和尚魯智深；行者武松；黑旋風李逵等等，一幫英雄好漢的神奇故事和替天行道的作爲，既著迷又打心眼兒裡佩服。我不懂胡老夫子說的「王法」和「天條」搞什麼？只覺得他的話很迂。現在不已經是民國了麼？

書被收去了，再不高興也沒辦法。

晚上，二哥把《水滸傳》還給了我：

「這本書，恁留在家看。咱家有的是書，傻傢伙，以後挑著點，帶到塾堂的先問問我，免得那個老頑固嚕嗦！」二哥讓我很驚奇！因爲，「老頑固」這個新詞，我第一次從他的口中聽到的。我猜想，二哥以前喜歡向張校長那兒跑，一定是張校長教給他的。我這二哥，也是書迷，我父親留下的一屋子書，他一鑽進去就在裡面翻騰老半天。《水滸傳》、《三國演義》、《西遊記》、《紅樓夢》，他告訴我是中國「四大奇書」，得好好地用心去看。他全看過了，現在正看《紅樓夢》第二遍。在塾堂，他都在晌午趁夫子睡午覺時，才拿出來看。不像我那麼大膽。

我告訴二哥：「我不喜歡胡老夫子。」

二哥沒搭腔。

「他還有不少字音唸得不準，有的還唸錯了。」

「是麼？」

「我覺得有些怪，就把一些生字查我的注音辭典。他唸的字音，不對。」

「噢！那就照標準注音唸你的吧。」二哥微微一笑。

二哥並沒責怪我犯上，也不附和我批評夫子，可我看得出來他那微笑就是站在我這邊了。

向夫子背書的時候，我開始按照「標準注音」唸字。

「哎，恁這字音怎麼唸的？」胡老夫子糾正我。

我告訴夫子，我是按照「標準注音」唸的。我拿《標準注音國語小辭典》出來，他翻看一下，看到「教育部審定」五個字，點了點頭；說，「這是洋式注音」。搬出《康熙字典》來，「這上面的音切法才是咱祖傳的注音。」可是，夫子用音切法時，對音切所用的上下兩個字以方言去唸已唸得不準了，用它們的聲符、韻符切出來的字音當然沒法子標準。我先按注音符號把音切法的上下兩個字唸準確，再切出來的字音，就和胡老夫子的切音大不一樣。

「好吧，恁照您的，俺照俺的唸，咱都對。」胡老夫子說。

夫子說的不錯，他按音切法讀字有什麼錯？頂多是方言的關係影響讀字不能準確而已。可有些字，夫子並沒按音切讀，完全唸白了。他不提，學生自然不能提。

這件事，就這麼過去了。

塾堂的幾個人都爭著要我教注音符號，小辭典也在大家手裡傳來傳去。本來我在塾堂受到夫子的容忍放任，就讓人看成特別，這一來，我似乎變成塾堂中的「革命派」了。其實，眞正的革命派是二哥，他不吭不響，有他自己的主張。我仗著夫子的寬容放任就去辯說字音，不過是個急先鋒的小毛頭。

一來二往，漸漸的，夫子教書唸了白字的流言，卻傳開來。

這對胡老夫子的威望，多少有些傷害。小事一件，關係不大，只算動到幾根毫毛。可他沒想到，這卻是暴雨之前的一陣飄風。

清明節後，塾裡的學生大半仍在埋頭死背的階段，讀《詩經》的兩個學長，已把「上卷」讀完；我把《論語》連《孟子》都讀完了，心裡發急，夫子儘拖延著，還不給開講。

胡老夫子這一段日子很適意，氣色不錯，終於給我們開講了。他很有興致地給我們講書，講解得十分認眞仔細，在料峭的春寒中，他老先生的腦門都會冒著汗珠。可是，我聽不懂夫子講解的意思，東一句、西一句，讓我對全章的意義沒法產生完整的了解。請求夫子再講一遍，重新的說法和原來的說法又不一樣了，弄得我胡里胡塗地回到座位上，自己去揣摩好半天；回講時，胡編瞎矇一通竟能過得了關？心裡那份雲裡霧裡的感覺禁不住惶亂得很。去問二哥他們，大家的感覺，差不多。

日子胡塗地奔著，拖到立夏。在一個晚上，我們剛吃過飯沒一會兒，二學長閆廣琛耐不住了來找我二哥，談夫子講書的事。

「咳，這不是辦法。再拖下去，咱們都給夫子誤了。」

閆廣琛是我大姑家的近房侄子，敘起來和咱都是表兄弟，平常我喊他表哥。表哥的身材面相，很奇怪長得和二哥很像。細條條的，臉龐長方，高鼻梁，眼睛不大，有神。不同的是，二哥嚴肅些，嘴巴常緊閉著；表哥的嘴大些，愛笑，特別開朗。表哥愛看新書、談時事，又是一個革命派。所以，他和二哥總有話說。

「恁說咋辦？」二哥不慌不忙地問一句。

「我看，咱得把胡老夫子給抬掉。」

「這要好好地想想。」

「那咱不能辦了？」

「辦，還是要辦，時候也差不多該辦了。」二哥露出一種少見的奇異表情：「不過，這事咱倆不能辦。恁想想，都是親鄰，咱倆也老大不小了，抬掉夫子，親鄰就不要了？頭一個，俺爹就不會答應。」

「那該咋辦？」

「這裡不是有個急先鋒麼？」二哥指著我：「讓他帶頭。他小，城裡來的，洋派，又敢衝——他衝出了事任誰也只好認了。」

「好哇！讓我來衝。」我興奮得不得了。

幾天後，塾堂空起來了，剩下兩個學長和小好。另外五個，我領頭，在外面閒蕩撒野。罷課第四天，向來眼睛看著天的胡夫子，受不住了，便去找我二大爺。說家裡最近發生點事，沒人能辦，他得回去看看。回去，當天找人來告訴：塾堂閉館了。

開過半輩子塾館遠近有名的嚴師胡老夫子慶標，到小店還沒滿一年，給幾個毛孩子抬掉了。在鄉下，這可是件新鮮的大事。說實在的，要不是二哥他們先多方面解說，要不是平日裡孩子們回家學話，要不是胡老夫子的頭腦過於頑固和教學實在不咋樣，鄉下人就很難接受這種犯上造反的事。說到底，還是胡老夫子倒楣，來到小店遇上學生中有幾個革命派。

現在回想起來，我真得感謝胡老夫子對我的教育。是他，提供一個眞實的現場，讓我有機會在二十世紀的三十年代還能親身體驗到：十九世紀匍匐於「天地君親師」之下的教育模式。是他，展示著傳說中封建殘餘的樣板，讓我認識到：在崇高的堂皇的名號下卻總會包藏著虛僞的無能的污爛本質，而巧妙手段或威權壓制也都解救不了腐敗無能者最後的崩潰結局。是他，在我童年的敏感的心靈裡，種下了藐視權威、抗拒庸俗的種子；讓我在坎坷而複雜的生命旅程中，學會去觀察、去探究、去追索事物的意義。

對我來說，是幸或不幸？那麼早，認識了世間虛僞腐敗的一面。

二

1

過了芒種，南風一天比一天吹得暖和，麥穗挺起來了！一顆顆麥粒把穗子撐得粗壯飽滿，青綠的麥芒漸漸發硬發黃，風一吹過，遍野的麥浪在初臨的五月驕陽下閃耀著美麗的金光。

莊稼人，走在田邊地頭，望著，望著，望著，臉上就綻開傻傻的笑。

我二大爺，每天也去田地巡看，掐一支麥穗捏著粒子軟硬，計算出收割的日子沒有幾天了。

就在這個黃金的季節，就在鄉村正準備收穫一年裡歡樂和希望的時候，一場冷酷的殘殺和野蠻的搶掠，降臨到，猶在夢境中的，我們全家身上！我永遠都記著，那個端午節的黎明的天色是多麼可怖的陰沉！天微微亮，槍聲在村子外響起，愈來愈密，愈來愈近，向著我們的大院包圍來。幾十個土匪的吼叫狂嚎中，聽得出，是對著咱家搶劫。二大爺喊起大小，叫各自四散逃命，他要留下來和土匪談判。俺娘，嚇得抖個不停，還是拚了命托起弟弟和我翻過一人高的牆頭，躲進東鄰的茅屋裡。這鄰居，姓周，我們喊她周嫂子，男人過世了留下個和我差不多大的男孩。平常早晚她常到我家走動，幫娘做些針線活兒，很親。周嫂子特鎮定，對我娘說：「嬸子，別害怕！到咱家裡就沒事了。」一面找出她和孩子的衣服，叫趕快換上。

大家偎在一堆，只聽到我家院子裡，不曉得湧進多少土匪，喊殺喊打地吼叫，劈開箱子櫥櫃的巨響，一直鬧個不停。聽得心驚膽顫，猜想不出發生了多大的禍害。驀然，茅屋的木板門被一腳踢開，闖進三個惡匪，兩個揚著亮晃晃的大刀片子，一個背著步槍，袒露上身，頭上都紮著紅布，抖抖搖搖的像有鬼神附體，對我們大喝：

「恁這裡面，有沒有郭家的？今天，俺要斬草除根！」

弟弟嚇哭了，讓娘緊緊抱住他。周嫂子站出來：

「他家是他家，俺家是俺家，八桿子也打不到一塊兒。這三個，是俺孩子，那是俺婆婆。咋著？」

「恁男人呢？」

「海州扛鹽去了，天把天回來。」

「破鹽販子！」扛槍的指揮：「咱走。」

直到晌午，槍聲停了，人聲息了，土匪拉走了。

周嫂子護送咱娘兒三個回家。

家門口，圍著一大堆人。大大爺的腦袋被槍彈打開了花，攤死在大門外的牆邊。二大爺更慘！全身是血，一條腿被砍斷，各間屋子裡裡外外都是他帶血的腳印，大概是匪徒拖著他搜找財物，最後，蜷曲著身子死在堂屋的台階上。堂屋裡，老爺爺坐在一張大椅子上，不動一動，不言不語，兩眼直瞪瞪的，傻了。每間屋子裡的箱子、櫥子、櫃子全被劈開打破，各處牆角、地面到處挖得坑坑洞洞，所有的錢財物品，完全被搶掠精光，連牲口棚裡的牛、馬、騾子，都被牽走。俺娘，眼見這片慘象，馬上暈過去！鄰家大娘們，七手八腳把她抬到床上，陪著淌眼淚。二大娘回來了，撲倒在二大爺屍體上嚎啕大哭。二哥帶著三哥和小妹，不知躲到哪兒？回來的最慢，一進門，家裡的悽慘景象讓他嚇呆了。可是，他把三哥和我叫到一起，摟著痛哭的弟弟和小妹，儘他倆哭；俺哥兒三個，淚流滿面！二哥咬緊嘴唇，眼裡瞪得要冒出火苗，三哥使勁地抓著我的手，指甲都掐進肉裡去了，可都不讓自己哭出聲來。這當口，我們似乎懂得，我們遭受了這場悲慘的毀滅性災難，可怕的痛苦日子就會落到家裡來。家裡，還有誰呢？七十多歲已驚嚇胡塗了的老爺爺，兩個寡婦，五個孤兒。

小弟和小妹太小了，我們三個男孩子，得變成大人。

2

本庄幾家近親馬上都到了，別村路遠的也連夜趕了來。兩位姑母伺候著爺爺，水口大姊抽泣抱著她娘。大家的心都碎了！可得照顧老人家，誰也不敢放聲痛哭，只在別過臉的時候，讓眼淚一串串地流……

大姑夫是親戚裡的長輩也是常在外面跑的人，他召集了李家姊夫、兩個表哥、家裡的長工王得成大叔，還有二哥，圍著一張飯桌大家計議立刻要辦的事。田裡的事得成大叔最是掛在心上，他知道哪塊地的麥子該哪天割，不能焦在地裡毀了。大姑夫急著要讓遇害的兩兄弟的喪事，儘快辦妥，早日入土為安。李姊夫說，裡外的坑洞要補，到處的血跡印子要刷，搗爛了的箱櫥櫃子要清理；把悲慘的現場要馬上收拾好，儘量讓活著的人別再看著害怕、傷心。要在最短時間把這一大堆事辦好，至親們把自己家裡的事找人頂著，一條心地來幫忙救急。可立刻就需要一大筆錢。親戚們都願湊錢，普通人家誰也沒有多少閒錢；得成大叔說，以後三年幹活不領工資了，有一口飯吃就行。這樣，還是差得很遠。

二哥說：「賣地吧！堰北那八畝方方正正的肥地，緊靠著圩東張家的祖塋，託人來說過幾回想要讓給他，俺爹不理。現在，便宜給他就是了。」十六歲的二哥，這就算是咱家的當家人了。年紀很輕很輕，親戚卻知道他的頭腦好，書念得好，事情懂得多，一向都很看重他。田地，是農村的生命，要賣祖傳的田地是不得了的大事。二哥冷靜的說出他的決定，他果斷的堅強模樣，親戚們都點了頭。

在十來天裡，出殯、整理破碎的家、買了兩頭黃牛和一匹叫驢，把小麥收進了糧倉。

二哥辦了一桌酒席，再三感謝親戚們和得成大叔。又對大叔說：「現在，恁就是咱家的主心骨兒，是俺親叔了。可是，該領的，恁一定要領，恁還有一家子要養哪！」

得成叔推辭：「這麼些年，恁家給得厚，俺有積蓄，別煩心。」

「橋歸橋，路歸路。大叔。」二哥就這麼決定了。

酒席散了，親戚們各自回家。

遭禍以後，家裡有十幾口親戚，人多，有熱氣，心裡悲傷，也還好過得多。一下子，親戚都走光了，到處空空洞洞悽慘的氣氛便瀰漫開來。二哥央請王得成大叔一家，住進中院，王大嬸身體好，說話中氣十足，笑聲在滿院子晃蕩。他們兩個兒子，老大十七歲了，人高馬大的很能給人壯壯膽；小的也十四歲了，跟著哥一起學木匠手藝。我們全家住後院，雖各開伙食也常把菜食送來送去，兩家人更是進進出出地混在一起，白天的日子，也還不太難打發。可夜總是會降臨，黑暗總是會籠罩下來！後院太大，房子太高，老的老，小的小，稀疏的幾個人影，一到夜間都蜷曲在房間不敢到黑黝黝的天井走動。房間太多，堂屋一排六間，東邊三間爺爺一個人住著。我和弟弟跟娘住在西邊最裡面一間臥房，東房住二大娘四口，西房、南房都空無一人。房裡點著棉籽油燈，一根燈心草豆粒兒大的微光恍恍惚惚照不亮一尺地，屋角墻根影影幢幢暗處總似潛藏著什麼鬼魅幽魂！吹熄了燈，濃重的黑暗凝結在四周，無邊沉寂中每聲梟啼都令人驚悚。一張大床上，柔弱的弟弟老是讓我抱著他，不時地我還得替俺娘拍捶腰背。夜，一個連一個的，陰森森的暗夜，在我少年的生命深處，伏著許多永遠搖動著的恐怖的鬼魂陰影……

老爺爺胡胡塗塗地，能吃、能睡。還不大讓人操勞，兩位大娘卻都病病歪歪，得要照顧。這麼一個家，孬好也得有個主婦。二哥兩三歲時就由雙方家長合意訂下了親，他的丈人眼看著郭家需要人手，就把剛滿十五歲的女兒送過來，草草替他倆完了婚，住進西房。

二嫂人好，笑笑的，忙裡忙外，身子骨兒纖細只還是個孩子，硬是得操辦一家子吃喝洗刷的活兒，時常累得直不起腰來，暗地抹著眼淚。二哥更忙，向來吟詩讀經的大小伙子，現在不光挑起一家之主的重擔，也成爲一個粗活細活都幹的重勞力，壓得他有時會佝僂著身子疲勞得像個老人。他緊閉的嘴唇，經常閉得更緊，從來聽不到他的嘴唇會洩出一句嘆息。

麥季結束了，村裡幾家塾堂都開了館。

二哥張羅著要送我和弟弟入學。

「俺說恁這個二愣子，咱家毀成這樣，自己不能念了，還要讓他倆念什麼念？」二大娘叱罵兒子。

二哥一瞪跟他娘吵起來：

「恁懂什麼？念書，俺不行。他倆是塊料子，不讓念書，可惜了！咱郭家要再出人才，就看他倆了。」

「恁還有這份錢？」

「別煩了。無論怎麼著，就是窮死，俺也要供他倆去念。」

3

二哥跑到前村去拜見舉人劉樂山，他今年破天荒要開塾堂了。

劉家的庭院，開敞素淨，青磚造的茅屋，前後兩進院落裡花木扶疏。他有三子，老大老二都搬出了，現在是老三一家陪著兩老住。儒醫劉舉人在前院東廂房接見了二哥：「難得呀！你們家裡發生這麼大的禍事，你這個叔伯哥哥有心送他倆念書。」頓了一下，又說：「我在教書中找點樂趣。孟子不是說過：得天下英才而教育之一樂也。我這個館是要選學生的。都傳說你這倆弟是神童，那個大的不到一年已把《四書》包本了，小的也開始念《論語》了。我倒想看看，你把他倆領來吧。」

二哥趕忙回來，領著俺兄弟倆直奔劉家。

「夫子好。」我倆躬身行禮。

「別，別喊什麼夫子不夫子的。」舉人哈哈大笑：「都到民國幾年了嘛，以後，得喊老師，喊我劉老師，懂嗎？」

劉老師是銅山縣赫赫有名的舉人，想不到一點也沒有什麼架子。長方臉上線條分明，眉毛又長又黑聳在眼眶上方，細眼灼灼有神，若不是一頭濃密的白髮，怎麼看也不像七十歲的人。高䠷身材著一件月白色細布長衫，黑面白底布鞋，全身乾淨俐落，飄飄然眞像個隱士。

這眞正遇到有學問的人了！我心裡估摸著。

「博學之、審問之、愼思之、明辨之、篤行之。這幾句出在哪處？你可懂得裡面的意思？」劉老師打量過我倆，給我出了個考題。

我恭恭敬敬回答，這些話出自《中庸》第二十章〈哀公問政〉，並熟練地接著五句背誦一節，講述整節的旨意。

「好，你可知《中庸》是從哪部經書摘出來的？」

「不知道。」我老實地說。

劉老師微笑著點點頭。向二哥說：「你這倆弟，孺子可教。這麼罷，我已訂在陽曆七月一號開學，讓他倆來吧，塾堂就是這三間。噢！還有，束脩，就不用了。本來別的學生我也收得不多，總共才六個學生，你知道，我並不靠這個。教學生不就是找樂子麼？」

「老師，」二哥很鄭重地說：「感謝老師的關愛，不過束脩是學生一點敬師的心意，還請老師千萬要收下。入學後，我會和幾位學生家長聯絡。」

劉老師沉吟一下：「那麼，就在春秋三節送點禮吧，束脩還是不必了。」

「再說吧！感謝，非常感謝。」

在回家的路上，二哥特別對我和弟弟說：

「老師願意收你倆，我很高興。老師說不要收束脩，一方面是喜歡你倆，另一方面也是體念咱家現在艱難，人家的好意，咱要知道，也要記在心裡。可咱還應該奉上束脩，不論多艱難，勒緊肚子也得做到應該有的一點敬師的心意。」說到這裡，二哥的語氣變得嚴肅起來：「四弟、五弟，今天作二哥的告訴你們咱家鄉的一句老話：『凍死迎風站，餓死紮緊腰。』記住！人活著，就得有根硬骨頭。」

這是我二哥給我的最好的教訓。

我一輩子都牢牢記在心裡。

開學的這天，我們劉老師，不讓學生家長擺酒席，更不讓什麼頭面人物來湊熱鬧。就在塾堂院子的大槐樹下，擺一張桌子，老師帶我們五個學生圍坐。桌上一銅壺大麥茶，誰喝，自己倒；每人面前分一堆炒花生，一堆小紅棗子，一只茶杯。

「這叫做『野餐』，孩子們。」老師擺弄得本來就洋氣，說話又儘用新詞。「野餐，就是不在屋裡、在野地裡吃飯。你們看，咱鄉下莊稼人到田間幹活，在野地裡吃飯還少麼？野餐不過是個新詞兒罷啦。可這個新詞裡透著自由、隨便的意思，孩子們，大家就自由隨便吃吃喝喝吧。趕到中午，每人再發幾個菜肉大包子，老師請客啦……」

劉老師的話，句句新鮮，句句有趣，聽得我們也自由隨便起來。他是這麼慈祥、親切、和藹，不像私塾夫子，像一位可愛的爺爺。

「這個塾堂，以後就叫學堂。學堂裡沒多少規矩，更沒有戒尺那東西。這學堂的規矩嘛，唯有一條：用心念書、念好書、念活書，自己願意念，不死念書。怎麼個念法？上了學，自然就知道。」

「孩子們，會覺得什麼都沾點兒洋氣吧！不錯，我老人家七十歲的人了還這麼洋氣，你們小小年紀再不能土了。說起來，洋不見得都好，土不見得都不好，就看你怎麼挑選了。」老師話頭一轉，指著我和弟弟：「他倆的爸爸是革命黨，洋得要命。我呢，年紀大些考了個前清舉人，夠土了吧？可我是『維新派』，主張維新，其實也很洋。要是我晚生個十年，說不定我也是個革命黨。說不定，我已幹革命被捉到，捱這麼喀擦一下子……」

老師邊說、邊用手掌在脖子上比劃，逗得大家笑到不行。

這就是「劉家學堂」的開學典禮了。

第二天，開始上學，劉家學堂的「維新派」教法，就大大地顯示出和那些私塾的不同來。

劉老師也是一個一個地教學生。不過，學生不是捧著書站在他面前，他的教桌也不是大的八仙桌，只是窄長的普通書桌；老師坐著同樣也不必看書教，學生坐在對面把書攤開，劉老讀誦一句就講解一句，學生跟著一面讀一面聽講，哪句聽不懂的隨時發問，當教完一個段落時，學生當場回講經老師指點改正後，就拿著書回座讀，朗讀或默讀隨便，讀到會背就行。而且，每個人的情況不一樣，不規定統一的背書時間，誰念會了，誰就去坐在老師對面背吧。要是念得不夠熟背不下去了，劉老師不打也不罵，笑著問你：「怎麼？還不太熟吧！」讓你回座再去念。可這輕輕的一句話，竟比捱幾板子還重。誰也不願意丟這個人，這就合了老師所立的的學堂唯一條規「用心念書」，互相攀比著拚得厲害。平常上課時期，老師規定每十天休息一天，這已和「洋學堂」的辦法差不多，比各家私塾不死不活一直拖到「麥假」或「年假」才讓學生休息，眞是大膽「維新」了。因莊稼人花錢讓孩子念，恨不得孩子沒日沒夜地念，是看不得孩子「閒」一天的，最妙的是教作文：他上午把文章的題目寫出來，學生下午作完就回家，要是沒法子交卷，也可以帶回家寫，次日上課的一早交出來，不過那得寫的特別有分量才行，沒那個能耐可不敢那麼辦。更有意思的是，劉老師出的題目，有時從經書裡摘句，有時也出與農村生活相關的題目。你可以用古文筆法寫作，也可以用「時文」筆法寫作。劉老師告訴我們：古文筆法可以鍛鍊字句，時文筆法可以把事理說得更清楚。還鼓勵學生看閒書，他說，天下的好文章很多都在閒書裡，只讀聖賢書成不了聖賢。下午自由活動：練字、看書、誦讀，隨你的便。

劉老師也常在下午叫學生把凳子搬到院裡，聽他講古論今，那是最迷人的時刻。我們的心神隨著老師或慷慨、或悲涼、或纏綿、或惱怒種種的生動敘述和豐富表情，上下騰躍在無邊廣闊的想像曠野。

劉老師喜歡吟唱詩詞，有些附有新式的音樂簡譜。他教我們讀譜和吟唱，師生唱得常常搖頭晃腦地樂成一團。

老漁翁，一釣竿，
靠山崖，傍水（呀）灣——（啊），
扁舟往來無牽絆……（喔）
沙鷗點點——清波遠～～
荻港蕭蕭——白晝（啊）寒～～
高歌——一曲——斜陽晚……
一霎時，
波搖金影！
驀——抬——頭——
月上——（啊）東——山。

鄭板橋「道情」十首，第一首〈老漁翁〉我唱得熟，第二首〈老樵夫〉、第三首〈老書生〉還能結結巴巴唱出來，其餘的隨日月遠去逐漸模糊。可是，我們的老師——劉爺爺，白髮飄逸，目光迷離，清癯的身姿隨詩情曲韻而自然擺動；他那副悠然神往超乎流俗之上的高雅容顏，無論何時，每一憶及便活生生地顯現眼前。

在劉家學堂念書，又緊張、又有趣，上學眞快活。過一個多月，我向老師提出請求，讓我和弟弟，半天來學堂，半天在家。

家裡實在太缺人手。過去，二大爺帶三個長工下田，農忙時再加幾個短工。現在，只得成叔一個人，加上二哥、三哥都還不能算是眞正的大工，農忙就得靠親戚們前來幫襯。可田裡的事很多，有些事，並不要多大勞力，我們家，顫顫巍巍的爺爺，病病歪歪的兩位大娘，不添事就夠好了，完全不能幫什麼忙。二嫂子包辦家裡的活還得往地裡送飯，每天都累得不輕。

劉老師聽我述說，頻頻點頭：「好的。不過也別訂得太死板，哪天下午不忙了，就可以來學堂。」

我把時間抓得很緊。早晨：到南園裡去。南園，是小店村的蔬菜地區，各家在那兒都有片菜園，大小不等。咱家的菜地有二畝，一半種蔬菜，一半種棉花。棉花正要採收，一大清早，趁露水濕潤，太陽未出來，我帶著弟弟和小妹到棉田裡，挑那已裂開的棉桃，使用指尖細心地把殼中的棉絮捏出來，這時的棉絮緊縮一團，棉葉潮濕柔軟，採收出來棉絮乾乾淨淨，容易加工去籽。如果等太陽升起，棉絮會膨鬆開來，乾了的棉葉碎片會沾貼在鬆開的棉絮上，黏到一起沒法子處理掉，也就不能加工去籽，這種棉絮就廢了。所以採收棉花必須在日出之前的一個多小時做完。工作並不費力，各家都是婦女在採收，只有我們是一個大孩領著兩個小孩幹活。我們雖小，眼尖、手巧，動作快，總能順利採收完已經裂開的棉桃，抬著一大包棉絮，加上順便從畦中採的蔬菜帶回家，三個人，都覺得自己很能幹，一路上，唱唱鬧鬧的並不覺得苦。棉桃成熟裂開不同時，前後約六、七天採收完畢，拔掉棉桿，平地，種別的東西。菜園子的活兒多得是，整畦、搭架、施肥、澆水、除草，都得在清早幹，要是大太陽底下幹蔬菜被整死了。中午：我挑起二嫂弄好的吃食送到在田裡幹活的人。每天接近晌午，我向老師打個招呼帶著弟弟回家。讓弟慢走，我小跑步回去，挑起擔子就走，送到時，大夥在地頭樹蔭下等著；每回每回，都給我誇獎。王大叔常說：「吃口饅頭堵口氣！老四，是好樣的。」這話，最振奮我。二哥在旁邊，不多說，總以溫柔的眼神看著，讓我溫暖無比。下午：日頭稍移些，不再直烤腦門了，我和弟弟一人背起一個柳條兒編的簍筐，去野地裡割青草。新鮮的青草特別是立秋以後結出籽兒的牲口吃了最是長膘又有勁！可各家田裡的草早被勤勞的莊稼人拔得一乾二淨，不讓草爭去了田裡的養分。割草，就得跑一兩里路到山坡河邊的野地去，那裡野草多，好割，不過得揀選著割，青蒿和白蒿有艾味，牲口不吃；蒺藜更不能割，刺球極硬，扎破自己的手不說，扎破牲口的口腔事就大了。大約兩個鐘頭，就能割滿簍筐，用繩子捆綁妥當背回家，弟弟背著小筐，我背一個大筐，青草水分多壓實了一小筐還是很沉，他是一個細人兒時常連人帶筐倒下；我想出辦法，讓他先背起來走在前面，我背起來走在後面，可以伸手托著他的簍筐，這麼著，一起背著滿滿兩簍筐青草給牲口吃，能節省餵養牲口的不少草料。晚上：人都歇下，是我自己的讀書時間，弟弟已鍛鍊出來了，不怕黑夜，還能陪伴慰藉大大娘，讓我在孤燈下靜讀。總是過了子夜，三星已橫臨當頭，我才去睡；時常，二哥走過來溫馨說：「老四，該睡了！」把我趕上床。

過兩年，正式下田，割麥、砍高粱、刨紅芋等等農活我都幹了。

第三年冬天，白雪封鎖了大地山野，就在三九天滴水成冰的日子，大大娘病死，我和弟弟又失去最疼愛的娘！沒隔幾個月，剛過完悽涼的春節，二大娘也病死了。兩個大娘病中，天把天，我摸黑跑去張集藥店，抓藥，小跑步回來，不到上午八點，還能趕上劉家學堂的課。藥店老醫生，特別應門配藥，有時摸著我的頭，嘆氣。

治病……出殯……一次又一次，不幸降臨，二哥只得再賣地。

二哥的腰，要被悲哀和窮困壓斷了！

他面對冷酷的命運，迎風站著，站得挺直。我看到一個意志比鋼鐵還堅硬的二哥。

接連而來的幾年，銅山縣的以至徐州所轄幾縣的糧食產量豐富的一些農村，遭受到來自各路的軍隊野蠻的掠奪和恣肆的蹂躪。打著中央旗號的抗日游擊隊，是冠冕堂皇地搶小麥的兵匪，汪僞政權的和平救國軍部隊，日本鬼子派出本土和各殖民地浪人組成的搶糧隊，輪流到鄉村來殘害農民。農村，淪爲戰爭年月的人間煉獄。縱然遭受這厄運，小店村的鄉親們，不，整個的徐州地區的人們，都是戰爭的兒女。在戰爭的年頭，打來打去。哪回戰爭的鐵蹄不從這塊土地踏過？怎能不說徐州人是由炮火所孵育的族類？一回又一回，人們翻過了炮火焚燬的歲月，從頭，培育人，整頓家，挺起脊梁，自災難中崛起，怎能不說徐州人是特別狂野的打不倒的族類？

從戰爭的焚燬中，重建家園，眞艱困無比。

我們家幾個兄弟，除了二哥剛達到成年，都還在伸骨長肉的半大孩子階段，我們家園重建的事，比起勞動力充足的人家更是加倍艱難。一個大孩子，領著一群小孩子，撐持破碎的家，再遭兵匪搶掠可憐的一點點收穫，日子，過得十分辛酸，十分痛苦。痛苦，沒有長期挨受過飢餓的人，不會懂得，飢餓是煎心熬骨的一種痛苦的烈火，任你鐵打的漢子，也會在飢餓的煎熬中委頓下來。我怎能忘記那些年飢餓的痛苦呢？自一九四〇年代起，每年收的麥子，總被各路兵匪搶光，靠著秋季雜糧勉強撐到來年初春，三、四月青黃不接的春荒中，飢餓像瘟疫般襲來，當飢餓把人煎熬得前胸貼到後背，人，站著，搖搖晃晃，隨時都可能倒下來。

二哥費盡心血去挪借、去高利貸，同村的大姑母和嫁到西鄰水口村李家的姊姊，也從自己口裡省下點食物，不時送來咱家。二哥就把吃的大半分給我和弟弟，看到我不忍下嚥，二哥就厲聲責斥：

「不論多難。恁倆一定要去上學。能吃，就吃些吧！除非天塌了，人倒了，恁倆一定要去上學。懂不懂，吃點東西，存點力氣，爲的是讓恁好好去念書。」

那幾年，上學沒間斷過，二哥是拚了命供我念書的。

劉老先生對我家境況關懷，對我倆苦讀的成績十分喜歡。他也不時地背開同學把我倆領到後院，讓他三兒媳給做吃的。三嬸特弄得豐富，在春荒年月，白麵饅頭、鹹菜雞蛋，就如山珍海味了。劉奶奶勸著：「吃吧！吃飽的，好有勁念書。」我總是強忍住眼淚吃下那些食物，心裡思慮著以後不知怎麼樣才能報答這份恩情？

在劉家學堂，我念了四年；所學的，影響了我一生。

劉樂山老師教了我：中國古典文學裡的經史子集的系統知識。因四書的純熟背誦讓我容易吸收這些知識養分，奠定了我一生文學工作的基礎。事實上，我一生學識，只有這四年是老師教的，其後，都是我自己摸索的；而劉老師教的使我一生受益無窮。更受益的是，劉樂山爺爺教了我：愛。愛是一種付出的收穫，擁有火熱心靈在冷漠的人間也活得非常溫暖，在垂暮的晚景也活得十分年輕。

我在小店國民小學二年級讀了半年，跟胡老夫子讀私塾一年，劉樂山老師爺爺教了我四年，在死亡的陰影裡，戰亂和飢餓的煎迫下，我的二哥盡一切力量與艱難搏鬥，讓我在老家小店讀了這些年書，按學齡推算，我應該讀初中了，可鄰近幾十里內的鄉鎮，竟沒有一家中學。二哥正為此發愁，忽然收到後馬家游擊隊司令部的萬嘉鶴處長派人送來一封信，告訴二哥，後馬家中學要開辦了，他給我爭取到入學名額，春季班開始上課。二哥對這個天上掉下來的喜訊，高興極了。趁農曆年拜年，帶我向劉樂山老師報告。老師爺爺，很不捨地說：

「哎！我這輩子就教這一回學堂，教到你，是一個好料子，我很得意。現在，你既有這個機會，就應該把握住，去念中學，才能跟上新的時代。何況，他們和你父親的幾位黃埔一期的拜把兄弟有聯絡，將來有一天打跑日本鬼子，你那些世伯回來了，你不愁沒有發展。孩子，你要走了，我這學堂不久也會收了。以後，無論你走到哪裡，無論你做了什麼工作，可要記住：咱小店這個村子，咱小店這些關愛你的鄉親。」

我不敢仰視我老師劉爺爺的臉，雙手緊緊捧著他的手，老半天，說不出一句話來……

三

1

小店到後馬家，三十多里，灑開步子，用個大半天也就走到了。可二哥給我準備十幾本厚書，挺沉。詩、詞、古文集子之外，還有《國語》、《世說》等雜書，還有《老殘游記》等幾種閒書，還有他的《紅樓夢》詩詞抄本。我倆都愛《紅樓夢》，二哥把裡面的詩抄在一個本子上唱誦，最長那首〈葬花詞〉五十三句，我倆也背得滾瓜爛熟。我知道，二哥給我準備了這些書，有深厚的情意：此去後馬家念書，雖非遠隔千山萬水，卻是投入了游擊隊的基地，世局戰亂中，將來會捲進怎樣的漩渦實在難以預料。他把《紅樓夢》詩詞抄本送給了我，其中深情厚意，我懂，卻不敢說出一個字免得增加感傷。二嫂給我縫一套夏天的褂褲，布是自己紡織的；又塞進了一雙白底的黑面布鞋，厚厚的鞋底是她一針針密密納成的；還給我炕了十幾個小麥醱麵餅子，可以放個把月，吃了壓餓；這些東西不曉得二嫂怎麼東拉西挪地辛辛苦苦辦來的。二哥把書和東西平均放進兩條麵粉口袋，打個結，按在驢背上。向老爺爺去打招呼，他也不明白什麼？二哥趕著毛驢，我跟著，走了。

二嫂，三哥，弟弟，小妹，四個人送到村口。

一路上，二哥要我騎驢；這毛驢，猛撂蹶子，總是把我掀下來。只好一個牽，一個趕。過了晌午，來到後馬家地面距游擊隊基地城堡好幾里外，就有一層層的哨兵攔路盤查，二哥把司令部軍需處長萬嘉鶴的介紹信拿出來，信上蓋著游擊司令部的朱紅大印和軍需處長藍色的長條簽名章，他們稍一查看隨即放行。最後一關是城堡護城河外的警衛檢查站，驗了介紹信，他們打電話到軍需處，萬處長派他的傳令兵騎腳踏車來接我們進去。寬度在三丈上下的護城河，很深，插著尖竹。護城河上的吊橋，由城堡門樓上的絞盤控制著四條鋼索，每天晚上拉起，早晨放下。過橋，穿過一班憲兵站崗的城門，立刻進入森嚴的龐大兵營中。

後馬家城堡的面積廣闊，建築在一片迂緩降坡的連綿丘陵上。丘陵的中心最高點，就是游擊司令部所在地，由此向八方輻射，開出米字型的戰備道路。游擊司令部的最高司令官是陸軍上校陳英臨團長，統轄四個步兵營加上一個機動營共一千七百名的兵力，是特大編制的加強團；步兵營分守城堡的四個方向，機動營有兩門開山炮和八挺重機關槍的武器裝備，作戰時機動支援各方戰線，多年來的積聚訓練，成爲一團比正規中央軍的火力更強的戰鬥部隊。

軍需處在團部大院裡的一角，是一個獨立的四合小院。處長掌管整個城堡各單位的財政，軍階雖只爲少校，卻是陳團長最倚重的紅人。萬嘉鶴，本是我們小店村西頭的同鄉，年紀不到三十歲，身材修長，臉面白俊，一雙大眼睛，頂著頭黑而濃的西裝頭髮，要不是那身草綠軍裝和少校領章，怎麼看也是一個瀟灑的大學生。他有一個在中央軍的哥哥萬嘉麟，原是我父親的副官，現在跟著我父親黃埔一期結拜兄弟中的老五，第七集團軍總司令王敬久將軍，在作戰部任上校參謀。他倆兄弟常用軍中電報聯絡，萬嘉鶴受他哥的指示通知我來入學。

2

萬嘉鶴處長非常和善地接待我們。他說，咱們的關係不同一般，讓我在人前喊他處長人後喊他大哥，聲音親切又溫和。

萬處長向我二哥介紹後馬家中學：這是團部政治處主辦的初級中學，學校設備在淪陷區算是很不錯的，學生食宿也在校內由團部負責供應。現在第一屆收兩班一百名，是春季始業班。所有課程，按普通中學課程教授，書籍、文具、用品，全部公費。不過，學生一律配發軍服，加排軍訓、三民主義課，生活上也是軍事管理。團部辦這個學校，目的在培養年輕政工人才；本校初中畢業，政治部派到徐州西部游擊區，耿繼勛游擊司令所辦的高中續訓。那個游擊區大，耿司令指揮兩團部隊，被中央任命為淪陷區銅山縣縣長。

介紹到此，萬處長輕聲說：

「後馬家中學的學生，一切公費，說起來好聽，其實是招少年兵。這些學生，可不是隨便招收的，都經過嚴格的背景調查。」

最後，萬處長告訴二哥：

「你放心吧！把你弟交給我，所有問題都由我包辦。他不必住進宿舍，在我小院給他安排一間房，晚上我有空時還可以給他補些課。吃飯和我一起，有什麼需要添置的，完全找我。當然，他畢業後也不必去那個游擊區高中，那是一所正式的政工訓練班。我會把你弟送到大後方，去找王總司令，王總司令好幾次對我哥提到他兄弟倆。」

話說到這一步，一切清楚明朗，二哥開開心心地把我留下來。

我開始了半是小兵半是學生的生活。在班上，凡是文史各科，我輕鬆地就成爲被嘉獎的榜樣；別的學科，很慘，我差不多成了個白癡。比如，音樂課上，我完全看不懂那些豆芽菜般的音符，只勉強能讀以前我的劉爺爺教過的音樂簡譜，這位穿軍裝的漂亮女老師，凶得很，教學和考試都只用豆芽菜，讓我被一些同學看成土老冒。數學課上，老師講課我能懂，可大部分課題都牽連到小學算術的內容，這一條鍊子，環環相扣，一扣斷掉，前後怎麼也連不起來。小學算術，我只讀了初級小學二年級半年，等於一片空白；現在聽懂老師講的一些數學定理定則，要應用到算術的各種演算公式方法，我整個不通，上課就像拖死狗般辛苦。就這樣，我成績單上的黑和紅兩種數字，總是天差地別，看著就難過。

萬大哥對我眞好。他知道我沒學過算術，不論工作多忙，每晚教我兩小時：括號運算、分數化法、開平方和開立方、四則應用題等等，細心講解，我強烈的學習欲，讓他教得很帶勁。三個月下來，把算術的基本重點學過了，漸漸地，我在班上的數學大小測驗成績已經不見紅字。萬大哥讀過幾年古書，寫一手漂亮的柳字，他有許多翻譯的俄、法各國文學名著，我一有空就埋頭書中讀得非常過癮。他說，中國「五四」以後有不少大作家，魯迅、矛盾、老金、巴金、鄭振鐸、許地山等一批人的重要著作，他藏在小店家裡，不便帶來軍中。告訴我，以後有機會時要讀。原來他曾在南京外國教會辦的金陵大學經濟系讀過三年，抗戰開始時投筆幹過新聞記者，他給我講的許多事，比學校教三民主義課的老師，豐富而且深刻很多，不少地方和我的劉樂山爺爺看法很合，我忖度也許與小店村的學風有些關係。萬大哥的思想很新，可又很迷京戲，自稱梅派迷。他唱〈蘇三起解〉、〈拷紅〉等，腔調迴腸盪氣，我也聽得入迷。他教我吊嗓子，練唱〈空城計〉、〈武家坡〉、〈紅鬃列馬〉等齣，自己拉胡琴爲我伴奏，我也練得認眞。我倆各方面都很合拍，他似乎因爲來了這個小老弟生活裡也添了樂趣。萬大哥又愛好美食，他的小廚房有一位北平菜師傅掌勺，經常變著花樣烹調，給處長和他的參謀弄新鮮口味，加上了我，平常也只三個人吃飯，這位師傅卻不怕麻煩做出些北平小吃。掛爐烤鴨、熏雞、芝麻醬燒餅夾肉、餡餅等等，這些在小店沒夢想過的東西，我第一次吃到，都是在軍需處的這個小院裡。半年下來，我的學習很緊張，日子過得從來沒有的快樂，我又忖度，萬大哥對我這麼好，除了他哥的那層關係，主要因爲他是一個重情義、有思想的人。

陳團長和那位人人都怕的戰訓官廖參謀長，星期天下午有時會到小院來。團長魁梧健壯，是標準的北方大漢。參謀長短小精悍的四川人，横劃過左邊臉頰的一道刀痕，是在台兒庄和日本鬼子拚刺刀的紀錄，深黑的痕溝刻在紫紅的臉膛上，稍一聳動，凶猛無比。他倆來，大都是爲了吃北平菜、和萬處長一起唱幾段京戲。

萬處長的一個老勤務兵，偷偷告訴我：

「團長和參謀長是鐵哥兒們，他倆愛喝酒尋樂。喝酒尋樂，去另一處小院。」

「咱這小院，沒有他倆要的那些女人。」老勤務兵神祕兮兮地補上這句。我，似懂不懂地連連點頭。在我心中，覺得這些游擊隊的大官帶領部隊辛苦，吃點喝點是應該的；關於女人的問題，對貧苦讀書的少年的我來說是太朦朧了。

一個學期結束了，暑假來了。

政治部規定，暑假當中，家長可以申請來校探看學生，學生要留校進行思想教育不得回家。思想教育，上午學習《總裁嘉言錄》，政治部來員講解和考核學習成績；下午服務，派到各營區去協助清理環境，代士兵寫家書等。萬處長指定我在軍需處「服務」。

二哥趕一個星期天上午，到軍需處小院來。

先拜會萬嘉鶴處長，給處長提來一籃子小店村特產的蜜軟櫻桃。萬處長特喜歡，對二哥誇我的學業，讓中午一塊兒吃飯。

二哥到我那間小屋裡，見靠著墻我自己釘的小書架。把學校教的課本和參考書、家裡帶來的古書、處長那兒搬來的新文學書，分三層排放得非常整齊，白木小書桌擦得特亮，衣物床鋪整理得乾乾淨淨。他高興地笑了。

「四弟，恁這愛乾淨整齊的毛病，眞好。恁喜愛文學，也是大好的事。以後，恁會不會成爲作家或幹別的什麼？那且不說。我很高興恁能保持勤勞規律的好習慣。」

我向二哥詳細報告了學習成績，萬處長對我愛護的生活情況。

二哥拍著我的肩膀：「四弟，恁來對了。看，恁只來了半年，書讀得好，身子長得多結實。哎！你們的日子，過得和大兵不一樣，和農民更不一樣。」

二哥話裡的深刻感慨，我懂。這一學期，縱使我用功苦讀，可對生活上跟隨萬處長的優渥食宿，心中也總是難以平靜。顯然，二哥很高興我的學業成績，又一次，他開開心心地走了。

目送二哥走出營門漸去漸遠的背影，忽然一種惶恐的情緒漫上心來！恍惚中覺得，二哥和我，將生活在兩個不同的世界。

第三章

一

1

遠遠地，看到小店村頭聚集一大片黑壓壓的人群。

二哥戴著那頂寬邊的牛仔草帽，站在人群前列，我趕忙下車迎向前去，各輛車的人都下來形成一支隊伍，走向小店的鄉親。

歡呼、喊叫、鬧哄哄的喧嚷，隨兩大串鞭炮轟轟隆隆的爆炸過後漸漸安靜下來。我拉著二哥，把縣長、台辦主任等介紹一下，二哥和善地和他們一一握手。握手時，我發現官員們的目光裡似乎閃過一絲訝異的神情，想不到我所崇敬的二哥，卻是這麼一個黑黝黝的枯瘦的矮小老人，除了眼睛仍光亮灼灼，看不出他有什麼特別的風采？

我也幾乎認不出他，在去年夏天第一次會面的時候。

去年夏天，我請弟弟從靈璧開車到小店把二哥接到南京相會。

「四弟，你還是小時候的樣子，沒怎麼變，可身體更壯實了。」二哥看到我，像是兄弟們從來沒分手似的，平淡的語調裡透露著對我的思念和關懷。

我兩眼直直地看著二哥。自幼錘磨得會忍住眼淚，可心裡的淒楚讓我完全無法消解。眼前的這位枯黑的老頭，是我時常思念的二哥麼？青少年時期他那翩翩的風采哪兒去了？就在咱家極盡窮困的那些年頭，少年的二哥憑著一身硬骨撐持著傾頹的破碎的家，仍然精神旺盛地流露出無比堅定的豪氣！是怎樣的苦難，把我二哥，折損成這種模樣？八〇年代初，我約弟弟到香港會面兩次，提到二哥，弟弟說：

「可恨咱家在中國文化大革命中被紅衛兵判定為黑五類，咱二哥十幾天下來，被批鬥得人不像人鬼不像鬼，中間有幾回鬥得他死去活來！三哥在反右時期就自己跑到天水，你早就到了台灣，我跑得快逃到了靈璧，咱家全部災難就讓二哥一人扛下來……」弟弟禁不住哽咽了：「其實，自從解放後，各種各樣的清算鬥爭都是二哥承擔著的，可種種鬥爭，都沒有文化大革命中被紅衛兵折磨得那麼慘。」

我知道，父親的「黃埔背景」、我的「台灣關係」這兩項罪名害了二哥。可想像不到把二哥害得這麼慘！多少年的飢餓損耗，多少年的鬥爭折磨，把英挺的二哥委縮成枯黑的老頭。我得承認，眼前這位枯黑的老頭，就是我時常想念的二哥。

那回，我和弟弟陪二哥在南京過了很親的一個星期。

從台灣帶給他的墨西哥牛仔草帽，二哥很喜歡。戴著，似乎年輕不少，我特別喜歡看他遊山玩水時，戴這頂草帽的活潑樣子。有時空下來我禁不住要問二哥，他接受紅衛兵批鬥的經過？二哥只是笑一笑，淡淡地說：「事情已過去了那麼多年，還說它幹什麼？那本來就是個歷史悲劇。歷史翻過去了，現在，不是都變好了麼？」

我的二哥，從來都把事理看得這麼清楚，眼光又這麼高遠！讓我打心坎裡頭非常佩服。二哥襟懷的廣闊，我自忖趕不上他，二哥的智慧和見識若繼續深造所獲得的成就，大概我也趕不上。可他犧牲自己一切，讓我和弟弟上了學……

精神如此高大的二哥，我怎能讓官員們相信我的解說呢？

那就不必多說了吧。

我們被歡迎的人群，簇擁到村辦小學的大禮堂。我約略估計一下，歡迎的人群大約二百人，其中有一半是鄉和村的幹部發動來的，他們歡迎的主要對象應該是縣長，從鄉和村的一群小官的肢體語言裡清楚地看得出來，他們走馬燈般在張縣長和幾位市縣大官的身邊轉來轉去，他們帶領的群眾又跟著這群小官的後面轉來轉去。另五、六十人是我們的親戚、朋友和鄰人，這群人是來歡迎我的，除了二哥之外都被排到最後的邊緣。剩下的幾十個人是擠來看熱鬧的，擠在中間地帶，鑽來鑽去，很有個擠勁兒。

小學大禮堂還不小能容納兩三百人，舞台布置得像什麼慶典似的應該有的物件都配置起來，最醒目的是「熱烈歡迎郭老返鄉探親」和「熱烈歡迎張縣長來鄉指導」兩塊大紅長幅布條，分掛在舞台左右的木板上。鬧鬧哄哄地，縣長等領導講了話，群眾一陣陣鼓掌如儀。輪到讓我「說幾句話」的時候，我的幾句話自己也不知道說的是什麼？好在，歡迎儀式「勝利完成」了。

這時候就看到了「本家孫子」郭品賢的主要用處來。我對張縣長們幾位官員，握手、致感謝辭之後，把他們交給郭品賢。還早，十點半鐘，他們儘有時間去「視察」或「開會」，相信郭品賢會把他的領導們服侍得周周到到。

二哥領著我和弟弟他們以及大批親鄰回家。

家，是新落成的一個三合院子。周邊有一人高的磚造圍墻，大門朝南，堂屋三間，東西各兩間，瓦房。房後有片菜園，角落蓋豬圈和雞圈。院前的水泥地面鋪得很平整，沿著圍墻內側，種了幾十棵柳樹。二哥很會設計，方方正正，不錯的一個農村院落。

引導看了一圈，二哥對我說：

「去年從南京回來，村委書記知道了你要給我蓋房子，就撥給了七百平方米宅地。其實，他們早該賠償咱家了，咱祖宅被炸，十幾畝宅地就被平白沒收。這次，我讓恁三哥從天水過來，監工五個多月，在上一個月底才全部完工。聽說恁要來他等著替新屋辦這個落成宴會。」

在堂屋中間客廳坐下來，親戚們圍在四周。人眞多，兩位姑母家的老一輩都走了，表兄弟姊妹們各家的兒女孫子和重孫都是一大群：水口李姊的身子骨硬朗得很，李姊夫不在了，兒女和孫輩也有不少；雖然政府嚴格控制人口實施一胎制生育計畫，可中間那兩代在「生多獎大」的政策下人口暴增，所以下面的小傢伙跪了滿地，小嘴巴們甜甜地亂喊爺爺、太爺爺吵成一片，小腦袋們乖乖地磕頭有的還弄出點聲響。在台灣，只有兩個孫女一個孫子喊我爺爺。現在滿地小傢伙眞教我高興得合不了嘴卻也有些招架不了。

我早就請稚鳴替我備好親戚名單和各家孩子的紅包，按表發給，從老到小，送給了適當的「見面禮」。

院子裡擺開六張酒席大圓桌。二哥把宴請酒席分段辦：中午，宴請親戚，飯後各家分別回他們的村子。晚上，宴請朋友和鄰居，都是本村人，大家酒喝得凶，也鬧得很晚。

2

客人走了，夜深了。

北方的晚秋十月的午夜，農村，四野蕭瑟，西風掠過寂寥山川，寒涼中散布著淒清的況味。堂屋裡，卻瀰漫著醉人的溫暖：頂燈和壁燈，全都開著，二哥、二嫂、三哥、我、稚鳴、小妹淑貞，當年少小時候相依爲命的兄弟姊妹，親愛地圍坐一起；明亮的燈光，把每張臉上的滄桑紋路，映照得纖毫畢現。我端詳著每人的臉，沒有一張尖刻、狡詐的臉，沒有一張討人歡喜也隨人擺弄的臉。厄運那魔鬼過早地把那群幼小的孤兒丟進人海，苦難在他們臉上留下深刻的痕印，也雕刻出一張張堅強的絕不屈服的容顏。每個人，憑著驕傲的一副硬骨頭，憑著個己微小的力量，拚命搏鬥幾十年，老了，過早地老了。霜雪積在每人的頭頂，就連剛進五十歲的小妹也是滿頭花白。可爽朗的笑聲年輕，輕細的話語溫柔，誰都謹愼地不去碰觸少小時候悲慘的心頭創傷只讓話語繞著彼此的生活打轉。敘說起來，大家都擁有了一個平凡而安穩的家庭，都開闢出一片屬於自己的天地。唯獨犧牲最大受苦最多的二哥一家，特別的艱辛。二哥二嫂，只生育一男一女，小女嫁在本村趙家，也有兒孫了。大兒在二十歲那年夏天，上房頂修補屋漏的茅草，滾下來，摔斷脊椎，腰部以下癱了。至今三十八歲在地上爬，給他收養個女孩才七歲，作爲以後依靠，現在都由兩老養活。

「災禍來了，別躲。想辦法，就能過得去，人總有一個活路。」

二哥的話永遠持著樂觀語調。這語調裡，包含的無限忍耐和無限倔強的性格，我們做弟弟妹妹的，最是懂得。

二嫂和小妹煮了湯圓端來。

「吃湯圓吧，每人一碗，這是咱兄弟姊妹團圓飯。」二哥下達指令：「吃完，也該歇下了，明天早上事還很多。」

二哥把我帶到堂屋的東間，他和二嫂的臥房。

「四弟，你看被子、床單、枕頭都是新的，給你準備好了。」

「你們睡在哪裡？」

二哥領我到西間。西間用厚木板搭架一張大通鋪，佔半間屋子。

「各家親戚帶孩子來就住這間。今晚，我們睡在這裡。」

「叫二嫂去東間睡吧，俺得跟恁睡這間。」向來我聽二哥的，這回我要二哥聽我的：「二哥，恁也怪藐俺老四啦！咋的？這木板床，恁能睡，俺就不能睡？」我特別說著家鄉話。

「管，管，聽恁的。怪不得人家喊恁老憨。」二哥也說家鄉話。

兄弟倆都笑起來。

躺下了，二哥又向我談一些小店的情況。

「現在，大家日子過得好了。你注意沒？村裡家家都蓋了瓦房，茅草屋很少見。吃嘛，從年頭到年尾都是白麵饅頭，咱們從前吃的雜糧和紅芋，現在成了希罕物了。政府在村子西頭，修一個大水庫，原來南邊那些河灘地，鹼大，不能種東西，都荒著。現在開溝灌溉成水田，種稻子，產的大米可多了。咱這兒不吃米，都運出去賣，水庫的魚，也多得不得了，小店成了魚米之鄉啦！」

停了一下，二哥有些感慨，到底還是說了出來：

「四弟，你在台灣可知道大陸一胎制的生育計畫？」

「知道，全世界都知道中國這種強迫節育政策。」

「你可知道農村是怎麼推行一胎制的？」

「？」

「在農村，管生育計畫的幹部們，發動那些沒事幹的老太婆，每人分配監視幾家，專盯著年輕婦女的肚子。一旦發現已經有一個孩子的女人肚子又大了，不論她正在做什麼，馬上通知警察把她拉了就是，也不一定讓家裡知道，送到流產科就動手術，如果懷孕太久無法流產，不管死活，剖腹切掉。同時，派人到她家拆屋、拉牛、搬東西，這叫做經濟處罰。」

「太野蠻了！太野蠻了！」

「這哪是野蠻？這是政策，他們有四句口號：

俺教你墻倒屋塌！
俺教你家破人亡！
擁護一胎政策，
堅決壓制再生。

生育計畫辦公室，把這些口號寫成大字報，到處張貼，還用白漆大字刷在人家墻上。咱鄉下人不懂，也不過二十年前吧，偉大的毛主席說了一句『人多熱氣大，人多好幹活。』鼓勵人民多多生孩子。生十個孩子的女人，加封『英雄母親』，披紅掛綵，敲鑼打鼓，開大會表揚。弄得家家比賽生孩子，幾年間，中國人口增加了四億。那不也是政策？可鄉下人能懂：什麼政策不政策的，遇到有錢有勢的人，作廢。拿這個一胎制來說，有辦法的，還不是照樣多生。誰能壓制住那些有權官員『生育游擊隊們』的生孩子勁頭？」

「太荒唐了！太荒唐了！」

「就會好起來的，鄧小平當家作主了嘛。」

二哥作出他的結論。

二

1

今天我們要到堰北拜掃祖墳。

從二哥宅院後邊的一條小徑，我們攀爬黃河堤堰。兄弟姊妹昨夜都沒怎麼睡，一大早，在二哥的領頭下像一小隊尖兵精神旺盛地攻上了堰頂。美麗的黃土地喲！曾多少次在夢中出現的黃土地，如今眞眞實實地在眼前出現。

黃土地，平平整整，從堰頂一直伸展到黃河沿上，看上去幾千百畝田地一個樣兒，單調得找不到什麼特別的景象。生長在黃土地上的人，就能分別，這塊地和那塊地，有不同的成色，有不同的美麗和溫柔。我們匍匐、耕作、生活在黃土地上，我們懂得黃土地的粗獷性格和在四季變化中的細微感情，黃土地也懂得黃河兒女的辛勞與悲歡。

2

大黃河，是我們的母親河，也是一條頂頂不安定的河。

從遠古禹王治水神話起，幾千年來歷史紀錄的黃河大氾濫就夠人細數的了。每回氾濫，總沖毀下游幾十個縣的田園廬舍淹滅萬千不及逃脫的生靈。當新沖出來的河道被堤堰束住而穩定了，河岸沉積下厚實的肥腴的黃土，便淤成廣袤而肥美的田畝。我們這條黃河，老輩的老輩的久遠傳說是大禹治水時留下的河道，不信的話，你去看看現在徐州北關的黃河堰還留下禹王鎮壓河水的一頭大鐵牛。這傳說只是老黃河許多神話中的一個神話。事實是，這段黃河是南宋末葉大黃河決堤造成的。大水從開封東下，經商邱、徐州、睢寧、鹽城入海；在徐州銅山地區，河的北岸是一列綿延百里的山嶺阻擋了橫流，河的南岸就築起大堰擋水。我們攀爬的黃河堤堰。高五、六丈，厚十幾丈，像一條無比長大的巨龍和對岸山嶺夾制著氾濫的河水。後來黃河又改道，經山東入海，我們這條黃河成爲細小的支流；可淤積的肥沃土壤，堆在此岸，從黃河堤堰北望好幾里寬的平平整整的黃土廣野，是咱小店最富饒的良田。以前，村南的河灘地只能種點兒西瓜、花生等作物，經常會被河水沖走。僅憑著堰北的良田，夏收小麥，秋收雜糧；一季小麥，已是夠家戶的整年吃食，所收雜糧大多作爲牲口飼料，至於瓜、果、紅芋、花生等，算是農家的副產品。

我怎能忘記那收穫季節的喜悅呢？

當五月的南風，吹黃了顆粒飽滿的麥穗，毒花花的太陽，烤紅了莊稼漢的臉膛，村莊沸騰了！牛車和牛車碰上了頭，道路和道路拉起了手；在海洋般浩瀚的金色麥浪裡，莊稼漢，像游動的魚群，收割的鐮刀比著快，拚趕的勁兒比著猛，在歡樂的節奏中，大家較上勁兒，誰都想竄到割麥行列的前頭，誰都想贏得後面束紮麥捆的女人們喝采。嚇！這是沒人願意認輸的競賽。在收麥的勞動中，村莊裡，哪能有一個閒人？就連老人家也在打麥場上，看管滿場曝曬的麥子轟趕伺機啄食的雞群，拾掇著零碎活兒。只有小男孩們，大人嫌他們礙手礙腳，放他們在麥場上打滾，到柳林裡撒野，成群結隊跑到黃河邊，脫光衣服跳下去玩水。太陽落山了，小傢伙們趕快跑回家，到飯桌上搶吃搶喝，撒嬌耍賴，逗辛苦一天的大人們喜愛。

當金秋來臨，風，打從西方吹來，吹著尖銳的唿哨掠過黃土地。莊稼人，最能聽懂秋風的訊息：「立秋三天遍地紅，立秋十八天寸草結子。」似乎一夜之間，蔥籠的綠野，魔幻一般披上了豔麗的彩衣。田裡，紅了頭的高粱，黃了穗的小米，深褐的豆莢，金橙的南瓜，……在道旁白楊樹嘩啦嘩啦的敘說中，各自展示豐盈的成熟。秋收是另一次重勞動幹活，不過雜糧的品種多，成熟有的早些，有的晚些。莊稼人，在前後一個多月中，可以按照先後來進行採收。直到雁陣在高空排著人字，嘹喨的鳴聲迴蕩在渺遠的寒雲間，曠野裡，風涼霜冷，一片荒煙，整年的農活全部完了，莊稼人，才得空躲在茅屋，抽菸喝茶，閒磕打牙兒，等著迎接農曆新年的節慶。

我怎麼能忘記那農曆新年的歡樂呢？

當時節進入臘月，家家戶戶都忙著辦年菜。男人殺豬宰羊，製綠豆粉絲，磨豆腐……女人做年糕、灌香腸、包水餃、炸丸子……誰都忙個不停。臘八，喝了七寶臘八粥，就正式拉開新年節慶的序幕，鑼鼓喧天，舞龍、耍獅、跑旱船，採高蹺等等鄉民表演，你來我往，整天不斷，喝酒、打牌，便成了應時的節景。大年三十的守歲，當然是最溫暖的團圓時刻。午夜一過，新年的鞭炮聲震醒了孩子們迷離的睡眼，各家孩子給自家尊長磕頭拜年領了壓歲錢，大孩子帶著小孩子，提著燈籠摸索到鄰近的親戚家，大聲高喊長輩的稱號：

「俺來拜年啦，頭給恁磕在這裡了。」

「乖孩子，磕頭收下啦！案子上紅包，恁一人一份。」裡間，老人家話語，含糊裡透著高興。

大年初一以後，滿村人頭竄動，亮出新衣新帽，走親戚、趕廟會，辛苦一年就圖這些天歡樂。初五，元宵，是歡樂的兩個頂點，元宵以後，差不多了；可要到「二月二，龍抬頭」，農曆的年慶，才算正式結束，春耕的農活又要開始了。

黃土地喲！你那肥沃的良田；讓辛勞終年的莊稼人，收穫到足夠的糧食；讓容易滿足的莊稼人，享受些節慶的歡樂。而我，得特別感激，一個傾頹破碎的家在最艱難辛酸的兩年，依靠黃土地的收成，也還能硬挺過來，讓一群孤兒，終於，挺過來了。

3

誰會想到？那麼肥沃的黃土地，那麼勤勞的莊稼人，雖然豐收年年，卻又飢餓年年。

五月收割季過了，各家的小麥，堆滿糧倉。

最先來到村庄搶我們小麥的，是兵匪。

咱莊稼人喊他們兵匪，他們自己說是中央軍抗日游擊隊。

游擊隊和兵匪，怎麼分別呢？

當台兒庄會戰結束，徐州被日本鬼子攻陷。中央軍的部隊，有的化整爲零，向安徽、河南一帶撤退。不少逃兵，一路跑、一路丟掉武器；被地痞、流氓、不安生的農民撿拾起來，一股股土匪，開始在各地興起。許多村庄。遭過土匪搶劫後，就自己組織「保安隊」，修築圍墻，防禦土匪。土匪受到壓制，好像散夥了。不久，一種穿著破舊的中央軍草綠軍裝的小支部隊出現。他們打著抗日游擊隊的旗子，帽子上有青天白日黨徽，衣袖上有部隊番號，堂堂開進村子，向保安隊商借糧食。大約是二十來個兵編成一排，跟著十來個班長、文書和排長；三個排組成一連，又跟著一批「軍官」。一般是以一個連出動，偶然在鄉村露面。士兵有的只背一把大刀，有的背著步槍；背槍的人斜肩披掛一條布料縫製的子彈袋，一格一格的子彈格內，扁扁空空，沒有裝幾顆子彈。莊稼人，笑這種游擊隊：

「官比兵多，兵比槍多，槍比子彈多。」

眞的，這種游擊隊比咱村子的保安隊，差遠了。

可游擊隊，有中央軍頒給的部隊「官印」，有組織、有軍階，能夠給人官做。沒經多少日子，各村的保安隊隊長，就被人員槍枝拉過去。游擊隊壯大得很快，迅速在徐淮公路南側，一處叫做後馬家的地方築起城堡，作爲游擊隊的司令部，擴充到擁有一千多名兵員的一個加強團，武器、裝備、訓練，逐漸達到正規化的規模。

游擊隊司令部，把徐州東南部的銅山縣地區，以黃河爲界，黃河以南的十幾個鄉，包括張集、賀樓、鹿台等等所屬的幾十個村子，都劃爲游擊區。在麥子入倉以後，就「名正言順」地派運輸軍車，到村裡徵糧食。

游擊隊來村子徵糧時，都派大批部隊保護運糧車，生怕糧食被別的軍隊截走。來到村子，找村長和甲長分配部隊住進百姓家裡。村長、甲長知道哪家有富餘的房子可住以及能住下多少人，平常早把資料準備好，游擊隊來了就按部隊人數安排進可住宿的人家。部隊的伙食，便攤派到村子的每家每戶，按照你家的經濟條件，規定你承擔的伙食質和量，命令你三餐準時送到部隊住的人家去。游擊隊的指揮官，都和幾家地主的關係很熟，每回來村徵糧，就輪換著把地主大宅院作爲指揮部。地主、村里長和軍官飲酒作樂像一家人似的。村長和里長說，游擊隊是中央軍的直系部隊，是打日本鬼子的部隊，得盡力好酒好菜慰勞。可農民並不這麼想，辛辛苦苦，存下點臘肉、鹹蛋，養了些雞鴨，是準備給田裡幹活人吃的。游擊隊來了，大爺一樣地住進各家，還得把好東西從自己嘴裡掏出來，恭恭敬敬去侍候他們，憑什麼？說是打日本鬼子，當日本鬼子下鄉燒殺、姦淫、搶掠的時候，誰看到游擊隊在哪裡？誰看到游擊隊來向鬼子開火？誰看過游擊隊向鬼子的營地突擊過？

莊稼人看到淪陷區眞實的戰爭景象是：日本鬼子軍隊，把兵力分散到防守各城市的「點」和防守幾條鐵路或重要公路市鎮的「線」，人數已經有限。游擊隊在後馬家築起軍事城堡、設立游擊司令部，也不過離徐州幾十里，可鬼子軍隊沒有兵力也沒有工夫去攻打，沒有，在八年中日戰爭期間，至少在徐州東南的游擊隊地區，日本鬼子軍隊不時會下鄉「掃蕩」，掃蕩的是鄉下農民，燒殺、姦淫、搶掠一番，立刻又開回城裡去。鬼子軍隊，沒有一次去攻打游擊隊的後馬家城堡。後馬家城堡，按照中國「城高池深」的辦法建築，這是一個築得易守難攻的大兵營，城墻又厚又高，護城河裡插著削尖的竹桿，防禦十分堅固，除了飛機大炮，很難攻下。游擊隊以後馬家城堡爲中心，統治力量向周圍約四十里的鄉村輻射，距離中心最近的十幾個村子，是游擊隊基本的勢力範圍，在此範圍內，農民得到保護不受其他部隊騷擾，他們對游擊隊要盡當兵、做工、納糧的全部義務。擴展到中間一圈的村子，農民只受游擊隊徵工和徵糧；要徵兵的話，農民跑得開，不容易捉到。到了外緣地段，像我們小店，已是「三不管」地帶，游擊隊勢力可以達到這裡，每年夏季要來徵收小麥，徵完就撤走。他們走了，別的部隊就來，我們成爲各路軍隊都來搶糧的地帶。所不同的是，游擊隊徵糧，按各戶收的麥子和人口做標準，大約徵去所收小麥的三分之二，給農民留下些麥子來接上雜糧，這是「政府軍隊」照顧農民生活，說起來，挺講理的。可游擊隊剝過這一層皮之後，還有和平軍帶著日軍再來剝一層皮。

汪精衛僞政權的軍隊，自稱和平救國軍，游擊隊和八路軍都稱之為偽軍，老百姓直接喊他們漢奸部隊。農村裡，還是把游擊隊當成正統部隊，對八路軍不很了解卻知道也是中國人的部隊，提到僞軍，那是漢奸部隊，沒有誰會去幹漢奸兵。所以僞軍大多是無賴的遊民和流氓分子，平時窩在城裡，一方面作日軍的爪牙，一方面包娼包賭包訟包毒，實是一種公開化的黑道軍隊。僞軍受日軍控制，既不准有重武裝，也不敢單獨下鄉，唯有收麥以後，僞軍在日軍保護下，來村裡搶麥子。每次，由日軍兩三輛裝甲車帶頭，二、三十輛日本大卡車隨後，開到一個村子，挨家挨戶搜糧；一個村子不夠，再開到另一個村子去搜，直到車輛完全裝滿為止。僞軍搜糧時，派兵把村子的通路堵死，自己動手之外，還逼迫農民搬運上車，拷打農民招出藏糧地方，完全是強盜搶劫，農民恨之入骨！有一回，到大汪庄搶糧，有三輛糧車拋錨落在後面，被農民圍住，燒掉車，打死駕駛和跟車的僞軍。第二天，僞軍帶領十幾輛日軍裝甲車開來，把大汪庄全村燒光光，來不及跑掉的村民，都遭到日本鬼子殘忍殺害。男人被趕到村口廟前廣場，一百多口，遭機關槍掃射，打得腦袋開花身子的彈孔像蜂窩，滿場是破碎屍體和一汪汪血泊！很多家的孩子，都是被刺刀劈死，扔在家門外，女人被剝光姦污，再用刺刀戳死，有的自己吊在樹上……。後來聽說，這是日本鬼子「燒光、殺光、搶光」的「三光政策」，用來鎮壓反抗的一種恐怖征服策略。

一次又一次，日本鬼子下鄉搶糧，使用滅絕人性的三光屠殺來鎮壓反抗。這種極端恐怖的殘暴手段，像晴天霹靂，把腦子簡單的農民震醒。農民在抗日戰爭初起時，並不在意打的是什麼仗？

幾百年來，各種仗打來打去，看多了，疲了，鄉間最初傳聞的兩句老古話：

打仗了，又要改朝換代了。

改啥朝？換啥代？咱們還是誰來納誰的糧。

做慣了順民的鄉下人，本以爲日本人來了也不過是又一回改朝換代，反正誰來納誰糧，得啦。直到鬼子們，對中國人燒殺、姦淫、搶掠的獸行，血淋淋地反覆擺在眼前，農民眞正醒悟，鬼子們和咱不是同種的，想做順民也做不成。仇恨的火，在農民心裡燃燒開來，年輕人想操起刀槍打鬼子的，聽說北邊隴海鐵路沿線八路軍常和鬼子兵開火，就一群群過了黃河投向北邊去。

黃河，我們這條老黃河，緩緩地流著，河水，清而且淺。

這麼一條清淺的老黃河，如同一道天塹，游擊隊不會過河騷擾，日本鬼子從來不敢涉過黃河。

在黃河對岸，那一列重巒疊翠的青山岡陵間，是八路軍飄忽出沒的解放區。八路軍，是農民的軍隊，能吃苦，會趕路，一夜躦行百幾十里，在他們是稀鬆平常的行軍移動。當敵人的情報說有，他們已飄忽遠去；說無，他們會飄忽而來，這種出沒不定的神速移動，算不準他們的兵力和方向；你在明處，他在暗裡，你打他退，你退他追，仗要不要打都揑在他手裡。游擊隊怕，日本鬼子更怕。

山巒接著山巒，沼澤連著沼澤，一直延到八路軍的根據地洪澤湖，跨越十多個縣的廣大地區，誰也不清楚到底有多少八路軍？甚至，也很難分清楚八路軍和農民的區別。在那廣大地區的無數村庄，農民被訓練成人人會玩槍，家家有刀槍的隊伍。農民下田，犁鋤之外，每人都背著槍。把槍碼在地頭，種田；隨時能放倒犁鋤，打仗。農民剽悍的拚鬥和八路軍迅疾的攻防，誰也不敢輕易深入他們的陣地。即使隴海鐵路這條東西運輸的大動脈、大城市間重要的公路幹道，三不五時遭八路軍炸毀掉，日本鬼子下鄉掃蕩常被農民包圍消滅，當大批日本部隊開到，頂多把他們驅走，也不敢進入山區腹地去纏鬥。八路軍和農民結成一體，可以說：八路軍是穿軍裝的農民，農民是不穿軍裝的八路軍。

八路軍的軍裝，灰色、鬆垮垮的，戴八角紅星帽，穿麻繩編的草鞋，模樣就是很土。游擊喊他們「土八路」，的確形容得很傳神。這麼土的八路軍，偏偏就合農民的胃口。抗戰後期那幾年，八路軍實力擴大，時常過了黃河向游擊隊地區發展。

秋收過了，十月底，一個營的八路軍開來小店。

村民早都聽過八路軍，沒有誰見過八路軍。八路軍來了，莊稼人的眼睛忽然亮了起來。

八路軍，不住民宅，不攤派飯。他們在村裡的一些打麥場上，搭起帆布篷帳，成列成行，陣容很整齊；他們在旁邊空地，支架好行軍鍋灶、菜板，自己來做飯。莊稼人覺得新鮮，圍成一大圈，看。每一頓飯，八路軍吃的，也就是小米飯、雜麵卷子、綠豆麵條，配上醃大頭菜、辣椒醬、大蒜瓣、熬大白菜等等，官兵不分，完全一樣。

「咋的？八路軍吃的，跟俺家吃的，差不離哩。」

「人家可沒罵咱是死老百姓。還趕著喊俺大叔，喊老人家大爺、大娘的，多親哪！聽著就舒服滋滋的。」

「怪不得八路軍不擾咱！俺探過底兒啦，人家原本也跟咱是同一個樣兒——都是農民。」

「土八路嘛，跟咱農民可土成一堆兒啦！」

村裡到處都有人喳喳哇哇地議論。

一連三天，八路軍忙著：放哨、測繪、操練、熟悉地形地物等活動，沒有一個兵闖進民家。文工隊，是八路軍的一支文化宣傳工作的隊伍。這一個營的野戰部隊，就配置了五十人的文工隊。文工隊員，都是年輕人，文化水平很高，女隊員還比男隊員多些，大部是抗大畢業生。穿的和野戰部隊一樣，很土，可一舉一動，就顯出文化的差別出來。

文工隊的任務，並不比野戰部隊輕。他們在三天中，對全村各家各戶作了友好訪問，實際上進行了「戶口普查」工作。製作了大量的抗日漫畫和標語，張貼在路口、廟旁人多的地方，把看熱鬧的人，十個一堆、八個一組地聚起來，聊聊閒話，講講故事，也就把抗日救國的大道理談說出來。有時，集合的村民多了，他們馬上架起一個臨時演說台，男女隊員輪流演說，更會用行動劇來演示日兵南京大屠殺的殘暴以及在各地區燒殺淫掠的獸行，隊員們激昂的表演，點燃了農民心頭的怒火，台上台下，打倒日本鬼子的怒吼連成一片。

每天傍晚，文工隊找幾處打麥場，把村民集合起來，分別教唱抗日歌曲。他們教的歌，深淺都有，照著對象來：

月兒漸漸高，
掛在楊柳梢。
小佳人，在繡房，
心中好苦惱！

想起俺的郎，
死得多冤枉！
日本鬼子丟炸彈，
炸到他身上。
……

這支〈思情郎〉小調，描述村姑悲痛，道出日本鬼子侵略犯下的暴行，大人、孩子唱開來，在農村產生了廣大的迴響。

文工隊也眞有本事，他們根據友好訪問資料，把村裡念過書的青少年集合起來，演講、發資料，教抗日歌曲：

我們已經燃起憤怒的火把，
燒遍了壯麗的黃河岸旁；
我們要用筆尖的描繪，
戲劇的演出，
音樂的奏唱；
來振醒同胞的迷夢！
發動廣大的武裝，

團結起來！
共赴戰場！
打倒日本鬼子，
挽——
救民族的危亡，救民族的危亡！……

這是針對知識青年和文藝家的一支抗日歌曲〈憤怒的黃河〉。呼籲文藝工作者們起來，以筆寫作、繪畫，以音樂歌唱、演奏，以戲劇演出日本的侵華暴行，喚醒中國人民一向在「改朝換代」「誰來納誰糧」的甘做順民的思想迷夢，發動全民皆兵，團結抗敵的民族存亡戰爭。這支歌曾對少年時期自命爲文藝青年的我，是一記當頭棒喝。

文工隊，能文，也能武。捲起袖子和褲管，掏水溝、修路、推磨拉車，都在行得很。本來嘛，念了抗大，當上八路軍，也還是農民的孩子。

部隊在小店駐三天，要開拔了。

小店人，變了不少，老老少少的站在路邊，自己都覺得新鮮，這可是頭一回呀，莊稼人向部隊送行：

「再來啊！再來。」送行的大人小孩，親熱地喊。

八路軍排起四列縱隊，昂著頭、唱著抗日歌曲走了。

過兩個月，八路軍又開來小店。不是原來那一連，可手上有小店地圖，好像熟門熟路的老朋友，一切活動和原來的一樣。村民也像已經認識似的，熱絡的很！八路軍和農民蹲在一起海聊的畫面，自自然然的，不稀奇了。

八路軍來小店也不稀奇了，總是駐紮三五天，就開回河北。那兩年，八路軍在秋冬兩季，常派部隊來河南各村子活動，在這塊游擊的地盤進行訓練，過後就撤回去。每次回撤，各村都有不少年輕人跟去，有的當八路軍的兵，有的去讀抗大。八路軍雖然不長駐下來，這塊地盤還是游擊隊的，可農民的心已歸向八路軍了，幫著放哨、偵察、傳遞消息。同時，把游擊隊正式叫做兵匪。

游擊隊是中央軍領導的部隊，農民本來是認中央軍的當然也就認游擊隊。實在的情況是，在銅山縣甚至徐州地區各縣的頭面人物，本來都是傾向中央的，大多都參加了國民黨，即使有人不是國民黨員也和國民黨脫不了攀扯牽連的關係。可抗戰幾年下來，國民黨員裡的許多少壯派紛紛轉變爲共產黨，廣大農民本來認中央軍、認游擊隊的轉變爲認八路軍了。怎麼會產生這麼大的變化？單憑嘴說，是怎麼也說不清楚的。

4

那些年，小麥收後，除了幾個地主，家家只個把月能有飽飯吃。隨後，就得到田地裡採收還不夠成熟的雜糧充饑。秋收之後，雜糧是家家戶戶的唯一主食，不過也得搭配著胡蘿蔔、紅芋等小心地吃，就這麼著，吃到農曆年已經差不多見底了。一年又一年的春節，再也沒有歡樂的節慶，整個村子淪陷在淒涼的沉寂中。人們縮瑟在各自的茅屋裡，沒有力氣出來活動交往，除非碰到好天氣才會出來擠在墻根曬太陽取暖。終年勞累的漢子們，敞開了又破又硬的棉襖，懶散地躺在烏角墻邊，眼裡儘是淒楚的無奈和茫然。

我怎能忘記年年春荒的飢餓所加給我家的創傷呢？

到了三月，家中能吃的東西都吃光了。荒地裡露出頭來的野菜，榆枝上結成花團的榆錢，也被採食光了。在這青黃不接的春荒中，我們是以怎樣貪婪的眼睛注視著田地的小麥苗啊！每天，每天，都在祈禱小麥的抽穗、吐芒，小麥抽穗了，吐芒了，可穗子上的麥粒苞兒是空癟癟的，麥芒的青鬚兒是軟趴趴的，好像不再長了，老是那個樣子。掐指細算，要等麥粒飽滿麥芒發黃扎人了，最少也得等二十天。二十天在飢餓的肚子，比二十年還長還難熬，熬不過這春荒最後的日子，一頭栽倒了，只能認命！在這種時光，家家自顧不暇，沒有人來替你喊一聲冤枉。在這種時光，羸瘦的、老的太老小的太小的、我們這一家人，比起別的掙扎在飢餓線上的人家，是更缺少耐力和抗勁的弱者。親戚們，能幫助我們幾個子兒的，早就把口袋翻過來，掏得空空的，再無一絲力氣拉我們一把。眼睜睜地，我們這一群老小，每年，每年，到了這要命的關頭，總是在生死之間浮沉……

每年，每年，我們的二哥，總是要滿懷委屈地走向地主的家。

地主家，有的是糧食，也早準備好了，等著村子裡實在熬不過去的人家前來借糧。在戰亂的年代，地主的日子，過得比太平歲月還快活。愈是局勢複雜，他們活動的天地愈大，愈能顯出他們的能耐。他們會打通一切管道，結交各路人馬，成爲掌握著幾百戶村民動向的大檔頭。儘管游擊隊、僞軍下鄉搶糧時六親不認，總會認地主們的交情，搶不到他家。幾個地主，都養著些膀壯腰粗的傢伙，指揮這群二混子幫著打架、討債、看家。地主們用白眼看莊稼人，莊稼人也用白眼看地主們。

幾家地主中，勢力最大的一家劉姓地主，他家大院的後圍墻，貼我家前面打麥場的邊上，兩家是前後緊鄰。他說，我父親在徐州任警察局長時，他曾在父親手下幹過巡官，咱兩家是有點淵源的。他有個兒子和我同年，帶我到他家玩過兩回。看起來，這位劉姓地主好像有病，一臉焦黃，有骨無肉，個頭兒應該不小，每回都躺在大煙榻上。這種大煙榻，我從前在徐州二舅房裡看過，總覺那根黑呼呼的煙槍頭裡，滋啦、滋啦燒著一團黑泥煙泡有毒，吸進去再噴出來的白色煙霧會迷人，不敢太靠近。這位地主好像對我估計得太高了，喜歡向我敘說他的抱負，表明他是位胸懷天下的大才。第二次，他從煙榻上起身，領我觀看他家客廳的豪華陳設，告訴我，裡間那張黑檀木的大八仙桌和我家堂屋那張一樣是他從徐州一起押運到小店的，現在，有頭有臉的人物來到小店，他就在這間接待。他特別教我看墻上掛的一對大字長聯：

苟全性命於亂世不求聞達於諸侯

請看今日之中國竟是誰家之天下

這對長聯，是兩篇古文名作的集句。那兩篇名作，劉樂山老師教過我，意思我也懂，可一個抽大煙放高貸的地主怎會有這般心思？只覺得這位地主很不平凡，心裡既有些敬佩，也有些迷惑。

到劉家學堂上學，想起來，我請教老師這對長聯的事。

「他為什麼要在客廳裡掛這對長聯？一時和你說不清楚，說了，你現在的年紀也體會不到。等你大了，自己去想他是怎樣的一個人吧？」劉老師沉吟一會兒：「告訴你，孩子：我這劉和他那劉，不一路，我這劉沒有他那個本家。」

當我二哥知道了我到劉地主家玩過，他簡單告訴我一句：

「你以後別再去了。」

說實話，要不是他家孩子拉著，我也不敢去看他家門口那四、五個大漢凶惡的眼光。雖然，他家來來往往的人多，都是外面三教九流的人物。本村人，若非去求他什麼，沒人能進他家門。背下裡，都喊他活判官，誰都想離他遠一點。

每年，每年，熬不過這春荒最後的日子，二哥總得滿懷委屈地走進活判官劉姓地主家。

「眞想不到呀，小店郭家會落到這種地步？」每回，地主都不會忘記對二哥說這句話。是惋惜？是嘲弄？是幸災樂禍？他知道，二哥心裡也知道。無須去推究話裡的意思，事實在那裡明擺著，他家什麼糧都有，隨便借。在一個月內不論幾天。借小麥，一斗還三斗；借雜糧，一斗還小麥兩斗；借花生米子，一斗還小麥一斗。過一天加倍。

二哥每回只敢借一斗雜糧回來。

雜糧借回來，不論是高粱、是小米、是黃豆，或是玉米，我們都連皮一起磨成粉，和曬乾了存起來的一倉紅芋葉子，加在一起，煮粥。說是雜糧麵粉煮的紅芋葉子粥，其實雜糧麵粉只是掛個名兒。二哥十分仔細地把一斗雜糧麵粉分成十五份。每份也只有兩飯碗的量，一天煮早中兩頓，一鍋白芋葉子只撒上一碗麵粉，麵粉沉底，滿鍋飄的都是紅芋葉子。長工得成大叔，在我家吃飯，吃到雜糧完了、花生完了，連紅芋也完了，要開始煮紅芋葉子吃的時候，他就回自己家。這種紅芋葉子粥，是小店最最窮困人家救急吃的，我們家，老小七口，每年這個時光，總要吃它半個月。

粥煮好了，二哥教二嫂，先從鍋底撈一碗稠的給老爺爺，再給我和稚鳴各撈兩碗，要我倆一定得吃下去，好歹生些力氣去上學。剩下來的粥，哪還能叫粥呢？不過是麵湯煮紅芋葉子罷了。曬乾了的紅芋葉，失去鮮嫩葉子的清香和養分，只留下木質纖維；煮出來，濃重的酸味中又有些臭氣，聞著讓人想吐，可它是唯一能把空癟肚子塡實的東西，再怎麼難忍也得向下呑！二哥他們四人，就吃這種東西撐著命。吃了，還得窩著；別說、別動，儘量減少體能消耗。不過，就算你變成一堆泥，紅芋葉子湯水，也沒能力滋潤你。要不了幾天，每個人原就餓得削瘦的臉龐，一張張泛著青裡帶黑的黯淡顏色，眼皮搭拉下來，只在呼吸間還顯出一絲生命的活力。

我和弟弟，背著書包向劉家學堂走，一路上，想保留體內的熱力，避著寒風，像兩隻瘦癟的狗蹓著墻根走，東倒西歪地到了學堂，兩碗稀粥早已耗得差不多了！念書，花多大勁，受多大苦，我不怕；可只有腦子清醒才能念出效率來，要是餓得厲害腦子會迷糊，我怕。如果不是老師劉爺爺，天把兩天就給一頓飽食；我想，縱使我咬牙硬撐，恐怕就是把牙咬斷了也撐不下去。

有一年春荒末期，二哥算著再有六、七天就能接上新麥了。他從活判官家借來一斗花生米，炒熟，當飯吃。每頓，一個人給一把炒花生米，存著。吃法有學問，別一口氣吃完，要餓狠了，再一粒一粒地細細嚼幾粒，跟著灌一大杯水，讓它脹肚子；過一陣子，再來這麼一回，這把花生米就能撐住半天飢餓。吃花生米也得小心，別搓掉了那層紅色的薄皮，要連皮下肚，才不會有絲毫浪費。這樣子吃花生米似乎很好玩；但是，把它當飯吃，連吃六、七天，人變得火氣特別大，眼睛紅腫，滿嘴起泡，再喝水也消不了火，可不是好玩的。

那幾年，兵匪搶光了我們的麥子，每到春末，就躲不過飢餓的災荒。我們不敢向地主多借些糧食來，那種吸血的高利貸會把人壓得粉身碎骨。於是，變著法兒弄虛作假來欺騙肚子，可肚子講究實在，什麼花招也禁不住腸胃的琢磨；最後，總會給身體帶來災禍。

那幾年的春荒，我們什麼沒吃過？米糠、豆餅渣子、白芋簽，和著雜麵蒸的窩窩頭，扎嘴，還是結結實實的好東西；白芋葉子、榆樹的內皮、草根子、野老鼠、蚯蚓、蛇等等；配上半碗辣椒醬，就是這麼吃，挺過年年春荒。吃，誰說不是天下大事呢？

那幾年的春荒，飢餓，傷害了我的身體，可也以無比深刻的方式教育了我；讓我眞正懂得，這世間壓在最下層的人民是以怎樣的悲苦向日子拚命的。

三

1

從堰北祭拜祖塋回來，二哥帶我和弟弟去拜訪劉家學堂。

劉家學堂，那兩進院子還在。雖然經過大量翻修，茅屋已變成瓦房，可後輩非常用心，儘量保留院子原有的風貌。前院裡，那棵大槐樹長得愈發高大，葉子脫落光了，遒勁的幹枝和枒杈，恣縱伸向藍空，讓我很快想到夏天裡槐樹的濃蔭一定可以遮滿全院，少小時期，跟著老師劉爺爺左右的情景，馬上也十分清晰地顯現心頭。劉爺爺、奶奶，在「文革」的橫流中，告別了混濁的時代。爲我和弟弟補充無數頓飯食的三嬸子也近八十了，皤皤老人，耳聰目明，對往年學堂的許多趣聞，記得非常清楚。談起來，她老人家說到老師對我寵愛的事情，我的眼淚再也忍不住流下來。我們原來上課的前院東屋，三嬸子還按原來陳設的樣子放置著桌椅，老師的書架用品等照樣擺著，只在老師教桌的後墻，掛一張劉爺爺放大的全身黑白照片，這不是一間小型的「劉樂山先生博物館」麼？書香人家，是中國文化的根啊！「文化大革命」野火燒天般「破四舊」狂飈損壞了無從計數的珍貴歷史文化寶物。但是，中國文化的根是任何惡魔所無能拔除的。

我和稚鳴，向老師劉爺爺恭恭敬敬磕三個頭，我在心中喊著：

「老師，劉爺爺：我回來看您了！」

回到二哥家。我們兄弟姊妹竟都變成了小孩子。一整天，坐在家裡，哪裡也不去，什麼人也不會見。我們，還像小時候一樣，看著二哥，圍著二哥，談談說說。就算一會兒，也都捨不得走開。

大概每個人的心裡，都珍惜著這難得的聚會，這屬於咱兄弟姊妹的稀有的一天。以後，個別之間，當然並不難見面，但要讓大家再這麼一個不少地齊集一起，可眞難。二哥二嫂和小妹都在小店，三哥遠在陝西，稚鳴在安徽，我更在海峽對岸台灣，我們自小相依爲命長大的一群孤兒，竟不能不四散分離。太難了，要讓四散分離的兄弟姊妹，再一次，這麼一個不少地齊集一起。何況，我們都已老了，誰敢說，自己的生命本子上還存著多少日子？

向來嚴肅的二哥，這會兒專挑輕鬆的話題說。忽然，他問我：

「四弟，你還記得那個黃眼珠子吧？」

「當然記得。他和那位胡慶標老夫子，倒是師生一對，絕配。」

「黃眼珠子閆廣造，腦子也還可以，只是心眼壞，鬼主意多，可眞不是念書的料子。模樣本就不招人喜，好和人爭，又倔。怪不得，塾堂捱老夫子打，家裡捱老頭子揍，弄得裡外不是人。不過，這傢伙，眞靈，趕在四九年前，跑到解放區去鬧革命了。」

「他的革命鬧得怎樣了？」

「鬧得凶著哩！解放後，回來，他是咱鄉裡兩個共產黨的一個。那時候，共產黨員，比什麼都大。共產黨治國，『以階級鬥爭爲綱』。毛主席說：『要年年鬥！月月鬥！天天鬥！』各種各樣的鬥爭大會，閆廣造成了最紅的領導頭頭，咱村子被他鬥得雞犬不寧、天翻地覆。」說到這裡，二哥嘆了口氣：「你可能猜到，他最先鬥死的兩個人，是哪兩個？」

「可是胡老夫子和他的老爸？」

「一點也不錯。胡老夫子被他反捆雙手，跪在鬥爭台上，脖子吊塊大牌子，寫著：刻骨仇恨的反動分子。批耳光，錘腦袋，每回鬥上大半天，接連三回，老夫子把自己吊在家裡的大門框上。閆廣造支使鬥爭群眾鬥爭他家老頭子，這叫『大義滅親』！果然，老頭子更倔，不過才鬥了第一回合，當晚，老人家一頭栽進村西的大塘裡。」

「聽說，領頭清算你、鬥爭你的也是黃眼珠子。」

「說那些幹什麼，那年頭，哪家不捱鬥呢？」

停了一會，二哥又說：

「閆廣造狂了兩年，就被另一個共產黨員鬥死了。罪名是『現行反革命』，其實是他和那個共產黨員爭搶一個女幹部，輸了。」

「人不過是到世上走一趟。一個人有一個人的活法，關鍵在於，你心裡覺得怎麼活？最好！」

二哥，多麼不平凡的生命哲學。

明天，又要分離了，多麼不捨，我永遠的二哥。

2

躺在二哥旁邊，翻來覆去，怎麼著，還是翻來覆去。

「老四，怎麼了，有什麼心事？」二哥問我。

「明天下午，他們來車接我，我想讓你和嫂子一起去徐州逛幾天。」我把心事告訴二哥。

「我嘛，怎樣都行。」二哥提出了問題：「可你嫂子，別看她老是溫溫和和的，她有她的主意。她，疼錢，怕花自己的錢，更怕花別人的錢。去年我要和她一起到南京與你見面，她死活不肯。她說：你一個人去一趟，就得花一堆錢了，我再跟去，要花四弟不少。四弟又不是不回咱家來？早晚見得著的。」

「四弟在電話裡說，要咱倆一起去，別擔心，他能負擔。」

「話不能這麼說。四弟一個人，背鄉離井的在台灣闖，容易麼？就算他能負擔得起，俺也不願意多花他的錢。咱在小店，再窮，本鄉本土的人，多少總有個照應。他呢？就只能靠自己。恁去就代表咱倆了，俺不去。」

「你嫂子就是這麼一個人，一輩子總是想著別人。」

「這還用得著說？二嫂做人做事的好處，左鄰右舍以至全村子，誰家不拿她做榜樣教自己孩子。老天還算有眼，在咱家最缺人的時候，送了這麼一個又能吃苦又體恤人的嫂子來，撐起咱家半邊天。」

嫂子嫁過來的時候，她和二哥的結婚禮，在我少小的心靈中，留下極深刻的淒冷畫面，那是世間很少見到的淒冷婚禮。抬著二嫂進門的轎子，不是新娘坐的那種喜慶花轎，更沒有鞭炮鼓樂和盈門賀客，沒有，任何一點人家結婚的喜氣和熱鬧都沒有。兩個莊稼漢，把一頂深藍色的前面帘子上還垂掛一塊長條白布的小轎，直接抬進我家二進院子的門，讓新娘自己走下轎來，由咱家已嫁到水口的大姊攙著走向設在後進院子中庭的婚案前站定。新娘沒有穿紅披綵，沒有佩冠戴花，一身青素衣褲，頭髮上束一根白帶子；而參加婚禮的十來位男女近親，也同樣素衣戴孝。大家肅穆地注視著一對年輕新人，向天地、祖先、母親磕了頭，然後互拜。只有大姑父代表長輩講了幾句話。就這麼靜靜地、冷冷地，二哥和二嫂完成了終身大事的婚禮。

還應該正在編織夢幻撒嬌取寵的女孩，還不過是十五歲快樂成長的年紀，二嫂，犧牲掉少女的綺麗幻想和新娘的幸福願望，從父母的寵愛中，跨進殘酷的生活現實裡來；以她瘦小的身軀，扛起一個破碎家庭的主婦擔子。一位風燭殘年的老爺爺，兩位身心都在病痛中的婆母和伯母，四個少小的弟妹，加上尚未眞正成人的自己和丈夫，老弱幼稚，一家十口，還有長工得成大叔，這麼多人生活的衣食、清理、服侍……種種勞務的繁重工作都落在肩上。忙得她從早到晚像一隻不停迴轉的陀螺，找不到稍稍休息一下的空兒，甚至沒法子安安穩穩地坐下來吃一頓飯。特別在麥季或秋收，平添出五、六個前來幫忙收穫的親鄰，縱是粗茶淡飯，也得讓人能夠吃飽才好幹活，不曉得多少次，我看到二嫂辛苦直起身子捶打彎曲過久的腰，背著人用衣袖抹去眼淚……

二嫂嫁過來以後，很少走親戚、串門子，長年累月在家埋頭苦幹做東做西。就是過了農曆新年，鄉下盛行的媳婦回娘家省親過上個把月的風習，她一次也沒享有過。她的爹娘心疼有時前來看望，問她生活過得怎樣？二嫂從沒吐過一個字的辛酸，總是請二老放心，過得是忙了些，可也把自己練出來了，壯實很多，也得到全家喜歡，這還不好麼？遇到親戚鄰居說到她多忙、多好的時候，二嫂不會加入到大家的談扯陣中，只會笑笑地指著二哥：

「那個人，比俺還忙，還好！」

辛苦一生，忍耐一生，二嫂一生中如果說有什麼讓她稱心如意的，就是得到一個懂她疼她的二哥。

對俺二嫂的克己性格和儉約習慣，我了解得非常清楚：若告訴她要很花錢去徐州玩幾天，雖然她此生足跡還沒走出過小店周圍三十里地，對徐州那個大城市的繁華景象也時有耳聞；再怎麼的，她也不會答應去玩。小時候，她是俺姊，俺是她弟，俺懂得如何說，準成。其實，讓我翻來覆去的，倒是二哥。二哥的迂，是出了名的！無原無故要他佔人家一點便宜，絕對不行！有原有故得到人家一些好處，一定設法報答。他的思維準則是，「受人點水之恩，當思湧泉之報」，這句話，他也常拿來告誡我們。至於佔公家的便宜，他更以爲是罪惡：

「說花國民黨的、共產黨的？什麼黨的錢還不是老百姓的？說得理直氣壯，不過是給自己找個下台階，無原無故花老百姓的錢，實在很不應該！」

去年在南京會面時，有一次稚鳴請大家吃飯，飯後他的大兒子亞飛到收銀台結賬，回來把發票揚了揚：「這發票可以拿到單位去報，反正花共產黨的，不花白不花，不吃白不吃！」這小子得意地擺個能幹的勢派，想不到被這位鄉下來的二伯，劈頭劈臉地罵了一頓。好在稚鳴圓得很，把事情扯開了。回頭對我說：「哥哥，都是什麼時代了？咱二哥還是那麼迂！」

迂是迂了些，迂得多麼尊嚴，多麼可愛！

我現在感到難以處理的，就是二哥這份可愛又可敬的「迂」。如果明天，我和他倆進了南郊賓館，住了特級套房；如果他知道是公家接待的，恐怕會讓他心裡起一個老大的疙瘩。

最好是，實話實說。我把南郊賓館的情況、被接待進住的情況，領導們的意願等等，翔實而仔細地對二哥作了一番解說：

「二哥，你現在清楚了吧！他們的接待並不是不要代價的。」

二哥聽得也很仔細。他說：

「要你投資設廠，大概是勢在必行了。我倒以為如果去投資，不如捐點錢給咱這小店村，建設看得見，給了鄉親些實惠。」

「徐州方面的問題，要怎麼做？還是得看他們的情況再說，那是另外回事。你說捐助小店建設，有什麼急需幫助的？」

「有兩件事：一是堰北的農田灌溉問題。咱村西的水庫很大，可以充分提供附近幾個村子的農田用水。但是，堰北地勢高，水上不去，至今仍是旱田，看天吃飯。如果在水庫旁建一座加壓站，把水抽上堰北，同時築一條主渠，分出幾道水漕，我估計過，大約人民幣三十萬元以內可以建成，當然建設所需的勞工，由村民義務去幹，大家都樂意的。二是在村裡建一所初級中學，解決村裡孩子要跑到張集升學的問題。這個問題，花費會很大，村裡可配合出錢。你對辦教育有經驗，咱倆可以討論。四弟，去年南京相會時，知道你在台灣辦了些有意義的事，來到大陸在北京也辦了些有意義的事。二哥我，著實高興。咱小店的這兩件事，我在心裡盤算又盤算，想提，又怕累了你。今晚知道徐州他們的安排，讓我忍不住提了出來。你可別作難！咱哥倆的性子原本相近，可以把這兩件事討論清楚。」

「二哥，你提的兩件事，咱分開討論吧！第一件事，無須討論了。我建議：你組織一個五人小組，你當召集人，其中要拉兩個官方的代表進來。你們會商，把工程計畫、圖樣、進度等，具體議定後，我把錢匯給你，就可以去做了。在二哥的主持下，一定可以為鄉親做好這個小工程。」

「辦初中的事呢？」

「這件事得作全面性考慮，辦學校，錢，不是主要的條件。」

二哥在一般行政或管理工作方面的能力，是沒得話說的。可他沒接觸過教育事業，對我的話有疑問，等我解說。

我告訴他，教育事業要辦得成功，第一條件是優良的師資。抗戰時期在昆明的西南聯大，教室是茅屋，研究在茶館，物質條件，差得很！可是名師雲集，為國家培育出大量國際一流的學者專家。我在台灣，辦過一所私立高級中學，也是把優良師資作為學校發展的第一條件。名師出高徒，要辦學校也不能讓咱那些老同學來教，必須到各處禮聘名師。有了名師也要有資質上比較優秀的學生方能教出人才。現在，各村的優秀學生升學，第一、二流跑去徐州，再次的跑去張集，誰要跑來小店？辦學校，不是有錢蓋樓就辦得好的。

「我只想為咱村子裡學生升學盡點心，倒沒想到這些實際問題。」二哥有些不好意思了。

「二哥，有一個辦法，可以幫你完成心願。」

「什麼辦法？」

「咱設立一個『郭氏教育基金會』，還是由你主持。每年暑假，查出村子裡學生升入中學的名單，按照所考進中學的等級和學生家境情況來評比，不限人數，選出應該獎助的學生，分級獎勵助學金。這事簡單明瞭，你印出規章，下學年度，馬上可以施行。」

「好辦法！四弟，你現在做事有板有眼，不憨了嘛。」

哥倆整晚高談，把要解決的事，都解決了。

「沒有心事了吧?老四。」

「沒有了。你呢?二哥。」

兄弟倆把手一握,笑得十分開心。可我心中有句話,沒說出來:二哥,你的四弟在台灣拚搏幾十年,在許多事上,還是憨得很!

3

早餐,二嫂給大家準備了一頓餃子。

這餃子,可講究得很!餃子皮,是以小麥麵爲主摻和些綠豆麵、高粱麵的三和麵,有麥的柔和、綠豆的筋頭、高粱的滑潤,咬起來,既有彈性又有清香。餡,是以韮菜爲主,加入粉絲、蛋皮、香干末、海米、香菇丁,和豬耳朵脆骨部分的細丁,用眞正小磨芝蔴油拌勻。這種餡子,在韮菜的濃郁之外,混合了四五種香味,軟香硬脆的口感,確是一絕。不錯,這種餃子是小店這地方食品的絕活,過去,也只有講究得起的家庭,作爲待客的上品。

這餃子,我以前只品嘗過一回。算一算,那年是一九三八年,我們從徐州回小店那年的春節,在大大爺的指揮下,動員七、八個人,辦了一回餃子宴。那時年紀小,只覺得特別好吃,還不會品出味道。可走遍天下,我再也沒吃過這麼好吃的餃子。台灣這幾十年,對吃,算是挖空心思了,各家餐廳還沒哪家能做出這麼精工、細料、三合麵餃子。大陸這幾十年,歷經清算鬥爭、興無滅資、人民公社大鍋飯等等風浪,這種飲食文化想像中已蕩然無存了。出乎意料地,二嫂給大家兩天歡聚來上一頓壓軸的精采餃子。

「這頓餃子可讓她忙乎好幾天，趕在大家聚會前包好冷凍起來。要是現趕現做，這十來個人的分量，哪成？」

二哥得意地向大家介紹二嫂的功勞，我們這群老弟老妹，對咱敬愛的二嫂當然藉機喝采哄鬧一番。咱敬愛的二嫂，實心實意的二嫂，卻仍保持著少女般的單純，臉紅紅地，一句應付的話也說不出來。

「哥哥，你可知道二嫂爲什麼在這頓飯給咱們吃餃子？」稚鳴一向聰明，有點考我的意思。

「不就是咱家鄉人說的，上馬餃子下馬麵，這麼個意思麼？」家鄉人，送人遠行，例請吃餃子；替人接風，必有一道麵條。這習俗我是記得清楚的。

吃過餃子，亞飛把車子發動，一家子回靈璧，三哥也跟去靈璧，稚鳴家要建樓，三哥是木工又是水泥工，建樓施工內行，稚鳴邀請他去合計，接下去還要他當總監工。我知道稚鳴家的事，一向由蘭英作主。我把稚鳴留下來，我要他下午和我們一起去徐州，二哥和二嫂這回被我請去徐州玩幾天，得有人陪著。估計那幾個官老爺會找我蘑菇，我沒法完全奉陪哥嫂，稚鳴靈活，對徐州市面又熟，無論吃、玩、買，都是最好的陪同人選。這上半天，我也要稚鳴和我一起去拜候王得成大叔，回鄉的這一趟，才能打上個句號。

二哥領我們去王大叔家，路上問我：

「你和恁嫂子說好了？」

「說好了。也就說了幾句話。」

我把告訴二嫂的話，學一遍：

「俺要請二哥和二嫂去徐州玩幾天。住的地方已經訂好了，我也付錢給了人家，嫂子恁不去，那錢也不能退了。」二嫂沒說什麼，就去收拾出門的東西了。

「老四，這回你的話說得可不實在了吧？不過，你也眞行，你懂得你嫂子不捨得讓訂錢白花，一定會答應去。」

「對不起，二哥，我實在想不出什麼話能說動她，只好編個理由。這麼騙二嫂子還是不應該的，可實在沒辦法，誰讓俺有一個這麼實心實意的嫂子。」

一路說笑著已到了王得成大叔的家門口。

八十多歲的得成大叔，人好、身體好、福氣也好。大個頭，一點都不彎駝，身子骨硬朗得很。四方臉，樣子也沒變，紅撲撲的，皺紋多些老人斑卻很少。一向沙啞的聲調說話中氣仍足。算一算，兒子、孫子、重孫，全家已二十四口人。只是老伴走得早，現在陪他住的是小兒子的女兒一家五口，住在這個前後兩排房的小院，王大叔晚年過得很安逸。

談談大陸，談談台灣。

我提出感謝，紅衛兵爭鬥二哥時，王得成大叔的拚命搭救。

「啥紅衛兵不紅衛兵的，一群沒長眼睛的小混蛋。成天被支使鬥人找樂子，傻態。那年頭，咱村子裡，吃，沒得吃；喝，沒得喝；還鬥什麼鬥？」王大叔提起來還氣呼呼地開罵：「要清算鬥爭，劃什麼黑五類、紅五類？把恁家劃在黑五類，俺是工人劃在紅五類，讓紅五類鬥黑五類，刨老根，算舊賬。黃眼珠子那個狗日的，在鬥爭台上，令人揪住恁二哥頭髮給脖子掛塊大牌子跪著，姓閆的張牙舞爪，要台下被弄來參加鬥爭大會的群眾，開腔清算。沒有人吱聲。恁家的事，鄉親誰不知道？恁二哥的爲人，誰不知道是個實心眼兒？有什麼好鬥的。我就站出來，走到台上去說，郭家算什麼黑五類？一家孤寡，年年都挨餓，還黑個球哩。俺是他家長工，俺日子比他好，要鬥，連俺也算上吧。」

每天的鬥爭二哥大會，都變成黃眼珠子和王得成大叔的對台戲，沒人幫姓閆的腔。接連十來天，二哥被揪上揪下，就是沒法子定罪。弄到後來，群眾全反過來要求給郭繼宣重劃身分，改成了「中農」屬於紅五類的第三種人。

「眞正該算賬的，早跟兵匪跑了。」王大叔看得明白：「像那姓劉的活判官，吃人不吐骨頭的東西，一逕跑去台灣。鬥吧，連人家的毬也摸不著哩。」

王大叔生動的敘述，比稚鳴早先告訴我的詳細多了。讓我親眼看到鬥爭大會現場似的，也體會到二哥在被鬥中所遭的折磨。

「大叔，恁倆孩子的木工廠，弄得不錯吧？」二哥一向不願多談他自己受苦的往事，轉了個話題。

「啥木工廠嘛，兄弟倆攬點木工活幹幹罷啦。這幾年，鬥爭過時了，人人向錢看。咱村裡，每家每戶都攀比著起房子，木工活也就忙個沒完。做工興許賺了幾個，可村裡那些幹部，討吃、討喝、變著名目攤派，著實讓俺生氣。咋辦哩？咱在人家腳底下踩著呀！」

「農民還不是一樣被他們踩著麼？大叔。」二哥回應著。

這問題，談下去是沒完沒了的。

我用眼睛招呼稚鳴。他立刻把準備的紅包，奉上王大叔。

告辭出來，這次返鄉探親的句號打好了。同時，我心裡嘀咕很久的一個問號也畫了出來——「窮人翻身」翻成怎樣了？大約翻了一半，又被村幹大腳踩來踩去，在社會上，總歸還是墊底的。

第四章

一

1

接我回徐州的車隊，下午兩點準時來到小店。車，還是原先那三輛車，人，也是原先送我來小店的那幾個人：安排卻簡化多了。

這兩天，我與張副縣長多次通電話，一再請求他們簡化接待：回徐州的車隊別用警車開道、別讓鄉村幹部搞群眾歡送，在徐州這幾天，工作希望密集些，宴會希望稀少些。我這些請求，按說都很稀鬆平常，我知道對他們並不稀鬆平常，可能造成一些困擾。近幾年，我已來大陸十餘次，到過許多城市。最初幾回，我對他們的盛宴款待，總覺得勞動他們一大批人陪著我一個人吃飯，實在愧不敢當，我回請時也把原班人馬請齊以免失禮，把我弄得很累。後來我才了解，盛宴款待其實是他們接待外賓的常有套式。人民政府長期積累下來的龐大人事結構，機關多、官多、事少，出席外賓宴會已是一些官員的權利，這種場面他們演得熟練；到一個地方我可以應付一回，卻不想反來復去配合。可是，這吃飯大事，想來一個副縣長恐怕不能決定。

「郭老，您的指示，牽涉到市和縣的幾個方面，需要研究研究。讓我請示領導再說，好吧？」張副縣長的回答，本在料中。至於他將怎樣向領導傳達？卻無法掌握。我得安排一下。

這時候，郭品賢又用得上了。

我讓稚鳴把我要求的事項和態度，不必含蓄，直接地告訴郭品賢。稚鳴了解我的脾性，也與郭品賢熟悉。相信他們兩個聰明人，一定會把我的心意透露給徐州領導，讓事情通順些。

果然，這回市裡沒派警車開道，鄉裡沒擺歡送陣仗。

告別鄰居，上車。稚鳴和郭品賢同車會有得聊；哥嫂坐第三輛由市和縣的對台辦主任陪同，兩位主任恰巧都姓孫，人們叫市主任大孫，縣主任小孫，有二孫陪同，哥嫂當不寂寞；我還是和張副縣長同坐在第二輛車，也可以聽聽他的簡報。

車隊開動後，副縣長的簡報也隨即開動：

「郭老，您老是眞人不露相呀。王書記和錢書記兩位領導，綜合了各方面的情報對您研判，確認您不是普通人，您是一個文人氣習很重的商人。啊！不，您老根本就是文人，文人的反常脾性和咱社會的正常習慣不一樣。研判的結果，決定依您，按您的意思接待您，排出這幾天您在徐州活動的日程表。郭老，這可是太將就您啦。」

副縣長簡報之前，先來一段奉承。他奉承的話，想儘量說得動人，可辭不達意，反而顯示出他文化不高的本來面貌。我不覺得奇怪，他們的體制中，軍方影響力大，各行政機關裡都有粗細不同人物。

他的話停頓一下，好像要等我的反應。

「噢——」

見我沒接他的腔，他便繼續簡報：

「兩位領導感謝郭老在徐州停留一個星期，這讓商量事情的時間寬裕多了。我們基本規劃是，兩位領導，只作最初的原則指示和最後的拍板定案：介紹和考察、討論具體條件這些事，都交給相關的各局局長主持工作。過程嘛，按您的意思密集來幹，大概要花四個半天，加上開始和結束的兩個會議，也就差不離了。其他時間，都留給郭老，由您去支配。我們派一輛車子，在這些日子隨您去用，駕駛員全天待命。噢，錢書記令我轉達一句話，他請您無論如何也撥出半天到家裡坐坐。對了，還有吃飯這件大事，我們也決定聽您的吩咐，平常工作中，遇到飯時，就用簡單的工作餐，正式宴會改爲第一天歡迎郭老回鄉參加經濟建設的晚宴，最後一天舉行合作勝利成功的晚宴，總共就這兩回。郭老，您看這麼安排還可以吧？」

張副縣長的簡報表明了，我在徐州停留的一個星期日程，他們已作出全面規劃，既按照他們的工作需要排定行事表，也關照我的個人活動給留出很多時間；整個的安排，幾乎完全採納了我提出的各項意見，還派一輛車子全天候服務。這麼包容，這麼體貼，我該滿意得沒有話說。只是，他們一方面替我的回鄉「參加經濟建設」定了性，另一方面又爲雙方「合作勝利成功」定了案。本來我就願意爲家鄉建設出點微力，但沒經過具體商定之前，竟作出如此肯定的預設，這種勢在必行的強制味道，我有些不舒服。但是面對傳遞訊息的副縣長，即使有再多話要說也沒什麼可說的。

「張縣長，你們的安排，在時間的運用、程序的簡化等方面，採納我不少建議。我想，多虧你從中協調，讓兩位書記接受的吧？」

「哪裡，哪裡，是我份內該做的。倒是您老的本家孫子郭品賢，向我匯報了一些資料：聽說，他也直接報告給錢書記。很好嘛！大家不分彼此，把事情幹得讓您老人家滿意。很好！很好！」客氣了一句後，副縣長強調的幾個「很好！」調子裡飄散了一些若有若無的火氣出來，儘管話說得水噹噹的，可古今中外的官場，爭的就是一個權字，如果那小子越了級直接通天，當然要恨得牙根癢癢的。

不曉得這位副縣長想到什麼？臉上浮現詭譎的笑意，俯身過來說：「您知道麼？郭老。原來晚宴是每天有一場，人大、政協、其他單位都安排上了。您本家孫子傳來的信息，讓兩位書記硬是把那些安排給砍掉。這一來，要去疏通一番，也夠他倆忙乎的啦。」

這純粹是他們內部的事，我更沒有話說。

我告訴張副縣長：

「張縣長，我還得請你幫忙兩件事：第一件事，我們回到徐州賓館，請你把我弟弟的房間改換，住一間標準單人房就可以了。至於我二哥他倆，不必另開房間，就住在我套房的另一間臥室吧。第二件事，最後那天的晚宴，由我作東來回請各位。」

「郭老，房間的調配，當然就遵照您的意思辦。晚宴問題，讓我向領導匯報後，再作決定吧。」

「也好，不過我總是要回請各位一次。」

2

車隊開進南郊賓館。

大家住定後。我叫稚鳴過來，也請二哥和二嫂過來，四個人到我套房的小會客室。我告訴他們今晚的活動：今天是十月二十四日星期一，現在是三點半鐘，等一下到四點，市、縣的領導及官員要來和我開會，地點是在套房的大會客廳。稚鳴，就請你奉陪哥嫂到賓館各處轉轉，再回到這間小會客室。六點鐘，大家去赴晚宴，我會請張副縣長找郭品賢來帶領過去，就在這樓上的春暉廳，時間也不會很長。至於，這一個星期的時間安排，我開會了解了他們的計畫，才好分配日程。晚宴後，回來再談。無論怎樣，咱的基本原則是，我和稚鳴要把哥嫂倆侍候好。我向二嫂說：

「二嫂，難得您答應老四來徐州玩一趟，這個星期，俺最大心思，就是讓哥嫂這一趟玩得好。二嫂，恁可什麼也別管。玩、吃、買，儘著高興，就行。咋玩？老五有點子，吃啥？買啥？全由恁倆定。別管什麼錢不錢的，俺都給老五交代好了。」

「弟弟，就這麼辦吧。大概我能有一兩天奉陪。原則上，每天晚餐都一起吃。別的，就靠你來伺候他倆了。」

「哥哥，你放心。陪同的事，我這個幹外貿的，在行。你讓放手花錢，那還不好辦麼？你只管去辦你的正經事，伺候二哥二嫂玩、吃、買，全看我的，保準讓他倆高興。」

二哥沒說什麼，笑笑地看二嫂怎麼說。

「俺說四弟，您幹恁的事去，就別操這份心啦。既然來了，讓五弟領著逛逛，看看徐州府是個啥樣子？也就算了。吃啥？俺倆老年人還能吃動啥。買啥？啥也不用買，家裡什麼大小電器恁不都給備齊了，還有啥要買？咱農村生活，可不比城裡人那麼花，愈簡單愈好。」

「俺說二嫂，恁這話就不是了。恁倆也不過剛剛六十來歲，能稱得上老？改天恁看，徐州府人這個年紀都在穿紅著綠啦，這不是改革開放了嘛？讓老五帶恁去買兩件時髦花襖過冬，穿，那怕啥？再給恁孫女那丫頭選些衣裳帶回去，也理當的。」

「不，不，那可不行，」二嫂著急地搖手：「人家花人家的，俺不能花！總不成老來要變妖怪嘛。」

二哥由著我和二嫂抬槓，似乎津津有味地在一旁觀看。二嫂不斷向他瞟著乞援的眼光，他不吭聲就是不吭聲，好像沒表達他贊成誰的意見。可我知道二哥最開通了，他不吭聲，就是同意給二嫂買花襖。

這時候，張副縣長來請我開會了。

會議的長桌，布置得簡單潔雅。王書記的開場致詞也很簡單。接下來是各有關局、辦介紹徐州高新技術經濟開發區。最後決定，明天到開發區考察現場。會議花一百分鐘開得很好。錢書記來一句結語：讚揚這次會議就是改革開放的一個成果。

晚宴，精而美，兩桌人站起來共同舉杯，王書記說了句祝賀的話，並叮囑大家無須再個別逐一敬酒。在中國古典音樂優雅的旋律中，一個多小時，結束了這個輕快的宴會。我心裡說，大概這頓飯也可以列入他們改革開放的一個成果。

回到小客廳。一坐下來，稚鳴就急不及待地說：

「哥哥，市和縣兩位書記，說將就你可算將就到家了。咱們這兒宴會，哪有不敞開蓋子讓人喝酒的？喝酒嘛，哪有不熱熱鬧鬧地猜拳行令的？像今晚這麼文謅謅的酒席，我還是頭一遭，也眞有點不習慣。吃飯間，我一直在想，八成是人家摸清了你的脾性，特別這麼安排來將就你的。」

「酒，是一種增加情味的珍品，不是不能多喝，也不是不能鬧酒，那得看什麼場合、跟什麼人喝？要是逢酒必酗，逢酗必鬧；要是抱定不喝白不喝來狂喝，飲酒還有什麼意思？不錯，今天的晚宴，他們的確特別將就了我。」

「哥哥，你眞行。」

「稚鳴你怎能這麼說呢？你該明白，人家愈對咱客氣，咱愈不好辦，是吧？」

弟弟聽了這句話，訕訕地很不好意思。

「你看吧，四弟，昨晚我就告訴了你，他們讓你投資設廠，是勢在必行的事。現在，他們客客氣氣的逼過來了，不投資能行麼？」二哥在爲我擔心。

「我不會答應他們投資設廠的，徐州現在還沒有足夠的讓人來投資設廠的條件。」我把參加下午會議所了解的「徐州高新技術開發區」情況，大要地說了一番。

「那你怎麼對他們交代？」二哥還是擔心。

「我打算也捐一些錢。」

「你要捐多少？」二哥問。大家都注意我的回答。

「其實，這趟回徐州，我要捐些錢給地方，是本就打算好的事，我打算捐一、二十萬美金。這筆錢，對城市建設來說，算不了什麼。可我不是財閥，只能盡力獻出一點表示我協助家鄉建設的心意。」

我停下來，很靜。

二嫂忽然發問：「恁要捐二十萬美金，是個咋樣的數目呀？」

「給恁說，您也弄不清，」二哥替我回答：「這麼算吧，二十萬美金能蓋咱家現在的房子二十來套。」

「那，那麼多錢，四弟要捐給人家，太虧了！」二嫂說。

「也不能說虧還是不虧，」我告訴二嫂：「錢，生不帶來，死不帶去。咱捐些錢給家鄉建設，心裡覺得舒坦，就不虧。」

趁此機會，我想，讓兄弟們明白我的經濟情況也好。我告訴他們我辦過的企業，存點錢，只比普通吃薪資人家寬裕些，完全算不上是有錢人。可是，我很會花錢，沒花幾個在身上，花不少在心上。比如文學這事，我喜歡，花不少錢去幹，心裡快活，賠錢，一點也不虧。反正我是個任性的人，心裡認定哪件事好，應該做，就不疼錢。這樣子的花錢事，我會繼續幹。人，世上轉悠一趟；錢，花光了算。

「四弟呀，您就不會把錢留下來給孩子麼？」二嫂還弄不明白。

「三個孩子從小到大，我都時常告訴他們：人，活在世上，就得自己奮鬥。我讓他們受到了完整的高等教育，一旦進入社會，就該自己工作，自己生活。我這一點錢，雖然是自己辛苦掙的，也可說是社會給的，我會按照自己的理想儘量去還給社會。他們三個也眞不錯，很能懂得我，支持我。他們如今，在社會上都還站得住腳。」

「從小俺就看恁和人家兩樣。四弟啊，恁眞是一個和人兩樣的人，恁幹的，俺想破了腦袋也弄不明白。」二嫂說。

「不錯！老四幹的，我高興。」二哥說。

弟弟，垂著頭，沒吱一聲。

3

徐州高新技術經濟開發區，在徐州東郊，三普鎮。

這是共產黨中央、國務院批准成立的一個經濟開發區。開發區，背山帶河，佔地四千公頃，氣勢雄偉，規模龐大，整體計畫具有長遠前瞻性。我相信，國務院批准這個開發區，正如資料上所介紹的一樣，是要把徐州建設成黃淮大平原上的工業生產和經濟貿易的重鎮。徐州，據蘇、魯、豫、皖四省交匯的要衢，爲中國東半部南北走廊的中心，地理位置上有無可取代的優越性，經濟戰略上也有南通滬寧北連京津的重大價値。這個開發區，確實蓄蘊著豐富利基和無限機會。這不需要陪同的各局、辦主管滔滔的解說，明眼人自能看得出來。

經過半天的實地考察，我的結論和我昨天從會議中所得的認知一樣：這個開發區，目前，還不具備投資設廠的條件。開發區管理中心大樓的鋼結構正在施工，四通（通路、通電、通水、通瓦斯）一平（平廠地）的工程剛在起步，這些硬設施，估計即使日夜趕工，也得一兩年後驗收。至於工業上熟練技工的缺乏，市場上徐州本城和周邊市鎭消費力量的貧弱，交通上航空、鐵路、公路的落後，社會上開明思想積極努力的工作態度還是一種空談，這許多條件，更不是短期可以勉強速成的。對於企業特別是中小企業，建廠易，生產難，生產而流通更難！如果廠建起來了，生產停擺，那是死路一條。至於大企業家如果有眼光的話，利用改革開放初期他們亟需投資的機會，圈起大筆廠地，先設一部分工廠作爲訓練技工的基地，反正有資本加持，等過了幾年，各種條件成熟了，這片天下就是他的。徐州未來的優勢很明顯，台灣並不缺少這種經濟眼光的企業家，我相信。但是，涉及對兩岸大局未來的敏銳觀察，這種企業家恐怕不會有多少；其中敢於突破台灣當局政令禁制前來掌握發展先機的，恐怕就更少了。

參觀了機械廠、紡織廠、塑膠廠等大型工廠；工廠都很大，工人都太多，實在是早應該淘汰的老廠。機器設備陳舊到可以列爲古董了，生產線凌亂，管理上毫無章法，高層的冗員太多變成沉重包袱，種種景象，距離現代工業的要求太遠了！國家資源被這樣浪費，看了讓我不由不心痛。

我對張副縣長說：

「縣長，這一天的考察和參觀，我了解不少情況，明天休息一天吧。請你報告錢書記，後天星期四，上午十點，我去他府上拜訪，就會確定我在徐州投資的意向。」

「謝謝您，回去，我立刻向上面報告。郭老，關於星期六的晚宴，領導令我傳話，還是由我們來請客，希望郭老答允。」

「晚宴的事，到時再說吧。」我說。

二

1

星期三。

這一天，完全留給自己。

我滿城轉悠。徐州，這古城，是我生命中第一座城。我的生命在古城落地，古城也留下了許多我生命成長的足跡。一去四十多年，除了拓建出幾條馬路，蓋起了一些新型的大樓，古城的輪廓大致還是原先的樣子。不過，在時間推移中，景物變化得非常讓人驚心！彭城路上的鼓樓，墻壁斑剝，廊簷寂寥，蒼老得似乎將要傾圮了；曾是商業中心的青年大街，一片頹落的景象，櫥窗破舊，門面灰暗，再無昔日的輝煌；黃河堤堰上，鎮河的大鐵牛不知去向，是不是在「大鍊鋼鐵」的烈火中遭了劫？岸邊那一帶裊裊的柳林，都已長成合圍的大樹了。……走走、看看、想想，眞的是日月其速啊，我這個斑白歸來的老人，少年時代生長在古城的諸般遭遇，依然如此鮮明地一件件湧上心頭。可是，我倘佯了一天，走街穿巷，想要盡尋我昔時的足跡，發現不少已然淹滅殘缺了。其中，最讓我惆悵的是，那間曾照亮我、收留我的木板小屋，和那片擠插成一堆的難民區違建，完全消失了。

那間木板小屋，是水口的大姊和姊夫親手搭蓋起來的。抗戰勝利那年秋天，黃河北邊的八路軍，迅速過河佔領了小店、水口、下洪、張集等十幾個游擊隊外緣村落闢爲解放新區，許多與中央軍有關係的人家就紛紛逃亡到徐州。李姊夫是國民黨員，做過村長，夫妻二人也沒孩子，帶一點錢跑來徐州，到東關一處難民區落腳。這個難民區原來是一大片荒蕪的丘陵，夾在一條大街和一道寬闊的河溝間；那年徐州周邊各縣逃出來的難民，大都跑來這裡搭蓋違建屋子容身，鐵皮搭的、竹子架的、木板釘的……各種歪七扭八非常簡陋的棚屋，一下子膿瘡似的蔓延整片丘陵，近千戶人家擁擠著夾出許多曲折的細小巷弄，陌生人陷落裡面，總得繞上老半天才能摸著路向，那髒亂更不能提了。大姊的木板屋算是比較體面的，他們搭蓋了不到半年，我就從八路軍攻打後馬家城堡的炮火中，突圍出來，逃亡到徐州。到徐州二舅家，二舅的嘴臉讓我待不下去，跑出了二舅家，像孤舟一葉在暗黑的海上漂流，大姊的木板屋以溫暖的燈光，照亮了我生命裡的一段旅途，也收留了我進入一個臨時的避風港灣。

東關的那道寬闊河溝仍嗚咽著一溝濁流，原來難民區的地上蓋成一座龐大的紡織工廠。那千百間簡陋的棚屋蕩然無存，那千百戶流離的難民呢？歸向了何方？

2

八路軍攻打游擊隊後馬家城堡是緊接著日本投降而開始的。

一九四五年八月十日下午四時，游擊隊司令陳英臨團長，在司令部的廣播站，高聲大呼：「全團官兵同志們，今天，日本鬼子，已經，向同盟國無條件投降了！」這句話，陳團長一字一頓地用力說了兩遍，接著報告團部電台收到中央政府廣播，敘述日本外務省在今天上午通過瑞士和瑞典，向同盟國請求無條件投降的詳細情況。最後他下令今天晚餐臨時加菜、每桌十人供給兩瓶雙溝大麯，十點的熄燈號延到夜晚十二點，大家可以盡情玩樂，不准賭博酗酒。明天上午十點，全團部隊大操場集合，再發布慶祝抗日戰爭勝利的活動辦法。

「日本鬼子投降了！」官兵人人歡呼。相互打鬧、擁抱、喊叫，整個城堡，一鍋滾油，沸騰了。

這條日本投降的消息，萬嘉鶴處長也從他的短波收音機和專用的電報台，同時收到了。儘管近期以來，日軍在太平洋的戰爭，節節潰敗，特別是美國在日本投下兩顆原子彈的消息，誰都可以料想到，日本戰敗的日子已在不遠；但是，乍聽到這個春雷般爆炸開來的喜訊，萬處長還是驀地跳了起來，連聲高呼我們勝利了，屋裡屋外，喊說不停。過了一陣子，他靜下來，憂鬱地告訴我：「我們得作些準備，恐怕局勢要發生變化了。」什麼局勢？會發生什麼變化？我不敢細問。

第二天。上午八點：陳團長召開營、處級以上長官緊急會議。廖參謀長報告國內外軍政形勢。陳團長作出結論，認爲日本投降後，中國全面性的國共內戰將難以避免。最近一年時常在黃河以南游擊地區出沒的八路軍，將會南下侵犯，他下令各主管開始作戰的準備。上午十點：陳團長在全團官兵大會上，宣布從今天星期六起，一連三天停止戰訓操練，舉行「慶祝抗戰勝利活動」，按政治部排定節目進行，其中包括一場「建功官兵晉階頒獎表揚大會」。

慶祝活動歡樂地結束，八月十三日恢復正常營地作息，恰逢「八一三上海保衛戰」第八年紀念日。陳團長在紀念會上，對官兵作了長達兩小時的當前局勢分析講話。隨即下令：全團進入一級備戰狀態。後馬家城堡本就是森嚴的兵營，一級備戰，所有官兵均整裝待命，崗哨警衛加倍，憲兵日夜巡邏，宵禁從晚上六時到次晨六時，持有特別通行證的人員，聯絡的「口令」也一夜變換多次，眞正做到嚴密監控滴水不漏。城堡內所有房舍建築，原是黃土坯泥墻和灰黑的瓦頂，整齊劃一地展露軍營的乾枯；稀落的幾棵樹，葉子早已焦黃，在秋日的寒風裡蕭蕭瑟瑟地作辭枝前的哀吟，愈發使後馬家城堡的空氣慘淡淒冷，戰爭將要來臨的氛圍已瀰漫在每個角落。

戰爭來得很快。九月九日晚上，我們聽到中央廣播電台新聞，日本的中國派遣軍總司令岡村寧次，在上午正式向南京國民政府遞上了無條件投降書，全國狂歡。可沒過幾天，果如所料，我們這兒八路軍突然地佔領徐淮公路以北的游擊外緣地帶的幾個鄉村。陳團長派出一個營的兵力，迎上去截擊，據守著徐淮公路以南的領域，阻擋八路軍繼續推進。在兵力上，八路軍是游擊隊的好幾倍，大約有一個團。可是，在火力上，他們是地區的所謂「土八路」，並非正規的八路軍，所用槍枝也是土造的，連放十幾槍，槍膛紅燙，就得停下來等著冷卻一陣再打，射擊的距離近，準頭也差；手榴彈擲出去，只爆裂成幾大塊鐵片，缺少殺傷威力；更沒有什麼重型機槍、迫擊炮等火力強大的武器。比較起來，游擊隊透過和平軍的路線收買武器，單兵槍枝使用日製的「大蓋板」三八式步槍，還有輕、重機關槍，六〇迫擊炮等裝備，火力比八路軍強大得多。加上游擊隊訓練了很多年，戰術和戰技，也比較精良。所以能以少抗多，阻擋住八路軍的向南推進。

游擊隊和八路軍，隔一條淮海公路，雙方對峙，僵持下來。八路軍屢次進攻，都被游擊隊猛烈的火力逼退，兵員傷亡很大。游擊隊方面，據說指揮官下令，打死的，就地埋葬；受傷的，送回城堡。我們後馬家中學，政治部早就下令停辦，把校舍改爲野戰輕傷醫院，作爲團部醫院的輔助醫療機構；一些無家可歸的或有志從軍的同學，接受過消毒、打針、包紮訓練，當上了小衛生兵。我沒當兵也去受訓到醫院幫忙，我自幼遭到許多親人傷亡病死的慘事，面對負傷士兵肢體殘破鮮血淋漓的場面我比較能鎭靜處理，竟成爲小衛生兵們的標竿。不過，回到萬處長的小院，每天夜晚我都無法安睡，傷員痛苦呻吟的樣子，讓我一夜會驚醒好幾回。

對峙了一個多星期，進入九月下旬局面變了。八路軍左右兩翼散開，繞過游擊隊據守的戰線，直接對後馬家城堡構成一個大包圍的圈子。出擊的游擊隊撤了回來，後馬家城堡，眞正成爲一座圍城。

圍城裡的官兵，上面沉著指揮，下面士氣旺盛。城堡的防禦工事堅固，兵精糧足，憑土八路怎麼包圍進攻，都相信不論守多久等中央大軍從國統區開到，絕無問題。

在城墻垛子口觀望，遠遠的一大圈黑壓壓的八路軍，像灰藍的波浪向前湧進，一進入游擊隊的槍炮射程內，就臥倒在地作匍匐前進的攻擊動作。可這種勇敢的進攻，讓守城的游擊隊，傷亡不大；我們可以從望遠鏡中看到，他們被重機關槍掃射，死傷成堆，很慘。儘管許多天下來，八路軍一波又一波地進攻，還是抗不了慘重的死傷打擊，便停在六、七百公尺以外，架起高音喇叭喊話，呼叫游擊隊別頑固死守，不要再替做官的賣命，趕快向人民軍隊反正。這些喊話、呼叫，受到城堡內高音喇叭的反喊話對抗，雙方震天價狂吼怒罵，像瘋子吵架般讓人的耳朵生繭，聽得疲了，十幾天後，罵戰自動熄火。八路軍又使出一種進攻奇招，用幾十條棉被捆捲成一人多高的巨大滾筒，士兵躲在棉被滾筒後面，一邊推滾筒前進，一邊挖戰壕攻擊。遍野的許多棉被滾筒向前推進，聲勢雖大，游擊隊的炮兵調整角度，對空發射，炮彈落在棉被大滾筒後面才爆炸，躲在後面的士兵，被炸得血肉横飛，四散逃竄，太慘了。……八路軍，用各種原始的土法子進攻，也難逼到後馬家城堡的近距離以內。最後，八路軍徵集了大批的農民，開始挖掘一圈壕溝，看樣子打算著長期把後馬家城堡困起來。

一天晚餐後，萬嘉鶴處長把我叫到跟前，臉色凝重地說：

「今天九月二十五，後馬家這場仗，打到什麼時候？怎樣結局？很難說。我們堅守著等中央軍，他們圍著不動也許有什麼詭計。」停頓一下，他以從來沒有的嚴肅口氣告訴我：「你該走了！趁著八路的兵力不多，圍城的壕溝剛開始挖掘，今夜兩點，團部的精銳突擊隊出城把八路軍趕開一個口子，送幾個人去徐州。你跟他們一起出去，突擊隊把你們送到南邊三里地的大趙庄，在那裡，有車接你們。你，到徐州先去你舅家，估計，頂多等到開春，你那些將軍世伯也該到了。」

我靜靜地聽著，清楚萬大哥說的每一個字。我知道，即將面對的是一個嚴肅的生離死別的時刻。

「你怕不怕？小老弟。」萬大哥微笑一笑，拍拍我。

「不怕！」我非常堅定地回答。

「好！好樣兒的。」萬大哥遞給我一條帆布腰帶：「把這條腰帶繫好，腰帶上有一個暗袋，裡面有我哥萬嘉麟的部隊番號和我給他的一封信，另外，我給你放進五塊袁大頭。」

萬大哥把他哥的部隊番號又親口說兩遍，要我記牢，等中央軍到了找他哥帶著去見王總司令。我也把徐州二舅家地址請萬大哥記下。

「去收拾一下，必須簡單、俐落。」萬大哥收起了兄長的溫情，用處長的口吻下令，別過頭去。

「再見，大哥。」我轉身回自己的屋子，努力不流出眼淚。

到屋子裡，我脫下後馬家中學生的軍裝，換上普通的衣服，穿上二嫂給我做的那雙新布鞋，揣上二哥給我的《紅樓夢》詩抄。環顧著這間小屋，摸摸床、摸摸桌子、摸摸書架上喜愛的三排書籍，這間半年來讓我安心讀書的小屋，讓我不必擔憂害怕無法生活下去的安定環境，像一場美夢般出現在我原本孤苦飢寒的少年生命中。這場美夢，都是萬大哥提供的。想到他替我布置的生活，他辛苦地為我補習數學、他平日對我細心的照拂、他在這關鍵時刻對我妥當的安排，一切一切，都讓我內心波濤翻騰，看著他的房間燈火通明，他的人影在窗前移動，我很想要衝到他面前，抱著萬大哥痛哭一場。

我定定地坐著，動也不動。這是最需要堅強克制自己的時刻。

出發了。夜寒風冷，西天半輪明月銀亮刺眼。一連突擊隊在前面開路，兩班憲兵護衛我們男女老少九個人；潛出城堡後，憲兵隊長令我們「臥下」。突擊隊衝向敵人陣地，十挺機關槍噴出一片火網，轟轟隆隆彈雨猛暴潑撒出去，夾雜無數手榴彈連綿的爆炸巨響，天搖地動，已用棉花塞住的耳朵也震得生疼！躲在掩體裡的八路軍哨兵被趕出來奔逃，睡中驚起的士兵倉皇亂竄，一瞬間，全部暴露在突擊隊攻擊的火網裡，有的捂著流血的臉，有的拖著傷殘的身子，向黑影裡逃走，留下一堆堆屍體和受重傷的倒在血泊中；空中瀰漫硝煙和血腥氣味，眼前到處是死亡的景象，戰場的殘酷恐怖，我不敢看又不能閉起眼睛。一個半大孩子被手榴彈炸破肚皮，哀嚎翻滾，月光下猙獰駭人，讓我戰慄不止。不知怎的？腦中忽然閃出八路軍初次到小店唱的一支歌：

槍口對外，
齊步前進。

一槍打一個，
不打自己人。
我們是人民的隊伍，
我們是鐵的軍。
……

來不及思索爲什麼想到這隻歌，護送的憲兵就半拖半抱地拉著我們這九個人，從突擊隊打開的敵方缺口，向外飛奔猛衝。兩旁的八路軍，看到有一群人突圍出去，卻被殿後的突擊隊強大火力壓制著，沒法子攔截。八路軍微弱的火力雖然攔截不了我們，可是，子彈不斷地在頭頂上呼嘯飛過，有的甚至「噗！噗！」落到身旁，還是非常危險。直到我們衝出了那三百多米火線的危險地段，憲兵隊長讓大家停下來，數數人，一個不缺。護著跑到大趙庄，把我們交給接應的人。

等在大趙庄接應的車子是三輛裝甲運兵車。這種車，是和平救國軍的裝備。第一輛，車頭架著一挺機關槍，載著滿車武裝士兵，在前面開路；第二輛，供我們九個突圍出來的人坐；第三輛殿後，和第一輛一樣是武裝兵車。

三輛裝甲車，迅速向徐州開去。坐在車裡，我們這九個人，始終沒人說一句話。可從互相偶然碰觸的目光裡，大家都在說著：我們可以平安到達徐州了。

3

到達徐州，不過四點多，暗夜沉沉，天亮還早得很。

我們被領到了和平軍司令部接待室休息，天亮後供應早餐，沒人吃得下。塡了張表，這群共同衝出火線的人，誰也不問別人的名字，各有安排，各奔東西。只有我，孤伶伶一個人走出司令部大門。

我壓下一夜驚駭。到徐州了，還怕什麼？辨認一下方向，灑開步子走，只向人問兩次路，我就找到了外婆的家：魁星路文昌巷十號。東西巷，寬，乾淨，是鬧中取靜的上等住宅區。十號向陽，厚重的黑漆大門，嵌在一大面青磚墻上，很氣派。當然比不得從前的府邸。

我敲了幾下門，應聲來開門的，是木蘭大表姊。

「啊！表弟，是你？」木蘭姊驚喜得大喊。

「木蘭姊！木蘭姊！……」度過了驚魂的一夜，乍見親人，我像在夢裡似的，連聲叫著她。

我倆向前，擁抱在一起。小時候，木蘭姊總是呵護我、擁抱我；這許多年，通過信，不料我已長得比她高了。

大表姊拉著我進了院子。一面喊二表姊亞蘭出來，一面呼叫：

「奶奶，奶奶，快來看誰來了？」

院裡，一下子熱鬧了。四個人，喊著，說著，不曉得怎麼好。外婆又哭又笑，喃喃著：「乖孫子，你可算來了，這些年想死我了。」

這些年，外婆怎麼過的？七十邊上的人也老得太厲害了。稀疏的白髮，枯草般盤在頭頂；原來很福態的臉龐，竟已皺紋縱橫像似被風乾了；背也駝了，矮小的身子更矮小了。外婆整個人委頓得讓人心疼。我擁著外婆，進了堂屋。

堂屋的正門這間客廳，竟然陳設著全套古老的紅木傢俱，還保留著一副貴族氣派。原來這個小四合院，是大舅從前當家主事時，爲了撐起王家龐大的派頭和開銷，先後開辦了金店、茶行、醬園、大飯店等四、五家商號；大舅做事踏實、守信用、生意辦得興隆，他又精打細算，選定文昌巷的環境幽靜，蓋了這個小四合院，作爲南北客戶的接待站。論規模雖不算大，房舍的建築和設施卻是相當講究。堂屋一列五大間，中間客廳、左右各兩間大房；東屋三間和西屋三間，作爲一般客房，南屋沿外墻夾著大門過道各蓋兩間，一邊是廚房和佣人房，另一邊是飯廳和儲物室；中間長方庭院，也鋪了十字通道，留下些空地作花圃。日軍轟炸徐州時，外婆和二舅一家到小店避難，原來大宅已蕩然無存，回到徐州就在這座小院住下。現在，堂屋左邊兩大間外婆住頂頭那間，兩個表姊住第二間。右邊兩大間，舅母已去世多年，二舅自己獨住，西屋一間廚房一間飯廳一間堆放雜物，很夠用了。東屋和南屋，租了出去。

大家在院子裡鬧了很一陣子。二舅被吵起了床，坐在堂屋的太師椅上紋絲兒不動，一臉的冰霜，吸他的菸。

我走到他面前，鞠一個躬，恭敬喊著：

「二舅。」

「嗯。」

二舅從鼻子裡哼了一聲，上上下下，把我一身看個透。

小店老家的遭遇和我們的生活情況，在木蘭姊和我往來通信中，我已述說過了。現在，我扼要報告在後馬家城堡這半年的日子，比較詳細說明萬家二位大哥計畫送我去見我「五大爺」王敬久將軍的事。至於昨夜突圍出來的驚險經歷，我一語帶過。我不願外婆聽了受怕，也不願二舅聽了厭煩。以後，慢慢把故事說給表姊們聽吧。

我很了解二舅的性格。從小，我就知道二舅，很愛挑嘴，很會說話，抽大煙，提鳥籠，聽戲，打牌，二舅母常常爲了他玩女戲子嘔氣吵架，讓外婆乾著急也拿他毫無辦法。逃難住在小店那半年，所有逃難來的人，大大小小，都幫忙幹點子農活。二舅整天陪著大伯父喝酒，聊天，打麻將，安逸得很，從來啥事也不幹。

二舅那麼上上下下看我，大概在心裡嘲笑我是個鄉下土包子。

我也打量二舅，四十多的人了，瘦矮，靈活，一頭黑髮塗了厚厚的髮蠟梳理得油光水滑，臉上平平整整兩片薄唇豔豔的殷紅，一身寶藍大褂配著小翻領的黑色馬甲十分合體，黑皮鞋擦得賊亮鏡子似的。我這位二舅，保養得很不錯，還留著那份富家老爺的派頭。

聽完我述說要會見「五大爺」的事，大表姊高興地拍手：

「表弟，只要你見到王敬久，那你，什麼都好了。」

二表姊只大我三歲，對於我父親幾位把兄弟的事，一概不知。

「唉！你爹死得太早了，要不，現在也是將軍了。」二舅忽然轉了話頭：「你爹黃埔一期同學的八位拜把子兄弟，你爹是老么。東征西討下來，至今還活著四個都是大將軍了。老五王敬久，打仗硬，現在是集團軍總司令，率領幾十萬軍隊，官大得不得了，這麼多年未見過，早就把你忘了，哪會認你？」

二舅的話，冷得像一把刀子，很傷人。可我仍堅定相信萬大哥說的，俺五大爺還念著我。

「王敬久可厚實了，他咋會不認？」外婆嘟囔著：「當年，他們拜把兄弟幾家，房子蓋在同街，門挨門，各家老小成天價攪到一起，比親兄弟還親。他們禍福共享，都是仁義人。」

二舅瞪著外婆：「認不認？這年頭，那可說不定。」

「別說啦！」大表姊插嘴：「今天剛好星期天，中午我做打滷麵，給表弟接風。晚上我請全家，去吃咱徐州啥鍋。」

「你有這份閒錢？」二舅責問大表姊。

「啥鍋，平常小吃嘛，又能花幾個錢？」

二舅突然大聲，冷冷喝斥：「你熱個什麼勁？」

眼裡含著淚，大表姊還想說話，我攔住了她：

「啥鍋，俺小時候跟外婆常吃，今天就不去了。」我望了望外婆。小時候，接我幼稚園放學，外婆時常讓黃包車拉到有名的一家啥鍋，讓丁嫂抱我一起吃啥。有時還拐到一家老牌滷菜店，叫丁嫂去切一大盤各種滷菜，用荷葉包著帶回家。

接著討論我睡在哪兒？外婆要我在她那間加張床，我怕攪了老人家；二舅他那兩大間有空地方加床，他不吭氣，我也不想沾邊。

「讓我睡在西屋堆東西的那間吧。」我說。

二表姊拉拉我：「那間多髒，那咋能住人？」

「咋不能住人？也不用買床了，弄塊板，就行。」我憨笑著。心想，又不會長住，有地方睡下來，也就是了。

外婆、兩個表姊都反對，她們看著二舅，可不敢提什麼話。二舅，還是不吭氣。

我當然睡到那間堆東西的屋。屋不小，可東西堆得多，一邊堆半屋子煤球，是要整冬取暖和做飯用的；另一邊堆放十來袋米麵，囤著，防物價漲；另外還有許多雜七雜八的東西。我把雜物整理一下，疊到角落，在煤球和米袋麵袋的中間通道，鋪一張木板，晚上睡，白天掀起來豎在一旁，什麼也礙不著。

住了下來，才知道，這個家要決定什麼外婆都不算數了。東屋和南屋的房租很多，全家怎麼過都足夠。可房子被二舅登記到名下，租金他收著；大表姊當小學老師，每月領的全數得繳給爹；二表姊正在讀徐州女子師範學校，公費也得交出來。二舅的口袋，像無底錢庫，無論多少都能盛得下，要放出一毛閘門可關得死緊。每天晚飯桌上，二舅按照菜的行情，一塊錢一塊錢數著交給外婆明早上菜場採買，實在是卡著大家的脖子在生活。外婆和兩個表姊，連買塊洗面皂的錢也不給。大表姊幾年以來都在晚上再做家教，才有能力讓娘三個添件衣服、買雙鞋，有點小錢使用。這回，我投奔來了，二舅一毛錢也沒給我，我並不在意。我腰帶裡，藏著五枚銀元；口袋裡，也有些法幣。大表姊硬塞給我幾塊錢儲備券，不要不行。其實，中央印的法幣，汪政府印的儲備券，游擊隊印的流通券，八路軍印的人民幣，在抗戰期間，各種鈔票都能在城鄉通行，老百姓，啥錢都管用。

每天一早，兩個表姊自己弄吃的，上班上學去了。外婆清掃裡裡外外，等二舅九點多起身，給他端上早點，再去菜市場。我來以後，把外婆和表姊幹的活，大部分包在身上，升煤爐做早飯、燒開水灌幾隻熱水瓶、掃地、淘溝、抹桌椅、擦門窗玻璃、洗碗和洗衣服……等等，每天幹整整一個上午，也不嫌勞累，我比忠誠的僕人還賣力，自己高興把全家每處都弄得乾乾淨淨看起來亮堂得很。可二舅老嫌這嫌那，把玻璃杯一隻一隻照著光瞧，搜索各房間地面牆角的斑點，想法找縫子總能弄點毛病數落我一頓，我忍住了。在飯桌上，我不敢怎麼夾菜，吃完一碗要盛第二碗，我不敢盛滿，他的眼睛一直在盯著，我也忍下來。好在二舅每天午後出門，半夜回家。晚餐是我們老少四個最輕鬆快活的時光，屋裡屋外才能聽到笑聲。

伺候二舅很難，他那裡間臥房的菸灰缸、痰盂、鋪床疊被等整理還算容易，外間他的大煙榻、煙燈、煙盤、煙槍的清理，才眞正麻煩。二舅抽香菸、吸大煙，癮都很大。讓我吃驚的，他還偷偷地吸一種白色粉末，把白粉放在錫紙上，下面用火一烤，白粉化成煙，他縱著鼻子吸。我把看到的情形告訴大表姊，她早就知道。對我說：「那白粉很毒、很貴，他自己找死，沒救了。」把全家人刻薄得那樣，自己抽香菸、吸大煙不算，還要吸白粉，我對二舅覺得難忍下去了。

二舅每天午後出門，半夜回家，他去幹什麼來著？

二舅出了門。我也出門，前腳跟著後腳。

徐州市圖書館，在文昌巷兩段街外，是我的樂園，也是我安魂的地方。憑後馬家中學的學生證，我申辦到圖書館的閱覽證，可以借書在閱覽室讀。每天下午的四個小時，我一分鐘也不願浪費，全心全力地拚命讀。按照萬嘉鶴大哥告訴我的那些作家，我一本本借來許多名著。魯迅的《吶喊》、《徬徨》，老舍的《駱駝祥子》、《牛天賜傳》時常把我感動得落淚，矛盾的《子夜》使我了解了都市深層的黑暗情景可是沒產生情緒的激盪，巴金的《激流三部曲》熱烈而浪漫卻距離我太遠，沈從文的《邊城》畫一般美麗可多縹緲呀！……這些大作家的小說比那些翻譯的世界文學名著更能吸引我，從這些小說我看到中國社會的黑暗面和光輝人物的眞相，讓我感嘆、憤怒，也懷抱夢想。時常，我夢想著，我這一輩子一定要做個文學家。將來，我能不能寫出這麼有意義的作品呢？

我自問自答：能。這個遙遠的美麗的夢，把我從現實的殘酷遭遇中救了出來，現實再殘酷，我抱著夢生活。

住在外婆家，二舅給我的種種挑剔和侮蔑，我痛苦、我堅靭地忍受下來。爲了等待不久以後的上學機會，什麼辛酸不能忍受呢？可是，我的內心，時常是滴著血的。每當我經過銅山縣立中學，看著那些和我差不多大的孩子，穿著學生制服在樓上走廊快樂地笑鬧。起初，我羨慕不已，老是佇望一陣子；以後總想到，他們多麼年輕活潑，自己卻像一隻流浪的老狗了！便急急走過。在一些深夜，噩夢也經常纏著我：兩位伯父慘死的、後馬家戰爭傷亡的，那些血淋淋的景象常攪混一起出現，驚駭醒來，一身都是冷汗。黑暗中，我咬緊牙根，反覆背誦〈孟子．告子篇〉那段話：

天將降大任於是人也，必先苦其心志，勞其筋骨，餓其體膚，空乏其身，行拂亂其所爲。所以動心忍性，增益其所不能。

我信奉聖人的話，把一切苦難當作嚴酷磨練，讓自己勇敢鎮定下來。可我無法明白，像我這麼一葉浮萍，無根無枝，將來能擔負什麼大任？於是，我夢想著，作家，做一個關心社會的作家。

立下做一個作家的夢。從此，我把現實中的一切醜惡，一切打擊，都當作是作家的養成教育，自覺生命強大起來。

在市圖館讀書是我最嚴格的課業。入冬後，遇上大風雪天，我裹著木蘭姊給我添置的夾克仍弓著身子上圖書館。館裡的人都認得我這個小讀者，每回，他們微笑的招呼，都給我很大溫暖。

到十一月的中旬，有一天，在市圖書館閱覽室，我和後馬家中學的同班好友王惠東遇上了。

「王惠東！」

「郭少鳴！」

兩人同時驚喜呼叫。我們找到一個角落，敘說別後情況。

後馬家城堡被八路軍攻陷了。原來的土八路，圍著城堡挖一圈溝壕，困著游擊隊，也不攻城。游擊隊在裡面等中央軍到來，土八路在外面等他們的正規部隊。就在上個月底，正規的八路軍從洪澤湖調來一個團，架起山炮轟城，城堡內很多營地被炸，城牆也被炸出缺口得拚命搶修，危險的局面不過三天，第三營的營長帶領官兵舉了白旗。陳團長率一千多人向外衝，衝出來的，只剩七、八百了。

「兩邊軍隊硬拚。整連、整排人，迎著槍炮子彈的火網，一瞬間，齊齊倒下去！硬是用屍體拼出一條突圍的路……。」

王惠東說起來十分傷心：「算我命大，跟著衝出來。」

「據說衝出來的游擊隊，紮在徐州西北角九里山下一處營地整補，與和平軍呼應，對外切斷消息。」我著急萬嘉鶴大哥安危，惠東這麼告訴我。

「跟我到鼎銘中學看看。和平軍在那裡設一個流亡學生接待站，咱銅山縣東南各地跑來徐州的學生，集中在鼎銘。」

我跟王惠東到鼎銘。這是徐州東關的一家教會中學，靠火車站近，和平軍就徵用學校的大禮堂收容流亡學生，免得學生在社會亂竄。自從日本投降後，日軍放下武器，只准在兵營裡活動。在中央軍隊來到之前，城市治安和行政，都由和平軍臨時接管。

鼎銘中學的禮堂很大，收容三百多流亡學生打地鋪仍綽綽有餘。主辦單位把學生按鄉鎮分編成小隊，劃出鋪位，提供棉被和每天午晚兩頓飯，管理得很有秩序。張集鄉幾個村子共出來二十多人，都在第五小隊，其中小店村的三個裡面竟有我一起念私塾的閆廣琛表哥，眞讓我意外驚喜，這個接待站收容的是初高中學生，表哥讀的是私塾，而且年紀也超齡了，怎麼也會在這個接待站裡？

閆廣琛表哥一把拉住我：

「表弟，咱哥倆在這地方見著了，不是作夢吧！」

「你怎麼也在這裡？表哥。」

我們跟胡老夫子念私塾時，閆廣琛是二學長，他又風趣，又和善，我常跟在他後面轉。

表哥告訴我：後馬家城堡破了，八路軍完全佔領了徐州以東各鄉鎮地盤，開始要徵兵了，他跟一些老鄉跑來徐州。聽說在鼎銘有學生接待站，提供吃住，他的年齡還勉強能充算高中學生，反正，鄉下也沒戶口、沒身分證，不到這裡來白吃白住，就太傻蛋了。他打算等中央軍的接收部隊到了，就去部隊找個差事。

表哥詳細地說了小店的情況。他說：「繼宣哥人好，八路軍搞村組織，派他當村幹部。我勸他一起出來，不成，拖著一個家，他動不了。不過，你託人轉給他的信，他收到了，知道你跑到了徐州。」說到這裡，他忽然提出了一個大好消息：

「你水口的李敏姊夫和你老李姊都跑到徐州了。」

「那太好了！她們現在哪兒？」

「離這裡不遠，明天下午，你來，我帶你去。」

4

下午不到兩點，我又到鼎銘中學。

閆廣琛表哥正在等我：

「走吧，昨晚我已去李姊家一趟了，告訴他們，說今天要帶你去，李姊夫和你姊歡喜得不得了！」他手裡提著一個布包，是要送給李姊的東西。

「這是什麼？」邊走著，我邊問他。

「還能有什麼可送？咱這群流亡學生窮得口袋裡水洗過似的。」他解開包袱，裡面是報紙包著的饅頭。「李姊現在的日子很艱難。我給他們帶去八個饅頭，其中四個是王惠東弄來的。惠東今天去他大爺家了，他們王家在王樓庄可是大戶，有不少人家在徐州治了產業，惠東是咱這群流亡學生裡的小善人，誰有個火急火燎的難處，找他，他會去親戚家想辦法。」

「不過，這些饅頭，是他和我昨天晚上從伙伕那裡弄來的。平常俺倆和伙伕扯得近乎，幹這點子事，他們還能不幫個忙？瞧，老弟，這饅頭，又大又實，一個有半斤多，每餐每人兩個饅頭吃不完。」談到這裡，表哥就感慨起來：「這接待站是和平軍辦的，讓學生能吃得飽，多好。城裡的治安，也是和平軍維持的，多好。從前游擊隊、八路軍都罵和平軍是漢奸，依我看，漢奸不漢奸的事，很難說。你看，這不是，日本鬼子才投降，八路軍跟游擊隊就火併了。」

「表哥，你可說到我心裡去了。我一直弄不明白，八路軍、游擊隊，都是抗日的。日本投降了，自己人又打仗幹嘛？」

「這事說起來話長了，我也只知道他們是死對頭，並不清楚其中恩恩怨怨？」

「在小店時，咱鄉下人，不是都覺得八路軍比游擊隊好嗎？」

「是的。」

「那麼，小店解放了，你幹麼要跑出來？表哥。」

「這，我也說不清楚。我爹是國民黨員，他讓我走，我就走。其實，我並不想離開老家，咱庄裡東頭，闖學堯、闖學舜兄弟倆，念完抗大，聽說他倆幹得很不錯。我想不通，究竟國民黨和共產黨有什麼不同？李姊夫是國民黨員，做過水口村長，這些事，他懂，等會兒問問他。」

不到十分鐘的路，我們很快就到了李姊家。

姊夫和姊早就看到我們了。迎上來，他倆一人抓著我一隻膀臂，要把我架起來似地擁進了屋。

「四弟呀，聽說恁從八路軍的包圍中，衝出後馬家城堡，俺擔心死了，恁咋闖出來的呀？」大家剛沾著板凳，李姊就急巴巴開問。

「恁急個啥？讓四弟先喝口水嘛。」李姊夫說。

我把到了後馬家城堡，萬嘉鶴大哥怎樣指導我讀書，照顧我生活；突擊隊在護送司令部的什麼重要人突圍時，萬大哥安排我跟著出來，並特別給我一條腰帶，交代我怎樣去找王總司令，突圍情況，來到徐州等等；詳詳細細，向眼前的這三位親人述說。姊夫和姊，在家裡遭到劫害後的那些年，總是在最急難的時候來小店家，給一群弟妹愛憐保護撐腰壯膽，讓我們能夠捱過那些悲苦的日月；闖廣琛表哥是我自小喜歡跟著玩的，在胡老夫子的私塾，他也和二哥那樣關愛我。現在，這三個都在眼前，我知道，在徐州他們是我可依靠的親人。

「表弟，你眞不容易啊！突圍的時候，你雖然沒拿槍開火，可小小年紀，從槍林彈雨裡衝過，也可以說是出生入死了。」廣琛哥說。

「唉！四弟呀，四弟，這可難爲恁啦！」李姊唏噓著。

李姊夫說：「小店和水口，兩村挨著，可小店出人才。小店人，會念書，也有人帶。四弟，你大概不咋知道，恁爹這位三老爺子，帶出了萬嘉麟，送他念陸軍官校；萬嘉麟帶出了他弟，送萬嘉鶴到上海念大學。現在小店的人物，在國民黨這邊有萬嘉麟、萬嘉鶴哥倆，在共產黨那邊有閆學堯、閆學舜哥倆，反反正正，不論那一邊，都有小店的幹家子向上冒著，俺水口可差很了。」

「姊夫，小店還有個劉一清在國軍部隊，聽說現在當上旅長了，他，也是三表叔他老人家帶出去的。」表哥接上說。

「廣琛老弟，小店那幾族姓的譜兒，恁大概明白。唯獨姓劉的這族，夠古怪！好的嘛好得要命，壞的嘛壞得要命，興許古時從西北搬來打根兒上就不一宗？恁說的劉一清，俺知道，早年俺在小店見過，胖篤篤的，厚實實的，三老爺子念著是鄉親，忒照顧；俺現在覺得他是憨臉刁，勢利眼。恁看，那年四弟家遭受土匪劫難，小店人，哪姓不著急幫忙？劉一清人在國統區嘛，可他家還有人哪，家裡又很稱得上了，他們從頭到尾有人來郭家問問麼？老弟台呀，人和人，是不一個樣兒的。」姊夫說著，拍拍我的肩膀：「四弟，萬家哥倆是仁義人，是知恩重情的漢子，一定會幫恁找到王總司令。恁聰明，又肯念書上進，以後會開花結果。俺說，小店下一代人才要看恁了。」

我被姊夫說得怪不好意思。可我心裡，早已打定這輩子幹文學工作的主意，是決不改變的。

「恁兄弟仨，咋扯不完啦！」李姊嗔著姊夫：「瞧恁這人，不是打來酒了嘛，還不趕緊擺上，邊喝著，邊說。今兒咱什麼活不幹，多少話怕說不完？」朝向姊夫飄去一瞥白眼。

姊夫，抬手拍著腦門，對俺姊做個鬼臉：「恁說的是，俺這腦袋瓜子咋搞的？木頭做的！」瀟灑的姊夫，碰上俺漂亮的姊，沒輒了。

哥兒三個讓姊自造的這句俏皮話，逗得大笑起來。不錯，姊夫會木工活兒，不是專門木匠；可琢磨木工手藝做出來的傢俱，能讓木匠看傻了眼。這木板屋，是姊夫搭起來的，屋裡的床、櫃，外間的矮桌、小板凳，是姊夫製成的，俺姊，也在旁邊幫襯著做個下手。這間木板屋，姊夫找人家拆卸的舊板子，鋸、鉋、釘、鑿，油漆，就讓他弄成一間新房子。其實，姊夫的腦子忒靈，忒好使用。他念過好幾年私塾，能寫會算，粗細都行；只是水口村閉塞沒進洋學堂，把他給悶了。他當村長，替村子修橋鋪路，年紀輕輕的村長，是個能人。逃難出來，姊夫在這一大片難民區裡，偶而也會接到點木工活幹，不能作為固定的營生，他固定幹的，是擺香菸地攤；俺姊在家替火柴廠糊洋火盒子，每天糊一千個給一公斤大米；合計能勉強過下去，很艱苦。兵荒馬亂的年頭，混下去，再說。

姊夫早晨已打來一斤白乾，買一包花生，一大包滷味：豆乾、豬耳朵、海帶，再加上幾個茶葉蛋。擺滿一桌，實在太豐富。

「今天還要喝酒？」我問。

「咋能不喝酒？」姊夫說：「咱哥兒們難得相會，這年頭能相會，是可賀的大事。把這一天當作一個節慶日，咱好好慶賀一番。」

喝就喝吧。我昨晚上已經告訴木蘭姊今天到李姊家來，不回去吃晚飯，回去晚些，我帶了大門的鑰匙。

姊夫擺四個酒盅，喊姊。俺姊在外面棚子下，燒煤球爐子，炒菜、燉湯。大聲回答姊夫：「別等我，恁幾個喝吧。」

酒喝到樂乎，話就稠了，三個人搶話頭把屋子吵翻了。

「表姊夫，恁見多識廣，俺想請問恁一個問題，」閆廣琛表哥忽然興致勃勃地向李姊夫請問：「俺想不通，八路軍、游擊隊，都是抗日的，昨日本鬼子投降了，自己人又打起仗來？就拿俺小店來說，有人在國民黨裡幹，有人在共產黨裡幹，恁說，究竟國民黨和共產黨有啥不同？」

「這話可說到大處了。您想不通嘛，最好別想，更不要對人張揚！」李姊夫把臉綳緊，壓低了聲音：「這兩個黨，依我的看法，主義嘛，也差不多，都是爲人民，很好；黨員嘛，也差不多，都有好的都有壞的。拿眼下說，共產黨要比國民黨好，共產黨是正在冒出地面的苗子，國民黨是老根已經爛了的樹頭。」

「那恁幹麼要從水口跑出來？」表哥和我同時發問。

「您倆年輕，不知道厲害！」姊夫手指著天空：「兩黨上面，鬥得凶，殺來殺去的二、三十年了，誰逮到對方人馬都往死裡幹。」姊夫又指著我：「你聽說過沒？恁爹，可是正宗的黃埔軍校第一期嫡系，俺聽過老黨員說，那年國民黨搞清黨運動，撲殺黨內的左派。對可疑同志，不審，捉到就殺，說是寧錯殺一百，不放走一個；幹特務的領著一個排的行刑隊半夜去抓恁爹，虧得有人報訊，恁爹翻墻跑了，到杭州出家，當了一年和尚。等風潮過了，才又出山。」

頓一頓，姊夫嚴厲告誡：「兩個老弟，這問題，以後千萬別對人提問了！在兩邊的特務眼裡，像咱們這等小命，不過是螞蟻般，拿手指頭一摁，就差不多了。」姊夫這麼一番話，空氣驀地凝重起來。

俺姊捧著一大盆燉雞，小心地在桌上放好，喊道：「恁三個，咋啦！說著笑著的，咋驀地都不吭氣了，一個個獃子似的，中了什麼邪魔外道的符咒啦。」

這一聲喊，把咱三個男人的魂兒吆喝回來了。

姊夫搭訕著：「剛才這故事，俺說到哪兒啦？管他三七二十一，來，喝咱們的酒吧。」錫壺裡的酒，見底兒了，一斤白乾差不多都下了他倆的肚。姊夫要再去打一斤，我按住他：「這酒，恁倆也喝得有個幾分了，咱們就陪姊好好地吃飯算了。」

「四弟，這裡恁最小，可說得對。恁姊夫，就是個人來瘋。」李姊乘機賞給姊夫一瞥白眼。

我看到姊夫挺得意，笑得好傻。

這頓飯，俺姊忙進忙出，給我們加了幾個小炒。現在總算坐下來安生地把飯吃完。我和廣琛哥把桌面清理好，俺姊端出一壺大麥茶：「咱家現在就喝這個，大麥自己炒糊，泡茶，好喝又退火。」

「其實是不要花錢買茶葉了。」姊夫偏偏來上這一句，用意是逗俺姊樂。俺姊像沒聽到似的，不接他的話頭，自顧跟我們聊些家常裡短。

大家說到日子難過，俺姊問我：

「四弟，恁住在外婆家，他們是徐州當地人，有根有底，聽說家業被日本鬼子飛機轟炸毀啦，大概嫑好都比咱強很了。恁有外婆疼，過得好吧？」

「外婆、木蘭姊，都疼我。可她們沒法子疼我。」

「那是咋搞的？」李姊著急地問。

我把在外婆家生活的情況和二舅的模樣，原原本本向他們報告。

「按表弟的倔性子，這日子可是過得苦了！」閆廣琛表哥說。

「四弟，恁就搬來住吧！吃飯這間，打個鋪還可以住。」姊夫說。

「搬過來吧！四弟。回咱家來，咱家有乾的就一起吃乾的，有稀的咱們喝稀的。從前在小店那樣的日子都過了，怕啥？」俺姊說。

「俺看，讓俺想法子在接待站給表弟補個號，讓他來鼎銘中學，吃一份公糧，比較妥當。」表哥說。

親人給的關懷，讓我心裡很熱。估磨著，李姊家溫暖，可他們這麼辛苦過活，哪能再來增加負擔？到鼎銘中學去，靠著表哥，一起吃接待站的救濟飯，行。不過，我要是從外婆家搬出來，那些家務又要落到外婆身上。外婆衰老的瘦小的身影，立刻蹣跚地出現眼前。

「俺還是在外婆家住下去吧。」我把所考慮的事向大家說出來。

從此每過些日子，我就來李姊家吃晚飯。姊夫收了香菸攤子，有時找表哥來，有時是他鄰居，一起喝茶聊天，流離的日子裡，加進了一些苦中尋樂的味道。

我把在李姊家的情況都告訴木蘭姊。她和李姊、姊夫和表哥都很熟。說起從前在小店的時光，她老是嘀咕著，想邀他們來家裡坐坐，請吃一頓飯；終於還是不敢。看我每次從李姊那兒回來滿臉喜悅，就羨慕得不得了。

有一天我回來晚些，夜裡十一點了，走到文昌巷口，看到一根路燈電杆下站著一個男人，是二舅，一個年輕女人偎著他。

我快步閃過他們。

卻也聽到那女的說：「快過年了，你可得包個大紅包給我哦！要不，就有你的好看囉。」

二舅哼哼唧唧些什麼，我沒聽出來。

我希望二舅沒認出我走過去。像沒事人一樣，每天，我照樣幹著家裡的那些雜活。顯然是，二舅知道我撞見他們了，對我說話的口氣更刻薄，對我厭煩的心意完全擺在臉上。自從發現二舅在胡搞女人，我雖然更看不起他，卻不會對任何人去說。其實，在平常閒談中，兩個表姊對他每天下午出門到半夜回來，究竟在外面幹些什麼，似乎已很清楚。家裡只有可憐的老外婆什麼也不知道，就算她知道又能怎樣？所以難怪二舅那麼對待我，我沒來以前，在這個家裡，他是王。他打罵女兒、他喝斥老娘，他想幹什麼就幹什麼，抽菸、吸毒、搞女人，不會有任何輕微不滿的聲音；平空添了我這個倔強小子進來，當然他還是家裡的王，也可以給我尖酸的、侮蔑的數落，可我已經長得比他高大壯實，我是一個男人，多少也讓他存點兒顧忌。自從撞見了他的好事，俺這位二舅，恨不得立刻把我掃地出門！對我這個外甥，他的臉一天比一天更難看，讓我覺得自己像個小要飯的，這個飯碗實在端不下去了。

我湊著一個星期天，兩個表姊都在家，提出來我要搬出去。木蘭姊完全反對，亞蘭姊驚得直跺腳。我告訴她倆：我決定要去鼎銘中學接待站的原因，一來是那裡吃住都無虞，二來是那裡有幾個老同學可以相互研究學習。我想出來的理由，不知道她們信不信？反正她們也無話可說。

亞蘭姊提出要求：「你等天晴了再搬吧，外面雪下得這麼大。」

「這點子雪算什麼？」我說。同時，我告訴她們我每星期天回來看望外婆和她倆；這回搬出去也很簡單，除了身上穿的；鋪的、蓋的，原本是家裡的東西，都不帶；別的收一個小包袱，拎著很方便。

我去和外婆磨蹭一陣子，硬塞給她一枚銀元。

等到二舅起了床。我去請個早安，告訴他，等一下要搬出去。

二舅似乎早已想到又似乎沒想到我走得這麼快，稍微一愣，定定地瞧著我：「嗯，既然外面有好的地方，你就走吧。」聲音，比外面的冰雪更冷！

今天，是一九四五年十一月二十六日，我住進外婆家，掐頭去尾，整整六十天。

六十天，世間那些有爹娘疼愛的孩子，生活在溫暖的照顧下究竟是怎樣的滋味？我沒經受過無法了解；在想像中，這短短的六十天，他們也許像溜滑梯似的，順利地一晃而過。而我，捱的這六十天，太漫長了，讓我的心靈老了很多。如果是一個沒什麼關係的人或者是僱用我的東家，待我如此輕蔑刻薄，也就算了；可他是我親舅啊！當我從炮火的死亡線上，突圍出來，奔向他，我滿心期盼的是他伸出溫暖的手，我得到的卻是他冰冷的眼睛。大表姊木蘭，看得實在難過，暗地裡常常特別照顧我。有一回，我聽到她跟她爹吵：

「爹，你對表弟也太過分了！他一個孩子嘛，來家也不過住幾個月，等王總司令，你幹麼這樣嫌惡他？從前咱全家逃難到小店，他家是怎麼待咱的？」

「死丫頭，哪有你說話的。你知道他會住多久？等王敬久來搭救他，作夢。」二舅罵木蘭姊。

那時候我真想跑出來和二舅講道理。想到他對自己女兒談戀愛都不准，要她多做幾年事來孝順。我這個外甥又算什麼？現在，我終於衝出這個家門了，把一切輕侮和屈辱，拋在身後。

頂著鵝毛大雪，我衝出去。路上沒幾個人影，天地一片純白。我像出籠的鳥，披一身白，輕快振翅飛翔。解脫的心境，忽地想到我的老師劉樂山爺爺，當年最愛吟唱杜甫〈旅夜書懷〉詩的最後兩句：

飄飄何所似？
天地一沙鷗。

第五章

一

1

鼎銘的大禮堂裡，平常學生們躺著、坐著、幹著點什麼，總是懶懶散散地，悠閒而又茫然。今天的氣氛，緊張得很，學生成群地聚在一起討論著什麼事情，有些人在收拾自己的行李，也有不少外面的人在裡面忙進忙出。

我找到閆廣琛表哥。

「咳，表弟，你來得眞不是時候。」表哥告訴我：就在前天，接待站主任，把學生集合起來講話，正式宣布，近來從山東、河南、安徽各地流亡到徐州的中學生已經三千多人，徐州各區的接待站，工作上發生許多問題。上面決定撤銷各個接待站，把流亡學生集中起來，成立一所臨時中學，和平軍安排出九里山下的一處軍營作爲校舍，學生暫時不上課，進行初級軍事訓練，生活上一切軍事管理，等到中央來徐州接收，就把學校移交給國府接辦。這個變局來得太突然，同學議論紛紛，有的認爲不久由中央接辦後就改爲國立中學將來會有前途，有的認爲現在進行初級軍事訓練可能中央接辦就改編到正式軍校裡去，大家都在雲裡霧裡胡猜，誰也說不出一個準兒。

「命令在十二月三日實施，只給我們一個星期時間來自由決定去留，」表哥指一指那些打包行李的同學：「有辦法的人，大概都會自己走了。」

「王惠東呢？」

「他叔從鎮江來，把他接去了。」

「你呢？」

「我的年齡，已經不適合上中學，上大學又沒資格。本來我就打算進入國軍部隊去發展，管他臨時中學將來會不會變成軍校，我都會跟去，要是將來編入軍校，對我來說，正好。」

看我有些發愣，表哥說：

「你當然不能跟我一起去臨時中學。你要再忍耐一段時間，等你那些世伯來到，你的前途是沒問題的。」

「走，表弟，咱今天中午不在這裡啃饅頭了，我帶你去吃一頓餃子。你可記得家鄉那句話：上馬餃子下馬麵，咱兄弟倆吃了這頓餃子，大概也就分道揚鑣了。如果我進入國軍部隊，你找到你的那些世伯，彼此的路，可能愈走愈遠。在這種動盪的年頭，什麼事能有個準兒？各奔東西以後，還有多少機會見面，多久才能見面？可就難說了。」表哥的心情悲涼得很，可說得平平淡淡似乎一點也不感傷，我完全懂得裡面的意味。我們，是被趕出老窩的小獸，奔竄在荒野，隨時隨地都會遭到各種危機，感傷的事，早就是多餘的，不能提了。

表哥帶我到鼎銘中學旁邊巷內的麵攤，吃了一頓餃子。

大雪一直落個不停，路面的溝溝坎坎都被白雪鋪平了。表哥要護送我去李姊家，他把自己的圍巾解下來給我圍上，跨起我胳臂，互相靠著，往雪地裡奔去。路，不容易走，得找到中線向前探索，一個走偏了會陷到雪溝裡。風又颳了起來，鵝毛似的雪花，在風中上下迴舞，打橫裡撲得人滿臉滿懷又迷著人的眼睛。平時短短路程，大風雪中，變得好長好長。前後闃無一人，哥倆扶持向前，踩著沒脛的雪，深一步，淺一步……

2

雪，純白的雪，把世界裝砌得十分美麗。

大水溝旁，千百戶難民的棚屋忽然變了樣子：到處晾的萬國旗般衣服都收掉了，污穢的巷弄裡滿地的雞鴨貓狗和追逐竄騰的孩子不見了，大媽們高嗓門的拉聒扯淡、推車挑擔的沿門叫賣，以及各種各樣的吵雜聲響全止息了；那些醜陋的屋子變成童話國度奇形怪狀的白色積木，積木橫七豎八地堆置著，一片寂靜的安詳的景象展開在眼前。

風雪嚴寒中，難民們個個蜷曲在自家的門裡。

我們敲開了李姊小屋的門。

姊和姊夫正在糊製火柴盒。屋角生著一爐煤炭爐火，爐膛火光通紅，爐上坐一隻大銅水壺，壺嘴嘟嘟吐著蒸汽，這個溫暖的濕潤的小屋，把漫天風雪的嚴寒擋在外面。

「恁倆，怎樣在這個大雪天來了？」李姊驚異喊著。讓我們在門外抖落一身雪花，進來坐下，趕忙給每人倒一杯薑茶。

「大概是有什麼事吧？」姊夫注意到我拎的小包袱。

仗著年輕和中午的一頓飽餐，我倆奔走在大風雪裡，其實寒氣也麻木了手腳，等坐下來喝了一大杯滾燙的薑茶，熱流在體內散開，才算緩過了氣來。

閆廣琛表哥，拍拍我的肩膀，把我最近遭受二舅苛待的情況以及流亡學生即將編組成臨時中學的事情，詳細說了一番。

「目前，表弟已經沒地方去了，我只能把他送到恁家來。」表哥無可奈何地說。

「廣琛老弟，恁話說到那兒去了，」姊夫搶著答話：「四弟，本來和咱就是一家，他不來俺家，要去哪裡？」姊夫拉起我的手，緊緊握住：「沒事的，四弟，住到了家裡，什麼事也不必擔心了，恁這個姊夫，還能助您一膀子力氣。」

「這個樣子的舅，造孽啊！四弟，姊不是跟恁說過，來家裡住吧，家裡有乾的咱大夥吃乾的，沒乾的咱大夥喝稀的，怕啥，俺就不信，在徐州這塊地上，咱們站不住腳？」俺姊說。

從二舅家走出來，我就下定決心，即使一切路，都斷了！萬般無奈就去做苦力、扛大包，憑我在農村鍛鍊出來的結實筋骨，沒有什麼辛勞的活是我幹不了的。退一萬步說，哪怕是要飯，我也不會再住到二舅家裡去端他那隻比乞討還不如的飯碗。以前二哥說：凍死迎風站，餓死紮緊腰。如今，表哥這麼細緻周到地關懷我，姊夫和姊這麼真切地愛我，讓我無比堅硬的心志又柔軟起來。淚水在眼眶裡滾著，再一次驗證了那句：人和人是不一樣的。實在是，不僅人和人不一樣，有時人和人相差得比上帝和魔鬼更遠！

「廣琛，雪這麼大，今晚恁也留下來，趕明個天放晴再走。」姊夫對表哥說。

「不成，這一兩天，要把我們編進臨時中學的事，隨時都會發生情況，我還是趁著天色亮趕回去的好。這段路，我熟，一個人走要麻利得多。」

「慢點，」姊從爐膛裡掏出兩塊紅芋，用報紙包好，遞給表哥：「挺熱，恁揣懷裡能擋寒，到地頭拿來吃也可以加些勁。」

「要進到九里山軍營以前，我會來看恁。」表哥和姊夫的手緊緊握著。這些日子以來，大家常相聚會，咱幾個，在患難裡心連著心，眞的比親兄弟還親。

我就在李姊的小屋外間住下來。生活的秩序和節奏進入一種全然不同的情況：姊夫忙得像一隻營營不停的蜂子，天濛濛亮，他去徐州北關有名的黑貨街批買香菸；整個上午，他在屋旁空地做招攬來的木工活；下午，他跑到一家傢俱廠幹論件計酬的兼差；黃昏以後，他神通廣大，在難民區不遠的夜市大街弄到一小塊地盤，擺出個香菸攤，到夜間十點收攤。俺姊也從來不閒著，做飯、洗刷、清理、縫補等家事以外，她就幹糊火柴盒的副業。她的眼明手快，摺疊、上漿、裱糊，一氣呵成，像一台機器似地快速準確，每天最少也完成一大箱上千個的產品。他倆這麼忙個不停地幹活，我變成沒有什麼活可幹。原在二舅家繁瑣紛雜的家務工作負擔，現在突然全部甩掉，覺得失去重心似的，手腳不曉得往哪兒擺？

有一天我和姊商量：

「姊，讓我每天上午在家幫您一起來糊這火柴盒好不？」

「恁說啥？四弟，恁念書要緊，咋能幹這個！」姊埋怨我：「四弟，難道恁忘了？那時咱家遭了土匪劫難，老老小小，連飯都吃不上的時候，恁二哥不是還拚了命也要恁念書麼！難道恁忘了，恁二哥幹麼要恁念書？難道恁忘了，咱家以後的大樑要誰扛？」

李姊的一連串責問，我再也不敢提幫她幹活的話。

念書，原是我最愛的事。自搬來李姊家，我開始全天待在市立圖書館。早餐以後，姊已給我準備好午飯的乾糧：一個大饅頭、一塊醃大頭菜或一枚鹹鴨蛋、一瓶水，都放在一個帆布提袋裡。讓我像一般學生上學那樣，每天早上去圖書館，傍晚回家。姊和姊夫，看我每天去圖書館念書就樂，不過問我念些什麼書。我享有充分的自由，盡情俯仰在新文學的海洋裡，真正享到一種莫大的幸福；於是，有計畫地對五四以來的名家作比較性閱讀，讀得又認真、又快，像蜂子採取花蜜般，我不停地吸收文學奇妙與豐富的乳汁，感覺出自己的心智一天天擴展開來，也讓我朦朧地體認到，文學海洋的浩瀚和深邃需要自己終生去探索，那不是哪位老師能夠教給我的。當我讀著細品苦茶閒話風月的美文，也會沉醉於優雅情調，忘卻此時何世，此身何處?往往，一個機伶，又快速回到現實裡來。我的根，在黃土地裡，和同樣病苦的根群，交纏一起，閒適的吟弄不屬於我們。那種橫眉冷對不義地吐著血的吶喊才是我們的文學。

圖書館幾位管理書籍的工作員，對我這個應該背著書包去上學的大孩子，總拎著小帆布袋天天跑來館內埋頭文學書中，早已注意了。兩個多月，每當和他們目光相遇，我總能讀出大家眼神裡友善的關愛，沒有人探問我什麼，我也只笑笑地看著他們，頂多偶而相互簡短地問聲好，卻像是很熟的朋友。我要借什麼書，他們就快速幫我查找出來，最近還准許我每天借一本書帶回家晚上讀。閱覽室很大，可以容納上百人的座位，平常進進出出的不到一、二十人。像我這樣，每天一早開館進來，固定坐南墻那個靠窗位子，讀到下午五點要關門才走的人，也就只這麼一個。

一天借一本書帶回來讀，我都選長篇小說，一晚讀完，次日還書。回到家，有一點空，捧起書就讀，夜裡姊專心糊火柴盒我在桌旁專心讀書，四周闃靜，不停傳著疊紙盒和翻書頁的聲音。

這個深夜，姊夫收了香菸攤子回來，姊幽幽對他說：

「恁看，四弟這麼迷書，俺怕他會讀傻了。」

這話，馬上引起姊夫一陣大笑：

「只有愈讀愈聰明，哪會讀傻了？恁知道不，恁四弟不是讀死書死讀書的那種人，儘隨他去讀吧，擔心個啥。」

姊夫不擔心我讀書，我可常常擔心他從早到晚奔波不停是過度辛勞了，趁著這個機會，我向姊夫和姊說說我讀書的心得；很自然的提出來，我想在每天晚上代替姊夫去守著香菸攤子。

「攤子那裡的電燈比咱家裡的還亮，我一邊守著香菸攤，一邊讀我的書，有人要買菸，也不過片刻工夫，妨礙不到我，這是一舉雙得，姊夫也能喘口氣兒，免得整天忙得連腦袋都快暈了似的。要幹別的活嘛，你也有寬裕些的調配時間，要不，在家陪陪俺姊也好。」我一口氣說出這一堆理由，俺姊聽得入神，說：「四弟，恁書讀得多，姊說不過恁啦。」姊夫想一想，說：「這樣，不妨試試看。」

3

幹一行，我得對這行弄明白些。第二天，一大早，我跟姊夫跑一趟批發香菸的黑貨街，雖說批菸的事還用不著我，我想看看是怎麼回事？晚上，我跟姊夫在香菸攤子見習了一回，搞清楚一些小訣竅。行了，擺香菸攤這活，我能頂得住。

有名的黑貨街，其實並不是眞正的大街。徐州北關老黃河的北河沿坡下，有條十來公尺寬的碎石子路，這條路的南面是徐州市，北面是銅山縣，處在城和鄉的接壤線上，正是兩管又兩不管地帶，路兩旁簡單的竹子棚一通到底迤邐有三百公尺長，這就是街了。這街，白天空無人煙，可在黎明到太陽爬上的這兩個鐘頭，城裡各路小攤販都跑來這裡批貨，上千人鑽動，頭顱滾滾，熱鬧得比鄉下過年時的廟會還擠攘歡騰。兩邊棚子裡，幹中盤的棚戶，各專一門，把倒騰來的黑貨堆在地面的草蓆上，個個精氣十足地扯起大嗓門狂喊著招攬顧客，好像誰家喊得最狂，誰家的貨就最便宜最時新。一路擠，一路看，從手錶、眼鏡、打火機、鋼筆，到餅乾、香菸、奶粉、萬金油家常藥品，各種雜七雜八的日用品，每個棚子全都保證是來路貨的名牌。這些名牌貨是不是眞名牌？打哪進來的？誰也不問。各種貨都有一、二十個專賣棚戶，買賣雙方在貨價上十分起勁地推拉像在吵架似地爭一點差價，整條黑貨街要不吵得翻滾也就不行。姊夫帶我批購三條洋菸，不曉得比價了多少家，最後那家，姊夫和那個中盤爭得凶，每條菸對我們讓利一塊錢，終於十九元一條，成交。我們花費一個小時共爭到三塊錢。姊夫告訴我：「別小看三塊錢。咱小攤子賣一晚上總共也就賺個十塊錢。那中盤也不容易幹，讓咱利，他出血，不讓又怕咱跑了。」

黑街上，有些橫眉豎目的傢伙，掌心托兩枚銀元，邊走邊敲，在人群裡竄來竄去。姊夫低聲對我說：「這些黃牛惹不得，幹銀元黑市的都有後台。徐州各家銀行牌價，一枚銀元按袁大頭做標準兌換十元法幣，只兌進，不兌出。黑市價，一枚銀元他們給二十元法幣，能夠買半袋麵粉。買他們的要花二十八塊法幣換一枚銀元。現在物價比較穩定，這個數碼，每天的上下浮動不大。」姊夫仔細替我分析銀元行情，爲的是要叮囑我：「黑市銀元進出的差價爲什麼這樣大？因爲時局如有變化金銀是最保值的東西。四弟，你那幾枚袁大頭，千萬小心存著，銀元的後市，只會漲，不會落。」銀元實在是值錢的東西。不過，萬大哥裝在我腰帶上的五枚銀元雖只剩下四枚，我仍然覺得是身上的累贅。好幾次，我要交給姊夫，他不收。總是說：「你曉得什麼時候會有個急需？好好保存著吧。」

跟姊夫跑了一趟黑貨街，讓我增加不少見識。我看到，小攤小販窩在城市的下層，掙扎在商品堆中所花費的精力時間；和咱鄉下農民匍匐在田野裡，一犁一鋤一鎌刀的辛苦勞動；同樣是作了血汗付出，爲了維持卑微的生活，實在都不容易。

今年冬天，冷得早，也冷得很凶。十二月剛進入中旬，已經落了兩場大雪，雪後積在路旁牆角的冰堆一直不化，瓦房的簷溜老掛著成排長長的冰錐兒，凜冽的北風打從街口灌過來，刀子般割裂人的肌膚。冷，是眞冷，偏偏這夜市，愈冷，人氣愈旺。夜市是徐州晚上著名的一條食街，辣胡湯、綠豆丸子燉牛雜、拉麵、高裝饅頭、大鐵壺油茶、燒烤狗肉、壯饃、徐州啥鍋……等等北方小吃攤子，黃昏以後，各自按照規定的地盤紮進這條金融大街兩旁寬敞的走廊下，五、六十家食攤，熱火朝天，蒸騰著傳統獨特的美味，吸引中下階層食客，一波又一波洶湧的人潮氾濫過了深夜才逐漸退落。在夜市鬧哄哄的食攤間，香菸攤子縮瑟在一些角落，算是零碎的小把戲，竟也有好幾處，不過大家賣不同品味香菸佔有不同品味顧客。我們香菸攤，專賣大前門、三炮台這兩個外國牌子，似乎品味比同行高些，其實都一樣眼睜睜守個小菸攤，注視來來往往的腳步，盼望一個晚上能賺到幾個饅頭錢。每天下午六點，我準時出攤，拆開兩條菸，一包包整齊排列在斜靠牆面的木板框格裡面，另一條和近二十條空紙盒，疊在地面的一張包袱上，看起來，我們菸攤的貨有好大一堆。「貨買大堆」，姊夫教給我這個顧客買東西的心理小訣竅。

布置好菸攤，我坐在小板凳上打開了書就著廊燈閱讀，一面用眼角餘光注意著菸攤，一發現有腳步停在菸攤前，馬上站起來伺候。我們的香菸，兩毛錢一支，三毛錢兩支，五毛錢四支，就靠這麼零敲零打地賣。光顧夜市的，兜裡都沒幾個錢，餵飽肚子以後大半去抽五毛錢一包的劣質土菸，想弄幾根來路菸過一口癮，就只能零買。我們也有幾個固定的消費大戶，天天來買一兩包。合起來，每晚熬到十點，總能賣完兩條菸，運氣好的時候，第三條菸也能搭上了幾包。無論怎樣，到了夜間十點，我就收攤回家，十點之後，人潮減退，買菸的人稀少，耗下去，第二天沒勁上圖書館了。

姊夫給我買一頂棉線帽子，姊給我縫一套厚棉襖棉褲，加上一雙大棉鞋，穿起來，像一隻笨熊似的。我嫌，姊不准不穿。穿得暖和，吃得飽足，每晚，我都興致勃勃地去擺香菸攤。看守這個攤子，一晚能賺上十塊錢補貼家裡生活費用，能就著廊燈讀書，還能藉著這個歷練了解到很多比小說裡更生動的故事。附近幾個食攤的大叔大嬸們，對我少小年紀出來擺香菸攤子又老是捧著一本書在讀，都覺得稀罕，在生意的空檔，常會過來搭訕；我不願和人閒聊，也不喜歡人家對我問東問西，大約勉強含含糊糊應付幾句以後，總是旁聽他們互相扯淡。我這個小香菸攤，和他們擺開陣勢做生意，完全不能比併。咱是小打小鬧，算不得一項生意，晚上十點一到，撤。一個香菸攤子，佔巴掌大的地面，賺手指縫的小錢，靠著養家活口，很難；所以，黑白明暗各路人馬不把菸攤放在眼裡，雖然過年過節，姊夫也要向各路意思意思，平時，沒有人來嚕嗦，這活兒就幹得輕鬆自在。他們擺食攤的，可就夠辛苦了！每天一大早，趕菜場，採購回來，略微打個盹兒，就得捲起袖子幹活；各家賣的玩意不同，可在出攤前得把賣的食物在家裡完成基本加工，無論是剁、燉、炸、蒸，總要忙乎大半天。晚上，兩口子出動，有的還掛上個老的或小的，迎著一波波食客，招呼、伺候、跑前、忙後，不幹到深宵十二點誰都怕流失了客人不敢收攤。外人見食攤生意熱剌剌的，有的眼紅，哪會想到他們辛酸？

背了客人，他們扯淡時，滿肚子苦水就吐出來：

「咱這營生，哪是人幹的！起五更，睡半夜，一年到頭，火裡來，冰裡去，沒得停下腳來歇歇的時候。」

「咋辦?咱一家老小幾張嘴巴，無底洞啊!」

「操!那些龜孫子，一天到晚，專瞅咱這些苦哈哈破口袋，變著名堂來想方設法挖咱的血汗錢。」

「那些大公司、大工廠，龜孫子敢進人家的門麼?那些不長進的二流子，吃柿子專揀軟的捏，咱軟呀，怪誰。」

幹食攤這行的辛苦，他們只能認了。說到那些龜孫子是管人的、抽稅的、混四海的，大家恨得都咬牙切齒，也只能胡亂罵幾句洩恨，要錢照給，一點辦法也沒有。

那些龜孫子，時不時心血來潮拉一夥到你家攤子狠狠剋你一頓，可算看得起你哪!攤主滿臉堆笑，那個討好勁兒，我很不忍看。等到這白吃白喝的一夥，抹抹嘴，走了。攤主往往開罵：

「這群龜孫子，偏就相中了爺的手藝，愛來咱家品嘗。」罵裡面，宣揚著一絲的得意。人前人後，只能這麼樣子了。保住一個攤位，站定腳，不是簡單的事。口袋空空，滿城奔走的人，多著哪!

有一回，那個賣油茶的傢伙，衝出來，聯絡各攤主，要組織一個食街攤販工會。這人，年紀不大，是個單幹戶，大約還沒成家。他態度積極，一家挨一家遊說。說的人熱，聽的人卻冷。

「搞啥工會?憑咱這一群廢料，能幹出多大名堂。」

「小伙子，恁單人匹馬儘可任憑闖蕩;俺可是拖家帶眷，要是出了差錯，誰管俺?」

「民不跟官鬥，鬥不起呀!」

「別看那些大公司的工人組織了工會，俺在那裡做過工，俺知道工會是搞啥的。大老闆們派出自己的人，當工會的頭頭，把公司的工人集合起來，編了組，一個蘿蔔一個坑，管起來，方便。搞工會的，是老闆養的狗。工會都是老闆玩的，咱攤販自己哪能玩那個？」

眾人七嘴八舌，總歸是說，工會這碼子事咱普通人不能幹。

賣油茶的傢伙，還不服氣，可心頭的熱情火苗被那位趙老爺子一瓢水澆熄了：

「年輕人呀，你以爲組織工會是好玩的麼？我跟你說，就算你天不怕，地不怕，要是給戴上一頂紅帽子，你的小命就難說了。那年清黨，我在江湖上混，親眼看到多少軍中的長官、社會的名角，捉過來不明不白給斃了，罪名一律是共產黨。眼前的和平軍，將來的中央軍，都是共產黨的死敵，弄一頂組織工會鼓動工人反政府的紅帽子，你能撐得住？」

這位趙老爺子，是整個夜市場子裡唯一的年高的攤主。他滿頭白髮了，身子骨結棍得像個壯年，吃得苦，能熬夜，憑一手祕製的調料，他燒烤狗肉的攤位時常有人排隊。趙老爺子，不識字，前清當兵出身，南京到北京，跑過不少地方。剪掉辮子以後，在徐州拉了十來年黃包車，幹過許多行當，大半輩子在闖蕩江湖，在攤主群裡，可算是見多識廣的一個人物了；大夥兒很自然地都喊他一聲趙老，就連幾個會張羅的能人，對趙老的話，也會惦一惦分量。

自從我接手來看顧香菸攤子，姊夫的木工活愈發做得開來。不曉得怎樣七拐八彎地他弄到一本《明清木工傢俱圖譜》，頭腦好用，手巧，他按照圖譜自己琢磨出明清桌椅的工藝竅門，竟搜尋紅木舊料打造幾把太師椅拿到市場去，賣了好價錢。引起一些傢俱廠老闆注意，想包下他當工廠的師傅。姊夫不幹，告訴我說：

「工廠老闆把我包下來，給幾個死錢，等他們的人學會這門手藝，就把咱一腳踹了。如今，會打造明清傢俱的木匠很稀罕，這本寶貝圖譜，落到別人手裡，那工藝竅門也不是容易摸透的。」

姊夫研製明清傢俱的絕活，在業界傳開。有人要帶藝拜師，他一概不收；卻去在難民區的棚戶鄰居裡，找了兩個小徒弟當幫手。在屋旁空地搭起了棚子，添置設備，安上電話，弄成一個小小木工作坊，一方面自己慢工細活做傢俱，一方面也接受大戶人家的到府修理。

姊不糊火柴盒了，幫助姊夫照顧裡外。姊夫也沒空大清早去批菸，讓我把香菸攤子收了。我有點不捨，我的菸攤生涯幹得正來勁哪。

「俗話說：萬貫家財，不如一技在身。俺搞通了這木工手藝，能在城裡站住了。四弟，你專心讀書吧！近來警察的帽徽都換上青天白日，街上有國軍車子跑，你五大爺也許就要到徐州了。」姊夫說。

二

1

星期天，我照樣在早上八點來外婆家。每回到來，總得敲半天門，二表姊才睡眼惺忪地開門，還嘟噥我假日老是來這麼早。今天的情況有點異樣，遠遠我看到，外婆家的黑漆大門半開著，亞蘭姊時不時探出頭張望。我一走近，她躍出門，抓住我的胳膊：「表弟呀！你可來啦，我們已等你兩天了。」

「啥事？」我問。同時把李姊家新裝的電話號碼告訴她。

亞蘭姊拉著我往裡走，木蘭姊聞聲出來加入推拉行列。

外婆和二舅從各自的房間出來。今天，他們都起身這麼早，連平日都晏起的一家之主竟已收拾得俐俐落落，顯然是全家都預計好我到來的時間在等我。

我心裡嘀咕，一定有什麼事情等我來了說。這事大概不平常，得讓一家之主來講。要不，兩位表姊一路歡喜叫嚷把我拉進堂屋，說是有個傳令兵送來一封給我的信，卻沒點出信是誰給的。

二舅和外婆在廳堂正中的八仙桌兩旁太師椅上坐定，兩位表姊和我都坐在下首的春凳上，一時靜著，只聽到風在院子裡掠過的輕嘯，沉寂的場面像要舉行某種會議似的，牆角火爐上大水壺噴出的蒸汽漫在空間，屋裡的氛圍愈發神祕起來。

從背後高腳供桌的長屜裡，二舅取出一個大信封，放在八仙桌上。我抬眼望去，心裡不禁一驚！這個中式信封好神氣，比普通標準信封又寬又長，雪白宣紙裱褙的封袋十分有派。信封左邊收信人地址欄，寫著：「專送：徐州市魁星路文昌巷十號」，中間大紅寬邊的長條框內，寫著：「郭少鳴先生親啓」，右邊印著一排大紅的隸書機關名號：「陸軍第七集團軍總司令部　緘」。這是我生平第一回接到的正式信件，卻弄了這麼大的氣勢給我，我，不禁有些迷惑，也明白了今天二舅一家的異常狀況應和這封信有直接關係。

「王敬久將軍的信來了，你先看看。」二舅把信遞過來。

我雙手接過了信。發現封口已拆開了，遲疑一下，腦中閃過我的老師劉樂山爺爺，曾仔細指導過我，關於中國書信的一些禮儀。在信封方面：告訴我對不同輩分的收信人，要用不同的稱謂敬語。劉老師特別舉了一個現在人寫信封常鬧的笑話：

「現在，有些人給尊長寫信，爲了表示自己的敬意，在信封中路寫著：某某某先生敬啓。他以爲是恭敬了，卻剛好鬧了個大笑話。『啓』是開啓，是請收信人拆開此信，那麼，『敬啓』那不是要尊長接到信後恭恭敬敬來拆信麼？豈有此理！這就是讀書不夠精細的壞毛病。至於信封左邊，在機關或發信人地址之後，常加一個『緘』字。『緘』是封緘，表示此信是某個機關或個人封起來的。所以，若在郵局的『明信片』正面，發信人不可以加個『緘』。」

劉老師加重語氣指出：

「要注意信封上『親啓』的規矩。許多機關的主管，所收到的一般信件甚多，大半是委由秘書先行拆閱作成提要呈報，甚至對無關緊要的信件逕由秘書代爲處理；唯獨信封上寫明『親啓』的信件，表明他人不得拆開；這種信的內容，大多有重要情事，或涉及個人問題，秘書必將原信呈上。民間一般信件，別人本就不能拆閱，對『親啓』的信，關係再親密的人也該留待收信人親拆。這是基本的規矩。」我對劉老師的教導，謹記在心。按年齡來說，二舅當然懂得這種規矩。

大信封裡，裝著三件東西：一張名片、一封信、兩頁寫得密密麻麻的信箋，信箋的字，那筆瀟灑的柳體行書，和大信封上的字跡一樣，飽滿酣暢，非常眼熟：

少鳴弟如晤：

分別三月餘矣，常在念中。你自抵徐後，生活一切可好？

我已與家兄會合，現同在王總司令敬久將軍麾下效命。將軍對吾弟關懷殷切，時相垂問，唯以前方軍務繁重，暫難移駐徐州。特責成家兄妥爲吾弟規劃以下二事：（一）學業：奉總司令諭，家兄已致電江蘇省立徐州中學焦校長北辰，請予協助，安排你進入徐州中學就讀。當即蒙焦校長應允，指示寒假過後於春季開學時，請你至徐州中學教務處，直接拜見梁尚志主任洽辦入學事宜（信內附上王總司令名片一張，屆時可持以拜見）。（二）生活：奉總司令諭：家兄已致電駐在徐州「第七集團軍勤務總處」周處長鴻仁，通知王總司令鈞示：（1）著令周處長指派處內參謀一名，作爲你今後前往該處辦事之接待人員。（2）著即按陸軍上尉餉金標準供你每月生活津貼，請你於每月一日至五日期間，前往總處領取。此項津貼，自民國三十四年十一月一日起施行，於本（三十五）年二月份關餉時將未領餉金一次補發。（3）如在學業或生活上發生特殊需要時，請你草一報告遞交周處長，當可立獲解決。以上二事，乃家兄陳述，囑我馳函通知。按：周處長與家兄均爲追隨王總司令敬久將軍多年之戰友，彼此工作配合無間，公私皆洽，家兄亦曾將吾弟之身分背景相告，今後你往總處辦事，當獲親切接待。至此，吾弟學業與生活兩俱無虞，亟盼潛心學問，力爭上游，未來爲鄉梓放一異彩。相會匪遙，一切務希珍重。即祝

時祺

小兄萬嘉鶴手書　民國三十五年一月十一日

果然是萬大哥寫來的信。常於夜深之際思念無已的萬大哥，他的手書兀突出現眼前，我的眼角濕了，趕忙把眼眶緊一緊。再看所附的一封信。這信，也是用總司令部的信封，信封稍小，未封口，裡面是「參謀處處長萬嘉麟」寫給勤務處周鴻仁處長的一張便箋。這是一封讓我去見周處長的介紹信，用語簡賅、親切，顯見兩人的默契良好，交非泛泛。讓我驚異的是，字也寫得這麼好，九成宮歐體，規矩中還夾著魏碑的厚重，很耐看。

讀過信，我體會到，我的世伯五大爺王敬久將軍，對我的關愛非常深厚，加上兩位萬大哥熱心操辦，我這浮萍般無根的生命已有寄託，今後的求學和生活將不再成爲問題。這實在是莫大的喜訊。可不知怎麼搞的，這麼大的喜訊沒使我太激動。我腦子卻盤旋著：萬家兩位大哥的字都寫得如此之好，字格又如此不同，行事風格大概也很不同吧？讀私塾時，習字也是每天的一項功課，我曾練字幾年，一直寫得不好，可見，字的造詣也要有一定的天分……

「少鳴，你怎麼啦，你在想些什麼？」

二舅輕輕喊我，我又是一驚。在我的記憶中，二舅從來沒有這麼柔聲喊過我，從來沒有這麼正式叫過我的名字。以前二舅一向和我的生活不沾邊，去年九月底，我來到外婆家住的兩個月，二舅很少和我說話，要喊我，也喊我的乳名大朋，有時直接喊我傻小子。我已經習慣了他對我說話的粗聲粗氣，忽然聽到這麼柔聲，覺得他不像在對我說話。直直望去，我看到二舅的眼睛裡有一種光亮，一會兒遠，一會兒近，讓人捉摸不定。

「唉，他也要來了，不知道怎麼個了局？」二舅吐出這句沒頭沒尾的話，把眼光收回來，曖曖照我：「少鳴，你看懂信了麼？」

「這封信是萬大哥寫的，不是我五大爺王敬久寫的。」我說。

「傻——，呵，傻孩子，」二舅笑得得意，「到底你還是個孩子，不懂世事。王敬久將軍，是大人物，怎會親筆給你寫信？他現在率領幾十萬大軍在前線，在他心裡，日夜多少軍事大計在盤算著，還能留一塊地方想到你，那是多麼不容易啊！信，是令他的機要人員寫的，你沒看懂？那意思完全是王總司令交代的。」

「少鳴，你看到王總司令的名片了吧。」二舅又問我。

「在這裡。」我取出名片。名片稍大，不特別，正面只印「王敬久」三字，字體是魏碑，很壯。反面寫著：「少鳴世侄」四個字和「王敬久」簽名及年月日。蓋上一方陰文的私章。

「傻孩子，你是不是覺得這張名片很普通？」二舅見我隨便翻著名片，就耐心給我一番教訓：「我告訴你吧，現在許多人都有名片而且把自己的機關和頭銜印上去，能印幾個頭銜就更光彩。有兩種人名片不印頭銜，一種是很普通的人，像你二舅，我，名片上無頭銜可印，只印姓名、地址、電話；另一種人是大人物，像王敬久，誰不知道陸軍第七集團軍總司令王敬久將軍，他的名片，印上名字就行，地址和電話都不必印上，那是多餘。」稍停了停，又愼重叮囑：「這張名片你可得小心收好！你看名片背面，總司令寫了你的名字，稱你世侄，還簽名蓋章，這可是你的護身符呀！拿這張名片，走到哪裡，誰不買王總司令的賬。去見徐州中學教務主任時，給他看了，再收回來。」稍停，「少鳴呀，這下子你可好了。等下個月，學校開學，你就是徐州中學的學生了。你可知道徐州中學是咋樣的學校？在江蘇省，蘇州中學、金陵中學、徐州中學是三大名校，徐州中學在長江以北，是首屈一指的省立中學，每年考季，不知道有多少學生把省徐中作第一志願學校，要擠進徐中的大門，一個字，難。王總司令不費力氣把你保送進徐州中學，你可是一步登天了。看，王總司令多疼你，吩咐他的勤務總處處長，每月支給你上尉的餉金，你知道這份餉金是能養活一家人的麼？比你木蘭姊幹了好幾年的小學教員的薪水還多！不知道你會怎麼花法？」

全家只有二舅看過信，雖然大家知道王敬久將軍來信了，都不知道信中寫些什麼？聽到二舅滔滔不絕的敘說，大家才曉得信裡帶來這麼大的好事。兩位表姊坐不住了，跑上來，不斷地說：「恭喜表弟」，「恭喜」、「恭喜」……

亞蘭姊說：「你要進入徐州中學了，那個大門俺可不敢想呀！」

很久以來，我的外婆像風乾了的橘皮的臉面忽然潮潤了些，黯淡的眼睛躍動得意光采：「我就說嘛，王敬久是個仁義人，他會想著咱的孩子。現在，可不是？其實，除了王敬久，你爹的把兄弟還有老大賈蘊山、老六王仲廉、老七張世希還在，他們的官，做得都很大了吧，他們都會提拔你的。」外婆讓我過去，偎著，摩挲我的頭。

二舅這回不再凶外婆了。

「是的，你爹的黃埔一期八位拜把子兄弟，現在這四位當然都是大將軍了。黃埔一期的，是蔣委員長嫡系的子弟兵，少鳴啊，你好好上進，順這條路子，將來能飛上天去。那時可別忘了你的舅啊。」

我有些瞶。二舅說的這些，實在太縹渺了。

我只知道我求學和生活的問題，有一位世伯五大爺王敬久幫我解決了。二舅所說的大將軍的官有多大？我無從想像，上尉餉金的錢有多少？我完全不清楚也沒去想什麼花法。到現在，我只有腰帶上珍藏的四塊袁大頭，我也從來沒花過什麼錢，我不會花錢。

「晌午飯，我有事不在家吃了，」二舅顯然很高興，交代大表姊：「晚飯別做了，我請客。不是吃徐州啥鍋，咱們全家上館子，吃一回天津狗不理。」

這可是破天荒的事。木蘭姊聽著，笑了，笑得很曖昧。

「噢，還有——」二舅邊走邊吩咐我：「少鳴，聽木蘭說，你水口李姊夫混得可以了，你得讓他趕快帶你去治行頭，做一套學生服，買一雙皮鞋，近些天就要拜會人了，身上的鄉下衣服，得擲。」

我來不及反應，二舅一溜煙走了。

外婆拉著我的手：「孩子，這下子，你好了，我心裡的一塊石頭落地了。可是，冤業啊，你三舅，木蘭她爹也要回來了。」

我驚得閉不攏嘴。咋的？我又有一個三舅跑出來。木蘭姊一直喊二舅「爹」，咋又跑出一個爹來了。

原來是這麼回事。外婆膝下三子一女，大舅最長，其次是俺娘，下面是二舅、三舅。最下面兩個，像變種似的和哥姊完全異樣：二舅好吃懶做，倒也罷了；三舅少小能混世界，稍大些就去幹賭場、窯子勾當，活活把外公氣死了。沒法子治他，外婆把三舅交給俺爹帶在身邊當兵。以後就轉到王敬久身邊管著。木蘭姊是三舅外邊女人的孩子，自幼由二舅母帶養成人，過繼在二舅名下。這層關係，外婆很早就告訴木蘭姊了，木蘭姊對二舅，比他親生女兒亞蘭還孝順。

想不到在外當兵一、二十年，從無音訊的這個三舅，上月帶話給二舅，他跟第七集團軍的部隊到山東了，大約春節要來徐州。二舅把消息悶著，直到傳令兵送來這封信，才讓外婆知道。怪的是，第七集團軍從徐州經過開到山東了，二舅咋不告訴我？那個讓人頭疼的三舅也要回了，二舅早就得知了咋不早些告訴外婆？

我朦朧感覺到，這人間的溝溝坎坎，比許多離奇小說裡描述的事兒實在都雜亂得多。

2

星期二，早上九點，俺姊夫李敏把我送到青年路一號大門前。

一號坐北朝南，粗鐵欄黑門，至少有三丈寬，兩座巨大的水泥門柱方塔似地矗立著，左右各有一道小鐵門和一間崗亭，「陸軍第七集團軍後勤總處」的黑漆金字長匾掛在右邊門柱上。大門外，站著兩列戴著白色鋼盔草綠呢絨軍服畢挺的武裝憲兵，從大門望去，一條筆直大道伸向林木深處，冬季木葉脫盡，一幢幢房屋參差坐落在林子裡，顯出這個機關大院的廣闊。

姊夫對於見到周處長時應該怎樣說話，一路已告訴我好多次，現在，我得自個兒進去，又叮嚀了一回。

「你回去吧，姊夫。我會好好地說話。」也許因爲我在後馬家兵營練出了膽子，不怕軍營的陣仗，也許正如同二哥所說我是天生的傻大膽，不怕去會見什麼了不得的人物；也許我是心理上思想上崇信聖哲太篤，孟子說過「對大人，則藐之，勿視其巍巍然」的話深置心中；我竟像一個飽經世故的老人般，讓我單獨去見誰，也不會怯生。

可我覺得別扭。這身衣服，咳，特別是這雙鞋。

前天晚上，我從外婆家回去。我把那個大信封拿給姊夫看，把一天的事說得詳細明白。姊夫和姊，高興得沒法子治。

三個人，開了一瓶高粱。

「喝吧，這個大喜事，得喝點酒。」姊說。又告訴姊夫：「恁別又和俺四弟搶酒喝啊！」

「我哪有?每回四弟要灌我酒，你可是裝著沒看到呀。」姊夫嘻皮笑臉地給姊抬槓。

昨天一天，姊夫帶我滿城跑，買衣服，買鞋。姊夫說：「王總司令的信已經送來三天了，咱得趕緊去見周處長，今個兒一定要把服裝治齊。」徐州，賣衣服賣鞋的地方多得是，可大公司太豪華，俺倆不敢進，小店面很土，看不中意，要找那不大不小的商號還要一家家比價，那就得很花點工夫。搞到傍晚，才算買成一套叫做「華達呢」的中山服，藍灰色，斜紋式布面，鋪棉，秋冬兩季適合學生穿，我套上這身衣服，看鏡子裡的人樣洋氣不少，心裡卻覺得怪怪的，好像跟原來的我，拉遠了。買了這雙黑皮鞋，硬牛皮，走路嘩嘩響像在宣告我來了，眞夠討厭!又夾腳，讓腳丫子受罪，哪有俺姊做的棉鞋舒服，連在鄉下穿的草鞋也要強多了。

再別扭也得假裝自在。我懂得要弄個派出來，挺起胸，嘩嘩地向營區大門走去。

一位憲兵攔上來，打量著，冷冷地問：「你找誰?」

我把給周處長的介紹信拿出來。

帶班的隊長，馬上請我進到大門裡面的會客室，請我坐下稍候，撥電話向處長辦公廳報告。不大一會兒，開來一輛吉普，年輕的軍官跳下車，趨近面前：

「請問，你可是郭少爺？」

「郭少爺」這稱呼，著實把我刺了一下子。模糊記得，幼小時旁邊那些人都喊大少爺，喊我弟二少爺，那時，以爲少爺就是我倆的別名。自從逃難回到老家，我成爲道道地地的鄉下孩子，從貧窮的底層成長起來，從中外偉大的文學作品中亮起了眼睛，我逐漸懂得，「少爺」這稱呼，包含了多麼封建的腐敗的社會醜惡，我痛恨封建的腐敗的社會，我痛恨「少爺」這稱呼。本來，我以爲這種稱呼在戰爭的年月被消滅了，想不到還保存下來，硬邦邦地加在我這個東依西靠的孤兒身上，太嘲諷了！

我不能承認這種稱呼，又不能不承認他喊的就是我。只好「嗯」一聲。

「我是郝參謀。」年輕的少校自己介紹：「郭少爺，處長命令我來接你，他正在辦公室等著。」

郝參謀滿口少爺長、少爺短地十分順溜。大概他對長官的孩子這麼叫慣了？我邊想著邊張望：路旁房子全坐北朝南，一幢幢大屋頂古式大樓山墻漆著編號改作倉庫，許多軍用卡車在裝卸物資。吉普車開到大道盡頭，在一棟大廈前的廣場停下。這棟大廈三層，橫面十間教室那麼長，歐式建築和大院那些幢古式樓房不調和，卻特別氣派，周圍欄杆、地面、整棟大廈，一拉溜兒米白色，自成一片素雅的天地。這棟漂亮大廈，不曉得原來作什麼用的？現在大廈門廳的橫樑上，嵌著「總處行政大樓」金字黑漆匾額，廳廊下站四名武裝憲兵。

郝參謀引導我穿過門廳。

「敬禮！」四名憲兵在一聲吆喝下行舉手軍禮。這聲吆喝，把我嚇了一跳。我趕緊一步，跟郝參謀登上二樓。

二樓的拱廊又寬又高，西邊那一長排有五、六間辦公室，每間門旁都挑著一塊黑底白字的部門牌子。東邊這一長排，只有兩大間，沒有牌子。在入口處又有兩名憲兵站崗。郝參謀亮了亮一張紙片，憲兵舉手敬禮，卻沒喊出聲音。

我們經過第一間，裡面不少人辦公，很靜。到第二間門前，郝參謀立正，喊一聲：「報告。」

「進來！」

這就是總處長的辦公室了。最外面這間是會客室，一道門內是處長室，再向裡面，就看不清了。這裡，什麼都大，房間大、桌子大、椅子和沙發大，一些擺設也大，人一進來，就顯得小了。

周處長坐在一張單人沙發上，手指夾一支香菸在抽。郝參謀走到處長面前，敬個軍禮，躬身、輕聲：

「報告處長，郭少爺來了。」向我指了指。

處長微微欠一下身子，伸手作讓坐表示：「郭少爺，啊！我還是隨嘉麟他兄弟倆的稱呼，也喊你老弟吧，請坐，老弟請坐。」

我鞠個躬，把萬嘉麟大哥的信遞上，坐在處長對面沙發，有人給我端來一盞蓋碗茶。

郝參謀站到處長右手後方，保持立正的姿勢。

「老弟台，」周處長摁熄了香菸，鄭重地說：「你的事情，萬處長和我通過幾回電話，一切都安排妥妥當當了。就憑嘉麟和我鐵桿兒的交情，我還能不盡力嘛！再說，令尊先前也是咱徐州府的頭等人物，你們和咱的總司令是一家人，咋也不敢慢待呀！」稍停，咳了一聲，「老弟台，有任何事，到了咱這裡就不是什麼事了。我已指派郝參謀負責你經常性的接待工作，不合意的地方，就打電話告訴我可以要求改善。臨時要有什麼需要，或者要人、要車，行，包在咱身上。」

我端正坐著，認眞聽周處長說話。只覺得面前這位處長，不太像軍人。從他口音裡濃重的徐州腔調，可見他是咱徐州老鄉，可是，徐州人，特別是徐州當兵的人，話不多，是有啥說啥，說清楚了拉倒；脾氣倔的，還能幾句話就打發一個人。哪有這麼會說話的？他的模樣，也有點像昨天姊夫帶我買衣服的一家店老闆，四十多歲，謝頂了，頂尖光亮一片，胖臉龐擠得眼睛成一條縫，肚皮又挺得讓人看了都累。比起後馬家的陳團長的壯碩，廖參謀長的精悍，面前這位處長眞不太像軍人。

周處長畢挺的厚毛料美式軍官服裝，領章和肩章上一顆光亮的金星，確確實實地是握著權柄的將軍。

「郝參謀！」

「有。」

「我剛才的話你都聽清楚了。我把郭少爺的事派給你辦，你要用心，不得出一絲差錯！」聲音很冷。

「是，是。」郝參謀躬身回答。

「喝口茶吧，老弟。」周處長滿臉堆著笑。

「謝謝，謝謝！」我不曉得該說些什麼，我覺得該告辭了。

「別忙走。我還有件小禮物奉送。」裡間一位女軍官捧著一個書包出來，輕輕放在茶几上。這包立刻吸引了我，包體比普通中學生書包大一號，背帶又寬又厚能承重，形狀也很少見，草綠色粗帆布縫製，四角和周邊包著深咖啡色牛皮，特別在包的前面和左右兩旁添加大小長短不等的小袋子，實在沒看到過這麼特別的書包。

周處長見我對書包看出了神，很高興，很親切的喊我：「老弟台，這書包還行吧！」他指著書包前面右下角印著一隻駱駝圖案和「聯勤」的圖形篆字徽章：「別小看這個書包，這個書包的材料全是美軍供給，由國軍聯勤總部被服廠特製，給團級以上軍官使用。數量有限，除非咱這個總處，別的部門不會有多餘的出來。聽嘉麟老哥說，他弟誇你會念書，有天分，俺就選了這件小禮物奉送，送對頭了嘛，咋樣，你可喜歡？」

我喜歡，喜歡得不得了。可我眞不知道該說什麼話表示，恨自己在這場合的笨口拙舌，漲紅了臉，鞠著躬，忙不迭地說：

「謝謝！謝謝！謝謝！」

3

我喜孜孜地背著周處長送的大書包，跑回家裡，還不到十一點。

姊夫和姊，都在家，像是在等著我。

兩人都站起來，姊急忙說：「四弟，咋這麼快就回來啦！這回去見什麼處長，談得咋樣？」

「先讓四弟坐下來喝口水再說，」姊夫怪俺姊：「恁急忙什麼？沒看到咱四弟的臉，歡喜得要開花兒啦！」

我坐下來，讓跑路的喘氣平緩平緩，把會見周處長的詳細經過，加上我的感覺，一五一十地向兩個親人描述一遍。

「四弟啊！恁姊怕你讀書讀傻了，我告訴她，你讀書不會讀傻只會愈讀愈聰明。可我現在覺得，你對書裡的事聰明，你對生活裡的事很傻！」這回，姊夫先提出了他的意見：「四弟，你以為軍人都是一樣，都結實強壯、勇敢，會打仗？」

這一問，我真傻了。

姊夫接著說：「世上有各種各樣的軍人，」姊夫加重了語氣：「四弟，你得記住，什麼行業都有各種各樣的人。你得記住這句話，要不，你憑著自己的想法去看人，以後到社會上，你會吃大虧。不錯，你觀察周處長很圓滑，可你說他不像軍人，就錯了。也許因他的這份能耐，才能幹上後勤的這份差事。你大概不知道，你的那位世伯五大爺王總司令，是出了名的王老虎，據說在火線上指揮作戰，他對不合意的帶兵官，拔出手槍就給斃了，團長、師長的幹部也斃過，誰見了他不哆嗦？可這位周處長就能伺候好老虎，成了總司令跟前的紅人，那是簡單的麼？他也許不會打仗，他一定有別的能耐。」

這一頓教訓，真給我開了一些竅。我想起了書包裡還有東西。

拉開書包的拉鍊，我取出四個牛皮紙的餉金袋：

「這是給我的生活費，從去年十一月到下個月，一共發了四個月，」我說：「郝參謀陪我從周處長辦公室出來，他開車帶我到彭城路一家交通銀行的二樓。那裡是第七集團軍後勤總處的城中區服務處。這個服務處像銀行一樣，有許多窗口，也有許多人排隊。郝參謀告訴我，這是專為第七集團軍的眷屬所設的單位，軍眷領取餉金、福利券、補給品券都在這裡辦，他是這個站的副站長。每個星期的一至三，他在站上。給我一張貴賓證，要我來的時候，從側門進到後面的行政區，直接到站長室找他辦事，不必在前面窗口排隊。郝參謀帶我走了一圈，熟悉一下環境，看得出，在這個單位，他很大。他讓財務人員把這四包餉金一起送上來，說是二月初過年了，提前把餉金一併發了，省得大年下又跑來一趟。」

「每月的餉，是多少呀？」姊問。

「什麼餉不餉的，不過是四弟他五大爺給的生活費吧。按照上尉的餉金支給，比小學教員的薪水恐怕還要多些。」

我當時只在收條上簽了名字，根本也沒看數目，就塞到書包裡。這會兒大家拆開一袋，十元一疊的嶄新法幣，二十張。

「很不少了，按現在物價，能買五大袋洋房牌麵粉，比一個小學教員每月兩、三袋，強多了。」姊夫評估著。

對著桌上這麼多錢，三個人，一下子都呆了。

我從來沒見過這麼多錢。擺菸攤的時候，收的都是五角、一元小鈔，或一枚枚的零角子；偶而，也見到十元大鈔，多半皺得像老人家的臉，哪見過這麼漂亮的一堆大鈔。

姊和姊夫，年少時兩家的家道好，大概銀元看得多，這種法幣最大面額的鈔票恐怕也沒見過這麼多。

遲疑了半晌，姊夫問我：

「四弟，你打算怎麼用這些錢？」

「我很少花錢，這麼多，我咋會用？」

「錢，很現實，是你的你就得拿出一個主意。」

這不是要逼我當家作主嘛！想到二哥那年，在咱家遭了毀滅大難時的果斷決策，我從牙齒裡蹦出一個字：

「分！」

「怎麼一個分法？」姊夫逼問。

「分三份。兩份大的；小店二哥，姊和姊夫，你們各家一份。留一小份給我。」我補充著：

「我只要留一、二十元，行了，反正以後每個月我還會去領。」

「不成！這麼分不成！」姊急忙反對。

「四弟，你姊反對得有道理。」姊夫對姊笑著誇獎了一句，接著慢條斯理地說：「你這三份的分法，是有些不妥當。四弟，你大概緊張了些，竟把外婆她老人家給忘了。再說，你姊和我，現在的日子能過得去了，哪能分你的錢。」

「對哇！」姊大聲說：「四弟呀，聽到恁姊夫的話沒？」

第一回當家作主，主意就這麼好！我覺得很醜。

「這也只能怪你平時太專心念書了。」姊夫替我找個下台階。「依我看法：你二哥最需要錢持家，分給他六百，拿一百給外婆和表姊，你五十，準備開學時零用，我相信，你進徐州中學的時候，你兩位萬大哥會另作安排。萬一有什麼需要，你姊和我分的這五十還給你留著。四弟，你看這麼辦怎樣？」

這麼辦，合理。我心裡說，可是，不合情，姊夫兩人，爲我花的錢何止五十？多得太多了。

看我已經點頭，姊夫問姊：「恁覺得可行？」

「算你把這件事弄得周到。」姊可不願在嘴上誇獎姊夫。

我忽然想給他倆開個心：

「姊夫，有句古話不是說『父子協力山成玉，夫妻同心土變金』嘛！姊和姊夫可是同心得很。」

「四弟，你明知道你姊斗大的字也不識得一籮筐，偏要對姊跩跩文。你說，你是什麼心思？」

姊笑罵著我。

「應該是『兄弟同心土變金』！老四，你還挺會砍哪。」

三個人嬉鬧一陣子，姊夫忽然說：「還不能就把六百法幣就這麼交給老二。」說得我和姊相互望著，不知怎麼搞的？

「你們不曉得現在的局面變得多快！才這麼幾個月，中央軍從後方開過來了，原來和平軍的防務被國軍接收，和平軍就地解散了。原來蘇北、魯南幾十個縣的共軍解放區和抗戰勝利後趁國軍未到前擴充的新地盤，大部分都被中央軍佔領了。缺少重裝備，只有土槍土炮的土八路，怎麼著也擋不住中央軍飛機、大炮、裝甲車的進攻，只能往深山裡撤。不過，他們機動性強，轉移快得神出鬼沒，許多地方，白天是國軍的地區，夜晚由共軍當家，這情況，眞有點像日本兵和八路對抗的模樣。不過，國軍、共軍都是中國人，老百姓還不至於像抗日那樣全面向著共軍。」

姊夫一口氣說了這大片，還沒告訴我倆，爲什麼不能把六百塊法幣交給二哥？我倆都豎著耳朵，等聽他的下文。

「原來咱鄉下人，只圖能過個安生日子，再苦、再累、再窮，也都能忍下來。國共這一對著幹，白天黑夜，你去我來，誰還能指望什麼？最近，從家鄉跑來徐州的人，更多了。眼前，國軍和共軍，還是捉迷藏一樣小打小鬧，我耽心，以後，如果發生了大戰，那時候，唉！這些法幣恐怕就不值錢了！」

姊夫的滿臉憂容，很讓我驚心。一向達觀的姊夫，即使剛從水口逃來徐州那段難民區的艱苦日子，他也是樂天的。記得他對我說過，等到中央的國軍接收部隊一到，大局就會安定了。如今看來，幾個月，他的心思已變得很不一樣了。

「那該怎麼辦才好！」姊總是急得很。

「趁著現在大局還算平靜，咱得把這些法幣換成銀元。四弟，明天清早咱哥倆再跑一趟黃河沿的那條黑貨街，換成銀元，讓老二來徐州，把銀元帶回去。」

4

黑貨街大變樣了。

那些賣手錶的、賣眼鏡的、賣藥的、賣香菸的，各種雜貨的批發攤子，全不見了。路兩旁的竹棚，政府給圍上籬笆墻，地面打平了抹上水泥，能遮點風雨，沒門沒窗，算不得屋，能算是一處暫時的休息站。最近從山東、河南搭隴海鐵路火車來徐州，要轉乘津浦鐵路火車去南方的人湧來很多，津浦路疏運不及，積下來成千的乘客。徐州市怕他們鬧事不准聚在車站廣場，就把黑貨街的攤販趕走，弄了這麼個轉車乘客休息站，按照登記號碼，每天配幾百人搭車。可是，後面還有乘客不停地湧到，走了的坑，來的又塡上，也就一直疏運不完。兩邊竹棚裡成群成堆的塞滿了人，臨時休息站變成了臨時住所，三百公尺的大通艙，風灌得透底兒，人偎靠再緊，哪能擋住天寒地凍的冰冷。大人咬緊牙關，孩子們冷得受不了，哭嚷成一片。

路當中，擺開一長溜趕來賣吃食的小攤子。這些小攤子，可比不上徐州夜市食街那些食攤的豐富美味。不過是附近村落的農民，挑副擔子，推輛獨輪車，背個筐，弄些烤紅芋、餛飩、麵片湯之類的熱乎東西兜賣，東西便宜，不少人買了哄哄孩子，自己還不捨得花這點兒錢，帶著的乾糧，涼的，能塡肚子就行。

倒騰銀元的黃牛，倒是多了，在人堆裡，鑽得歡。問問價錢和以前差不多。可姊夫只問不買，領我鑽進竹棚裡，找人搭訕，很快混到一起。聊了幾場，每場都能買到幾枚，我背著大書包，裝銀元，姊夫出價二十五元收一枚，比黃牛多五元。我看姊夫和人家扯東拉西，最後才談到收購銀元的事，雙方的動作飛快，都曉得不能讓黃牛看到。

花費整整一個下午，才算買辦好。一路走回家，姊夫一路教我：

「四弟，你看到沒有，擠在棚子裡這等搭火車的人，他們的衣裝、談話都不簡單，大概也是地方上的頭面人物。感覺到北方不安寧氣味，趁天還未黑下來，攜家帶眷往南方跑，鳥兒似的往好地方飛。別看他們現時窩在棚子裡的光景，有些可憐兮兮，他們都是稱錢的人；眞的可憐人，飛不起來。」

回到家，俺二哥已經坐在那裡，捧一杯茶，正和姊拉呱。

「你咋到得這麼快？心想著要下半天你才能到，」姊夫有點意外。「家裡大小可好？」

「都還行。」

姊夫昨晚給小店村辦公室打電話，他們轉告二哥要他今天來徐州。湊巧一大早有貨車到徐州東郊送貨，二哥搭上便車，爬在貨物上面，顚簸兩個鐘頭，不到十點，就到了姊家。

「早就要來看望你們，可家鄉的情況，實在分不開身。這回，姊夫打電話讓人通知，要我今天來，我就丟開事，來了。」

「家鄉的情況咋樣？」我急著問。

「咱家鄉在這半年的時間，地面就翻了幾回個兒。去年秋季，八路軍圍攻游擊隊的後馬家城堡，雙方血戰多久，死傷多慘！城堡破了，游擊隊跑了，整個徐州東南成了八路軍的新解放區，編戶口、搞組織、選幹部，很像一回事兒在幹，前後折騰了三、四個月。中央軍開到了，八路軍沒和中央軍開火，他們很清楚土槍土炮抗不住大砲坦克車，一溜煙又竄回山區。」二哥頓了頓：「姊夫，你看這多像以前和日本鬼子對抗的味兒。」

姊夫的臉色沉鬱，並不言語。

「中央軍大隊人馬不知開去哪裡，留下些部隊負責地方保安。據說這些保安部隊歸省保安司令指揮，白天出動巡邏，晚上回到城鎮營地。這一來，黃昏以後，大片鄉村地區就還給八路軍。八路軍的那套軟工夫又使出來，而且，格外暖著農民的心。國軍來了以後派任的保長和里長，照幹，一面替國軍另一面替共軍幹，行。他們不怕誰明裡暗裡當間諜，他們聽農民吐一肚子的酸水，去和農民講新聞，一起天南地北像家裡人閒拉呱，許多農民把心交出去自願當八路軍的眼線。八路軍戰鬥員在村裡搞建設，文工隊員在村裡搞宣傳。現在，不宣傳打日本鬼子了；宣傳的是，反官僚、打腐敗、鬧革命。他們說的話，每一句都落進農民的心坎裡。」

「文工隊員，個個會說、會演、會唱，弄了不少鬧革命的歌，農民都起了勁。」

我的興趣來了，問俺哥：「你可會唱？唱一段咱聽聽。」

二哥展露了他喜好文藝的天性，唱了一支〈農民歌〉：

三月裡來呀！——好春景（哪）

家家，户户，忙春耕。

盼望——著，今年收成好喲！
只怕那——土匪的軍隊呀，
混吃啊！搶糧啊！還拉人啊——當兵。

三月裡來呀，——好春景（哪）
單個兒的農民，不中用。
盼望——著，大家要團結喲！
抵抗那——土匪的軍隊呀，
反官僚啊！打腐敗啊！團結起來啊鬧革命。

接著，二哥又唱了一支〈小兒郎歌〉：

小么小兒郎呀！
背起書包上學堂喲！
不怕太陽曬呀，也不怕風雨狂。
只爲了窮人要翻身哪！
沒有啊學問呀沒臉見爹娘。
郎格哩哪，哪格哩郎！
沒有啊學問呀沒臉見爹娘。

小么小兒郎呀！
背起書包上學堂喲！
學習鬧革命呀，也學習來反抗。
只爲了窮人要翻身哪！
打倒啊強盜呀有臉見爹娘。
郎格哩哪，哪格哩郎！
打倒啊強盜呀有臉見爹娘。

二哥唱得高興，我聽得出神，姊夫這個國民黨員皺起了眉頭。

「八路軍又說又唱的這一套，咱農民可會相信？」

「咋不相信。跟他們走的小伙子，可多啦。俺小店村子東頭那群姓閆的，西頭這群姓張的，就連姓萬的年輕一代，也都跑到八路軍那邊去了。」

「你哪，老二你信不信？」

「我有點恍惚，半信半疑，」二哥說得坦直：「照咱家背景來說，就算八路軍說得比唱得還好聽，俺鐵不會跟隨他們走。可恨的就在這批回來的中央軍，什麼中央軍嘛！我看就是雜牌軍。還以爲日本鬼子眞是被他們打垮的，到咱鄉下，就像到了殖民地，搶吃搶喝不算，還把能拿的都拿去，連雞鴨豬羊都裝上卡車，軍隊風紀比游擊隊都差多了。呸，這樣的中央軍，土匪軍隊嘛！這陣子，各鄉裡流傳一句順口溜：

巴中央！
望中央！
中央軍來了一掃光。

這三句順口溜，集裡村裡大人小孩，人人能脫口而出，恨恨地像吐口痰要把肚子裡怨氣吐掉。傳來傳去，就給中央軍的背上蓋了個『一掃光』的印子，不就是土匪軍隊了嘛！鄉下老百姓不大會說話，可這順口溜是打肚子裡湧出來的，比八路軍文工隊的啥演講啥歌都厲害多了。不能怪農民這麼恨中央軍，抗戰了七、八年，農民被各方面的兵匪踩來踩去，沒有一天能直起腰來。總巴望著把日本鬼子打垮，總巴望著中央軍來了能抬一抬頭，哪曉得，巴望的中央軍還不如兵匪！」

「也不能說中央軍都是『一掃光』土匪軍隊吧！」姊夫反駁二哥：「土匪軍隊還能跟日本鬼子拚鬥八年？打過那麼多場大會戰，把鬼子幾百萬軍隊吸在中國戰場動彈不了？」

「中央軍當然有好的，咱老百姓沒見到過。老百姓親眼見到的是這種土匪軍隊。他們一開來，小伙子們遠遠看到，撒開蹄子就跑得沒影兒，怕被他們拉去當兵。他們拉人當兵，是爲了擴充兵號，有兵就有官，兵多了官就升得高。就是這種無法無天的步數，他們拉人，也不管一家有幾口壯丁，哪怕是獨子，碰上，捉了就裝車帶走。姊夫，你說這是不是土匪軍隊？」

「看這樣子，我眞得在徐州城裡落戶扎根了。」姊夫喃喃著。

「什麼話？姊夫，難道你還有回你水口老家的打算？」二哥盯著姊夫的臉問：「告訴你吧，這年頭，鄉下不是人住的地方。能走的要儘量走出去。咱祖輩根基在小店，得有人看守，俺難脫身；

可心裡已盤算著，讓老三、老五找機會走出去。」

姊夫不言不語。端坐著，佛也似的。

「咳！剛才還聽到你們春暖花開又說又唱的，咋一眨眼就進到冬寒冰封啦！」姊捧著大托盤送來三大碗湯麵，放在矮桌上，又數落姊夫：「恁姊夫就是怪，平常模樣，也都讓人看了順眼；可一有老家人來了，說到家鄉事兒，他就變成這副傻相。」

姊夫回過神來，對姊傻傻一笑。

「兩位老弟，這是恁姊特別弄的綠豆丸子熬麵疙瘩，道地的老家工夫吃食，咱可得好好捧場。」姊也笑了。

吃過午飯。二哥問我來到徐州以後的情況。不必我回答，姊夫替代我從頭到尾敘說了一遍。

「四弟，你和你五大爺接上了線，將來，有你幾位世伯拉拔，大概上學讀書的這條路沒有什麼問題了。現在的時局多變，看看這一年，你的遭遇變化多大，咱鄉村的局面變化多大！稚嗚小你三歲，以後他能不能遇到你今天的運氣？難說。過了這個農曆新年，你就是徐州中學的學生。我不擔心你進到這家第一流中學的學習能力，你憨，可有頭腦，能使牛勁拚。我擔心你一直沒在正規學校念過不知底子怎樣？讀的那堆古書和新文學著作，到學校裡派不上多大用場。徐州中學學生人人是尖子，恐怕你課堂上跟不了大家的趟子，必須特別用功，自己要確實管得住自己。」

「是的，是的。」我收緊了臉，恭恭敬敬聽二哥教誨。

姊夫從裡間拎著一個錫罐子出來，拉開我的書包把報紙紮好的幾疊銀元拿出來，都擺在桌上。

言歸正傳，姊夫告訴二哥這回是讓他來拿錢的。把我倆昨天討論的分錢辦法說了。

「老二，把銀元裝到這個錫罐裡，封好。回到家，找個地方埋下。這罐子不生鏽，有個急慌的事，掏出來，頂用。」

姊夫把銀元往錫罐裝，二哥擋住了他。

「這一大堆銀元，我哪能拿？」二哥很堅決。「要說爲了應付急慌，有三、五塊也就夠了。多了，沒好處。再說，你就是怎樣埋怎樣藏，那些三流子的鼻子比狗還靈，總能嗅得出來，白惹事。」又補充說：「我看，就存在徐州，興許老五哪天來了，倒是用得著。」

「二哥，以後我每個月還能領錢，我打算給弟在銀行開個存戶，按月存進一些。這堆銀元，你就帶回去，補貼家用吧。」

「橋歸橋，路歸路，你要給弟開戶，那是另一回事。現在鄉下的不安定，是國共相鬥搞的。生活上不像過去那樣遭受各路人馬搶劫，至少是有口飯吃了，這不就截了。反正，我最多只帶五塊。」

姊夫和我，都知道俺二哥這種說一不二的性子。

「這麼辦吧，趕明兒我找一家銀行租個保險箱，專門存放銀元。如果以後再添，也存放保險箱裡。誰有個急慌事兒，都能撐一下。」

這樣，大家都說，好。

三

1

在徐州大街小巷，我轉悠了整整一天。

愈轉悠，愈覺得陌生；愈轉悠，愈覺得孤單；愈覺得自己是一片離枝的葉子，飛開得太遠，飄飄泊泊四十年，再也接不到老樹上。

曾經照亮我、收留我的李敏姊夫親手搭建的那間木板小屋沒蹤沒影了。住過最疼愛我的外婆、關懷我的兩位表姊、過早讓我感受人情冷暖的二舅，那座雅致的四合院，和那條清幽的文昌巷，都拆了，拓成一條喧鬧的大道。還有許許多多銘刻在心靈深處的景物，都不見了。在戰亂中，四十年的歲月實在太長了！古城徐州，再也不是從前那座古城。許許多多銘刻在心靈的景物，只能到夢境追尋。

夢遊了一天，恍恍惚惚，也不曉得怎麼過的，直到夜晚九點鐘後，我才回到南郊賓館。

稚鳴坐在我套房的小客廳，等我，滿臉都是汗珠。

「暖氣開得太強了吧，弟弟，看你熱的。」

「哥，俺都急死了，你還能開玩笑，」弟弟難得會對我抱怨：「二哥和嫂子等你一起吃晚飯，等到七點半，沒你的影兒只好先吃，可也吃得不安心。」

「眞不好意思，今天到處轉悠，我失了魂啦。」

「等等，我先和市台辦的大孫主任打個電話，向他報告你已安全回到賓館，請他向各單位通報。他一個下午打來三次電話啦。」

等稚鳴打完這個電話，我對他說：

「什麼安全不安全的，徐州就這麼大的地方，難道我會走丟了?這有點太緊張了吧!」

「話不能這麼說，」弟弟急忙解釋：「現在，黨中央和國務院都已公開表示，把歡迎台胞返鄉探親、回國投資作爲國家的重大政策，這個政策正熱火朝天地在全國推動。哥哥，你是台灣的企業家，又是知名作家，你這一兩年在北京大學和中國社科院的活動，中央的資料完整，發下到徐州台辦。這回徐州市和銅山縣聯合起來高規接待，是徐州地區頭一遭。哥啊，你是坐轎的不知抬轎的苦，萬一在接待期間，你出了什麼差錯，市和縣的兩位台辦主任遭殃，就是市縣的領導恐怕也難擔待，這是當前要全力執行的中央政策嘛!」

稚鳴忽然壓低聲音：「共產黨辦事就這麼回事：說鬆會鬆到地下，說緊能緊到天上。關鍵就在政策，特別是風頭上的政策，誰都得順著杆兒用勁爬。一個失手，保管是吃不了兜著走。」

弟弟說得是。比起來，我的政治敏感度，差他們很遠。

二哥和二嫂，聽到我們說話，從他們房間出來。

「四弟，這一整天都到哪去了?你成了斷線的風箏，可把老五急得不輕。」二哥總是不慌不忙。

我把一天轉悠的經過，對哥嫂報告：我在找從前供我發芽長葉的老地方，市立圖書館那幢紅磚大樓還是中央公園一景，我進去找到那個南墻邊的靠窗位子，坐下來，發半天呆。鼎銘中學的規模擴大了些，那間大禮堂還在使用，滿校園年輕孩子的歡笑，眞喜人。青年路，鼓樓大街，還在，破敗了些；黃河北沿的黑貨街，改建成一條壯觀的馬路。讓我難過的是，咱李姊的木板小屋，俺外婆的青磚黑瓦四合院，全都毀光了。

「四弟，咱水口大姊的事，俺看你忙，一直沒找到空給你說。咱姊夫李敏，重情。徐州解放的時候，他已經建造了一家古傢俱木工廠，一、二十工人幹活，在行業裡闖出了牌子。聽信共產黨幹部的回家創業號召，把木工廠捐給國家，回到水口村開古傢俱技工培訓班，培植家鄉年輕木工，造就不少人才。可他國民黨員的紀錄，老是被翻出來，從三反、五反到歷年的階級鬥爭，他一次次能過關，卻過不了六六年全中國瘋狂發動的文革這一關。敢拚敢鬥敢砸敢打的紅小將，想盡花樣，把咱姊夫往死裡整，最後，他跳進村子西頭的楊窪潭，卻還給他一頂死不悔改的反革命帽子。可憐咱姊，帶兩個半大孩子拚一切苦活，把他們拉拔成人。前幾天，你在小店的親戚聚會中見過，咱姊七十來歲的人，還那麼一臉平亮，咳，咱姊心寬得眞教人疼。」

中國「文革」的十年浩劫，無數方方面面的優秀分子人頭落地，成爲有史以來人類最大的劫難，也是中華民族永遠的傷痛。我聽到二哥平靜述說姊夫遭受的禍害時，又一次，我強忍著淚水，強忍著心裡的傷痛和憤怒，牙關咬得很緊。

「過去的事，就讓它過去吧，中國的老百姓醒了過來，就算咱鄉下人，再也不會那麼傻了。」二哥的理性總是這麼強。

「關於外婆家的變故，我清楚。」弟弟告訴我：「木蘭表姊在解放後第二年和市電信局的技工領班吳大哥結婚了。他倆戀愛六、七年，二舅堅決阻擋，嫌人家年紀大、文化低、工人家庭出身。其實吳哥只不過比木蘭姊大五歲，忠厚、肯幹、技術好，兩人愛得深，卻一直拖到工農階級紅了，才完成心願。二舅在被鬥當中，吳哥挺身擋下不少箭頭，可二舅的罪名太多了，在五〇年代後期被公開判了死刑。現在，大表姊一家住在北關工人新村的電信職工大院，她已從小學教員退休多年，吳哥走了，有一兒一孫，每年我都去看望一兩次。二表姊還在小學教員崗上，學校是宿縣小學，和她不容易見面。」

「木蘭姊大我一歲，那年日本鬼子飛機轟炸徐州，二舅帶著全家到咱小店鄉下逃難，住在咱家半年，二舅成天陪咱大伯喝酒、打麻將，過得舒暢；外婆老，亞蘭小，都做不了什麼事，木蘭姊就能甩開城裡的小姐樣子，家裡和地裡的活，不論粗細，都幹。四鄰都說沒見過這麼能幹的城裡姑娘。」

二哥的話，讓我想起大表姊教我國語注音符號的事，不禁加上一句：「木蘭姊，眞好。」

「咳，咱幾個只顧拉呱了，我差點忘了張副縣長今天早上打電話讓給哥哥匯報的事。」稚鳴說：「今天星期三，哥哥你請張副縣長報告錢書記要去他府上拜訪，別忘了，就在明天星期四上午十點，九點半縣府的車子開到這兒等候。」

「這個約會，很重要，我將向錢書記表明我捐款但不投資的意向。在我的行事簿上，記得很清楚。」

「還有，關於星期六晚宴的事，哥你想作東來回請他們，領導婉謝你的好意，認爲這是送行宴，還是由他們請，有始有終。」

「好吧，那就客隨主便。」

「還有，」稚鳴的話有些囁囁嚅嚅，「後天星期五，哥，你要是沒什麼安排的話，咱那位本家孫子品賢，想請咱老兄弟幾個吃飯。他央求我對你說，務請四爺爺賞他個臉，讓他在領導跟前，面子上有光。哥，我看，你就賞他個臉吧！」

「我不喜歡郭品賢這樣的人。星期五，我也打算咱兄弟幾個一起去木蘭姊家，親戚們歡聚一天。」

「郭品賢這人，我也不喜歡。」二哥插上話說：「這個本家孫子的關係，倒是眞的。四弟，你不知道，他祖父郭繼升，咱小店西圩子人，個頭兒人高馬大，俺三叔帶兵的時候，選他當貼身侍衛。三叔作戰中負了傷，繼升哥膀子負傷背三叔跑二十多里和援軍會合。這事說來話長，卻是村裡老一輩拿來教訓孩子的典故。後來，郭繼升一家搬到徐州來住，三叔給他謀一個火車東站職員的缺，就在徐州落地生根。郭品賢，能砍，會玩，當上了鎭長，財大氣粗不怎麼聯絡，近來大概聽到你的名兒，屁股顚顚的往咱家跑了幾回。」

「這麼說，咱家還欠了他家一份情哪！」

「那就看怎麼個解釋啦。」二哥回答我。

「好吧，星期五咱兄弟幾個還是去大表姊家。郭品賢請吃飯的事，就排在明天晚上。」我交代稚鳴：「弟弟，你明天一大早分別通知他們。」

2

星期四。

上午十點，司機準時把汽車開進銅山縣委宿舍大院。縣委書記兼縣長錢之仁，站在他住的一棟獨立宿舍小樓前迎我。

錢書記的客廳，從墻壁掛的中國字畫、兩大排書櫥裡排放的古典文史書籍，到整套明式紅木傢俱，瓶花擺設，都顯示出一位讀書人的風格，毫無一般權貴人物的俗味。

「錢書記，你這間客廳很雅，很像一位中國文史教授的起居室，不過，大學教授的宿舍，很少有這麼寬綽。」

「老師，您是大文學家，又走遍天下，這幢小樓是政府配給的宿舍，也只能這麼簡略布置一下。老師您的光臨，眞是讓蓬蓽生輝，今後，在文學方面，還希望多多指點我這個學生。」

今天，我不是來談文學的，錢書記心裡想的當然也不會是文學。

我開門見山直接表明：根據考察徐州工業區開發的狀況和幾家工廠設備、生產的狀況來說，徐州的發展遠景很好。但是，那需要規模龐大的財團作出長期持續地投入，把利潤放在若干年之後來回收，可謂前途無量。對於我們這類中小企業來說，不具備空轉好幾年的能力，無論從生產或市場的條件來看，我們只能到條件比較成熟的珠江三角洲去設廠，跟著大勢去發展。不過，爲了表示對鄉梓的關懷，我願意奉獻貳拾萬美元，給地方的建設加一點油。

錢書記顯然摸清了我的性格，不和我再費唇舌；同時也高興我捐出這麼一筆錢，很誠懇地一再代表黨和政府對我道謝。

「那麼，還請老師在台灣給咱家鄉做做宣傳，有機會就帶些台商來徐州看看。」

「這是當然了。」

「現在剛十一點，咱們還是談談文學，待會一起便飯，再送老師回賓館休息。」

「書記，你的工作不曉得有多忙！吃飯，咱就改天吧，這次掛上了鉤，以後我會常回徐州，吃飯的機會有得是。」

「也好，那就送老師回賓館。反正晚飯咱們會碰面。」

中午吃飯時，我提出錢書記說晚飯會碰面這句話，不知其中玄機，莫不是郭品賢請咱兄弟幾個吃飯也請了錢書記？

「四弟，你還是太迂了，郭品賢那鬼精靈，哪能不趁你回來的這個機會，把他和領導間的關係，黏得更緊些？」

「大清早我打電話通知郭品賢，你答應今晚接受他宴請。他在電話那頭就顛起來，興奮告訴我，五爺爺，今晚宴會，看你這孫子郭品賢的。哥哥，他請咱們，又請了錢書記，這裡面一定有鬼計。」

總是聽別人談話絕少插嘴的二嫂，低聲說：「今晚郭品賢請吃飯，都是老爺們的事，那我就不去了。」

「你要是不去，我也不去了。」二哥說：「郭品賢一定又會再來纏磨，你能禁得住他那套央求工夫？」

「嫂子，咱們都去，到底看看郭品賢會玩出什麼把戲！」我勸說二嫂。決定大家都去。

下午老早，郭品賢就派車子來接，司機報告晚宴請花園大飯店的名廚在鎮長家現做。郭品賢的小樓，三層五百平方的新別墅，在城中勝地戶部山腳。我們到時也才四點多些，錢書記已經坐在客廳，大概和郭品賢談了好一陣子，桌上菸灰缸的菸蒂堆得不少。

「郭鎮長，」我有意揶揄他，「你這棟洋樓，可比錢書記的宿舍小樓氣派多了。」

「四爺爺，您老，就喊我品賢吧！」他似乎沒聽懂我的話音：「咱這棟別墅，是俺老婆買的。在徐州地區嘛，也蓋不出什麼好房子，就這麼個水平吧！」

一邊安排大家落坐，一邊說個不停，得意的勁兒有點撐不住了，不免搖頭擺尾起來。立刻又喊他太太「曉蘭，四爺爺到了。」

鎮長夫人出來了。人不到三十歲，漂亮、老練，有那麼一絲絲風塵味。她先對大家鞠一個躬，再親切地喊錢書記、二爺爺、二奶奶、四爺爺、五爺爺，尊卑長幼，依序稱呼、點頭、握手，是經過風浪訓練出來的。郭品賢的精明外現，言談舉止比她差一把火候。

「請書記、長輩們先聊聊，曉蘭暫時失陪，我還有些事要照顧。」轉頭對二哥和嫂子說：「二爺爺、二奶奶，要不要曉蘭領您二位上樓坐坐？談點子家鄉話。」

客廳裡剩下了四個人。

「曉蘭，很能幹，給郭鎮長撐著半個天。」錢書記說。我已聽稚鳴介紹過：這位趙曉蘭，是徐州地面的一位女強人，交際手腕靈活，黨政各界，五湖四海，朋友到處都是。她現在開著兩家餐廳，一家貿易公司，貿易公司專門對韓國進出口土特產，稚鳴的外貿局，經她的手每年都能接到幾張靈璧縣土特產的出口訂單。她這個年輕能幹的女人，怎麼會和郭品賢在一起，沒誰清楚。不過，郭品賢的位子大半是靠她搞到的。當然，家裡的經濟大權也握在她手上。

「他們這一對兒，般配得好，彼此幫襯著，步步高嘛！」我笑著讚美一句，也算回答了錢書記。錢書記望望我，笑了一笑，不接下去說。

「謝謝書記和四爺爺誇獎，其實，俺辦事的許多點子，不瞞說，都是曉蘭出的。」

「品賢，現在沒有別人，你有什麼意思，就直說吧。」稚鳴催郭品賢有話直說。大概郭品賢已經向稚鳴透露了消息，我想。

原來是這麼回事，徐州市近年各機關搶蓋辦公大樓，銀行、飯店、企業的大樓較勁似地一幢比一幢高，房地產公司的業績火紅到不行。郭品賢眼看這個炒房勢頭起來了，想插上一腳。趙曉蘭的看法不大一樣，她認爲，搞房產公司，能賺錢，可累得不輕，還有個銷售和售後服務問題，煩人。現在蓋超高大樓，鋼筋混凝土的施工法已經落伍。她到上海、北京出差注意到，有些大樓採用整條大鋼樑框架起來的辦法，工期短，品質高，售價貴，大型房產公司，紛紛跟上這種國際建築業的先進施工技術。趙曉蘭計畫，自己成立一家「徐州鋼樑結構工程公司」，專門承包公私機構高層建築及橋樑的鋼結構工程，賺取工程中間這一段的錢，不擔心後段的市場問題，才眞正是穩賺不賠的事業，而且，整個淮海地區，只有咱一家，可算是獨門生意，好做。她可以通過關係，引進韓國的整廠設備，以及原材料、工程人員和技術的支援，這廠建起來絕無問題。

這段介紹，充分說明「徐州鋼樑結構公司」，是一個具有前瞻性眼光的現代企業。「趙曉蘭眞不簡單！」我在心裡對她另眼相覷。

「我們請求四爺爺協助一件事，」郭品賢躬身向我說：「請您老以台胞回國投資身分，來中辦這家公司登記證和營業執照。」他進一步解釋：「國家給台資許多重大優惠的政策，包括：免費撥用或低價讓用建廠土地；稅賦的三免（三年免稅）五減（五年減稅），進口的建廠設備免稅及原材料減稅，外籍人員工資及進口生活用品五年內免稅等等。當然，外商身分的特殊地位所得到的種種方便更多了。」

這才眞正說到了點子上。我沉吟不語。錢書記保持一貫的微笑，望著我，也不發一言。稚鳴更不敢吭聲。

「四爺爺，申辦這家公司，不會讓您老出一毛錢。而且，公司會送給您百分之十的乾股。」郭品賢有些急了：「公司總投資三百萬美元，計畫分三年資金到位。請四爺爺在香港中國銀行開個您的私人戶頭，我們會透過關係自海外把資金匯到您的戶頭，再轉到徐州本公司來，這麼運作，合理又合法，對公對私都好。對了，公司給您的乾股，盈餘分利潤，虧損不負擔。您老可以派一名財會主管，駐公司監管賬目。」

「品賢，你們這個投資計畫的可行性很高，不過，我還得考慮一下。」我明確表態：「對於我來說，任何投資賺錢的事，我已沒有興趣了。錢書記大概清楚，近年我在北京、上海幹的，是兩岸文學交流工作，這種事，出力也得出錢，可是我的興趣就在文學上。今天，是自己人，若是別人向我談這些，我左耳朵進，右耳朵就出去了。」

稚鳴聽到我的話有些活動了，開始敲起邊鼓：「哥哥，你就拉品賢和曉蘭一把嘛，這是個難得的好時機，他倆幹事勤快，又踏實可靠，有你的提拔，公司的前途一定成功。」

三個人的眼睛，都盯著我。

我緩緩說：「其實也沒啥大不了的，不就是讓我作個人頭戶去申辦公司執照嘛！可法律上，就是公司的法人代表，要負法律責任。我要個條件——」

一時，屋裡靜得可以聽到人的呼吸。

「這條件不見得有法律效用，可也表示了我個人和公司的關係：第一、我不接受公司的任何報酬和乾股。第二，以具體的條文列舉公司對內對外一切操作均與我這位名譽董事長無關。這兩個重點，公司董事會作成文件，蓋公司大印及全體董事簽名，給我。」

郭品賢吁出一口大氣：「四爺爺，您老的條件我答應，行。」

「那麼，你們申辦公司的計畫，我也答應，行。」

四個人站起來了，四隻手握到一起。

適時地，趙曉蘭滿面春風領著二哥二嫂下了樓。

餐廳的富豪味兒不下於到處金光閃閃的客廳。光潔又厚重的紅木大圓桌配上十二張太師椅，在一蓬水晶頂燈下，亮得耀眼！旁置的一張小方餐桌今晚成了備餐的桌子。整席佳肴美酒，不在話下。

這一餐慶功晚宴，郭品賢酒喝得有點醉了。他，是應該醉了。

3

木蘭姊家，工人新村電信職工第二十五號樓的六層三室。稚鳴來過多回，熟門熟路。

我們按門鈴，開門的正是大表姊。大表姊今年六十五了，又經過大陸上那麼多的政治浪濤，竟然還保留著她本來從容自然的樣子，比年輕時微微胖些，舒眉展眼的一張臉更像滿月，動作輕巧靈活，不就是一位可親的有活力的老師嘛，怎麼會是退休了的老人？看得我眼睛一亮，搶前半步：

「木蘭姊，還認得出我麼？」

「唉，大表弟，俺老想到你，現在可又見面啦！」

「這是俺二嫂子。」稚鳴介紹著。二哥成家後這幾十年，木蘭姊姊沒到鄉下，二嫂沒進城，她倆還沒碰過面。二哥和表姊熟，表姊夫走了二哥曾到來送祭。

這是一戶中套規格的宿舍，六十五平方，兩室一廳。兒子結婚後搬出去了，就只大表姊一個人住。

「你在電話裡，不是告訴我中午來麼？現在才剛十一點，害得我還沒把屋裡拾掇。」木蘭姊向稚鳴說。

「俺哥哥急著要早些來，可別怪我。」稚鳴說，「早點來也好，談一會話，咱們就出去吃飯。」

「上哪兒吃飯？俺已準備好了，中午就在家吃。」

「那多麻煩！咱上重慶樓，去吃一頓高級川菜，」稚鳴很得意地耍嘴：「大家好好吃一頓，我請客——俺哥出錢。」

「去啥重慶樓。俺燉好一鍋牛肉湯，辦齊了綠豆丸子、粉皮、大白菜、芫荽、蔥花和作料，天涼下來了，咱們圍著火鍋邊吃邊拉呱，喝幾盅酒，配上豆腐干、豬耳朵、花生這些小菜。多強！去啥重慶樓，擠擠嚷嚷的，有啥意思？」

「可不是嘛！啥地方有家裡好？俺擁護大表姊的主張。」二嫂說。

「看你這個嫂子，幹嘛說得這麼嚴肅？」二哥對著我說，「可她說的，也很在理。四弟，你以爲呢？」

「啥地方有家裡好？二嫂說的這句話，精采極了。」

「那咱就上桌吧。」表姊說。

廚房小，餐桌不大，擺五個圓凳子剛好，大家擠一點，熱乎。

木蘭姊拿出一大瓶白酒。

「北京紅星二鍋頭，咱平頭百姓喝的，沒加亂七八糟的香料，味正。」我向大家說，「今天這頓酒全是咱自家人，別敬來敬去的，自由喝吧！」大家開始隨意喝酒聊天，的確暢快。

「家裡掛著觀世音菩薩像，你信佛教啦？」我問木蘭姊。

「菩薩像還是從姑姑的大悲庵請來的。我沒入教，我信佛。」

「你可燒香、誦經、拜叩。」

「我讀佛經，我信的佛在心中。其實，佛道和儒道相通，佛家講因緣，儒家講天命，立意一樣。」

「高明啊！」我豎起大拇指。

「你們有學問的話俺不懂，可聽懂表姊說佛在心中這句話。」二嫂的話，往往就卯上重點。

「就如你們表姊夫，他先走兩年，是他的天命盡了，可我倆的因緣未盡，不過是先走幾步，在另一個世界等我。我心裡覺得他沒走遠，還時常伴著。」

這麼有情義的表姊，讓我敬重。自動乾了一杯。

表姊又端出一大碗自家醃泡的湯豆，裡面還有四方丁的蘿蔔乾。這鄉土食物，幾十年，我時常想起過。趕快舀一杓到自己盤子裡。

「你哪？大表弟，說說你在台灣咋過的。」

我扼要地向表姊說了說。

「老四在台灣幹得不錯。他是條牛，還是條犟牛，孤身一個，不攀他的幾位世伯，不靠黨政機關，硬闖，硬幹，就虧得他這個牛性子，」二哥在旁邊下評語。「不過，他也是身在台灣，才能幹出他的一番事業，要是在大陸，可就不行。」

「那也不一定。」稚鳴說，「憑哥哥的能力和幹勁，如果他在大陸，說不定幹得更紅。」

「更紅？俉哥不是那種想紅的人。」二哥的聲音提高了：「他那麼剛硬，哪會對鬥爭低頭？更不會去搞什麼政治。他要是留在大陸，十個老憨的命也不夠送的。」

稚鳴不吭聲了。

「大表弟的剛硬脾氣，我早就領教了。」木蘭姊輕輕說。

「木蘭姊，對不起，俺在什麼時候得罪過你了吧？」

「倒沒有得罪過我，」木蘭姊笑道：「你還記得，那年秋天你從後馬家突圍出來，到咱文昌巷家來住的事吧。」

「當然記得，記得清清楚楚，我在二舅家掐頭去尾，總共住了六十天。」

「俉二舅眞不該那樣待你！」木蘭姊說得含蓄：「可俺奶奶都被他迫得不成樣子，她老人家疼你，背地哭過好幾回。我和妹妹說他不該，就遭到打罵，實在都沒法子照顧到你。」

「別再說了，木蘭姊。」我竟還不知道住在二舅家的兩個月中，外婆和兩位表姊，受了這麼大的委屈，心裡一陣難過。

「表弟，這也沒有什麼，咱現在拉呱，這些往事只當一場人生的戲看。」木蘭姊談說得很輕鬆。「在一個星期天，你趁著我和亞蘭都在家，突然告訴我們，你要走了。那天，下著鵝毛大雪，任憑怎麼勸說，你都要走！讓你等一天雪停了再走，你不要等。拎一隻小包袱冒著風雪走了。亞蘭哭著，說你眞是一條犟牛。」

「老四這條犟牛，發起牛脾氣，就是十條黃牛也拉他不回頭。」二哥說。

「看你們把四弟說的！在小店那些年，俺咋沒見他發脾氣過？」二嫂幫我說話。

「俉知道啥？老四的脾氣，不是發在別人身上。他狠的是自己，不信邪，啥困難他都敢闖。」

二哥告訴嫂子。

我站起來，端著酒杯對表姊說：「這一杯酒，不是敬酒，是抱歉加上感謝的一杯酒，這不能算是破壞了自己訂的規矩。」

「乾脆，咱大家同乾一杯。接下來，要敬酒、要自由喝，隨便。這樣更自然些。」稚鳴提議。

「乾！」沒見過她喝酒的二嫂，也杯底朝天。

「牛肉粉皮丸子湯，就在旁邊爐台的大燉鍋裡。喝酒的，喝酒，喝湯的自己舀湯，那籠屜裡餾著高樁饅頭，要吃就拿。」表姊說。

「木蘭姊，你可眞行，拿準我愛吃高樁饅頭。這饅頭，結實，有嚼勁，在台灣的饅頭店裡沒見過。」

「恁那剛硬的性子，也愛啃硬東西。記得那時候，你不愛吃米飯，只要有一大塊壯饃，或兩個高樁饅頭，你能不用就菜吃得很來味。」

「是的，這麼幾十年，在台灣我很少吃米飯。一年不吃米飯，行；兩天沒饅頭麵條，不行。」

「表弟，你那性子，有時硬得讓人受不了。也許你不知道，那回你把恁二舅和三舅大罵一頓，你回學校去了，俺爹可病了一場。」木蘭姊心平氣和地說：「其實你罵得很在理。」

「在理也不好吧，這是忤逆長輩麼！」二哥的倫理觀念很深。

「二哥，我不知道吵了一場架，把二舅氣病了。」我得把那場吵架的原由向二哥說清楚：

那年剛進入徐州中學讀書，功課緊得要命，每夜在自修教室十點熄燈後，我都在走廊燈下再讀到十二點才回學生宿舍，只有每星期天中午過後，我來外婆家看望她老人家，晚餐到俺李姊家吃飯。三月底的一個星期天，大約下午兩點，我來看望外婆，她老人家半靠在床上氣得一臉發白。我走到面前問候，她流下淚，不言語。再問她爲什麼氣成這樣？她用手指了指西頭二舅的房間。

我走到二舅房門口，看到二舅和三舅對躺在大煙榻上吸大煙，一屋子煙霧，兩個模糊的人，一邊吸煙，一邊爭吵。三舅在二月中旬來徐州和外婆過了三天春節，每天都找二舅吵架，要求分兩間房子給他。也不知道怎麼幹的，四十多歲的人了仍然只掛著一朵梅花，而且佔的是副官閒缺，高瘦的個子彎腰駝背咳嗽不斷，眞想不到國軍部隊裡竟也有這樣的吸大煙鬼。他吵，二舅一陪他吸大煙，就平和了。

二舅說：「恁三舅這份閒差使，完全是王敬久將軍看在恁爹的份上賞給他一碗飯吃。他沒事幹，老是跑回徐州找我麻煩，誰理他！」說是不理，心裡還是彆氣，對我傾吐。

這次回來，他倆吵得更凶了。

三舅驀然摔下大煙槍，坐了起來，手指二舅高聲喝罵：

「俺當兵對日本鬼子抗戰八年，受多少苦！勝利回來，看到你們這些淪陷區的亡國奴，都過著舒舒坦坦的日子，俺哪能氣平？」

二舅不吭聲，繼續吸他的大煙。

聽到三舅罵出「亡國奴」這句話，我衝到他面前：

「三舅，你不能罵淪陷區的人是亡國奴，這句話你得收回去！」

「傻小子，管起舅來了，你是什麼東西？」

「我是人。你罵淪陷區的人是亡國奴，你不是人。淪陷區的老百姓，被日本鬼子燒殺、姦淫、搶掠，不是你們軍人的責任麼？日本降了，你們來接收了，還罵受盡鬼子殘害的老百姓是亡國奴，眞沒有良心。」我跳腳大罵一陣，掉頭就走。

三舅氣呆了。

「站住！你這個忤逆不孝的東西。」二舅大喊一聲。

我轉身對著二舅，殺紅了眼：

「誰忤逆不孝？究竟誰忤逆不孝？你，你是怎樣奴役俺外婆的！你再這樣奴役俺外婆，我不承認你這個二舅。」我拔腿跑了出去。

「反了，反了！……」二舅的呼喊，留在背後。

表姊邊聽我說，邊笑。

「眞是一物降一物，」表姊說：「咱家裡三個女流被降得死死的，自從你和二舅大吵以後，他對我們好多了。」

「本來就是你們把二舅的習性慣出來的，」二哥說：「可見俺老憨四弟鬧得挺有用。」

「記得過了好幾個星期我又去看望外婆，可我不記得怎樣和二舅和好的？表姊。」

「那得問你自己嘍，俺的憨子表弟。」

頓時大家都哈哈笑起來。

4

星期六的晚宴，舉行得很圓滿。

握手行禮如儀、致辭如儀、鼓掌如儀。

我開了一張貳拾萬元整的美元劃線支票。受款人：徐州市人民政府、銅山縣人民政府，聯名出具一張蓋上大印及首長簽名的收據。

又一陣鼓掌如儀。晚宴開始，這是一場賓主盡歡的晚宴。

晚宴結束了。

回到賓館房間。二哥說：「四弟，你對家鄉作出了你的奉獻。」我說：「二哥，咱小店要辦點什麼實事，就請你規劃吧！我每年都會回大陸幾趟，有了徐州這一攤子，將會來得更勤些。只要來徐州，我就會到小店和你相聚，或者請人再把你和嫂子接來徐州，咱兄弟好生過幾天。這回，徐州市縣把咱的時間佔去太多，沒能多陪你倆，我心裡很過意不去。」

「四弟，你這麼說，做老哥的就不知道該說什麼了？從小，咱哥倆的心就相通，彼此惦念著，行了，哪在乎聚不聚在一起。我倒是得提醒你，別仗著自己的身子骨架好，還像年輕人那麼蠻幹！究竟也五十好幾了，整年不斷在台灣和大陸間奔來奔去，我眞怕哪天你會把身子累垮了。」

「是的，二哥。我知道，我什麼都知道，可我停不下來。在台灣，我在蔣家兩代總統的管制下，什麼也不能幹！噢，我指的是文學事業。要是做生意賺錢、花天酒地，他們最是中意。現在，好不容易捱到兩岸可以通了，我悶了幾十年要幹文學事業的這顆心，才算有了活力，我哪能不加勁幹？」

「這就是天命，你這憨，是老天給的，人力沒法改。只是，得想著留得青山在，才能走得更久更遠。」

二哥給我的關懷和教導，對我這個一輩子自己向前衝撞，缺少長輩在旁時常叮嚀的野人來說，眞是無比溫暖無比強勁的熱流。

我向稚鳴說：「明天早餐後我們離開賓館，這一回徐州市和銅山縣安排的行程，就圓滿結束了。」

「哥哥，從整個行程來看，你處理得確實很圓滿。」

「不過，在晚宴上，我已經婉謝了錢書記要派車送我們。明天，請你設法把二哥和嫂子送回小店然後你再回靈璧。」

「我已讓亞飛明天上午九點把車開到賓館，送咱二哥二嫂回家那是當然的事。可是，哥哥，你不是要我陪你去南京看咱娘的麼?」

「這回沒時間去看咱娘了。這幾年和娘在一起不少日子，今年也聚過兩回。我打算春節時，請二哥二嫂、在天水的三哥三嫂，你的全家一起到南京來，陪娘過個好年。俺這家族，長輩只剩咱娘這位老祖宗了。」

「哥這個過年計畫，我會妥善安排。明天，你還留在徐州，還是直接坐火車去上海搭機回台灣?」

「明天是星期天，趁學校不上課，我想去徐州中學看看。後天我就去上海，星期二早班飛機回台灣。車票和機票，我已請賓館的服務台都辦好了。」

「搬出南郊賓館，你住哪裡?我們可以送你去。」

「我向花園飯店訂了房。叫輛出租汽車，一隻皮箱，簡單。」

徐州中學，不僅是我生命中第一所正規的母校，也教我懂得怎樣的教育才是美好的教育。

第六章

一

1

徐州中學，在農曆年剛過就開學了。

二月十一日星期四開始註冊，爲了便利外縣市的學生，註冊共辦三天。二月十五日星期一，正式開學。

姊夫送給我一本記事冊。他不曉得又跑了多少家文具公司，買了這麼精緻的一本：黃色牛皮外殼，裡面是穿線裝訂的西式紙張，貳佰伍拾頁一大本，像一本精裝的名著，我十分喜愛這個本子，心裡對姊夫給我體貼的深具紀念性的這份禮物，感激不已！我決定把這個本子作爲我初中階段的「生活大事記」本子。在第一頁，我寫著：

今天是一九四六年二月十一日，星期三。這一天，是我生命途程中，極爲重要的一天。

我辦好了註冊手續，領到了「江蘇省立徐州中學學生證」，從今天起，我成爲著名學府的學生，我將和淮海地區最優秀的學生同堂學習和競爭。這種機會，是我長久的夢想，也一直以爲是一個夢想，可今天竟果眞實現了。

今天我自己到學校辦理註冊手續。姊夫要陪我來辦，我不要他陪。前天萬嘉鶴大哥從山東駐地來徐州，是奉派來幫我辦入學手續的。我告訴嘉鶴大哥，我可以自己辦好，請他回去稟告我五大爺王敬久將軍我會照料自己。

很多同學，尤其初中部同學幾乎都有家長陪著。我必須十分清楚：自己不是寶貝兒子，更不是什麼少爺。我是鄉下孩子，孤兒，必須像那座站在黃河沿上的徐州鎮河鐵牛一樣，那麼挺立！那麼堅強！

今天一大清早，姊起來給我備一頓豐富的早餐，我囫圇吞了。穿著姊夫新給我買的回力牌球鞋，圍了姊給我勾的粗毛線純白色的大圍巾，戴上流行的學生大沿帽，書包一背，我小快步從東關俺姊家一口氣跑到北關徐州中學，覺得這十來里路，很順、很短、很不費力，才剛八點。同學們，陸陸續續來了。高中部同學，男生是一襲長袍，西裝頭，不戴帽子，有的用手撩起長袍下襬走著，個個風度瀟灑；女生是深淺不同的藍色陰丹士林旗袍，白長襪，黑皮鞋，體態文雅；我覺得這些高中同學好像都很有學問，我得仰著頭看他們。初中部同學，大多是兩截式的穿著，女生短襖長裙也有一些穿旗袍的，男生就沒有穿長袍的。學校不規定制服，同學的服裝，顏色、布料、樣子各不相同，卻又大致形成共同的形式。大概這就是外界讚揚的徐州中學自由學風的一種表現吧，我想。

我就要成爲這所學風自由的學校一份子了，這是多麼讓我興奮的事！可是，我並沒表現出興奮的樣子，並不是假裝老成持重，在心理上我覺得自己很老了。看到那些初中同學的活潑天眞，男女生無拘無束地相互招呼談笑，我眞想一一去擁抱他們。

我到教務處，見到教務主任梁尙志老師，恭敬遞上「王敬久」名片，他看了一下，馬上帶我到註冊組長周老師那兒，對他交代一陣。周老師給我一份註冊單，上面已寫了我的名字，編在初中部一年級1班。老師告訴我如何塡寫資料，如何繳費，如何領書，最後再來向他領學生證。他溫和地說，只有幾個插班新生要這麼辦，原來的同學繳完費後，就可以回家了，等到正式開學那天來。

仔細叮囑，大概怕我陌生，其實學校的環境我熟悉得很，各處室的位置我完全都知道。早幾天，我已經來學校探看兩回，像個舊生般到處都摸清了。

徐州中學，在黃河南沿的高坡上，東邊靠近一條省際公路，是蘇皖魯豫四省的交通大動脈，北倚老黃河堤埧，南大門前是省徐路。校區東西長南北較短，在六公頃面積中大半是森林，有兩處土丘。學校的建築只用了東半部地，主建築是由教室和辦公室圍成的長方形大庭院，南北兩邊各十四間教室，東西兩邊各有八間教室及各種辦公室，房屋前，都有寬闊的走廊，在南北教室中間有一道連通的走廊把中庭隔成兩個庭院深深的林園。這一大片平房建築，白墻黑瓦，迴廊四達，庭園裡林木成蔭，花圃草坪配置很幽雅，展示出這所歷史悠久的學校所特具的文化氣息。主建築之外，北邊有兩棟紅磚四層大樓，一棟是生理化科學實驗館，一棟是圖書館、各專科教室。大禮堂、操場、球場等集中在西北角，西南角是教師和學生宿舍及生活區。

辦完註冊手續，領到了學生證，還領到一枚倒三角形校徽，藍底、白字橫排「省立徐中」，下方一個大紅點中崁一個白色小字「學」。校徽採藍、白、紅三色，銅版琺瑯鑲製，精美大方。我立刻像老師和同學一樣，把徐中校徽別在衣服的左胸前，背上書包，裡面裝滿課本和簿本，壓著我，感到心中有一種從未嘗過的踏實和滿足。

我來到花園飯店，萬大哥住這兒等我註冊結果，回去報告。

敲門進入房間，萬大哥正在看一本英文雜誌。讓我坐下來說：

「這是美國出版的《時代週刊》，發行到全球，裡面有許多珍貴的新聞報導和專題評論。按你的文學程度，你能看得懂，可這英文你就摸不著邊了。所以，你以後必須把英文學好，可以直接閱讀世界各國出版的書報。」

「咱國內不是出版了很多書？也有各種雜誌和報紙了。」

「那不一樣。你要搞文學，最好能直接去讀作家的原著。找不到原著或不懂外文再去讀譯本。」

「至於新聞方面嘛，」萬大哥嘆了口氣：「國內的報刊，大多立場分明，言論偏到一方。像這本雜誌，在軍中就不准看，只准看《中央日報》、《和平日報》和《中央月刊》。我是藉出來的機會買一本看，看過得擲，不能帶回去。——不過，在軍中，懂英文的人，不少在收聽外國通訊社的新聞，有美聯社、合眾社、路透社、塔斯社，各國都有。」

我向萬大哥報告了註冊情況，描述了我對學校喜愛的心情，期待開學後加緊用功來過難得的正規學生的生活。

「昨天下午，我去了徐州中學一趟，學校大禮堂所住的炮兵部隊，也是咱集團軍炮兵師的一個單位。」萬大哥說：「當然，我主要的目標是了解一下徐州中學的環境，這所學校確實是一所適宜讀書的優良中學。在江蘇省許多著名中學裡，江南的蘇州中學和江北的徐州中學，南北對峙，是無數學生嚮往的學府，你有機會進入名校讀書，相信你會感受到很大的求學樂趣。」

「是的。」

「不過，初中這三年，你不一定都在徐州中學讀。」

「爲什麼呢？我希望在徐州中學初中畢業後，能憑自己的學業成績直升高中部。至少，我也要考上徐州中學的高中。」

「你這個志願是好的。可我恐怕北方的局勢不穩，可能會影響你在徐州中學讀下去的計畫。」

萬大哥的語調中有些憂慮，我抬頭望著他，這才發現它的肩章上多了一朵梅花，是一位陸軍中校了。

「萬大哥，你升官了嘛！恭喜你，大哥。」

「老弟，我這個中校有什麼可恭喜的？就算我哥嘉麟早是一顆星了，他的煩惱比我還多！現在的國家局面，軍人的榮譽大不如前了，沒有什麼可喜的。」我並不太懂他話裡的意思，又能感覺到一些。

萬大哥問我，有沒有看看報，知不知道最近的局勢？

「姊夫家沒訂報，我去市立圖書館讀書，並不進放報紙雜誌的那間書報室。偶然在家裡聽姊夫談幾句，也沒往心裡放。」

「我告訴你吧！現在國家整個的局勢很不穩定。從前打仗是爲了抗日，如今日本投降了，國共雙方打的是內戰。美國在中間調停談和，談談打打，打打談談，各地的衝突一直不斷。美國駐華大使辭了職，委員長的美國參謀長魏德邁也回美國了。美國總統派一位五星上將馬歇爾代表他擔任駐華特使來促使國共和談，來了快兩個月，組成許多的三方停戰監督小組，分赴各地監督停戰。結果還不是談談打打，打打談談，國共各懷鬼胎，誰調停也沒用！」

萬大哥長吁一口氣，他本就白皙的臉色有些發青。

「我判斷，國共全面內戰是遲早的事。至少，長江以北各地，很難避免戰火。王總司令在魯南前線好幾個月了，一直抽不開身回蘇州一趟。現在，政府大員的公館都安在江南，總司令的家在蘇州。」

我的頭慢慢低下來，忽然悟到不少事，原來的興奮心情沉鬱了。

「也許會有什麼奇蹟出現，雙方的最高領袖握手言和了，那才眞是全國老百姓的福分。」萬大哥轉個口氣：「無論如何，你專心念你的書吧！有機會的話，念一兩年轉學到江南去讀。江南，究竟是中國的精華地區啊！我會請俺哥得空向總司令提這件事。」

晚上回到姊家，姊夫問我到學校註冊的經過，和萬嘉鶴大哥會面的情況。我完全消失了原來的興奮心情，扼要說了註冊很順利，把和萬大哥的談話，很詳細地告訴了姊夫。

「難怪你進門來臉上幽幽的，原來爲了這檔子事。」

「姊夫，你看國軍和共產黨部隊，眞會全面開打麼？好不容易弄得日本鬼子投了降，我很怕再打仗！」戰場上，血肉橫飛，屍體成堆，生命哀嚎死亡的殘酷景象，在我心靈中烙印得太深了。

「現在國共雙方在玩貓捉老鼠的遊戲。共產黨軍隊的裝備差，一時半時還不是國軍的對手，美國人又從中協調談和，人家是老大，兩邊的大頭子雖是生死冤家，可都不敢公開去忤逆美國，不能不打打談談，談談打打，拖下去再說。」

「也許就眞的談和成功，不打仗了哪。」

「恐怕不這麼簡單！」姊夫把聲音壓得很低很低，我凝神細聽，俺姊也伸過頭來。

「咱國民黨的這一位，」姊夫翹起大拇指：「他，能容得了誰？國軍將領中，黃埔出身的是嫡系，嫡系中江浙人更吃香，江蘇人比不上浙江人，蘇北人又比不上蘇南人。像你父親在黃埔一期是傑出人才，清黨那年，若不是王敬久通風報信，差點給逮去槍斃了。像王敬久是『八一三上海保衛戰』死戰閘北的抗日名將，那時就是少將師長，八年抗戰，當了集團軍總司令，軍銜也只是個中將。你世伯中的老六王仲廉參加過抗日『台兒庄大會戰』的名將，現在也是中將銜的集團軍總司令。生對了地方的常敗將軍就能幹到上將。黃埔嫡系都有三六九等，別系哪還用說？」

姊夫頓了一頓，「咱這位老大，說到天上去，他也不會容納下共產黨。至於共產黨那個頭子，更陰更狠。」

「雙方老大，誓不兩立！但不能肯定絕不會和，那全要看美國這位眞正的老大，用多大勁？有多大魔力？」

「話又說回來，國共如果全面開戰，至少到眼前共軍還絕對不是國軍的對手。我擔心的是，國軍的作戰士氣。」姊夫直看著我叮囑：「今天咱的談話，到外面，無論對誰一句都不准說。」姊夫從來沒對我這麼嚴厲說話，我認識到其中的厲害，連連點頭。

「本來這些話不該和你說的。雖然你的智慧較高，經歷了很多波折，比一般人成熟很多；倒底你的年紀太輕，性格又太硬，我恐怕以後你看到大局上不順眼的現象，發了憨勁亂衝，對你說這些，是先給你打個預防針，免得到那時候出大禍。」姊夫再加警告：「四弟，千萬記住：禍從口出。國共兩方面的特工人員是無孔不入的。」

姊夫安慰我：「四弟，這些國家大局的變化，還早還遠。好好把握機會念你的書，那才是眞的。」又接著說：「三叔走時，聽說曾把你兄弟倆託孤給王敬久。王敬久現在既然伸出手拉拔你，一定會拉拔到底，他是個仁義漢子。」

「就算天塌下來，也有高個子替你撐著。你怕啥，四弟。」

說到這裡，一直緊張在聽的姊，笑了。

廣	告	回	信
台灣北區郵政			
管理局登記證			
北台字第15949號			

235-62
台北縣中和市中正路800號13樓之3

印刻出版有限公司　收

讀者服務部

姓名：________________ 性別：□男　□女

郵遞區號：__________

地址：______________________________

電話：（日）______________ （夜）______________

傳真：______________

e-mail：______________________________

INK

NK
JBLISHING

讀者服務卡

您買的書是：________________________________

生日：________年________月________日

學歷：☐國中　☐高中　☐大專　☐研究所（含以上）

職業：☐軍　☐公　☐教育　☐商　☐農

☐服務業　☐自由業　☐學生　☐家管

☐製造業　☐銷售員　☐資訊業　☐大衆傳播

☐醫藥業　☐交通業　☐貿易業　☐其他________________

購買的日期：________年________月________日

購書地點：☐書店　☐書展　☐書報攤　☐郵購　☐直銷　☐贈閱　☐其他

您從那裡得知本書：☐書店　☐報紙　☐雜誌　☐網路　☐親友介紹

☐DM傳單　☐廣播　☐電視　☐其他

您對本書的評價：（請填代號 1.非常滿意 2.滿意 3.普通 4.不滿意 5.非常不滿意）

內容______　封面設計______　版面設計______

讀完本書後您覺得：

1.☐非常喜歡　2.☐喜歡　3.☐普通　4.☐不喜歡　5.☐非常不喜歡

您對於本書建議：

感謝您的惠顧，為了提供更好的服務，請填妥各欄資料，將讀者服務卡直接寄回或傳真本社，我們將隨時提供最新的出版、活動等相關訊息。

讀者服務專線：（02）2228-1626　讀者傳真專線：（02）2228-1598

我也笑了。

又有什麼大不了的？天塌下來，就算沒有高個子替我撐著，挨壓的人多著哪！我不是那麼嬌氣的人。

2

開學典禮在足球場舉行。徐州中學的大禮堂被炮兵部隊佔住了。

早上八點正，學生的隊伍已經排好了。每班橫排三行，導師站在班級頭前，其他老師分站在木板小講台兩旁。

校長站到台上，報告春季開學，學生人數：初一、初二各五班，初三四班；高一、高二各七班，高三六班，高初中共三十四班，全校學生共計一千四百八十六人，教師共計九十三位。職員六十五人，工友四十人。然後簡單說了幾句話，祝願徐州中學這個大家庭，每個成員健康快樂，大約講了不到五分鐘。

我們初一1班的隊，正站在小講台的前方位置。這讓我非常接近我們的校長，看到他約一百八十的頎長身材，著一件外罩天藍色大掛的長袍，黑髮濃密，顏面柔細稍長，咖啡色粗框眼鏡後面透出炯炯有神的目光，聲調很穩重平和。我心裡想，學者，就是這個樣子了。聽說我們的焦校長是南京中央大學歷史系畢業，還不滿四十歲，在抗戰期間，已經幹過後方的中學校長。

早晨電台的氣象報告：今天氣溫在攝氏〇度到攝氏三度，中雪。校長講話時，天空零散地撒下幾點細鹽粒子，漸漸密了一些。教務主任梁老師上台，馬上宣布：請各班導師把學生帶回教室，繼續開「總理紀念週會」。

回到教室。先在走廊上按高矮排隊來編定座位，教室座位兩人一張課桌，椅子兩把，橫排四張，直行六張。我們一年1班女生十八人，男生二十六人，計四十四人，男女可以共桌，我個頭中等，座位在第二行第四排桌的右位，左邊是一位女生。

班長和學藝股長把本學期的功課表發下來。我統計一下：每週正課三十七節（國文6，英文6，數學6，歷史4，地理4，植物2，公民2，美術2，音樂2，體育3），其他四節（週會1排在星期一的第1節，班會1排在星期五的第7節，課外活動2排在星期六的第5、6節）。每星期四十一節課，每節五十分鐘，休息十分鐘，上午八點到十一點五十分，四節。下午一點二十分到四點十分，三節。這份功課表，比後馬家中學的課表重得多。

級任導師王欣然先生，也是東南大學歷史系的，年紀已四十好幾，應該是焦校長的老前輩。頭已微禿，削瘦矮小，約一百六十多公分。可丹田氣足，眼神銳利得像刀鋒，是一位精明透達的有經驗老師。看得出來，王老師上個學期已經把同學帶得全班打成一片。今天的週會，剛開學，班上沒有什麼事要討論的，導師就向大家說：

「本班這學期新來一位插班生，現在請這位新同學上來，讓他把自己介紹一下。」

全班鼓起歡迎的掌聲，很熱烈。

我有些靦腆地走上講台。立正，恭敬向導師深深一鞠躬，轉過身，對全班同學也深深地一鞠躬。

我還沒開口說話，全班同學「哈！哈！哈！……」的哄堂大笑就爆發開來。驀地，我意識到，徐州中學校風和後馬家中學的軍事化嚴格管理制度是不同的，臉，一下子紅到耳根。

我不再說話，轉身拿粉筆在黑板寫下我的名字：郭少鳴。

「字好棒噢！」

「練過的，一手漂亮的柳字。」

「眞看不出呀，憑他這個土勁。」

「怎麼啦！告訴你，人不可以貌相，海水不可以斗量。」

同學們，男生、女生，嚷成一團。忽然有一位白淨的細高眺兒的男同學，正兒八經地說：

「你把名字寫錯了！」便走上講台拿起黑板擦子，把「少」字擦掉一撇，「鳴」字擦掉了口，揚長回歸座位。

這一來，大家更笑得前仰後合，有人把桌子敲得噔噔響。

「夠了！夠了！」導師大聲制止：「你們這群皮猴子，鬧得也可以了。」

我雖然十分憤懣，可也無法發作。

同學們被導師喝斥得安靜下來。

我繼續報告：「我是銅山縣人，家鄉在徐州市東南方五十里，村名叫小店。」

「小店，賣些啥呀？」還是有人咕噥著。

導師先讓我回座。很鄭重地向大家說：「本班這位新同學大有來頭。今天剛開學，我希望大家互相勉勵，不分彼此。改天有機會我再告訴你們有關這位同學的歷史故事。」

一節週會，嘻嘻哈哈地下了課。

我走到剛才出我名字洋相的那位同學面前，警告他：

「你給我小心一點！我可不是小鳥。」我把拳頭在他臉上晃著。

他退後一步，囁嚅說：「那，你是什麼？」

「告訴你，我是咱徐州鎮著黃河的鐵牛。」

班長馬上過來了：「我要提醒你倆，學校對於同學打架鬧事的處罰很嚴格喲！」這話，當然是暗示我這個「新生」的。我收回拳頭，仍然不客氣問他：

「你叫什麼名字？」

「余恒亨，」接著解釋：「恒有恒爲成功之本的恒，亨乾亨利貞的亨。」他有點在賣弄。

這小子的程度不錯嘛。可我也故意拿他的名字出個洋相：

「什麼魚哼哼？我才不相信。魚哼哼？魚，哪會哼哼！」

圍觀的同學又笑得東倒西歪，這回笑的是「魚哼哼」。

有一個天才跑出來說：

「大家注意，大家注意！咱班上今天出現兩個稀有動物：一個是會說話的鐵牛，一個是不會說話只會哼哼的，哼哼魚。」

3

開學第二天，第一節課下課時間，王惠東跑來教室找到我。

「昨天俺班上傳著：1班來了個插班生，很神，說自己是徐州府的鐵牛。我猜，大概就是你。」

「你怎麼也來了？在哪班？」

「初一3班。初一的插班生只有兩個，沒想到就是咱倆。」

王惠東很興奮。繼續說：「我叔把我從鼎銘帶去鎮江，那裡是南蠻之地，說話嘰哩呱啦，吃飯都是大米，我不喜歡。吵俺叔，他找人把我弄進徐州中學來。眞妙，又碰到你也來了。」他附在我耳旁：「你是王總司令弄進來的吧！我不曉得他們這些舊生，會不會知道咱倆是走後門的？也不曉他們會不會對咱另眼相看？」

「昨天，我們的導師還在週會上對同學說我大有來頭，還說有空要說說我的歷史故事。弄得我也有點兒恍惚。」

「那該咋辦？」

「咋辦，船到橋頭自然直。咱們在班上好好幹，表現一下，人家能把咱怎樣？咱們不怕。」

我和王惠東的小心眼兒，其實是多餘的。上幾個星期課，我發現徐州中學的氣派大，學生的程度高，後馬家中學的一派小氣眞不能比。我喜歡班上的同學，他們也喜歡我。

班上同學個個聰明活潑又都知道用功，聽課時，反應的靈敏讓我佩服。老師的教法，各有一套。唯一讓大家不滿的，是英文老師。偏偏英文這科又是我最頭痛的一科。在後馬家中學，那位英文老師是個年輕的翻譯官，他教韋氏音標時，一咇嚕混過，老師念課文一句，同學跟著唱一句，亂七八糟混了一學期。這回碰到的英文老師，姓孔，快六十歲的老先生，是全校很資深的一位老師。山東人，民國初期在青島一所教會大學畢業，傳說他幹過高中校長和黨部的什麼官。

孔老師上課，總會先花半天時間罵人，罵校長、罵別的英文老師、罵政治人物，很少罵同學。他也眞怪得可以，教會大學出身，頂多也不過六十，身子還硬朗，偏偏要把自己打扮成土老頭兒，短裝，頂一塊瓜皮兒帽，拄根白木拐杖，傴僂著，是校園的一景。同學背後喊他「孔老夫子」，一口豁牙，走風，山東腔重，他把每一個英文字讀得又重又硬。開明書店的英文課本用萬國音標，我不會萬國音標，只能用國語注音符號照孔老夫子的英文發音注記下來。學得好慘。

上別的課就輕鬆愉快了。我最崇拜國文老師李銘先生，西南聯大中文系畢業，朱自清的學生，二十七、八，臉上老浮動著微笑，年輕有活力走路彷彿合著節拍。李銘老師上課，引經據典以外，常談到中外新文學名著，那些書，我大部分讀過，懵懵懂懂，一知半解，經李老師幾句話點撥，我看到好大一片藍天；他也對我這個初一學生讀過如此多的文學名著非常驚奇。李老師和我在課堂上，有時不知不覺地唱和半天，讓不少同學聽傻了。

混熟了，有些同學常圍著我問：

「哎，鐵牛，你咋會讀過那麼多的文學名著？」

我沒法子對他們說清楚，也不願述說自己的讀書境遇。總是笑一笑回答：「興趣唄。」

數學老師，和李銘老師同屆從西南聯大畢業，白白胖胖，性子溫和得暖人。他的右臂齊肘斷去，可左手的黑板字寫得流利得很，講解細緻，把核心要點輕輕破解。同學給他綽號「獨臂哥」，很親。

我們導師王欣然先生教的是「副科」，沒人敢輕忽，也不敢給他起外號。一來是，導師帶我們學生，像對待子女一般，愛護照顧，親切細緻；二來是，王欣然先生，他的學問好教得又好，大家佩服。

王老師關心同學課業，也關心同學生活。徐州中學的學生來自淮海地區各縣市甚至也有不少別省的，徐州市的學生也只佔三分之一左右。外地學生除了寄住親戚家以外，其餘住入本校學生宿舍。我們這班的「住宿生」就有十幾個人，我爲了節省時間也從李姊家搬進宿舍來。導師經常來到宿舍探問我們的生活，星期假日常會邀一些同學到家聚會。師母也是一位老師，在學校教生物，他們的子女都已成家在外。兩位老師，帶著一群同學，包水餃，做吃食，總熱鬧個大半天。

王欣然先生上歷史課，時常掛在口頭的一句話「文史一家」。他說，中國歷史也就是中國文學。偉大的歷史家司馬遷就是「中國文史大宗師」。研究中國歷史若不通中國文學，研究中國文學若不通中國歷史，都是一隻眼看問題，一條腿走路。他教中國史，對中國文學的熟悉不亞於國文科的老師。徐州中學的本國史老師都同時擔任高中和初中的課，王老師是五位中的權威老師。

我們聽王老師的歷史課，總是津津有味。他講到一段歷史，就把那段歷史的演變和發展全面敘述，又時常引用古詩文作例子，證明那個時代的社會現實情況，生動得像演說一場戲。他的口才好學問好，一次講到唐代「開天盛世」。王老師說：「唐玄宗這個皇帝，既興盛了唐朝，也衰敗了唐朝。早年他開拓邊疆，發展經濟，創造了大唐盛世；可是，他窮兵黷武，耗盡國力，晚年的政治腐敗，生活荒淫，也使得民不聊生，接連發生了安、史之亂，從此唐王朝走向衰亡。」王老師告訴我們：「戰爭，除非像我們抵抗日本異族侵略的戰爭，那是非打不可的民族生存之戰。其他戰爭都毫無意義！打來打去，死傷的受害者都是無辜的普通人民。」王老師隨手在黑板上寫了兩首唐詩：

黃河遠上白雲間，一片孤城萬仞山。
羌笛何須怨楊柳，春風不度玉門關。

葡萄美酒夜光杯，欲飲琵琶馬上催。
醉臥沙場君莫笑，古來征戰幾人回。

王老師說「這兩首詩都反映出反戰、厭戰的思想。第一首是王之渙的〈出塞〉，第二首是王翰的〈涼州詞〉，都是當時民間到處傳唱的名詩。詩中寫出了人民對戰爭的感情，比生硬的歷史記載動人多了。」

王老師對歷史的講述，超出了歷史課本的教材很多很多。對我來說，得到很大啓發，我發現歷史課本編的並不是所稱的「標準本」，有些內容和王老師講的不一樣。我想到孟子所說「盡信書，不如無書。」那句話，我開始對「部定標準本」的課本產生了懷疑。

王老師歷史課上經常引用的古典詩詞，大約我都讀過也都會背誦，班上也有幾位同學，自小被家長教讀一些唐詩，有的也能背誦出來。大多數同學覺得老師提的詩，比《千家詩》精彩，老師就親自刻鋼版蠟紙，油印成「唐詩選讀」單頁發給同學。

有一回，王老師講到唐肅宗時朔方節度使郭子儀借回紇兵力相助，破安史之亂收復兩京的一章，他說：「郭子儀中唐時期的第一功臣，史家稱他『一身繫天下安危二十年』，他也是既富貴又長壽的罕見人物。在中國歷史上，功高權重的大臣，大多受猜忌不得善終，郭子儀能夠富貴終身，就在於他爲人做到了『寬厚』兩個字。」王老師並提出和郭子儀齊名的李光弼作例子，說明「寬厚做人」的道理。

這時，一位同學站起來，手指著我問王老師：

「老師，你在開學那天，不是告訴我們，要說說他的歷史故事麼？已經過了兩個多月，老師是不是忘了？很多同學等著聽哪。」

「我看大家都混得這麼親了，原來想介紹他家故事來增加你們的了解，也就不必要了。現在你們還有興趣聽故事，說給你們來聽聽，也還是很有意義的。」

我很不高興人家又拿我來做文章，也不知道王老師究竟要說關於我的什麼故事，不由得我的心思已寫在了臉上。

王老師瞄了我一眼，繼續說下去：

「郭同學的父親，是咱徐州赫赫有名的人物，大名叫郭劍鳴。說起來，我和他是銅山縣的小同鄉。他家小店，我家房村，都在徐州東南鄉。過小店十里就是房村，年齡上他大我一兩歲，就這麼點子距離，我倆卻未見過面。不曉得他有沒有聽說過我的名字，他的名字我在中學時期就聽過了。因爲郭劍鳴在徐屬各縣市高中學生作文比賽得了第一名，那時候轟動了東南鄉。後來，我到南京讀大學，他從北大暗中跑到廣州投入黃埔軍官學校——那時候，徐州在軍閥統治下，去考黃埔軍校，被捉住就要槍斃——他是黃埔一期學生裡文筆最好的兩三個人，做過蔣介石的侍從副官。後來帶兵作戰負傷，調任徐州市睢寧縣長，再派任爲徐州市警察局長。可惜傷勢復發在抗日戰爭之前過世了。」

王老師停了一下。接著說：

「上面告訴你們的，是郭劍鳴大概的經歷。我要說的一段歷史故事卻是較少人知道的故事，也是值得同學們想一想的故事。

「現在的人，提起黃埔軍官學校，都知道是孫中山先生創辦爲了打倒軍閥、統一中國的一所軍官學校。可黃埔軍校學生，特別是前幾期的學生，對中國將來發展要走哪條路的看法，意見的差別很大。大約分成了左邊的激進派、中間的開明派、右邊的保守派三個系統，多年以來內部爭得很厲害，左派和右派互不相容。中山先生逝世太早了，使得軍隊的實權落在極端右派手中，就在一九二七年夏季，右派發起『清黨』大量撲殺左派，連帶也殺了不少中間開明派分子。郭劍鳴是出名的開明派，一天夜間清黨行動隊去殺他，他在一小時前得到人報訊翻牆逃走，跑到浙江杭州西湖的靈隱寺，剃髮出家當了和尚，法號宏仁。出家之前，寫了一首〈隱題詩〉，俗稱〈藏頭詩〉。」

王老師很快地把這首詩寫在黑板上。

黃粱夢裡度春秋，
埔上弦歌氣斗牛。
學成討賊鋼唇舌，
生就護國硬骨頭。
郭外慷慨空泣血，
劍底崢嶸一笑休。
鳴鶴九皋天恨遠，
題畫迴腸水東流。

「這首詩好，情意太悲切了！當時許多知識分子爭相傳誦。不到二十年，如今記得這詩的人，恐怕不多了。」

王老師給同學解釋了詩的內容涵義：「有興趣的同學，不妨抄下來，將來對你們了解中國當代史，會有一些幫助。」

教室很肅靜，同學個個振筆疾書。

關於父親曾經出家的事，我聽過好多次了。可沒有誰比我的導師講得深刻明白，也沒有人提起過這首〈隱題詩〉。王老師把詩記得這麼清楚，又解釋得這麼透徹，讓我對父親模糊的粗淺的印象，一下子明晰不少。我心中浪濤洶涌，既激動，又傷感，用大力抑制著，不讓一滴眼淚流出。

王老師步下講台，走到我座位旁，輕輕拍我一下：

「你是個有慧根的苗子。」

下課後，一大群同學圍過來，七嘴八舌，向我問這問那。

「我，就是我唄。家裡的事，說那些有啥意思。」

我們班的同學，每一個都算是早熟的聰明人，可沒經歷過的那些痛苦災難，給他們說了也是白說。我的回答，能體諒的少，不滿意的多。

不滿意的人，就嫌我怪。

4

我和班上同學早已打成一片。我喜歡男生，交上兩個鐵哥兒們，一個是不打不相識的「哼哼魚」余恒亨，一個是精瘦靈活的「山羊」胡三陽。對於女生，我不習慣和她們扯，我同桌的王鳳儀，每次她和我說話，我就臉紅，覺得渾身不自在。胡三陽是徐州蕭縣人，他爸當蕭縣中學校長，也是住宿生。余恒亨的老爸是《徐州日報》總編輯，他媽也在《徐州日報》是《家庭與婦女》版主編，他家住淮海路，離學校不遠。我們三個的性格大不相同：哼哼魚，神經兮兮，啥事的反應都比人快半拍；山羊，乒乓球高手，一切行動也像打球那麼快；鐵牛，慣常發獃，卻愛對問題下死勁。可我們臭味相投，迷文學。跑圖書館借書，勤得很，一有點空都捧著文學書不丟手。我們同齡不同月，胡最大，我排中間，余老么，進出抱在一團。我們自稱三劍客，人家說我們是「動物三人組」。余恒亨是獨子，爸媽疼得緊，他每個星期都拉著我倆到他家吃一兩頓飯，余爸的社會應酬多，不容易碰到；余媽媽總是歡喜得不得了，每回讓廚娘做滿桌菜，還準備些滷味給我們包好帶回去，可以作伙食團的加菜。

余恒亨對女孩子也很敏感。他告訴我：

「你同桌的那隻小鳳對你有意思哦！她可是咱班上的一朵白玫瑰，你不該辜負人家呀。」

「小余，你又犯了哼哼的毛病啦？」我損了他一句。「你知道她爸是幹啥的？咱就是搬個梯子也搆不到人家的門檻。再說，我也沒興趣搬那個梯子。」

「她對你說啦，她爸幹啥？」

「中國銀行徐州分行總經理。」

「不就是個數鈔票的嘛！」胡老大加了進來，「那隻小鳳的人品眞是不錯哩！」

「那你就加把勁呀！」我向胡三陽說。

「我哪有那個資格？」山羊頂上來了：「我不能比你，你是才子，不光是咱班，全初中部都知道你這位才子啦！」

「咳，老大，你說得太離譜了吧！」

「難道你不知道？每回你的作文貼到咱班外面的『優良成績欄』上，就有別班的人來圍著看。」

「那有什麼？你倆的作文，不也貼出去過。」

「可就沒人來圍著看呀！而且，也不像你那樣，幾乎每一篇作文都讓李老師圈圈點點特別欣賞，那眉批、那評語，都教人眼紅。——不過，咱可是哥兒們，只會覺得光采。」接著又甩出來一句：「何況，你也是將門之子啊！正好般配。」

「行了，行了！」玩笑開到這裡，我有些惱了。

一說到作文，在心裡，我仍然是美乎的。作文，是我最喜歡的事。上課兩個半月，李銘老師教我們寫了五篇作文。我的作文，篇篇受到表揚，貼上「優良成績欄」。最近的一篇，題目是〈晚春〉。

這個題目，太普通也太容易寫，怎麼寫與眾不同的？思索一陣，我提起毛筆，不打草稿，也沒列大綱，直接寫在作文簿上，兩節連排的課，我用了一節半的時間，寫下約七百多字的一篇作文。把簿子放到講桌上。李老師立刻翻開我的作文簿，一面看，一面微笑著點頭。

在上週作文課，李老師把改好的全班作文，請班長發給同學。我的簿子，他擺在講桌上，向大家說：

「晚春，這個題目，寫起來容易，寫得好很難。容易是人人都能寫上一篇，難就難在要寫一篇不和人人一樣的文章出來。我出這個題目，用意就在訓練你們的作文思考能力。這次作文，有十二、三篇很有想像力，寫得都不錯。有一篇特別優秀的，我今天提出來，藉這個例子，給大家講講作文的方法。」

李銘老師點名我上講台。

「現在，請郭少鳴把自己的這篇作文讀一遍，讓大家先聽聽，我再拿來給你們講解講解。」

下面幾十雙眼睛掃射過來，我心裡波盪，可一點也不緊張，緩慢地清晰地讀了一遍。走回座位，許多人鼓掌。我也感覺到王鳳儀閃耀的眼光，有點異樣。

「郭少鳴這篇作文，是一篇很成熟的也可以說是相當成功的文章。成功的表現有兩個地方：一個是題材選取得不同一般，一個是寫法上經過設計有很多講究。我現在把這兩個特點合在一起解說吧。

「這篇文章，分成四段。嚴格說，只有三段，甚至可以說只有兩段。因爲，開頭的一段，只有一行，兩句：

『春天將要從人間流逝了。哎，春天果眞到過人間麼？』

「結尾的一段，把這一行一字不改又寫一遍。這個方法，在『修辭學』上叫做『反覆』，我想郭少鳴也許沒研究『修辭學』，可他把這種方法用上了，用得很巧妙，大概是他讀的文學書多，不知道從哪裡得到了影響。

「開頭一段，結尾一段，用同樣一行的兩句。這一行兩句，造成一種矛盾現象：春天都快結束，怎麼還懷疑，春天果眞到過人間沒有？運用這句矛盾的問題，展開中間兩段各有三百多字的長篇描述。第二段，寫鄉野景物：晚春的鄉野，柳暗花明，春光絢爛；可窮苦的農民，總要捱餓來度青黃不接的晚春季節，哪能感到春天的和煦？第三段，寫城市景物：晚春中，城市裡紅男綠女，嬉戲在春光裡，百貨公司的櫥窗，展出爭奇鬥豔的春裝；可老黃河沿、火車站後，那些難民區的可憐難民仍瑟縮在飢寒交迫的情景下，哪能享受到春天的溫柔？中間兩段描述，把自然中的春天和人間世的寒涼作出對照。如此一來，開頭、結尾的這一行矛盾疑問，就變成了合理的論斷。」

李銘老師詳細的分析解說，同學都認眞細聽，沒有人插一句嘴。

「總括來說，這篇作文的最大特色是很有創意，把一個平淡的題目寫得相當深刻。你們知道吧，作家寫文章叫做創作，重點就在一個『創』字，從內容到文句都要自己創，不能老是模仿別人，初學寫作雖然免不了一段模仿過程，必須突破模仿過程，才能進到創作。

「郭少鳴這篇作文，已接近創作邊緣，其中還有不少可以充實改進的地方。不過初中生能有此成績，很少見，很少見！就以我教的那班高二來說，也是很少見。

「這篇作文，我要拿到教務處的『優良作文欄』貼。本來嘛，作文高低靠作品；不能憑年級來分高低的。」

5

除了國文課堂上李銘老師誇我，上數學時「獨臂哥」許大授老師也拿我的作業本給同學傳閱，說我的算式排列規矩，數字寫得像印刷一樣整齊。

「數學是一門很容易的科目，」許老師說：「有些同學認爲數學難，怕它。其實數學是科學，有一定的規律和解法，比起一些需要自己去思考創造的科目容易學。要訣就是，要按部就班，學好每個環節不能中斷；要細心精準，不能做一個差不多先生。從你們的作業簿所寫的整齊不整齊，可以看出學習態度夠不夠認眞。」

許老師說的學習數學要點，我體會很深。自從在後馬家中學時，萬嘉鶴大哥幫我把脫節的數學補上了，我就覺得數學不難。上課認眞聽課，下課認眞寫作業就行了。這個學期的數學考試，我大部分的成績是一百分，沒有一次在九十分以下。

我非常清楚自己到徐州中學讀書的艱難歷程。

「你必須自己走出一條路來！」在我心裡懸著這個目標，無時無刻不在警告自己。

我讀書非常用功，起床比舍監規定的時間無論冷熱都早一小時，晚自習教室在十點熄燈後我在走廊燈下還要讀一小時，甚至兩小時。住宿同學大家都很拚，我並不偶然去特別開夜車，卻固定地有規律地在幹。

在學科的各門功課中，大多科目我領先全班，最讓我苦惱的，英文這門主科，我只能維持到八十分上下。「孔老夫子」孔承先老先生教的英文，等於讓學生處於自生自滅狀態。他只教初一1和初一3兩班，兩班學生聯合向學校抗議，沒用，誰也動不了他，只能等他教到退休。這一來，英文底子差，我靠著死背硬記，怎麼也上不了九十分。就這科成績，把我學業總成績拉下來不少。

困擾我的，還有那些技能學科。體育科，我體格粗壯，後馬家中學訓練過跑跳，姿勢不好看，能拿成績；球類我就獻醜了，各種球類，從來沒摸過，球規也不懂，不過都是體力的事兒，學起來，也不怎麼難，人家笑就笑唄。美術科，我很喜歡，以前只畫過鉛筆，水彩寫生，我也有些困難。音樂科，是我的噩夢課，我的音樂基本訓練幾乎是零，雖然十分欣賞音樂的優美旋律，班上開同樂會時，我對那些表演小提琴、鋼琴、手風琴、口琴等等的同學，羨慕得不得了！可這些樂器，我也從來沒摸過，對於「豆芽菜」樂譜，我完全看不懂。

王鳳儀的鋼琴從小就請名師教授，她的鋼琴獨奏，是我們班的一塊牌子，可以上舞台表演，和我這個音樂白癡同桌，她熱心教我認音符、讀樂譜，可我就是學不會。她愈熱心教，我學得愈緊張。沒辦法就是沒辦法。有些男生、女生拿我們「師」「徒」開玩笑，我已漸漸學會自然的和女生來往，習慣了人家開玩笑，就不在乎了。

徐中的校風開明，男女生沒有什麼界限，學習的課業重，大家看得清楚，不論初中、高中，每年都淘汰得凶，到三年級固定要減一班，畢業那一關也難。同學個個對自己也看得重，期望高，男女同學鬧著玩，開玩笑，行。要是真個兒去搞戀愛，別說初中咱這些毛娃子，就是高中的學長，也少見到出雙入對廝混的。我們學校附近有一所外國教會辦的「私立欣欣中學」，學校的建築全部是歐洲古典式的洋樓，一切設備合乎國際先進標準，學生的制服講究，音樂隊龐大，各種銅號銅鼓敲打樂器俱全，每回全市學生的運動會或遊行活動，欣欣中學的百人大樂隊沒有哪所中學能比，永遠在熱鬧的會場出盡鋒頭。欣欣高中部男女學生戀愛，是普遍的風氣。他們譏笑徐州中學土，我們嘲笑欣欣中學洋。在暑期大學招生的錄取榜單上，北京、天津、南京、上海各地的全國一流大學新生，徐州中學畢業的年年能組成校友會，那時候，欣欣中學畢業的，偶然考上一、兩個，就算是新聞。

徐州中學的課外活動，都有專門老師指導，讓我們學到很多課本沒有的東西。課外活動的課，全校排在同一時間，年級混合，學生自由參加組別，我參加「文學研究會」，高、初中學生都有。各組課外活動，每學期辦一次展覽或表演，是學校的大日子。

讓我們最緊張的事，當然還是考試。徐州中學的各種各樣考試特多，學校訂的統一考試，每學期有三次月考和最後的期終考。我把每次月考的成績單，先拿回給姊夫看，他抄下來通知二哥，我再把成績單送到「後勤總處」請他們呈給我五大爺王總司令。

我的成績單上，各科的數字都很漂亮。

萬嘉鶴大哥每回都給我寫一封信，傳達王敬久大爺高興的訊息。讓我覺得像似打了勝仗，可以向司令官光榮地報告戰果一樣。

學期結束了。這一學期的總成績我沒拿到期望中的第一名。

國、英、數三門主科，我在國、數兩科都是全班最高分，四科副科中，歷史、生物我的分數也最高，七門學科的總平均成績，我得到九十五點五分，比第一名差一點二分。儘管七科中我有五科超過第一名，可超分不多，成績很接近。英文這一科我只得八十一分，輸掉十五分，整個成績被拉下來，落到了第二名。

我並不滿意。有些生氣，也不能不服氣。

姊夫和姊高興得什麼似的，要通知二哥過來慶賀一番。

到外婆家，兩位表姊看我像什麼稀罕物，直喊：「眞了不起。」

外婆把我摟在懷裡，哭了。

二

1

七月一日放暑假，學校一下子空了。

除了幾間辦公室裡有一、二位值班職員，到處不見人影。南北兩大排教室門窗全關起來，每一間前後門還加上鎖。在長廊走走，腳步敲著地面方磚，回音咚咚在空間迴蕩。也不過是幾天光景，兩座庭園已經蕪穢一片，野草到處瘋長綠得駭人，高柳上的黑蟬無盡無休嘶鳴，七月火辣辣的太陽，也被嘶鳴得有些空寂蕭索的況味。

宿舍區難得這麼靜謐。女生宿舍院子的大門深鎖，全部住宿女生都回家了。男生宿舍這兩棟樓，還有三、五個人，偶然在中庭有一個人碰面。大伙食團停辦了，留下來的幾個學生，併到單身老師的小食堂和沒走的老師湊成十來個人，勉強能開伙。

說不出是什麼原由，我很喜愛這份炎夏中的冷清景象。

姊夫那間木板屋，入伏以後就成了大蒸籠。天熱，穿著少，要去住的話，大家都不方便。二舅在放假前，態度親切兩次三番告訴我，放假回他家住，我還是有些怕，哪敢答應。暑假中，我選定仍住學校宿舍。

「小郭，暑假裡，你搬來我家住吧！有空房間，也沒什麼人吵。有你和恒亨一起，你們快樂，我們大人也安心。」一天到恒亨家，余媽媽提了件讓我心動的事：「小郭，你的功課，門門強，英文稍差些。我在大學念的是外文，平常我教恒亨英文，他不專心聽我的，如果每星期給你倆一起上兩三次課，大概你們就有興趣了。」

我在心裡作一番比較：暑期的宿舍，沒有舍監管了，這十來天，八個人的房間，我一人住，唱、叫、起、睡，完全自由自在。更重要的，學校圖書館照常開放，借書和閱讀比平常方便多了。這生活，鳥兒般任意飛，太痛快了。可余媽媽能教我英文，補上我功課中的一個缺口，太難得了。我就放棄自由自在，來跟余媽媽學英文吧。

「余媽媽，太謝謝你了。我回去和俺舅說說，再搬過來。」

在咱徐州地區有句話「舅爺大過爹」。我的回答，余媽媽很高興。其實，我哪會去給二舅說什麼。我是要和姊夫商量，問他這個暑假我住在同學家合不合適？我非常希望能得到這個補學英文的機會。

這次談話後的第二天，正好是星期日。

我照例在下午兩點左右，先到外婆家看望，再去姊夫家。

進了外婆家大門，感覺又有什麼事了。

木蘭姊迎上來，亞蘭姊跟著。

「表弟，你今天來得正是時候。」木蘭姊告訴我：「昨天，星期六下午，咱家來了兩位稀客，找你。你怎麼也想不到，他們是你六大爺王仲廉將軍的女兒和兒子。在抗戰前，我見過他們。恁外婆和他們熟，拉了半天呱，進去聽她老人家說吧。」

亞蘭姊朝我扮個鬼臉：「表弟，活該你紅了。」

我走到外婆面前，問候她老人家安好。

外婆拉起我的手，拍著：「乖孫子啊，你六大爺也想著你咧！昨兒下半天，派他的女兒和兒子來家裡找你。六大爺要他們帶著你到河南去看他。來的這兩孩子，從前常來咱家，一晃眼就十年了，他倆大樣沒變，我還能認得。女孩叫王潤蓮，比木蘭小幾歲，她告訴我在讀大學。男的叫王中立，說是正念高中。」

木蘭姊幫著說：「他們姊弟倆都在上海讀書。王潤蓮今年剛從上海的復旦大學畢業，王中立還在上海徐匯中學，暑假後，升上高三。他們姊弟暑假要去河南新鄉市看望父親王仲廉將軍，王將軍打電話要他們找到你，一起去河南。」

萬嘉鶴大哥，曾把我父親的拜把兄弟姓名一一告訴我，要我記在本子上。仍在世的四位：老大賈蘊山（江蘇省警察廳廳長兼省保安司令，駐地鎮江），老五王敬久（集團軍總司令，防地山東），老六王仲廉（集團軍總司令，防地河南），老七張世希（陸軍總司令部的參謀長，駐地南京）。這四位世伯，五大爺的防地離徐州不遠，最先聯絡上了。想不到離徐州最遠的六大爺，這麼快就要找我。

外婆說：「你爹拜把子兄弟八個，他是老么。老二、老三、老四是蘇南人，老七是南京人，另四位是咱徐州各縣的小同鄉。大夥兒，本就親熱。五、六、七、八四位更好得一個人似的，房子蓋在城中的戶部街，門挨門，一溜四家大四合院，氣派得很。

「那時候，恁爹從軍中下來當徐州市警察局長，幾位帶兵的在各處跑，都把徐州的家交給你爹照顧。你爹管幾位拜哥家的事像管自己家的事一樣，每家大事小事都由他來扛。平常幾家的太太們幹啥都結成伴兒，要是老爺們回來了，你請來，我請去，總得鬧騰好幾天。我還清楚記得有一年的春節，他們哥兒幾個，從小年夜直鬧到年初六，喝酒、跳舞、打牌，玩瘋了！也難怪，軍隊裡那日子太熬人了。」

外婆忽然記起了什麼，告訴我說：「這來找你的小蓮和小立，比你年紀大很多，他們是你六大爺在蕭縣元配生的。你六大爺後來到徐州又娶了個小的，抗戰時期把這個小的帶到後方。這回，你到河南，見到了可要禮貌周到些，這位不好惹。」

王潤蓮姊弟走的時候留話：「星期一上午我們有車來，跟著就一起去火車站搭火車。」不就是明天上午我要跟他們走了麼？想不到的事，突然來了。

我得抓緊時間辦事：先到余恒亨家，向余媽媽說明突然發生的事情，謝謝她的好意。再到姊夫家，取些貼身襯衣，請俺姊給我準備個出遠門的小箱子。最後回宿舍把東西整理一下，告訴小廚房把我的伙食停掉。

當然，還要帶兩本書、一個筆記本子。

2

我提著俺姊給的小皮箱，從徐中學生宿舍，一大早，趕到文昌巷外婆家。暑假當中，二位表姊在家，外婆一向起得早，難得二舅竟也起來了，整整齊齊，收拾停當，全家迎接什麼人物似的，等著王潤蓮、王中立姊弟到來。

潤蓮姊他們也早，八點半到了。二舅趕忙迎著，接下來問東問西講古道今，前天他們來時二舅不在家，這回就抓住了機會說個不停。外婆、兩個表姊和我坐在旁邊聽著，我覺得潤蓮姊讓二舅的殷勤弄得有些煩了，心裡正自不安，她卻在二舅的話稍稍停頓中，特別轉向我，喊我的小名：

「大朋，你還記得蓮姊麼？在你小的時候，我抱過你哪。」

我的臉一下子紅了。對這位姊姊，我一些印象也沒有，大概那時我太小。倒是對中立哥，我還有很清楚的印象。

「我不大記得姊了。我記得有一年，俺娘帶我到蕭縣你們家去看望六大娘，那回你不在家。你們家的房子很高，四方的大院子裡有好幾棵大樹，一處花台上有一棵石榴樹，結了滿樹石榴已經裂開嘴。立哥摘下兩個大紅石榴給我。」

「蕭縣石榴碭山梨，是咱徐州聞名全國的水果。」立哥問我：「大朋，那時你不過上幼兒園，竟記得這麼清楚。你可記得，後來，我又帶你去蕭縣有名的風景黃山蕩去玩？」

「我記得，有座大山，山澗裡好多大石頭，水清得不得了，很淺，你帶著我在水裡捉蝦子。」

「恁哥兒倆停停吧，這一路上有的是時間給你們拉呱。咱得走了，要趕十點火車。」蓮姊催我們要走了。

「怕啥，咱沒到，火車也不會開。」立哥說。

「小立，你哪能這麼想？」蓮姊說他：「咱們有急事來不及，派人通知火車站長等一下開車，那是人家客氣，平常還是要準時去搭車。這列火車並不是咱的專列，還載很多乘客哪。」

我一直注意著蓮姊和立哥的服裝，又華挺又時髦，本以為在上海的人大概就這麼穿著。現在，我注意到，他們有大官人家的小姐和公子派頭，一種說不出來的啥也不在乎的味道。

停在門外的兩輛黑色轎車，第一輛裡坐著軍人，我們三個坐進第二輛車後座。兩輛車便開往徐州火車北站。徐州火車站有兩處：東站，是南北線津浦鐵路的車站；北站，是東西線隴海鐵路的車站。我們是從徐州西上去河南省的新鄉市，六大爺的集團軍司令部駐那兒。

這是我有記憶以來，第一次搭乘火車。

上了車，我發現，這節車廂座位寬大舒適，坐的人沒幾個。後半截只有我們三個，前半截坐十來個剛才替我們搬行李的軍人。

立哥輕輕告訴我：「這節車廂是專門爲咱三個掛的車廂，前頭的軍人是護送咱的副官和衛兵。」立哥調皮地眨眨眼：「這條隴海鐵路，現在有一大半是恁六大爺的防守地區，坐這火車，咱想咋坐，就咋坐，像坐咱家的汽車一樣；比汽車好，後面還給咱掛一節餐車。」

這讓我體會到，集團軍總司令的勢力，比我想像得大得多了。可是，一些問號也湧上來，我這個孤貧小子，咋眞過起富家少爺的生活了？就算富家少爺，有幾個能有這般勢派？何況，我這個郭少爺，不過是人家說的戲話？本來就不愛說話，心裡被這些問號塞得很悶，更懶得張嘴，傻傻坐著，模樣一定很獃。

蓮姊對我眞好，感覺她像找回了失散多年的小弟那樣，一會兒拉著我的手，一會兒摸摸頭，愛惜問我，抗戰期間這七、八年，我在鄉下過得咋樣？

我把抗戰開始時農村地區到處興起土匪，家裡被搶掠兩位伯父遭到殺害的情況，我讀五年私塾的情況，在後馬家游擊隊的生活情況等扼要說了，並沒把在每年的春荒季節常常捱餓說出來。我不願意詳細說那段艱困的痛苦的日子，每說一回，我感到心被針扎得很疼；更不願意讓人聽到那些苦難經歷來憐憫我。我一直牢記著以前我的老師劉樂山爺爺教我的做人道理，他曾告誡「讓人愛，可不能讓人憐」，這句話最合我心。每當遭遇別人善意相待時，我一定仔細辨認，這善意是憐憫，還是關愛？

立哥緊擁著我：「大朋，你眞勇敢，眞不容易呀！」又喃喃自語：「想不到，抗戰這些年，淪陷區的老百姓遭受這麼多苦。」

蓮姊和立哥，本來都在重慶讀書，去年日本投降後，他們搭美軍第十四航空隊的空軍運輸機在十月份就到上海學校插班就讀。這回，他們一方面是到河南新鄉市看望老爹，一方面也算是王潤蓮姊大學畢業的畢業旅行。老爹特別安排副官帶一個班的衛兵，在隴海鐵路線上的幾座歷史名城，照顧他姊弟每處玩兩三天，最後到新鄉聚會。

我對蓮姊已經大學畢業了，既羡慕，又好奇。不由得便問：

「蓮姊，你眞好，已經是大學畢業了。不曉得蓮姊在大學裡學的是什麼？是文學吧。」

「念的倒是中文系，不過，俺蓮姊不是愛念書的人，抗戰這些年，轉兩所大學，再轉來上海畢了業。混張文憑罷了，也讓俺六大爺了一樁心願。」蓮姊說話爽快，眞有北國女兒的豪氣！她個頭高，估計在一七○以上，體型扁瘦，臉上稜角分明，兩眼稍向上飛斜，走路的步子跨得大，怎麼著也不像嬌氣的小姐。

「咱五大爺已經把你在徐州的生活安排和你在徐州中學的讀書成績告訴俺爹了。」蓮姊說。又拉起我的手：「大朋弟，你的書讀得眞好！你的作文好，喜歡讀文學書，又讀過那麼多古書。我這學中文的大姊，可不敢跟你談什麼文學了。」

蓮姊自己說得坦率，我本想可以和她有文學話題談，就不提了。

「不過，恁立哥也是念書的料子，功課很好。」

「姊，別給大朋弟說我。我喜歡的是理工科目，一點也不懂文學。」立哥一八○的身材，方正的國字臉，濃眉大眼，一條北方漢子。

三個人，都是直腸子，拉一陣子呱，像似沒分開過地混熟了。我感到蓮姊和立哥的本性都極寬厚，加上優越的身分條件，即使在抗戰期間也沒接觸過貧苦生活的社會現實，雖然年齡上比我大很多，可經驗上，他們說的、想的，和我相差很多，我覺得自己比他們老。

中午要吃飯時，李副官請我們到餐車用餐。這節餐車的陳設也分兩部分，靠那頭擺六張小長桌，上面光光的沒擺上碗盤，大概在我們用過之後士兵們再開飯。在中央部分，一張大圓桌，三張椅子端端正正擺好，桌面上鋪著雪白桌巾，四個冷盤、飲料、餐具等早就備齊，兩個勤務兵忙著端菜。總共我們三個，竟上了六道菜加湯，吃，沒有吃下多少；剩，卻剩一大堆。我看，按菜盤的量來說，有兩道菜足夠，太多了，浪費得可惜。我心裡這麼想，不能說，有蓮姊和立哥在，哪有我說話的地方。人家伺候的，本來就是他倆。

李副官也有四十多了吧，行動靈活，陪在旁邊對大小姐和少爺恭敬得不得了。立哥說：「他是俺蕭縣老家人，跟俺爹二十多年，從勤務兵幹到少校副官，到頭了。文化差，再也升不上了。」

火車在碭山、虞城、商邱等幾個大站都停了稍長時間。當地的縣市長、警備司令，得知總司令的大小姐和公子到了，便帶著禮物上車拜會，他們基本由李副官接待，引著見一下王大小姐，恭維一番，最後請代向總司令問候等。每站上來拜訪的人，大概都是這麼一套。

蓮姊很煩，隨便應付幾句，對禮品看也不看，一律由李副官收起來。立哥和我當然照舊聊我們的。有時也會到月台上走走，我看到車站柵欄外的廣場，黑壓壓一片儘是衣衫襤褸的農民，有的背個大包袱，有的挑兩個柳條筐子，坐著，躺著，在等搭普通慢車。我們地理課說，河南省除了南陽平原那一塊地方，大半是土地沙化嚴重的貧瘠地區，我猜想這些農民也許是要跑出去找活路的。

下午三點多鐘，火車到了開封。開封是河南省會，也是一個歷史名城，我們要下車遊覽三天。

我很興奮，緊跟著立哥，心想在開封這座古城能像歷來的名士般尋幽訪勝，太好了。

「恁倆這幾天可別亂跑，」蓮姊提出警告：「咱到開封作客，可別給人笑話。」

原來河南省政府主席劉峙今晚要宴請我們。劉峙是陸軍上將，總指揮河南地區的軍事活動。六大爺王仲廉的第十一集團軍的部隊，也在他的指揮權限之內。蓮姊告訴我倆，雖然咱第十一集團軍不過是名義上受他的指揮，可人家那麼高的官又正式宴請咱這三個學生，算給足了俺爹面子，咱在開封這幾天，就全依人家的安排。

我們被安排住進省政府的嵩山貴賓館，稍稍休息，就搭乘原來的禮賓車去主席公館。

劉峙主席在庭園裡的花廳等候著我們。

見面之後，主席告訴我們，他請我們提早過來，爲的是陪我們參觀他這座花園府第。這座府第，也是開封的一處古蹟勝地，從北宋以來，歷經毀壞修復，總是一些親王府邸。民國成立設爲園林文化研究所。日軍侵華，佔用作前進指揮部司令官的官舍。

「我們在抗日勝利後接收過來。現在，省主席的官舍還沒有合適的地方，我就住進來，打了八年仗，該享幾天福啦。」劉峙主席，穿一件白紗長衫，身材微胖，臉色紅潤溫和，若不是蓮姊告訴過他是陸軍上將，我怎麼也不會認爲，他可能是一位統率部隊的大將軍。

劉峙主席引導我們參觀，到處林木蔭鬱，曲水小橋，地方太大也只能參觀一部分地方。在一間高大的花房裡，我們停得較久，也看傻了眼，幾百種姿態各異的盆景，置在高低錯落特別設計的基座上，展示出主人高雅的情趣。在七月天，花房周遭濃蔭蔽空，竟不覺得暑氣。主席指著幾盆遒勁蒼青的老松：

「這幾盆已有好幾百年的樹齡了。園藝家評鑑是罕見的無價國寶。據說日軍有意搬走，要呈獻給天皇，可他們一夜間投降了。」

晚宴設在待客花廳旁的一座雕花水榭上。水榭的正中央，周邊雕著盤龍的巨大紅木圓桌和十六張太師椅，襯在漢白玉地面上色彩華貴耀眼；從雕刻精緻的拱形屋頂，垂下花朵般五座水晶吊燈，整間水榭的景象輝煌得像在夢中。

劉峙主席端坐居中的主人座位，我們三個，靠他右手邊依序坐下，陪宴客人也各自就位。主人先介紹王仲廉總司令的大小姐、長公子，大家相互點頭為禮，介紹我時：

「這位郭少爺是咱黃埔一期郭劍鳴將軍的公子，郭劍鳴過世前任過委員長的侍從參謀，和王仲廉、王敬久他們是結拜兄弟。這回一起去新鄉探望他的世伯王總司令。」

我站起來對大家行禮，發現客人對我的表情，各自不同，很複雜。這種情況，我早就想到，一點也不在意。

我很驚奇的是，這些四、五十歲的高官，每人身邊坐著一位漂亮的年輕夫人，歲數都和俺潤蓮姊差不多大，這是怎麼回事？胡亂想著，完全沒注意聽這些高官的頭銜和姓名。

這頓晚宴，酒席的豐盛讓我大大開了眼界，從來都想不到，大官的酒宴是這麼豪奢。上菜、撤菜，流水般也不曉得一共有多少道；在身旁服務的女侍有六個，站在周邊的副官和水榭外巡守的衛士大約有十來個。這席晚宴，進行兩個小時，添杯換盞，敬酒勸菜，弄得我頭昏眼花也不曉得一頓下來吃了些什麼？

回到賓館，大家都覺得這個晚宴很累人。

蓮姊說：「咱們年輕，不習慣，他們那些大人物，經常請來請去，不這麼熱鬧還不行哩！」

忍不住，我還是提出疑問：「怎麼那些夫人都這樣年輕？」

蓮姊的臉上浮現一絲尷尬。立哥便對我說：

「你注意到沒，蓮姊和我，對她們只點了個頭沒打招呼，她們其實並不是眞正的夫人，只是陪那些大官應酬的臨時夫人。」見我一臉疑惑，「大朋，你還不懂是不？老實給你說吧，官做大了，多數在公館以外，另有小公館，小公館裡，養個年輕漂亮的小夫人，就是這麼回事，誰也不見怪。」

「小立，你倒是挺懂嘛！」蓮姊打趣說。

「見多了，再傻也明白。反正我這輩子不想當官。」

接連兩天，我們遊覽了相國寺、鐵塔、龍庭等古跡，陪從的人多走馬看花一場。倒是一次登上開封城墻北望，景象讓我吃驚，只見郊野的田畝完全被白沙覆蓋，從西北吹來的浮沙，經年累月堆積成厚厚的沙層，把外面的城墻掩埋得接近到垛口。在土地裡打滾成長的，我深切了解，缺水，禾苗沒法子活；河南的農民在風沙侵襲下，他們的生活是如何貧困？看這景象完全可以體會出來。

從開封西行，我們遊覽了鄭州兩天，洛陽兩天，西安三天。加上開封前後共計十天的中原古都之旅，看起來，蓮姊和立哥玩得挺高興，對我來說，不如預想快樂。坐車、吃住、遊覽，都被包裹得嚴嚴密密，簡直一點隨便亂鑽的縫兒也沒有，讓我野慣了的性子幾乎悶煞。可思想上得到很多啓發，旁聽他們談話，說到了上層之間的許多事情，原來這些大將軍們，手握兵權，對防區地方的事什麼都管，甚至許多官員也是他們推薦委派的，很像皇帝時代的藩鎮。我在後馬家中學接受過三民主義思想訓練，現實的景象和中山先生的主張，實在差得太遠了。每到這時，我就想到孟子「盡信書，不如無書」的話，明白書本寫的不一定眞實，什麼事，必須親眼看到，才能算眞。

從西安折回鄭州轉平漢鐵路北上，第一個大站是新鄉。我們搭早晨六點西安發的特快車，到達新鄉已是下午五點。今天是七月十八日，星期四。

蓮姊和立哥住在上海的家，新鄉的家他們也是第一次來。在車上，蓮姊詳細說明這邊家的情況：六大爺和姓江的二夫人、三個男孩，住在一起。元配夫人他們姊弟的母親，另住一棟樓房。吃飯在一起，六大爺坐中間，兩位夫人分坐左右。這次回來，他姊弟當然是住母親那棟，估計六大爺會讓我也住那棟。飯桌的次序，兩位夫人的孩子各自依序坐在自己母親旁邊，蓮姊讓我坐在立哥下手。她特別教我，對他們的母親要按家鄉規矩喊大娘；對二夫人，他們喊江姨，讓我按時新的習慣喊伯母。蓮姊一再叮嚀，坐的次序不能錯，稱呼更不能喊錯。我用心記住，這麼複雜的事，不用心不行。

一位姓婁的中校接我們，他迎上來，行一個軍禮，問大家好；再和李副官接頭，交代一番。招來總司令部的禮賓車，他拉開後車門請我們坐好，再跳上司機旁座位，令司機開去總司令公館。

這位婁中校和李副官完全是不同型的軍官。我心裡做著比較：婁中校的口音是江南人，中等個頭，面貌白細潔淨像個文人，可他處理事情，乾脆俐落的樣子，想必很能幹，看起來頂多三十歲，已經掛上兩朵梅花，在總司令身邊當上機要參謀了。這和李副官那種一片忠心跟隨主子的模樣，兩個相差很多。

「大小姐，您還沒來過新鄉吧，」婁中校的話語很輕：「新鄉是一個軍事重鎮，城市的工商業也還算發達，人口五十多萬。我們第十一集團軍總司令部在城北十公里的一片高坡上，原本是日軍所建的中原地帶的大營區，總司令公館挨著營區，也是日本軍區司令官舍，蓋得非常漂亮。」

「大小姐，您搭的火車進站時，我已打電話向總司令報告了，」婁中校說：「總司令今天下午的軍事會議剛開完，他指示車子直接開到公館的宴樂樓。」接著，又殷勤介紹：「公館是三棟品字布置的洋樓，居中的宴樂樓最大，總司令接見重要客人、舉行宴會和休閒活動都在這兒。左右兩棟是住家。大小姐，令堂大人住的叫東樓。」

車子很快就在宴樂樓前停下來。樓前廊下站的兩名衛兵，前來替我們拉開車門，潤蓮姊帶頭，中立哥拉著我的手，轉過一道屏風，進入一座大廳燈光輝煌耀眼，來不及多看，只見長條大沙發上，端坐著將軍和夫人。蓮姊、立哥快步上前，深深鞠躬，同聲喊著「爹、娘」，蓮姊回頭對我說：「大朋弟，還不快來見恁六大爺、大娘。」

我走到他倆跟前，跪在地毯上，恭恭敬敬分別向他倆磕下一個頭，大聲喊著：

「六大爺好！」

「六大娘好！」

起身，站在立哥下首，眼睛向他倆覷著。

六大爺坐在那裡就很巍峨，身材可能比立哥還高，可並不粗壯，長方臉膛，眼睛上斜而嘴角下垂，很是威嚴嚇人。他穿一身草綠軍服，肩章和領上的兩顆金星閃爍，胸前掛一大排五顏六色的勛章讓人看得眼花，這麼靠近一位集團軍總司令，心裡有點發毛。旁邊的六大娘，老式貴婦裝扮，大廳內冷氣開得很強，大娘在黑紗旗袍外面還加一塊白絲披肩，秋月樣臉龐上沒有多少皺紋，笑笑的把細長的眼睛擠得更細，慈眉善目的模樣，很是可親。

「哈，是大朋呀，」六大爺笑得很溫和：「這八年抗戰，你已長成個大小伙子啦！見了大爺大娘，磕了頭，好！好！是個好孩子。」

「大朋呀，還是咱家鄉的規矩，是個好孩子。」六大娘說。

六大爺從身旁矮桌上，拿起一個紅包遞給我：「大朋，你給大爺磕頭，可不能白磕，來，給你一個見面禮。」

這個紅包很厚，我有些遲疑，對六大爺說：

「六大爺，大朋不會花錢，在徐州，五大爺每月給的，夠了。」

「咋啦？恁。只許五大爺疼，六大爺就不能疼了。」六大爺也是會開玩笑的。

「傻大朋弟，六大爺給的，還不快謝了收起來。」蓮姊一旁幫腔：「恁六大爺偏心，給恁紅包，就沒俺的份兒。」

「丫頭，什麼時候少過你倆的？」六大爺回給女兒一句。「我開了一下午會，你們也坐了一天火車，大家都去洗把臉，等會兒六點半，來頓團圓晚飯。」

六點半，大家都到餐廳，依序坐定。六大爺換了便服和二夫人一起出來：「大朋，來見見你這一位伯母。」

我離座走到二夫人身前，深鞠一躬：「伯母，您好！」

六伯母摸一下我的頭，滿臉含笑問六大爺：「這孩子，我以前見過吧？」

「咋沒見過？雖說你在徐州住的時候不長，可他外婆家那座四進院子的大宅，你不是去過，直說那老戶豪門的房子，真夠氣派。不過那時你跟他娘不怎麼熟，他也還小得很，你就沒多少印象。」

這位六伯母比蓮姊頂多大個十歲，從頭到腳都很時髦，長得當然也美，三個小男孩，最大的才剛上小學。

這頓團圓飯輕鬆愉快。六大爺說我：「恁五大爺到今兒還沒見過你，可他已把你誇得上了天。說你在學校念得好，又有古文底子，文章有劍鳴的遺傳，能寫。哪天有空，我倒要考考你。」這當然是給我玩笑罷了，我的心還是撲通幾下子。

飯後回到東樓。這棟樓的設施，一應俱全。樓下是客廳、起居室、琴室，也有餐廳、廚房，後院附建的幾間平房，是女佣、雜工宿舍。樓上一層，主臥室外，另有四間臥室，每間都很寬大，附有浴衛間，有伸出去的觀景陽台。

六大娘把我叫到跟前：「大朋啊！俺又見到你這孩子了。當年，他們兄弟四個，在徐州連門住著，你爹就是四家的總管，你娘活得很，也把咱四家的大小串連起來。不過，賈大嫂人孤，不大理人；老五的那一位，常年病病歪歪的；老七的，上海人，有些洋氣；你娘和我最好，賽過親姊妹。」說到這些，六大娘的眼睛瞇著，好像看到過去的時光，一種細細的眼神望出極遠極遠。

忽地，她老人家把眼光收回，手向西樓指一指：「西邊那位，進王家的門晚，和你娘沒處熟。她啊！臉俊，嘴甜，心深得很！你娘說她太厲害，不敢多去招惹。」

六大娘讓我住在立哥隔壁那間。立哥要帶我去時，她又拉住：「小立，等一等，俺還有件禮物要給大朋。」從桌子抽屜拿出一隻手錶：「這隻錶可是一隻好錶，是名牌浪琴錶。你六大爺只戴了三年，他嘛，喜新厭舊，換了隻勞力士。我收著打算給你立哥，現在你立哥已戴上一隻新浪琴，這隻就給你吧。好好用，能戴幾十年。」

六大娘替我把錶戴上。

整晚，我激動得不得了。從六大娘身上，我又看到，在老家小店，把我疼得像寶貝樣的，俺那個娘的影子。

咱老家鄉下人說，早起的鳥有蟲吃。我是早起的鳥，不為吃蟲，只是習慣了「黎明即起」。怕吵到人家，我等到太陽露了臉，才走到樓外散步。夏天的太陽一出來就熱烘烘的，可空氣乾爽，天空藍得透明，亮晃晃朝陽下，我看清楚了六大爺的公館，不是昨天婁參謀所說的漂亮能夠說準的。三棟桔黃色的洋樓，華麗得金子般不必說了，背後一座緩緩隆起的土丘上，一大片森林全是葉片硬挺的鑽天白楊，樹幹筆直乾淨老是把一樹葉子搖得嘩啦啦的響。東樓旁側是座大游泳池，西樓旁側是塊網球場，三棟樓前面，展開兩三畝的草坪平坦得像四大片綠地毯，交點上，突出一座漢白玉砌的荷葉形噴水池，水柱繽紛起落高的衝到兩丈光景。整座官邸就是一座公園，我想繞一圈走走，可總有些崗衛、巡邏和整理花木的士兵對我敬禮，走不成了。

早餐也是按照規矩坐定，等六大爺來了，大家再讓女佣取餐。餐點中式西式都有，隨自己點，用餐時，大人談話，孩子們不准出聲。

「你們三個回來過暑假，我把婁參謀調派給你們，他有文化，可靠，要幹什麼，要到哪，全由他照管。」六大爺對我們交代，「平常嘛，我有空也會回家和你們聊聊，星期天大概會在家的。」

我們的日常生活，聽從蓮姊安排。她說「俺黑，經不起曬，咱出去看看得早去早回，八點上車最遲十一點回來，避開大中午的毒太陽。」好在新鄉地面不太大，可看的地方也就在車程個把小時以內。我們看了幾天，覺得沒有多少看頭，漸漸懶得出去。參觀以來，最吸引我們的地方，就是官邸旁邊的集團軍的總司令部。這個龐大營區，僅從高聳的城堡樣營門，還摸不清裡面的規模，進去以後，發現規模龐大像一座獨立城市。道路縱橫，營房、訓練場、辦公樓、綠地排在每條路旁，無窮無盡，不曉得有多少場所。每一場所的官兵活動，也像機械般整齊劃一，空氣中到處散著軍隊的嚴肅氣息。

車子花四十多分鐘把營區兜了大半圈，停在一棟劇場前面。婁參謀向我們說明：「整個營區，都是接收來的。日軍對這座大營區設計建造得十分齊全，包括水電和新鄉市分開，特設發電廠和自來水系統，不論氣候多麼乾旱，營區的深水井都能保證水電正常供應。接收以後，我方在營區的建設只有兩處：一處是營門前高台上的『革命導師』蔣主席立姿銅像，一處是這座『介壽堂』。這座介壽堂由集團軍工兵部隊全力施工蓋了半年，裡面的聲光設備按照美軍的標準，當然所有器材也是美軍供應。會堂有一千五百張座椅，是專為總裁以後視察北方軍事集合軍官訓話用的。平常可以放電影、演戲。」

剛進營門時，那座巨大銅像就讓我一驚，在徐州，只在徐州公園見過一尊孫中山先生的半身銅像，不過一公尺高。這回經過四個城市也沒見過蔣主席的銅像，本來我還以為銅像是紀念逝世偉人的哪！這座宏偉的介壽堂，也讓我心裡嘀咕，工兵部隊出全力蓋這麼大的劇場，不曉得要花多少錢？

婁參謀說：「總司令不單是大將軍，也是會辦工廠的企業家。」他帶我們參觀了六大爺的兩家工廠。一家食油工廠，一家織布廠，都在新鄉西關外。我們看到廠房一間連一間，機器巨大，運轉的聲音震得耳朵生疼，許多工人，在生產線上忙個不停。婁參謀說，這兩家工廠的產量大、品質好，從前是日資工商專門供應軍方，現在產品有一部分也銷當地市場，很受民間歡迎。蓮姊和立哥參觀工廠時興奮得滿臉歡喜樣。我聽到六大爺的工廠從前是日資工廠，也看到有些廠房山墻上還有日文的痕跡，心裡又嘀咕得很，這些工廠大概是接收的吧？

每天下午，我們都在公館活動，蓮姊他倆，游泳，打網球，或在室內玩乒乓球、撞球，這些，我統統不會，就鑽在六大爺書房裡。書房很大，多是些政治的、軍事的書籍；可也有一架中國古文學書籍，我在私塾讀的一些基本經傳都有；另有些子書、全集，正是我想讀的。便像書蟲般鑽進去就是大半天，哪有比在冷氣房讀書更快活的？

六大爺對我喜歡讀書，很愜意。他讓我背了幾章《詩經》，和〈孟子．盡心篇〉的幾章，大概就算考過了。六大爺下午空閒的時候，常來書房找我談話，問到我的過往，我就老老實實地詳細回報，一點也不敢含糊。他好幾回聽了嘆氣，告訴我：「孩子，以後別愁，你幾個大爺不能再讓你失學了。」

每天晚餐，全家最快樂了。廚房的掌廚師傅，除中國菜外，有的會做西餐、有的還會做日本菜。總司令公館的菜品，市裡的大餐廳也沒得比。六伯母很會鋪排菜單，蓮姊也在行，晚餐菜色經常變著花樣。六伯母嘴巴是甜，她常說：「老爺子太辛苦了，得好好侍奉，咱大家也跟著沾光。」

這麼嘻哈舒散的過了快一個月，一天下午，六大爺把我叫到客廳，坐到他身邊。

「大朋呀，這幾天，恁五大爺和我商談了幾回，覺得把你放在徐州中學還不是個辦法，長久之計，必須弄到江南去念才行。」六大爺莊重地和我談話：「現在，國家大局穩定，可共產黨是個禍根子。我河南這邊目前沒多大事，恁五大爺魯南蘇北那一帶，國共雙方大仗沒打小仗不斷。美國佬不知道共產黨多壞，偏在中間瞎攪，逼咱給共產黨講和，不准幹大仗。綁住咱的手腳嘛，總裁哪會真聽美國那一套就把共產黨給饒了？大家都估計到，國共這個仗，早晚非打不可。一打，徐州是最大的軍事基地，所以，我們得讓你到江南去念。

「到江南念書，今年不比去年剛勝利啥事都好辦，江南中央大員多，咱們這總司令不比在前線吃香。學校嘛，要你自己去考了，憑你的學業成績應該沒什麼問題。花費嘛，要咱自己出了，這方面有幾個大爺來管，你用不著操心。

「到江南哪裡？要念哪家學校？這就得靠恁七大爺安排。他在南京，地方熟，也有人面關係。大家都聯絡好了，後天，八月十六，我這兒有一架飛機要飛南京，我派人跟你一起搭機到南京，趁暑假還有十來天，讓你到七大爺家住住，各方面先熟悉熟悉。」

飛機是從開封飛機場起飛。八月十六日清早，我向六大爺全家一一告別。立哥堅持跟著婁參謀送我到開封機場，兩地的車程只要一個多小時。我拎著自己的小皮箱，一名護送我到南京的徐上尉背著六大爺的一大包禮物。登車上路。

回望那座美麗的官邸，夢幻般迅速在身後消失。我，仍舊是無根的浮萍，孤獨一葉。

3

這是我第一回搭乘飛機，搭乘的是一架巨無霸軍事運輸機。

徐上尉的正式職務是連絡官，在總司令部跟隨長官與外賓會談時做翻譯，整天和洋人打交道。他介紹說：「這種運輸機是當前世界最大的飛機。美國支持我們抗戰勝利後的迅速接收工作，派出空軍第十、第十四兩個航空大隊協助，在短短幾個月內，把政府的接收人員和五十萬大軍從四川、雲南運送到全國各地區，就是這種飛機。要不，咱們國軍恐怕要一年才能到達東北地區。這種飛機可以讓坦克車，無後坐力大砲直接開進機艙，步兵每次可以運送一營武裝部隊。當然，飛機上的駕駛和機組人員全是美國人，咱們派調飛機，要經美軍駐華顧問團協調同意。」

「他們的餉，可要咱政府來發？」我問張上尉。

「這個問題你問得很有趣。郭少爺，」他笑著回答：「現在咱們政府很多方面的經費還靠美國幫助，哪要咱發給他們軍餉？咱就是要發也發不起呀，他們軍餉要發美金，餉金高得嚇人。」

登上飛機，發現這架是送物資過來的回程機。整架飛機空空的，機艙前頭有五排座位，機組人員外，只有我們兩個乘坐。

飛機九點正起飛，一小時後，降落南京明故宮機場。

我告辭時蓮姊提醒我：「大朋弟呀，你到南京七大爺家和咱家可不一樣。七大爺的夫人是上海人，洋氣。你要記得，喊伯父伯母，不能喊大爺大娘。」

七伯父派一位中校到飛機門的扶梯前接我。張上尉和他接過頭，移交了六大爺的一袋禮品，護送任務完成。我向他握手道謝，跟隨中校坐上一輛又寬又長的寶藍色大轎車。這麼豪華的轎車，在我到過的五、六個北方城市還沒見過。

中校從司機旁座扭轉過身子自我介紹：「我姓顧，參謀長的交際科長，歡迎你到南京來。」他伸出手和我握一下，握得很用力：「郭少爺，這幾天，參謀長提到好多回，說你要來公館作客，讓我把住處一切準備妥當。」他的南方口音的普通話，說得很柔軟。

顧科長見我在打量車子，便介紹車：「這輛車是夫人專用的一輛車，新購的美國凱迪拉克大房車，十二汽缸，馬力特大，在南京、上海也算是頂尖兒的。郭少爺可能還不大知道，咱家夫人是位實業家，經常南京、上海來回跑，生意做得大，參謀長的大半個天是夫人撐著的。」頓了頓，顧科長又解釋：「參謀長的座車是黑色的福特，政府的大官就配給那種車。上午，參謀長到總部辦公，夫人特派了她的車來接郭少爺。」顧科長滔滔說著，我用一隻耳朵聽。兩隻眼睛看南京街景。

南京，是中華民國的首都啊！今天我踏上首都的土地了。也不知道這城市有多大，明故宮飛機場是在城墻內的機場，出機場右轉，車子駛上一條又寬又直的大道，大道中間有六線快車道，兩側各有二線慢車道，再外邊是人行道。我發現大道有兩種特別的景觀：一是人行道和快慢車道的分隔島上，共有四行八排粗大的梧桐樹，梧桐的枝椏交錯在空中，茂密的大葉片便織成一條綠色甬道，整條馬路都蓋在綠蔭下，擋住盛夏炎陽的威力。夏天的南京比起北方並不怎麼熱，大概這些梧桐樹搭的甬道，讓馬路蔭涼不少。二是快車道是現代的柏油路面，慢車道是石板路面。慢車道給馬車走的，馬車可坐四人，由兩匹馬拉著，馬蹄得得敲在石板上，洋溢著古風，和快車道上飛馳的汽車，相映成很有趣的畫面。

「請問，顧科長，這條路叫什麼路？」

「這條是中山東路，是南京最重要的一條東西大道。向東，出了中山門可直達中山陵。向西，通到漢中門。參謀長公館就在漢中路旁邊的特級住宅區，車子一過新街口，很快就到。」

「這條中山東路的梧桐樹，遮蓋了整條路，眞是壯觀。」

「路旁的梧桐樹，是南京的一景，每條路上的梧桐樹都一樣。」

汽車駛出幹道在瑯琊路二十號一棟大宅前停下。大宅圍著一人多高的花崗岩石墻，黑色雕花的大鐵門安在兩根黑色大理石的柱子間，右邊這根柱子崁一塊漢白玉長條，刻著「旭園」二字，描金魏碑，遒勁有力，正配上大宅的氣勢。

司機按一聲喇叭，鐵門緩緩打門，車子開進庭院。

主樓旁的一排車庫，停了兩部車子。

「參謀長已經回來了。」顧科長拎著我的小箱子和六大爺的禮品，對我說：「郭少爺，我來帶路，去見參謀長。」

我匆匆瞥一下主樓，三層，每層墻面下部是花崗岩上部砌紅磚，都有很寬的迴廊，上下三層迴廊的高大石柱，襯起房子的敞亮華美；樓的整體造型近似正方形，估計短邊超過二十公尺，寬大厚重像一座美麗城堡。

眼前這樓和六大爺公館長條型的兩層白樓，風味完全不同了。這棟是新蓋的也貴氣得多。我一邊想著，一邊隨顧科長登上五級台階，步入一樓的弧形拱門。迎面一條很寬走道，直通到底，把樓層隔成兩塊。進了右邊的一道門，豪華的大客廳讓人的眼睛發花。可也一下子就看到七伯父和伯母坐在中央的一套白色沙發上正談什麼，伯父看到我進來了，便向我招手。

我跨前一步，對七伯父鞠躬，輕聲喊：

「伯父，您好！」再對伯母鞠躬：

「伯母，您好！」

顧科長把東西放在靠墻的檯子上，悄悄退到客廳門外。

七伯父和伯母點點頭，兩雙眼睛上下打量我。

「少鳴侄兒，從前你還是白胖胖的娃子，現在長得這麼壯，哎，劍鳴也是有後了。」又問：「你可還記得七伯父、七伯母？」七伯父的形象文雅英俊，面容白皙，鼻梁線條挺直，一頭濃髮黑得像年輕人。如果穿上軍服，肯定是文質彬彬的儒將。我囁嚅著沒答他的問話。

「少鳴的相貌厚實，爸爸，你看他是不是有些獃氣？」伯母把七伯父問得一愣。不等回答，七伯母又說：「其實，你要看他的眼睛，眼小，有光，是聰明男人的眼睛。少鳴呀，腦筋靈光來哉！」

我注意到七伯母稍稍上斜的鳳眼炯炯逼人，加上微隆的顴骨，顯現著女傑的風采。七伯父笑開了：「少鳴侄兒，你伯母喜歡你，對我開了個小玩笑。以後你可要拍拍伯母的馬屁噢！」七伯父也回了伯母一記。轉頭喊侍立門外的顧科長：

「小顧，進來！」交代他領我去住處，安排妥當，半小時後再來客廳說話。

我看一下錶，十一點正。向伯父、伯母鞠躬行禮，跟顧科長出了拱門，右前方幾十步遠一座小樓立在幾棵大樹旁，小樓的外型和主樓完全一樣，只是具體而微。樓層低，單層面積大約幾十平方，小拱門的白石框上，刻著「鳥語小築」四個柳體描金綠字，是一座精巧的客樓。小樓一樓，也有客廳、餐廳和小廚房。二樓、三樓各有一間客人套房。現在，整棟小樓就只我一個人住。

顧科長請我住在三樓，帶我看了套房的起居室、臥室、浴室，一一細心介紹：起居室的冰箱已放了幾種水果、汽水，和一些餅乾等，用了以後會補充。臥室一張大床，寢具齊全，床單、枕套三天換一次，內衣褲四套整齊疊放衣櫥抽屜裡，拖鞋放在衣櫥的檯面上。這層樓的空調開關設在床頭，可調溫度高低。浴室的冷熱水由樓頂的中央系統全天供應，衛浴用品、大小毛巾全套擺好。洗換的衣服丟在竹籃子裡，每天上午女傭整理房間會拿去清洗。最後，他指著跟在旁邊的李科員說：

「這個小李是負責爲你服務的專人，郭少爺有什麼需要，買什麼東西，儘管吩咐他。他就住在旁邊的警衛宿舍，打電話，他立時就到，你要上街，他可以奉陪，也可以開車，送你去較遠的地方。」

我謝謝顧科長，請他們忙別的事。等會兒我自己可以去大客廳。

這座小樓的套房太高級了！我察看了各種傢俱設備的製造廠，全都是美國貨。我們住過的那些高級大飯店，哪一家也夠不上。忽然，我想起在新鄉時，有一天閒聊起來，立哥對我說：「大朋弟，你可知道，你的這幾位大爺裡面，最闊的就屬你七大爺了。他家我去過兩回，他家那種南方有錢人派頭，講究豪華的程度精緻到不行，咱北方佬再怎麼排場也和人家難比。以後你見了就知道，你那位七伯母，本領大得通天，好像沒有什麼事她辦不成的。」

「小立，你在說七嬸是吧？七嬸當然是個能人。」蓮姊從旁插話：「她能在上海灘炒外匯、玩股票，這本領可不是一般。」

「蓮姊，炒外匯、玩股票，這本領是些什麼呀？」

「這裡面學問大啦，我在上海這一年，只知道一點點皮毛。這是錢滾錢，說了你也不懂。」

進了七伯父家，眞的，到處都能感覺出來，他們才眞是有錢人。我洗了臉，掐準時間，提早兩分鐘來到大客廳。

七伯父讓我坐到他旁邊。

「少鳴侄兒，你這些年在銅山鄉下老家的生活，我已經聽說了。倒是你在徐州中學讀書的情況，我想聽你說說。」

我把上個學期的學習情況，給伯父、伯母報告。特別告訴他們，我有十篇作文被老師選出來張貼在「優良成績欄」，其中五篇貼在「全校優良作文欄」，這是我心裡得意的事，說出來讓他們知道。

「好孩子，你還眞有你阿爸文學才氣的遺傳哪！」七伯父說：「回去後，抄一兩篇，寄來給伯父看看。」

「除了國文，你最喜歡哪科？」伯母問我。

「數學，我也喜歡，上學期的期中考試，我的數學考了一百分。」這也是我可以誇耀的一點。

「要說喜歡，我最喜歡英文，我想學好英文將來能讀原文外國文學名著。可是，我的英文不行，只能維持八十幾分，上不了九十。」

「想學英文，找你伯母就對啦！她是上海聖約翰大學的，算是英文專家了。」

「我倒願意教教這孩子。」七伯母說：「可我這幾個月太忙，他又住不了幾天。以後能住久些，讓我來教教看。不過，能考到八十幾分的英文，也算可以啦。」

「謝謝伯母，我會再用功些把英文學好。」

「這孩子，我很喜歡，爸爸你想法把他弄來南京念吧！」

「不勞你操這個心，媽媽，」七伯父說：「這些天和五哥、六哥正在商量這件事。」

「十二點了。」七伯母揚聲喊：「江嫂！」

「是，夫人。」一個三十多歲藍布褲褂的素淨女子從側門閃進，垂手站在伯母跟前：「請夫人吩咐。」

「後面準備好了麼？」

「夫人，後面完全準備好了。」

「你去請二位小姐，請她們馬上下樓來用餐。」

「是，夫人。」江嫂輕輕退出。

「我們先進去吧。」七伯父站起來。

大客廳，正門之外，另有兩道側門，其中一道通向餐廳。

剛才和七伯父、伯母談話時，趁空，我瀏覽了大客廳的布置：整體採華貴的黃色系，從天花板的浮雕，到厚軟的地毯圖案、花架、燈台、壁龕、桌椅等等，一律是歐美古典樣式，還有懸掛的巨幅油畫，一些花瓶、塑像、燈飾，曾經在外國的宮廷電影裡看過，忽然置身在這般高貴的環境，竟覺得幻象般有些不大眞實。進入餐廳，陳設和客廳的風格一致，我注目的中心，在餐桌上。餐桌是西餐式的長方桌，桌面寬大周邊和桌腳盤著玫瑰花枝的雕飾，漆金的串串花朵凸顯出非凡華麗，六張大圓背餐椅盤著同樣雕飾。室的那頭也有這麼一套餐桌椅。五隻雪白餐盤和餐巾擺放米色桌布上，桌中央一大盆插得姿態別致的鮮花香氣四溢。江嫂和另一個年輕女傭垂手侍立在兩端角旁。

七伯父坐在餐桌一端，伯母坐另一端，伯母指令我坐在她左首的橫邊第一張椅子。他們的兩個女兒下來了，坐我對面的椅子，大女兒曉青長我三歲，讀高一，靠近父親座位，小女兒曉藍，讀小學五年級。大家坐定了，伯母把兩個女兒和我互相介紹了，曉藍突然發問：

「媽咪，我該怎麼喊這位哥哥？」聰明的女兒一下子把聰明的母親問住了。要是彼此呼叫名字，不合適，名字加上稱呼，也不太恰當。伯母惦量一番，說：

「大家就按照排行來稱呼吧，曉青喊少鳴大弟，曉藍喊大哥；少鳴喊曉青大姊，喊曉藍小妹。好了，一切OK。」七伯母做了個俏皮手勢，大家都笑起來。一絲不苟的伯母，也滿風趣的。

我原以爲要吃西餐，開始上菜我才明白，吃的是中餐，吃法是西式。每道菜由女傭端著，先請女主人再請男主人選菜，由女傭把菜撿在一隻小盤裡放到各人的面前；然後，輪到我們三個，依年齡次序進行。這種分菜方式，進退合規矩，衛生而且適意。只是每道菜都得撤盤、上盤，加上添斟飲料，兩個女傭儘管輕巧靈活也忙得夠瞧的。當然這是高水準的享受，就從餐具看：象牙筷、長把銀匙、細白的青瓷碗盤等，新鄉的六大爺公館就差得遠。難怪立哥說「精緻到不行。」這句話，若沒親身體驗過，還是難以明白怎麼個不行法。

餐桌上，話語細柔，進食的動作輕緩，使用杯盤不能碰撞出聲音，也挺有規矩；可在有序的節奏中，又散發著自由的輕快的氣氛。

「今天下午，爸爸給自己放了假，難得的，媽媽也有空閒，」七伯父說：「來了這位遠方的小客人，下午咱們去玄武湖遊湖吧，星期五，估計遊客不太多，船容易坐上。遊完湖，就在湖心島上的百花洲大飯店用晚餐。」

「爹地，天這麼熱，我不想在外面餐館吃飯。」大姊說。

「我很想念綠柳居噢！媽咪，你不是說綠柳居的素菜咱家裡的廚師怎麼也做不出來麼？」小妹向媽媽撒嬌。

「這樣可好？」伯母說：「先去遊一陣子湖，再到新街口逛逛中央商場。綠柳居嘛，咱們挑幾樣特色菜和點心回來，晚餐不就有綠柳居的素菜了。」

「媽媽決策英明，大家一致通過。」伯父故意打著官腔捧場。

「我可沒投這個贊成票哦！媽咪。」曉青給媽媽做個鬼臉。

「好嘛，改成多數票通過。」伯母說：「乖女兒，行吧。」

下午兩點，我們的凱迪拉克出發。

車子滑行在梧桐搭架的天棚下，太陽把深深淺淺的綠蔭一波波迎面潑過來；駛出梧桐甬道時，一座古老的巍峨城門高聳在眼前。七伯父告訴我：「古城墻是明朝初年在歷代基礎上修建起來的。現在環城的墻很多地方已遭破壞，東北這一片，還保存得很完整，另外，古城十三座城門也很完好，這座玄武門外，就是明朝操練水軍的玄武湖。湖面非常遼闊，湖水從東側紫金山的泉水匯來。」

我們走出玄武門。在遊湖的畫舫上，舉目四望，湖水貼著蒼老斑剝的古城墻根，透明的綠波盪起無數朵浪花向東北擴展開去，極遠，到達巍巍紫金山腳。沿湖蜿蜒的長堤巨龍似地護著北岸，千百棵垂柳倒掛著裊裊搖曳的絲條，柳林深處，濛濛輕霧從谷地升騰起來。湖心的五座小島漂盪在南岸九華山的塔影裡，鐘聲梵唱，把一座湖浸進六朝的流風餘韻中……

我出了竅的心魂讓伯母捕捉到了：

「少鳴哪，你想些什麼啦？眼睛迷迷離離的，出神兒。」

「南京眞美！比我在一些古詩詞裡念到得還美。」我老老實實給伯母回答。

「好呀，咱們今天遊玄武湖，你可讀過什麼寫玄武湖的詩，背一首，給大家聽聽。」七伯父說。

大姊、小妹的耳朵都伸過來了。

這大概是七伯父出題考我了，也像新鄉六大爺那樣。跟劉樂山老師爺爺念書時，他教的《唐詩三百首》裡，寫南京的詩有很多，想來想去，韋莊那首〈臺城〉把玄武湖寫得弔古傷今很有韻味：

江雨霏霏江草齊，六朝如夢鳥空啼。
無情最是臺城柳，依舊煙籠十里堤。

曉青大姊說：「爹地，這首詩，我也會背，我們高一上學期的國文課本裡有，是韋莊作的。」

「可大哥還沒讀高中哪，他就會背了吔。我也要大哥教我。」小妹拉我的手要求著。

「小藍，過兩天，我正要請大哥教你哪！他的數學好，考一百分。你怕數學，讓大哥教教看，省得你老是給你的家教老師胡鬧。」七伯母說。

「哼，媽咪，一天到晚就會逼我數學、數學，人家不喜歡嘛！」

「數學很有趣的，」我說：「小妹，一點也不難學。」

「大哥哥，我最討厭什麼『雞兔同籠』幾個頭、幾條腳了。」

「小妹，那好辦嘛，哪天咱們抓些雞和兔子來，數一數不就行了？」我逗著曉藍妹妹，可把全家都逗笑了。

晚上，鳥語小築外面林子裡的鳥都睡了。江南的夜，空氣裡瀰漫的濕潤氣息中散著草木香味，南方和北方的天地是多麼不同啊！

我在記事簿上，寫下一段記事：

今晨，從新鄉趕去開封。王中立哥和婁柄樞參謀把我送上九點鐘飛南京的美軍運輸機。六大爺派連絡官徐上尉護送到南京，十時降落明故宮機場。七伯父派顧科長接機，徐上尉在飛機旁，把我移交給了顧科長轉回七伯父家。

七伯父全家對我都好。大家說的精明能幹的七伯母，我覺得她也是眞的關愛我。我只有一弟，並無姊妹，他們家的兩個女兒，曉青成了我大姊，曉藍成了我小妹。一下子姊和妹都有了。他們全家陪我遊了玄武湖，我知道，大熱天去遊湖，其實是特爲我安排的。

一天之內從北方飛到江南，住進「鳥語小築」，加入七伯父他們家西洋化的豪華生活中。變化得這麼大！像夢，卻又是眞的。可我懷疑這眞，我知道最後仍然是夢。

一九四六年，八月十六日，星期五，夜十一時第二天早晨，七伯父對我說，南京是六朝古都，名勝很多，我想去什麼地方，就讓李科員陪我。他拿一包錢給我，我不敢不收，卻又覺得不需要。

「伯父，我身上還有些錢。另外，六大爺給我的錢放在小皮箱裡也完全沒用。您要再給我這些錢，還是放著，可又不會保存，我想請伯父先收起來，如果需要，再向您拿好麼？」我和七伯父商量。

「好吧，」七伯父又交代：「到哪裡，要幹什麼，你都別付錢，讓小李處理就是了。」

李科員，開著那輛接待客人的車，陪我跑了三天。中山陵、燕子磯、秦淮河、白鷺洲、清涼山等看了。地方還多，我想以後再看吧。

七伯母常去上海，差不多有一半時間，晚餐是七伯父、大姊、小妹和我四個人，白天更只有我們三個孩子在家，一大群人伺候。

姊妹倆很快和我熟了起來。一樓大客廳和餐廳的對面那半邊，是我們三個的活動天地：頭上這間音樂室，中間一間圖書室，最後那間特大是運動室。每天上午，她倆在二樓各自的書房讀書、做暑假作業，又錯開時間到音樂室練琴，八點到十點，大姊下來彈鋼琴，從小學開始學琴已學了十年，已經拿到中國音樂家協會鑑定的中級琴藝證書，七伯母買了一架德國名牌鋼琴獎勵。小妹接下來拉小提琴，也自小一開始學，可以拉許多動聽的小夜曲吧？我完全沒接觸過西洋音樂，一點也不懂，看她們竟然會背那麼複雜的樂譜，眞羡慕得不得了！她倆的家庭音樂老師，每星期來教兩次。

我在上午就待在圖書室。圖書室有六座很大的書櫥，每座有八層高兩公尺長，我數了數大約一座就有四百本左右的書。這麼多書，一大半英文書，中文書又多爲經濟、政治、軍事等類。古典文學一本也沒有，新文學有幾本，我都看過，張恨水的小說一大排，我認爲那不能算是新文學。我仔細找，在許多名人傳記中，找到《甘地傳》和《托爾斯泰、貝多芬、米蓋朗基羅，三偉人傳》，像尋到寶貝，算一下日子，我決定在一個星期把這兩部書讀完。上午之外，我帶回小樓，每天晚上讀。

每天下午，我們三個玩得開心。運動室有撞球台和乒乓球台。在徐州中學看別人打乒乓球我不敢玩，這回就請大姊教我。她教我執拍、發球、接球的一些方法，我用心揣摩著，很快就可以三個人輪流打，每天一打就兩個多小時。差不多五點鐘了，我們才到庭院的樹林裡玩。主樓前後院都有樹，後院小，樹少，傭人在那裡活動，伯母不准我們去。前院有幾十棵水杉，小樓周圍有八九棵垂柳，傍晚以後很蔭涼。大家坐在石凳上，聽蟬，我給她倆講捉蟬的幼蟲的方法，告訴她們在北方鄉下，黃昏時到樹林裡，趁幼蟲要從地下鑽出來時捉住，一晚可捉幾十隻，洗了，油炸起來特香。小妹聽了，嚇得不得了，連說太野蠻了，可她又纏著我給她講北方的各種故事。

到八月二十五日，我已在七伯父家住了十天。這天是星期天，伯父、伯母都在家，我向伯父說，我想在二十八號回徐州，因爲徐州中學是九月二日星期一開學。

「也好，早兩天回去，收收心準備上學。」七伯父說：「我和你五伯父、六伯父已商量決定，等你初中畢業來南京讀金陵中學。金陵中學是全國名校，不過，徐州中學的優等生，考金陵中學高中的錄取率很高。少鳴侄兒，你得好好念，我希望你到南京讀高中。」

七伯母提出一個軟包：「少鳴，伯母在上海給你買三套秋天穿的學生服。這些天，曉青和曉藍都說你好，說你書讀得多。到南京上高中，你就住到家裡來，眞的要教教小妹數學，看來，她服大哥哥。」

我恭恭敬敬謝謝伯母。告訴七伯父，我會用功考上金陵高中。走了這一大圈，我觀察到，中國的社會，北方和南方差距很大。經濟和文明的重心都在南方，我必須到南京來讀書。

4

八月二十八日，我自己搭浦口發車的津浦線特快回徐州。早上七時我已坐在第五車三十號的座位上，二十分，火車準點開動。

七伯父要李科員護送我到徐州，我一再請求讓我獨自坐車，我會注意一切，請他放心。伯父答應了，命李科員把我送上車就好。七伯母也很擔心我獨自搭車，讓我把那隻硬殼的小皮箱甩了，給我兩個帆布軟包：一個大書包型的，要我斜過肩頭背著，幹啥都別解下，裡面的暗袋裝錢，新鄉六大爺給的一包，加上七伯父原要給我的一包，很是不少。大夾層裡裝我的記事本、鋼筆，曉青大姊送的一本日記簿，曉藍小妹送的一盒彩色蠟筆。其他的衣服、雜物，全塞在另一個大提袋，能提也能跨，不重。

伯父、伯母還是有些擔心，他們殷殷望著，一再叮嚀，在他們眼裡，大概信任我比一般孩子沉穩，可究竟還是個孩子。他們無法明白，在我八歲那年，土匪把我鄉下老家的兩個大爺殺害，把我全家搶劫光了，我和我的二哥、三哥強迫變成大人，做大人所做的各種活計；這些年，我心裡早就不是男孩子，我是一個男人。

坐在飛馳的火車上，遙望長江南岸的首都已渺茫不見，在七伯父家這十來天的日子和今天一大早他們全家送我到大門的情景，卻活鮮呈現眼底，我的眼眶滿含著淚水，唉！他們溫柔的關愛，把我孤獨的心燙下了一道深深的烙印。

火車奔向北方，車窗外的景物逐漸變化。車過蚌埠，跨越了淮河，黃淮大平原袒開壯闊胸膛；高粱的青紗帳已抽出長長的穗子。收割以後的麥田所種的黃豆也結起了豆莢。花生地裡，藤根匍匐一片，土壤已經隆起。衣衫襤褸的農民，在炎陽下忙著，等待秋收；低短的泥土草屋，散落在村子裡，展示著北方農村的破敗。秋收，秋收以後的農村，將進入沉寂的困苦的歲月。一年的收穫都結束了，農民會收穫些什麼？在亂世裡，農民掙扎在最下層，被踩來踩去，那些愁苦的面容和無告的眼睛，我怎麼樣也不會忘記。

北方，北方的農村，無論我漂泊何處，我的根，永遠扎在這塊黃土地上。我知道，無論怎樣，我仍是農村的孩子。

徐州東站到了。十二點四十三分。

俺李姊家，就在車站後面難民區。我走到她家，姊夫和姊正在屋旁的大槐樹下支一張小桌吃飯。

「四弟，你打哪兒冒出來的？」姊一見我就高興嚷嚷，又忙著搬板凳，招呼我一起吃飯。

「姊，恁別忙，俺在火車上吃過了。」

我看姊夫，快兩個月不見，似乎胖了一點。

「姊夫，日子過得不錯嘛！你發福啦。」

「長兩公斤，剛好，我本來瘦些。可不能再胖下去，要胖成一頭豬的話，這人也成笑話了。」

姊夫說話總是風趣得很：「四弟，你這個把兩個月的雲遊，怪是大開眼了！等一下，咱們進房，聽你好好給俺敘敘。」

「屋裡死悶，哪有這樹底下自在？」姊說。

「咱哥兒倆拉呱，可不想讓人家聽了嚼舌頭去。」

我們移進客廳，開了兩台電扇吹著，熱，還能坐得住。想到七伯父家的豪華冷氣大客廳，再看俺姊這木板屋的一小間，眞覺得是天上地下。可這木板屋裡，吹著兩台電扇，又比農村鄉下那些農民的泥土草房子強多了。世間的公平，要到哪兒去說？一時間，我的獃氣又發了起來。

「咋的？四弟呀，恁咋不吭氣了。」姊催著我。

怪不好意思，我笑一笑。從頭到尾，把這四五十天的經歷向姊夫和姊敘述一遍。末了，我提出，趁開學以前，明天我要回小店一趟，要不，上了課就沒空了。

姊聽我說的一大片話，喜得直搖晃：「四弟呀，你的幾位世伯大爺都這麼疼你，姊的心也就不再懸著了。好好幹吧，咱姓郭的在小店鄉鄰裡，以後要讓他們擦亮眼睛看一看。」

姊夫沉吟一下：「好吧，明天，我陪你一起到小店和二弟他們見見，晌午以後，我回水口，第二天你來找我回徐州。現在徐淮公路的客車通了，一小時一班，張集上下，很方便。」

我從背包暗袋掏出兩包鈔票，交給姊夫。六大爺那包五百元，七伯父那包薄，卻是一百元一張的大鈔，十張。

姊夫把錢讓姊收好。「從小店回來，我把這些錢給買點金器保存，現在物價的後勢，看漲不看跌，鈔票恐怕要貶了。」

把大提袋放在姊家，我背起背包，去魁星路文昌巷十號。

外婆家仍舊是外婆、木蘭姊、亞蘭姊三個人在家。看我來了，都歡喜得不得了。木蘭姊說：「我們這幾天還說到你哪！大表弟，你可來了，奶奶老是念著，昨兒說她的眼皮在跳，果眞，你今天到了。」

我大概地把一路去河南新鄉，又到南京的情況說了說。外婆和大表姊都爲我高興，二表姊最驚奇，時常插話提問，好像我環遊世界回來似的。

「你讓表弟歇一下吧！」大表姊說：「反正以後每星期天表弟都會來家，想到什麼，讓他慢慢給咱們講。」

「表弟，把你的浪琴錶，拿下來，讓咱們都瞧瞧。」亞蘭姊說。

「我在淮海路的亨達利錶行櫥窗，看到過這種手錶，和勞力士錶、歐米茄錶陳列一起，都是世界名牌。表弟呀，你戴在手上了，眞神氣噢！」亞蘭姊稱羨著。

「什麼名牌不名牌的？不就是錶麼，走得準就行。」

「不能這麼說，表弟。你還是小心使用，能戴幾十年哪！」大表姊交代。並要我吃過晚飯再回學校宿舍，也許晚飯前二舅會回來。

我說，要回宿舍，清理一下房間，還要給新鄉的六大爺、南京的七伯父寫信報告平安，明天一早又要回小店鄉下，事多，下回再來吧，請大表姊代我向二舅問安。我給外婆一百塊錢，請她老人家自己買點什麼，我實在不會買東西，也沒從南京給她帶些東西來。

徐州中學，好像就是我的一個家了。晚上，躺在空蕩蕩的宿舍裡，算了一下，我從七月八日去河南，到八月二十八日回徐州，來回一共五十二天。許多地方、許多人、許多事情，像電影片似地迅速掠過，我看到一些景象，有的我明白，有的朦朧迷茫。想著，明天回到小店，要和二哥、姊夫，這兩位我最親的兄長探討一下。同時，我也要去拜候我的老師劉樂山爺爺請他老人家給些指點。

早晨，我跑到姊夫家，還不到八點。

姊夫已經把回小店要帶的東西都準備好了。「走吧，公路汽車站和火車東站隔一條馬路，咱們這就去，趕八點鐘那班，剛好。」快走，趕上了客運車。車子很破，空廂，沒座椅。一路跑，一路顛抖，一車唏哩嘩啦。不過人多擠成團兒，大家說話嚷得凶，也就顯不出車子的噪音。好在二十多分鐘第一站張集，我倆就下了車。

「這種破車，也能領到牌照？還讓開上路賺錢！不過是吃定了這條線上搭車的大多是農民和勞工，你肚子再憋氣，也沒辦法。」姊夫被顛得悶氣，下了車，開始宣洩，那輛破車已沒影兒，罵，白搭。

「昨晚我已打電話聯絡上老二，他今天不下田，在家等咱。」姊夫叮囑：「到家談話，就咱哥兒三個，不叫別人聽。四弟，你得記住，也別向人說你見到幾位世伯的事，說就說在徐州念書，住在我家。咱鄉下人，眼淺，心眼實，可也有些刁的，會鑽營，惹是生非。咱們得收攏點兒，別留給人縫子。」

姊夫的話，讓我想到鄉下也有的人會裝傻，看起來憨厚，心眼裡淨是鬼計。眞的是什麼地方也都有各樣的人呀。

回到家裡，眼看每個人都壯實，弟弟和小妹長高了。大家夥簇擁著，到堂屋拜見了老爺爺。他老人家早迋了。可能吃，也能活動，氣色挺紅潤，家有這老祖宗，像供了一尊神，全家安心。

姊夫把帶來的城裡的點心糖果分給大家，又到王得成大叔家，送了一盒禮品，大叔帶著他倆兒子下田去了，俺二嫂和得成嬸忙著做菜，準備今天晚上兩家一起熱鬧熱鬧。

二哥、姊夫和我，三個人在二哥住的堂屋西間，泡一壺大麥茶開始說起來。我把昨天告訴姊夫的話再向二哥報告一遍。

「看來幾位世伯照顧你的心很眞，你今後讀書這條路是沒什麼問題了。四弟，這也是你懂得自愛，努力讀出好成績來，才能得到人家的重視啊！」二哥頓了頓：「只是五弟差幾歲，現在讀咱們小店小學四年級，太小，沒法子送出去念中學，可不知道他有沒機會走著你走的這條路？」

「六大爺和七伯父對俺弟沒什麼印象，從前他們看到的他，還是個奶娃兒。」我告訴二哥：「不過，兩位世伯都對我說了，等弟弟小學畢了業，他們會把他也弄到南京去念。」

「這就好了！五弟雖然聰明，不出去，也成不了材。」二哥說。

我把心裡疑惑的事兒提出來：「俺那位六大爺，當總司令，帶那麼多軍隊還不夠操心，咋又有辦法去開那些工廠？我看到工廠裡不少地方仍留著日文痕跡，應該是從日軍手上接收過來，咋又變成俺六大爺的工廠？莫不是政府送給大將軍的。」

「那些工廠，當然是日軍留下來的。日本降了，中央軍和大官們來了，什麼接收不接收的，搶！誰搶到佔到，就是自己的。」姊夫說：「這兩年，我在徐州混世界，見得多了。徐州的淮海路、青年路、中山路上，一幢幢漂亮的花園洋房，原是日產，現在都是那些檯面人物的私產。大家一樣，誰管誰？」

「別說大官了，就咱鄉下來看，中央軍來了一掃光。連一個算不上一根蔥的營長、連長，帶些兵下來，威風得像山大王，見啥要啥，認咱是亡國奴嘛！那陣子兵荒馬亂的哪有理講。」二哥說起來就氣。

「這麼說來──」我吞吞吐吐地，問道：「咱還該不該接受人家的不義之財？」

「咳，四弟，你眞是憨子！」姊夫指了指我，笑著說：「你想得太多，扯得也太遠了。你那幾位世伯，對你的關愛是他們和三叔的兄弟交情，給你的提攜在他們不過是九牛一毛，這些，和不義之財扯不到一起嘛！至於，他們這些有權有勢的大官，幹什麼，不幹什麼，哪是你一個半大孩子能管得著的。」

「俺南京的七伯父家，比起六大爺家的派頭更大也更豪華，都說是七伯母的本領大，是她在上海灘玩股票、炒外匯賺出來的家業。」我問姊夫：「你可知道，玩股票、炒外匯都是幹啥？怎麼就賺到這麼大的家業。」

「玩股票、炒外匯，是錢滾錢的把戲，現在各大城市有點餘錢的人很多都迷上了。要詳細給你說，麻煩，你也不懂。打個比方，你見過咱鄉下過年節時許多人聚在一起玩推牌九的賭博吧，一家做莊，各家押錢，等到每人的兩張牌翻出來，輸贏見底，這叫一翻兩瞪眼。有人撈了點，有人傾家蕩產，那莊家永遠是大贏家。玩股票、炒外匯，有這種賭博意思，玩股炒匯最大市場在上海，全國玩家千千萬萬，輸贏的數目，有大有小，由此成爲鉅富，那可是少數有本領的人幹的事。有本領的人，他們的本領，說穿了稀鬆，不過是和管股市的、管外匯的部門關係夠、消息準，甚至合作倒騰；當然，這又非高官大員莫辦。這才是吃人不吐骨頭的把戲！」姊夫又補一句：「這種玩法，是投機的把戲。大魚吃小魚，小魚吃蝦子，錢少的一大群永遠墊底。」

二哥面容嚴肅地說：「四弟，你自己想過沒？你去念書，將來要幹啥？若要憑幾位世伯的拉拔向上爬著做官，我看這書也就別念了。官，不是不能做，要做得做清官，這年頭，清官是難做的。你若不做官去幹別的，那可幹的事多了，教育、新聞，你喜歡的文學，什麼事都能幹出一番好事，幹出一番大事。」

我很感激姊夫和二哥對我的開導，表示了虛心接受的態度。這一番談話，讓我心中疑慮得到廓清，也更清楚自己尋求的理想，我向二位兄長申述了自己的理想：

「姊夫、二哥，請你們放心，我將來的志願是做一個文學家，絕對不會去做官。」我的語氣堅定：「這兩年，雖然沒能按部就班在正規學校一步步念，可我自己讀的外國文學名著不少，中國五四以來重要作家像魯迅、老舍、矛盾、巴金四位的全部創作我都讀了。另外，我也選讀不少名家的散文和詩歌。我著迷文學，崇拜那些寫出人民大眾生活和心聲的作家。我認為，作家幹的是一種擴充良知的事情，作家該是有良心的人。在現代文壇也有一些的蝴蝶鴛鴦派、風花雪月派；像張恨水、林語堂、周作人、梁實秋他們。我認為，他們不配稱為有良心的作家，他們的飯吃得太飽了，我討厭他們。」

對於我激昂的申述，姊夫聽得眼睛發亮，二哥不停點頭。

「四弟，你立志做作家，不願做官。好！我相信，你一定能做一個有良心的作家。記得劉樂山老師就稱讚你的古文寫得中規中矩，有文學慧根。你要做一個作家的理想，可以實現。」二哥給我鼓勵。

「做作家是我立下的志願。做不做得成？就看我自己怎樣努力。孟子不是說，做一個士，重在『尚志』嘛！尚志，哪能去做官？」我把〈孟子．盡心篇〉「堂高數仞，榱題數尺，我得志弗為也。食前方丈，侍妾數百人，我得志弗為也。……」那一章，背誦一遍。

「老四，你古書背得熟，念得透！誰要說你迂的話，我說，你，迂得正！迂得好。」一向冷靜的二哥，我從沒見過他說話這麼激動，有點要坐不住的樣子了。

午飯後，姊夫回水口村他家。

我和二哥談稚鳴讀書的事。二哥說：「小店小學現在的校長，二十多歲，是從徐州師範畢業教過幾年的老師，他來小店當校長預定幹三年，積個資歷後調往城市，再由他帶來的學弟接任。這樣也好，不斷能給小學加進一些年輕的老師。」

稚鳴念的成績不錯，每學期都是班上第一名。我對他說：「弟弟，哥在外面讀書老想著你。你馬上就小學五年級了，再過兩年，哥要把你弄到城裡去念中學，那時候，得憑本領考進去。所以，我回到徐州，給你寄些算術補充練習題的書來，你一定得學好算術，考學校才能拿到好成績。」

「哥，我喜歡算術這科。你放心，我會用功，能考上城裡的中學。」弟弟說得篤定，「反正我跟著哥，你到哪，我跟你到哪。」

下午三點多鐘，二哥和我提著禮盒去拜見我的老師劉樂山爺爺。劉老師爺爺，論年壽和俺爺爺差不多，可他老人家的精神矍鑠，目光明亮得仍然毫無煙塵。庭樹青青如蓋，景物依舊，只塾堂的門楣上，懸一塊原木橫匾：「燕居齋」三個大篆字，「樂山　乙酉冬至」一行小楷書，均是老師手筆刻製，博學大儒，此生隱沒鄉野了。

面對我最敬愛的劉老師爺爺，他怡然的容顏總讓我感受到春風輕拂的和煦，便娓娓敘述，在徐州中學讀書的大大小小趣事。非常得意向老師報告我的作文得到的獎譽，幾乎篇篇謄抄在班級的「優秀成績欄」公布出來，其中五篇公布到「全校優良作文欄」上，初中一年級三個班只有我一人上榜。這五篇中，有一篇〈讀書與報國〉的論文，我用純熟的古文寫作，引起很多國文老師的驚異讚嘆，說是高中能把古文寫得這麼規範的學生也很少見。

「這也是你的一種機緣，」劉老師說：「現代學生，一開始就讀正規小學一路升上去，誰會像你還在塾館裡窩了五年念那麼多古書。看起來，塾堂這一段學歷，是你的不幸，也是你的大幸了。」

我又把學期的每科成績，向劉老師爺爺一一報告。

「孩子，你各科學得都不錯，有沒想到以後要走哪條路？」

二哥從旁，把上午我們談話的結果，報告給劉爺爺。

「既然你的數學那麼好，爲什麼不去走科學那條路？」

「數學，我能學好。可我打心坎裡喜愛的，還是文學。我也想過，要走科學的路，我頂多也只是一個普通的理工人才，我走文學的路，要做文學家，做一個有用於世的文學家。」

「這是眞儒家的思想，當得起『尚志』這兩個字。我也知道你的性格裡有特別的孤傲之氣，不慕富貴，不憂貧賤，這你能做到。現在，你大概也有了這種思想準備，是吧？」

「是的，我曾好好想過。」

「可有一種事，對於文學家比富貴更有魔力，也是很難闖過的一道關口，很多有才氣的作者，受不住引誘栽下來。你可知道？」

「老師，我不懂，您說的是什麼事？」

「這事是一個字：名。孩子，現在，你雄心勃勃要做作家，完全不知道這個字的魔力。將來，你在文壇有了點名氣，你就會明白這個字是作家最難抗拒的事。」劉老師的眼睛抬起閃耀一片光芒：「自古以來，每當混濁之世，君子道消，小人道長，舞文弄墨與黑暗合流者，名成利就；潔身自負而獨立特行者，很難在當世見知於人；勢必歷經艱辛，甚至寂寞終生。就拿陶淵明這麼偉大的詩人來說，他在東晉末世，名聲不揚，反而比不上那些鬮然媚世的鄉愿之受歌頌。以後從南朝到隋唐前後六百年，也沒得到應有的聲譽，直到北宋的歐蘇大力推崇，陶淵明這座高峯才從雲霧中露出崢嶸來。歷史上，許多偉大作家，很少及身享有榮名的。特別在亂世而享榮名，那榮名其實是恥辱。」劉老師爺爺一口氣說下來，像潑灑下一盆冷水，把我的頭腦沖洗得十分清醒。

「孩子，這兩年的歷練，你的眼界、思想進展很大，果然沒負我的厚望。」劉老師再叮囑我：「你以後會了解，寂寞獨行，其實是作家風骨的修行功課。我眞高興你有那麼遠大的理想。這次，我送給你杜甫的兩句詩，這是〈夢李白〉中的句子，我曾教你讀過。

千秋萬歲名，
寂寞身後事。

這兩句話，是杜甫對李白風骨的高度讚許。要做個有風骨的作家，你把這兩句牢牢記在心裡，遭遇外物誘惑時，用以自我期許。」

滿懷感激告別了老師，我的老師劉爺爺給我的愛太深了。

在回家的路上，二哥不再向我說什麼，只是一直緊緊握著我的手，穩步向前行走。我卻覺得，從二哥的掌中，似乎有一道熱力湧出，流布到我的全身。

三

1

九月二日，星期一，雨。省立徐州中學秋季開學。

我們初二1班的級任導師還是王欣然先生，國、英、數三主科的老師沒動，地理科換了一位年輕女老師教「外國地理」，化學科取代生物科，時間增加每週授課三小時，老師也換了，其他各科照舊，一星期的總課數是四十二節。

升上初二，班上同學好像一下子都長大很多，大家還是那麼可愛，卻不像初一那麼淘氣了。座位號碼要在明年春季再編，和我同桌的王鳳儀見了我問長問短，我們剛講幾句話，山羊跑過來，拉了我就走，小魚在走廊上等著。

「我媽說，今天開學，要請你倆晚上到我家吃飯。媽說，你們一定得來，我爸今天也參加。」

「你家今天可有什麼事？我是說，可有人過生日什麼的。」

「沒有。我媽是讓咱三個兄弟聚聚，兩個月不見了嘛！」

「好啊！咱三個下午課上完，馬上開拔。」我說。

第一節上課鈴響了。同學坐定，導師也坐好了，教室的擴音機播出校長的開學講話：下雨，開學典禮請各班導師在教室指導。

我們的導師像老爸爸似的，每行的座間巡走一遍，把四十四個同學一一端瞧，回到講桌，說了一句話：

「同學們，暑假都長得挺結實，老師很喜歡。新學年了，大家又上了套，就好好幹吧。」

隨即選舉這一年的班上服務幹部。先選班長，提名三人候選。有人把我提出來，我舉手，向導師報告：

「我很高興替全班服務，幹別的都行，可不能幹班長。我自知脾氣不好，幹班長，班上就不太平了。」

很多人嘩嘩地笑起來。導師把我從班長候選人的名單中擦掉。全體幹部選出來了，我被選爲學藝股長。新當選的幹部分別到講台上說話，我提出一個想法：

「我提議，由學藝股主持，辦一份代表本班寫作成績的壁報。這份壁報，訂在每月第四週貼出來，一學期出四次。遇到學校規定的紀念節目（上學期的雙十節、下學期的青年節）出壁報，那一期就合併出刊。壁報的稿子，每期要十五、六篇作文，建議一半請國文李銘老師從作文簿選出，另一半請同學自由投稿，稿子可用本名也可以用筆名。如果大家認爲可以做的話，還得推出四人和我一起成個壁報工作小組，負責編排、抄寫、插圖。」

班上辦壁報，高中部很多班辦過，是不定期的。這種定期出刊的班級壁報，在徐州中學還是創舉。我的提議，同學反應非常熱烈，導師讓大家安靜下來。他說：

「學藝股長的這個提議，很有創意，工作上也有一些難度。難吧，也難不到哪裡，不就是辦一份壁報嘛！辦壁報，對同學是大好事。如果遇到什麼難題，我導師全力支持。不過，這事是全班的事，還要全班同學表決。」

表決結果，全班人人贊成。也選出了余恒亨、張大江、王鳳儀、顏如華四人，加入學藝股成立壁報小組，余恒亨、王鳳儀的字好，顏如華她是班上的第一名，會畫、文章也好。張大江會畫，還會插圖。

下午第三節課下課，我和胡三陽把書包放在課桌的小櫃裡，立刻和余恒亨跑到他家。山羊聽說我會打乒乓球了，小魚家有球台，他要讓我這條牛露一手。

「我是初學乍練的，哪敢跟你這選手對打？」我說：「老大，你和恒亨打，我在旁邊再學學。」

「不成，咱倆先殺三盤，三個輪流上陣。」

三盤打完，我的球打得刁，竟然只輸兩盤，還贏了一盤。

「咦！你的反應挺活嘛！老二，誰教你的？」

「俺大姊。」

「你旁邊坐著一個小妹，咋又跑出一個大姊來？」

「眞的是俺大姊，她是七伯父的大女兒，在南京讀高二了。」

三個人嘻嘻哈哈玩了一個鐘頭。余伯伯回到家了，余媽媽喊我們到飯廳去。

飯後，大家到客廳喝茶，恒亨說了他加入壁報小組的事。

「恒亨，你得跟隨少鳴多學著點兒，他頭腦好，能幹。」余媽媽又問我：「暑假裡，你去河南那一趟，見識了不少吧？」

我粗略說了說見到了六大爺王仲廉、七伯父張世希。對他們的家庭情況，完全不提。我不以為那生活值得炫耀。

「少鳴啊，你的幾位世伯，我都見過。」余伯伯說：「從前，令尊任徐州市警察局長，他們都住在一起，我曾採訪過他們。當然，他們不會記得我，那時，我只是個跑政治新聞的記者。」頓了頓：「時間，把現實改變得眞大，現在他們都是大將軍了。可是，他們目前的處境大不一樣：王敬久的防地是魯南、蘇北一帶，共產黨的軍隊在這一帶特別活躍，沂蒙山區和洪澤湖水沼地形，是游擊隊的聖地，因此，國共兩方的武裝衝突從抗戰勝利至今未斷過，王敬久慣於打大仗，游擊戰夠他煩心的。王仲廉的防地河南一帶，形勢穩定。張世希在南京，中央政府的首善之區。都比王敬久幸運多了。」

「不過，你有這幾位世伯，將來的發展也沒問題。」余伯伯說。

「請問余伯伯，你說的將來發展是什麼意思？」

余伯伯微微一愣：「那要看你想幹什麼了，無論是政治、經濟、文化、建設等各行業，有他們提拔你總比別人的路，要近得多。」

「我不想幹任何行業，我只對文學有興趣。」

「你是說，你將要做一個作家？」余伯伯很驚奇。

「能不能做得成作家，我不敢說，可我喜歡文學，我已決定把文學創作當我的一生目標。」

「眞有志氣！」余伯伯拍拍我的肩膀：「從你身上，我又看到令尊生前的氣概。」他從公事皮包裡取出一張照片遞給我：「你可見過這張照片？這是令尊任警察局長時，報社存下的檔案照片，我特地找出檔案，翻拍一張放大了送給你。」

這張照片我沒見過，這照片裡的人我也不認得。外婆說過：「恁娘要出家做尼姑，就把恁爹的照片、信、簿本等東西，全燒了，說是斷絕紅塵。」長這麼大，我不知道父親的樣子。今天，我第一次看到父親的照片，看到他長得是這個樣子，第一次，認識自己的父親。

我強力抑制著心頭亢奮和哀傷！忙向余伯伯道謝，說有事要去辦。也不管胡三陽了，拔腳就走。我的淚，不能讓別人看到。

九月二十三日星期一，我們初二1班的壁報《新群》第一號張貼出來。刊名是小組議定經班會通過的，導師王欣然先生親筆題字。刊頭顏如華畫的，畫的下半幅以初二1班教室爲背景，畫六個男女同學牽手高舉後面影影綽綽幾十個人，都高舉著手臂向天空索取什麼，上半幅藍空的雲影中，太陽半露，射出了燦爛的金色光線，畫面生動、朝氣，美極了。余恒亨、王鳳儀的工筆小楷，抄寫得像印刷上去的。我按照報紙副刊版面的樣式，把十六篇文章的標題錯開編排。標題、插畫、花邊，張大江一手包辦。

如同預料，《新群》一貼出來，立刻引來各班同學圍觀，造成全校不小的轟動。我們全班同學，人人臉上放光，我看到導師王欣然和國文老師李銘都在壁報前面轉悠了好幾回。

星期六中午，高二1班的學藝股長到我們班上。找到了我，他說：高中部有十來位愛好文藝的同學，組織了「前路文藝社」研究文學，希望我能參加，每月開研究會一次，本月於明天上午八時三十分，在圖書館的教師閱覽室開會。我想了一下，答應了。立刻去打電話給俺姊夫，告訴他這個星期天有事，不能回家。

「前路文藝社」成立一年，是徐州中學活躍的學生社團之一。現有社員十五人，女生佔八人，全是高中部一、二年級同學，有我這個初二小社員加入，男生剛好和女生相等。社員必須在報刊發表過文學作品，憑作品申請，或者由三位社員推薦，均須經社員會議討論通過同意加入，才算社員。來找我的高二同學葛力田，筆名葛天，是社長。他告訴我，上學期我的作文公布在全校的「優良作文欄」，社員們都讀過了，他們在上次社員會議通過邀我加入「前路社」。

星期天上午，我準時到圖書館老師閱覽室，前路社的學長們對我這個小學弟，都覺得稀罕，又很歡迎。我滿心興奮：「這是我走上文學之路的起點」，我想著。

前路文藝社有兩位指導老師。一位本校高三1班、高二1班的國文教師江心茹，筆名辛如，著名女詩人。另一位是《前路》文藝月刊主編張大亞，小說家，和江老師是西南聯大中文系同學，「前路文藝社」雖不屬《前路》文藝月刊，兩者的關係非常密切。西南聯大出身的老師，在徐州中學是菁英群體，兩個「前路」可謂一家人了。

2

這次的文學研究會，從上午八時三十分起，分三節進行，每節六十分鐘，休息十分鐘。第一節，江老師指導，討論社員本月的讀書報告和創作。第二節，張老師指導，介紹《前路文藝》的發展情況和編輯方針。《前路》雖稱不上是全國性的文學刊物，但在文化發達的江蘇省，已是和南京辦的《雨花》齊名的「兩大青年文藝月刊」，現在已有不少著名作家替《前路》寫稿，希望本社的社員多多投稿，培養出更年輕的作家出來。不過若寫風花雪月那一套，是不符合《前路》辦刊宗旨的，《前路》歡迎反應時代現實關懷社會人群的稿子。第三節「特約講座」，特請《徐報》的總主筆夏陽先生，演講「抗戰勝利一年來的國內形勢」。夏先生抗戰期間曾任後方幾所大學新聞系教授，抗戰勝利後，進入新聞界，爲政論名家。

夏陽先生這場演講十分精彩。他把抗戰勝利後這一年多來國內形勢，分爲三方面講述。

第一、政治方面：抗戰勝利後，中國國內局勢的安定和平，國共兩黨的合作協力進行中國的建設工作，這是全中國人民殷切的期盼，也是國際社會所樂見的事。在國際和國內輿論的壓力下，國民黨主席蔣介石，邀請共產黨主席毛澤東，從延安到重慶進行談判，從去年八月二十八日到十月十日，國共雙方的「重慶談判」簽下「雙十協定」，達成和平建國十二項基本原則：主要是政府允諾「政治民主化，軍隊國家化，政黨平等合法化，召開全國政治協商會議，準備實施憲政等項」。可是這個受到全國人民歡迎及符合世界和平期望的「雙十協定」，雙方簽訂了，卻沒眞正實行一天。國民黨固然對共產黨必欲滅之而後快，豈能讓其參加組織聯合政府？共產黨受國民黨三十年的屠殺追剿，深刻的仇恨和疑懼，更不是一紙協定所可消解。國共談判，都是姿勢，背後雙方的備戰和衝突，始終也沒停過。其後美國總統杜魯門任命陸軍上將馬歇爾爲總統特使於去年底來華調停國共衝突，到今年一月五日達成「關於停止國內軍事衝突辦法的協議」，並且成立了馬歇爾、張群、周恩來代表美、國、共三方的「三人軍事小組」。國共雙方發布停戰命令，並由三人小組派出數十個「停戰監督小組」分赴各地戰場監督停戰。可國共雙方和監督小組玩打打停停，停停打打的把戲，到今年六月二十六日，蔣介石命令國民黨軍隊大舉進攻中原解放區的中共根據地，撕破停戰協定。目前，中國已處於全面內戰前夕。美國人和國內中立政黨仍在協調，今年七月十八日到八月十三日，馬歇爾八上廬山，向避暑廬山的蔣介石提出停戰問題，沒得到具體答覆。大概全面內戰的爆發，不會太久了。

第二、軍事方面：國軍總兵力四百三十萬人，其中美式機械化裝備的正規軍二百萬人，一般重武器裝備的軍隊二百三十萬人。共軍總兵力一百二十萬人，其中正規軍六十一萬人，餘為地方部隊；共軍武器落後，缺少戰車、大砲等重裝備，普通槍炮也很陳舊。國共雙方軍力，差距懸殊。因此，國軍的主戰派將領，認為共軍不是對手，國軍參謀總長陳誠表示，如果正式作戰，在國軍飛機、大砲、坦克車進攻下，半年就可以把共軍打垮。現在，國共雙方都在爭奪東北，國軍佔領東北各大城市，共軍林彪的部隊，得到蘇聯所接收日本關東軍五十萬軍隊的重裝備，後退到北端地區進行訓練，估計不久可以和國軍進行大規模陣地戰。目前關內各地的衝突，共軍採取你打我走，你走我追的游擊戰，戰爭規模不大，對國軍干擾不小，特別在蘇北、魯南一帶，情況很是嚴重。就戰爭的形勢來看，對共軍有利，因為國軍雖然有總體兵力優勢，可是軍隊的派系內訌，軍官貪腐，軍紀敗壞，長期打下去，恐怕優勢會變成劣勢。

第三、社會方面。現在中國的社會，問題很多，主要有四大問題：（一）學潮問題：中共運用「統一戰線政策」聯合各黨反對國民黨一黨專政。在去年十一月，民主同盟在重慶發表文告宣稱：「誰發動內戰，誰就是人民公敵。」接著成都各大學及民間社會團體聯合發表「制止內戰宣言」，昆明西南聯合大學、雲南大學等六千餘師生集會演講「反對內戰，要求政治協商」，遭到軍隊鎮壓，釀成慘案，引發大西南各地學生遊行抗議的學潮。到今年春季，學潮轉移到以上海為中心，各大學組成「上海市學生和平促進會」，舉辦遊行、演說、罷工、罷課等活動，且擴展到首都南京各大學。學潮的興起，是中國社會動盪的一大憂患。（二）經濟問題：當局忙於內戰，經濟荒廢，農工生產停頓，交通破壞斷絕，以致物資缺乏、市場凌亂，全國各地物價上揚，發展下去，影響全民生活，將會造成社會危機。（三）貪腐問題：各級政府、機關，由上而下的全面貪污腐敗自接收變成「劫收」以來，變本加厲，形成普遍風氣，造成社會各行各業的強烈怨恨。（四）農民問題：

內戰需要，向農民拉伕當兵，徵糧備戰，逼使農民有的投靠共方，強化了中共軍力；有的逃竄城市，給社會治安埋下了地雷；值得憂慮。

原訂六十分鐘的演講，夏先生一直講到十二點半足足一百分鐘。本社社員接受了一場完整的國情時事教育；聞風而來的師生，擠滿教師研究室裡外，大家凝神靜聽，沒發絲毫聲息。

演講的內容，大家平時在報刊上也看到一些報導，可如此平實而全面的介紹國家當前面臨的危機形勢，卻是難得的清晰論述。社員們，議論紛紛，每個人都顯得非常憂心，卻又憤慨不已。事實上，演講中所提到的現象，大家在徐州多少也感受到了。官員的劫收、貪污、腐敗的情況，毫不顧忌的公開在幹，誰都看得到。軍隊的派系問題雖新聞有報導，人們也不大清楚，可是空軍飛行員，穿美式高級藍色軍服，駕吉普車滿街找漂亮女人玩女學生的事，早就讓徐州人痛恨。最近蔣緯國的裝甲兵司令部設在徐州，裝甲兵也是美式裝備而且是太子的部隊，更是驕縱得很。這兩支天之驕子的兵種，經常產生互相看不順眼的摩擦，爭風吃醋，打群架，憲兵在中間做和事佬，哪一方也不敢得罪。「八一三」空軍節晚上，在淮海路國際聯誼社的空軍舞會上，幾位裝甲兵軍官被趕出門，隨即開了七八輛坦克車來，要炮轟聯誼社，據說直到南京的國防部下令，雙方才解除對峙的局面。老百姓看得直搖頭，不曉得這樣的部隊怎麼能打仗？這幾個月，物價逐漸上漲，蘇北魯南的難民一波波湧到徐州，社會的亂象加快，這些擺在眼前的事，人人都知道。

我對這場演講，因爲暑假中跑了些地方看到些事情，感受也特別得深。胸中壓上塊大石頭，悶得沒轍，到傍晚，給恒亨打個電話。剛好小余接聽。

「二哥，你快過來，」小余說：「我正和爸打乒乓，他下午沒事，你來吧，可以找他談談。」

見到了余伯伯，我像蹭行在暗夜荒村路途，看到了家中燈火那樣，撲上前，抓住余伯伯伸出的手，滿心的歡喜都湧現在臉上。

余伯伯看出我找他有話要說，讓我在客廳沙發坐好，余媽媽給我一大杯麥茶，她和恒亨也坐下來，聽我要說什麼？

我把「前路文藝社」開會時夏陽先生的專題演講扼要敘述一遍。並提出來，我聽了夏先生演講感到他說得很嚴重，國家前途不樂觀，心裡鬱悶得很，想請余伯伯指點。

「唉！」余伯伯長嘆一口氣。

「夏總主筆是一位有學問、有見識的政論家。可惜，他要離開徐報了，已經正式向社長遞出辭呈，怎麼也不肯留下來。」

「爲什麼呢？」

「你可知道，《徐州日報》是一份黨報。」

我點點頭。

我聽老師們說過，《徐州日報》是國民黨的機關報。我自己也發現，許多新聞，徐報報導的和上海《大公報》、《正言報》寫得很不一樣。對於政府貪污腐敗的消息，登得很少，對於中共的醜事，登得多。

「黨報，就是國民黨辦的報，全國各主要城市至少都有一家黨報，直接管理黨報的單位是國民黨中央宣傳部，每天指示新聞的處理原則令編輯部遵辦。不過，作爲新聞專業人員，我們對指示不一定完全執行。說自己好，可以，但不願說謊；罵人家壞，可以，也不願造謠；大部分黨報的編採同仁，還能守著這一點最低的新聞道德標準。」余伯伯的語調很感傷，「這點標準，恐怕守不住了，近來中宣部要求按宣傳需要辦事，這就是夏先生不願再幹的原因。」

話音一停，屋裡的空氣凝滯起來。

我想到，原來要請教余伯伯的問題，還沒談哪。

「余伯伯，請問，夏先生的演講，是不是把許多問題說得過分嚴重了？國家的形勢眞是那麼危機麼？」

余伯伯的目光，定在我臉上，看了一陣。

「眞不容易，孩子。唉！」他又嘆一口氣，「難得你小小年紀，就會關心國家大事。我實在告訴你吧，夏先生的演講，是保留的。實際情況比他講得嚴重得多！嚴重得多！」

余伯伯針對社會問題，用具體的事實說明幾個方面潛存著嚴重的危機，危機的根源，就在民心。民心從剛勝利時，歡迎中央，反對中共，一年時間裡，就完全掉換過來。得民者昌，失民者亡呀！他兩手一攤：「這情況，我們在地方上工作的人，了解得很清楚，報告上去，沒用。問題在最上層的人，總想用武力解決政治問題，痛快把對方一舉消滅。從歷史上看，國內的戰爭勝敗，沒有哪個朝代是靠兵力打贏的。可是，一些掌權的軍頭，不會想這些事實。」

「那麼，內戰很難避免了？」

「按當局的行事風格來看，什麼談判，什麼和平運動，沒用。目前的穩定局面，不會太長，全面內戰至少淮河、秦嶺以北，不久就會全面開打。」

想到我千辛萬苦才進入徐州中學，有機會安穩讀書。如果打仗，我的讀書會受到影響，我要把弟弟接出來的計畫也有問題了。不由得幽幽地說：

「我眞發愁！」

「孩子，你別愁。」余伯伯慈愛地拍拍我，「國家大事，不是我們這種小人物能管得了的，何況你只是個初中學生。你別愁什麼，只管把書讀好，將來才有能力做事。」

停了一下。余伯伯又說：「你不是說過，你南京的那位世伯，要你去上金陵中學麼？這是一條很好的路，你好好努力，去考插班。」

「少鳴啊！我們也要調到南京去。」余伯母說：「恒亨也要到南京讀書，他不一定考進南京哪所中學，可希望你兄弟倆一直保持聯繫，永遠是好朋友。」

「會的，伯母，我和恒亨投緣，我們永遠牽繫在一起。」我把小余的手握得很緊，他是我人生中的另一個兄弟。

「在黨報工作的領導階層，都是國民黨員吧？」我問余伯伯。

「這是當然了。黨報，從社長到工友，上上下下，都必須是黨員。不過──」余伯伯意味深長地說：「黨員和黨員大不一樣，有的黨員眞正信仰三民主義；有的黨員信仰權力，頂著三民主義牌子。」

余伯伯的話中有話，我懂得他的意思。說到三民主義，我不禁脫口而出：「三民主義好！我信仰三民主義。」

大家一下子愣住。我就把在後馬家中學那段經歷說出來。

「少鳴啊！難怪你小小年紀處處這麼老練，你所遭遇的經歷，太不幸、太複雜了。」余媽媽說。

「我信仰三民主義，我以後不會加入國民黨，」我像宣誓似的，「我更不會加入任何黨。」我愈說，愈認眞，愈堅決。

「好哇！」余伯伯說：「三民主義好，我們都信仰三民主義不信仰權力。可是，咱們今天在家裡說的話，到外面，不論對誰，千萬一句也不能說出去！懂麼？」

「我懂。余伯伯，請你放心。」我很懂得自己該做什麼。

晚餐時，大家都很開心。經過這個下午的談話，本來就很喜歡我的余伯伯，尤其是余媽媽，對我的關愛竟像對待自己的孩子般，又細心，又親切。第一次，我眞正感受到，像在自己的家裡一樣，得到家裡長輩照顧的溫暖，我眞的融入了這個家庭，已經是家中的一員。恒亨聽了我們一下午的談話，明顯地對我更加敬重和親愛了。坐在我旁邊，不時和我磨磨蹭蹭。

餐桌上，余媽媽擺上一瓶紅葡萄酒，每人面前一隻高腳玻璃杯。

這是很不尋常的。酒，我能喝些，和二哥、姊夫一起吃飯，經常喝酒，我們鄉下人都喝很烈的二鍋頭。這種紅酒，暑假在南京七伯父家喝過兩回，很淡，據說這是西方人的「飯中」酒。我在恒亨家不曉得吃過多少次飯了，從來沒喝過酒。

余伯伯舉起杯子，像對待朋友似地和我碰一下杯，四個人一起舉杯祝福，歡歡喜喜的一次家庭晚餐。

恒亨陪我走了一段路，站在街燈下，望著我走向學校。

躺在學生宿舍的床上，我想著，今天下午余伯伯的談話，和萬嘉鶴大哥年初在花園飯店告訴我的意思一樣。看來，徐州將會成爲內戰的軍事重地，我要插班金陵中學的事，是勢在必行了。

3

今年十月十日，是抗戰勝利的第二個國慶日。國慶日，公定的放假一天慶祝，今年中央通令全國擴大慶祝，徐州市各界集會慶祝後，並舉行全市機關學校代表的萬人大遊行。主要道路上，搭架慶賀牌樓，各機關學校大門懸燈結綵，家家戶戶挑出青天白日滿地紅國旗，到處張貼著五顏六色的慶祝標語，街上擁擠著人群，每家公司商店乘機舉行大減價，市面上，一片熱鬧景象。

這一天，徐州中學校園裡發生了事故。

早上八點，校長、各處主任率領五班高一學生，在軍樂隊、旗隊前導下，浩浩蕩蕩開出學校大門，去參加徐州市體育場的慶祝國慶大會和全市大遊行。學生隊伍走了，校園空下來。十點鐘左右，發現校園到處被人撒下「徐州中學師生雙十聲明」的傳單。這份傳單不大，十六開，白報紙，印得很精緻：

徐州中學師生雙十聲明

一、聲明事由：

徐州中學本學期第二次校務會議（民國三十五年十月一日）上，訓導處提出：「恭建　蔣主席銅像案」，擬於學校大門入口圓環，樹立蔣主席中正先生立姿銅像一座，用以崇仰蔣公的豐功偉業。提案討論後咸以此議不妥，經投票表決，遭到出席教職員百分之八十五懸殊比例票數，將此提案否決。

近聞訓導處，不顧校務會議的決議，仍在積極籌辦建樹銅像事宜。如此破壞行政程序之專擅行爲，殊屬非是。

二、反對意見：

（一）蔣公之豐功偉業，世所共見，未來自將載諸史乘。崇仰蔣公最好辦法，在遵照其歷次宣示的實行民主大計，於行事中切實履踐，做三民主義的忠實信徒。如果違背民主，推行偶像化建樹銅像運動，對蔣公之民主風範有所玷辱，此舉實爲不敬。

（二）按照中國文化傳統，樹像建碑，乃對已故偉人的尊崇方式。如 國父孫中山先生，一生嚴禁部屬偶像崇拜。至今，亦僅在首都南京中山陵等處有一二銅像，全國各地中山先生銅像，亦甚少見。蔣公爲中國國民黨總裁，自無僭越「總理」遺規之理。

（三）我們高呼：

1．反對造神運動的「恭建　蔣主席銅像案」。

2．支持學校推行愛國、民主、自由的現代化教育。

3．中華民國萬歲，三民主義萬歲。

中華民國三十五年雙十節

江蘇省立徐州中學全體師生

這張「雙十聲明」傳單，學校派工友清理了，卻有不少流落師生手中。第二天，星期五升旗時，校方對此事隻字不提，可全校無人不知，傳閱著這份聲明像流動的風一樣，大部分師生都看過了。誰也不知道聲明是怎麼散發出來的？可裡面揭露了訓導處的造神運動，堅決維護教育的民主自由主張，義正辭嚴，大家紛紛喝采。

我們班上午第二節英文課，孔承先老夫子，照舊拄著那根白木拐杖踱進教室，把拐杖靠門放好，坐在講桌前，等同學「起立」、「敬禮」後，用力咳幾聲，清理了喉嚨，對「雙十聲明」開始叱罵。孔老夫子說，蔣公中正先生，不僅是國民政府主席，還是軍事委員會委員長，中國國民黨總裁，一身兼黨政軍的最高領袖，領導對日抗戰，豐功偉業，可謂空前了。接著他批評反對爲蔣公建樹銅像的人，是別有用心，講的理由很堂皇，實際是反對領袖，反對領袖就是不忠於國家。孔老夫子愈說愈激動，話也粗暴，滔滔罵二十多分鐘，還沒完沒了，沒有講課的意思。

同學們都低頭看自己的書，沒有一個人正眼看他。

「孔老師，請你給我們講課吧！」顏如華突然站起來，大聲向英文老師說：「這一節課五十分鐘，已剩下不到一半時間了，請你給我們講課，我們讀書重要。」

顏如華的話，說得穩重、合理，不愧是班上的才女。

全班同學一起抬頭，瞪著孔老夫子。有人還喊「好！」

孔承先老師沒想到初二的學生，竟也敢和老師講理，不由得僵住了。突然，大發雷霆：「顏如華，你說什麼？你們讀書重要，難道愛國不重要？不愛國，讀書有什麼用？你們反對領袖，是誰教的？」

孔老師這一連串無理的誣賴的反駁，惹得全班鼓譟起來。

我怕同學激動下說出不當的話來，立刻站起來，請大家安靜，向孔老師說：

「孔老師，您是老師，我們同學應該尊敬您。我們也請老師別隨便誣賴學生。剛才顏如華要求老師講課，並沒有說一句別的。老師爲什麼誣賴學生『反對領袖』？這個罪名可以隨便加給人的麼？何況，我們讀書的目的，就是要愛國。照您說愛國比讀書重要，那麼國家不必辦學校，學生不必讀書了。孔老師，請您說話要合理，我們學生才會尊敬您。」

我把話儘量說得平緩，爲的是和孔承先老師把理講清楚。想不到孔老師不理我的解釋，漲紅了臉，瞪起一雙昏花的眼睛，猛烈捶敲講桌，連聲喊著：「反了！反了！你們這班的課我不能教了。」

孔老夫子拔腳出了教室，拐杖丟在門邊，走得很快。

班長站到講台上，和同學討論，對這突發的情況，商量怎麼辦？

「這事是我惹的，我負責。」顏如華說，「反正我也沒說什麼不該說的話，看孔老師要怎麼辦吧。」

「我們要抗議孔老師說話誣賴學生。」

「我們反對孔老師上課不正規講課，亂發牢騷，耽誤學習。」

「打倒老頑固孔老夫子。」

同學的情緒烘熱了。我向班長建議：

「請班長代表全班同學，向導師報告事情的經過，看導師怎麼說？」我又轉向同學：「請大家冷靜些，我們只談孔老師上課不講正課，喜歡東拉西扯浪費時間。大家都談這一件事，別的一句也別說。說多了，會讓人找麻煩。」

正在說著，導師王欣然先生走進教室。他輕輕鬆鬆告訴大家：「孔老師已經向教務主任梁尚志報告了，指初二1班上課搗蛋，他不願意教你們了。我去向他表示歉意，他不理，不理就罷。是怎麼回事呀？」

班長站起來，報告事情經過。

「沒事兒，你們安心上下面一節課，」導師笑著招呼班長：「你來，跟我對梁主任把事情講清楚。」

班長從教務處回來說，已對教務主任講清楚了，可孔承先老師還是拒絕教我們。

這太好了！大家正不想讓他教。到下午第七節「班會」，導師前來指導，對我們說：「孔承先老師提出條件，必須由班長帶全班同學一起，到教師休息室，當著各位老師的面，對他道歉，否則，他不會再教你們。」

孔老師提的這個條件，明顯地是端個架子，爭個面子。可我們初二1班學生並沒犯錯，憑什麼要求我們這樣子道歉？大家討論半天，決定寫一份「陳情書」分別呈給導師、教務主任、校長。說明孔承先老師平時上課，發牢騷的時間太長，浪費學生的時間。並附上一份「講授文法錯誤一覽表」，請求校方另派英文老師。這份「陳情書」大家推我來寫，全班同學簽名，「附表」由顏如華負責整理。孔承先老師上課講錯許多次，每回都是顏如華提出改正。她家是菲律賓華僑，英文是家中的「母語」。我們計畫在下星期一把「陳情表」呈上去。到星期六，我們要陳情換英文老師的事，被初二3班知道了，他們的班長過來，要求兩班同學一起聯名，孔老夫子的英文課就是教這兩班，兩班聯名遞「陳情書」，當然很好。兩班的班長也統一了對外說辭；這「陳情書」的事，完全學生自己辦的，「我們導師並不知道。」

星期一，一大早沒升旗之前，兩位班長已把「陳情書」放到校長、主任、導師的辦公桌上。英文老師孔承先，被所教的兩班學生聯名向學校陳情請求更換的消息，迅速傳開了。

這位孔老夫子，平日裝模作樣，從不正眼看人，別人也不正眼看他。他激怒著，像一隻使氣的驢子，在教員辦公室踢騰咆哮。大聲指說：兩班學生一定受人唆使，用意不僅打擊他這位忠黨愛國的老師，根本就要製造徐州著名學府的內部矛盾，破壞黨國的教育政策，裡面藏著重大陰謀，必須徹底調查，把幕後的主使者捉起來。他的吼叫，老師們冷冷看著，沒人上前勸說；辦公室外的學生，一波走了，又來一波，圍觀這位校園怪人的發火。孔承先老師，跑到校長室要求校長聯絡治安單位來校查辦，又到訓導處要求立刻傳問兩班的班長，把班長和帶頭的學生記大過，嚴厲懲罰。

孔老師吵鬧一整天。兩位班長被訓導處叫去問了幾次，回答是同學們受不了孔老師的教課，大家不得已才陳情。學校偏袒老師，兩班同學氣得要激烈抗議。到第二天，孔老夫子卻熄火了，他躲在單身教師宿舍不再露面。不知從哪來的消息，有位學生家長是政府大官，給校長打電話支持學生的陳情，校長連夜和孔老師談判，讓他提早一年立刻辦理退休，或本學期請長假，下學期改調別校。孔老師選擇退休，領錢回老家。是什麼大官竟讓一頭叫驢不敢不聽話？沒法知道。

兩班各派一位英文老師，我們班這位女老師劉潔如，上海聖約翰大學出身，原教高三和高二兩個班英文。上了一節課，教得好又像大姊姊般和氣，同學們都喜歡，就把孔老夫子那檔子事忘了。有些人，想熱鬧幹一場「革命」的，不免有點遺憾。

我們這兩班學生和孔老師鬥的小火苗，被人一下子踩熄了。可一陣大火馬上在校園燒起來。星期五中午，全校學生自治會會長，高二1班班長張衛民，以自治會名義聯合拂曉時事社、前路文藝社、春風戲劇社、凱歌社、徐人社會服務社等十個學生社團，向全校同學發了一封「告全校同學公開信」。這封信印得和「雙十聲明」一樣，正式張貼在學校的幾處布告欄和各班門外的墻壁上。

「公開信」大意是：自國慶日發生「雙十聲明」事情，至今八、九天來，徐州中學便有些身分特殊的人，對部分老師和學生調查約談，使學校陷入恐慌不安的氣氛中，嚴重影響教學的正常進行。這些特殊分子，妄指「雙十聲明」反對「恭建　蔣主席銅像」是對領袖不敬，對國家不忠，對黨和人民關係的挑撥和破壞。這種無中生有歪曲事實的誣控，既傷害了蔣主席的民主形象，也損害了國家的法治常軌，更侵犯了教育的獨立自由的基本保障。我們訂在明天（十月十九日，星期六）下午全校共同的「課外活動」課，召集全校三十四班的班長和各社團的社長聯席會議，討論維護教育獨立自由，恢復徐州中學教學正常化的辦法。地點在圖書館的學生閱覽室。

學生自治會這個號召全校學生的大動作，震動了校方。經過不斷的談話、勸阻、警告，自治會原計畫不變，僅同意校長、訓導主任、訓育組長三位列席。

「聯席會議」按時舉行，自治會長張衛民主席，拂曉社長彭鵬司儀，前路社長葛力田記錄，三十四個班長和十個社長無一人缺席。校長、訓導主任、訓育組長三位老師列席。在兩小時會議中，同學的情緒高昂，有的發言平和，有的批評得特別尖銳，共同的意見是，「雙十聲明」是愛國的文件，可以代表徐州中學師生的心聲，特工人員進入學校調查是違法地干涉教育破壞民主的行動，全校師生要一致抗議譴責。儘管校長向大家解說，徐州位於軍事要衝，各方面的力量匯集，學校行政工作有一定的難度，希望同學們理解；訓導主任說得更白，甚至隱約指出，「建像」是黨的指示，在江蘇省指定徐州地區先辦，徐州地區又要唯一的大學「江蘇教育學院」和著名中學「徐州中學」示範，然後推到全市各校，再推到全省各地區。所以，這件事，不是我們學校可以自行決定的。可是，不管怎麼說，聯席會議終於還是一致通過了「徐州中學學生告各界同胞書」，縷述了自國慶日的「雙十聲明」後，學校內發生的特殊情況，以及學生對這一事件的普遍反應和憤怒形勢。最後，向各界同胞提出三點呼籲：

一、遵奉國父孫中山先生建立民國「主權在民」偉大理想。

二、實踐蔣主席宣示的「政治民主化」政策。反對「恭建　蔣主席銅像」之破壞蔣公民主風範行爲。

三、維護國家教育獨立原則，保持學校自由、民主的教育環境。反對任何政治黨派力量進入學校影響教育的正常進行及干擾師生的教學活動。

這「三點呼籲」把「告各界同胞書」的重點歸納得十分扼要，把全校學生的主張宣示得非常明白。「聯席會議」後，「拂曉時事社」立刻把會議的原由和結果寫成專稿，送達《徐州日報》及京、滬、平、津各大報駐徐州採訪組。

第二天，徐報頭版及各大報徐州地方版，均以大篇幅報導。

接著的一星期，記者們湧進學校，深挖這條新聞寫作專稿。江蘇教育學院的學生自治會長來校和徐中自治會接頭，計畫聯合抗議「建像」事宜。各公私立中學的學生自治會，陸續發表支援徐州中學學生自治會的聲明。徐州地區的二十八所高中以上學校的學生聯合起來的形勢已經造成，有些學校的學生自治會，甚至揚言發動全市學生罷課、遊行等後續活動。

反對「建像」的大火，從徐州中學燃起，有燒到全市各校的燎原之勢，從而引發各界的聲援行動，更是不可輕估。

「建像」的工作和特工的調查活動都停了下來。校園終於恢復了平靜。明亮的、輕快的雲朵，浮上全校師生的臉龐。

從「雙十聲明」以來，發生在校園裡外的風雨，都沒有吹襲到我身上。作爲徐州中學的一份子，我有些疚愧未能站到風雨裡跟大夥兒一起奮鬥。我的年級太低了，旁觀那些高中部大哥大姊們處事幹練的能力，暗暗欽佩得很，自思差人太多也學了不少。我把學校發生的這些事情，告訴姊夫，更向余伯伯請教，他們都認爲學生自治會的行動很了不起！又都交代我：「好好念書吧，你還沒到出力的年紀。」

我很清楚，「活動」和「讀書」是兩回子事。在目前，我只有好好讀書這一個任務。已經考過的兩次月考，大概我的成績全班最好。

值得提的是，我「文學生命」中第一篇散文〈心影〉，已在十月十五日出版的《前路》文藝月刊第十五期登出來。張大亞主編一天下午來校讓葛天把我叫去。張社長給了我一個信封，裡面裝十元法幣稿費，又給我兩本當期《前路》和一本「前路文藝月刊稿紙」。他說：

「郭楓，是我們《前路》最年輕的作家。噢，作家憑的是作品不是憑年齡大小的。你這個小作家，散文寫得不錯，是一塊寫作的料子。希望你多寫，有前景。」

張主編的話，像電似地觸了我的神經一下，我幾乎要跳起來。我不知道對他說了些什麼？抱著《前路》、稿紙和那個信封，我在黃昏的校園到處轉悠，蕭瑟秋風裡，我的心頭滿是張主編微笑的面容。

《前路》文藝月刊以外，我投稿《徐州日報》的《徐風副刊》，也登出〈站在黃河沿上〉、〈木板屋〉兩篇散文。《徐風副刊》看到的人多，「作家」這個名號就掛在我的耳朵上，我聽著，感到有些刺耳，可又有點甜滋滋的味兒。

我把月考的成績，按時寫信給萬嘉鶴大哥，請他轉報我五大爺王敬久將軍。我也把在報刊登出的文章，附寄給萬大哥。這些都是我用功的成果。

寶貴的安靜讀書日子，像掛在枝頭的枯葉，秋風一吹，就跌落下來。狂暴的秋風來了，這回，狂風捲著野火，從首都南京燒起，向全國焚燃開來。

近兩個月，在首都南京，政府和其他黨派為了「制訂憲法」和開國民大會依據憲法由「國民大會代表」選總統，鬧得天昏地暗。原來「國民政府主席」這個國家領袖，並不是人民選出的，是中國國民黨「一黨治國」的所謂「訓政時期」逕由黨主席來兼任的。國民黨把中華民國的政治體制分爲：軍政時期、訓政時期、憲政時期。從辛亥革命以後直至抗日戰爭勝利，三十五年來都由國民黨一黨治國，國民黨和國家不分叫做「黨國一體」，現在準備要實行憲政了，那麼，由誰和如何「制訂憲法」？怎樣產生「國民大會代表」？這兩大問題，關係憲法的合理性，選舉總統的公正性，至爲重要。

各黨派要求按照一九四五年「重慶談判」的規定，召開「政治協商會議」，由各黨派平等協商這兩大問題。國民黨則拒絕召開政協會議，排斥各黨派參與，僅允其附庸的青年黨合作，逕行在十一月十五日，宣布「制憲國民大會在南京召開」，開始趕工制訂憲法，預定在十二月制訂出《中華民國憲法》。

這樣由國民黨主導的《中華民國憲法》，顯然仍是「一黨治國」的產物，缺少充分的民意基礎。各民主黨派、社會賢達人士，從十一月起，就不斷地集會反對，在各大報發表批判言論，並以遊行、請願等行動抗議黨國的蠻橫行徑，驚動了中外新聞界，產生巨大的政治震動。但國民黨政府，不怎麼在乎秀才造反，面對各黨派的種種抗議，並無積極的反應。

學生們起來了！這是可怕的野火。南京三十多所公私立大學，在東南大學、金陵大學的帶領下，數以萬計的大學生，從十一月二十日開始，無限期罷課，每天成千上萬的學生，在街頭演講、發傳單，大規模遊行，呼喊反對一黨制憲，反對一黨專政，打倒專制政權，爭取民主自由等反政府口號，政府對學生採取分化、勸阻、鎮壓等各種方法，經過報紙的渲染報導，使學生的反抗更加激烈，雙方僵持著，弄得首都人民同情學生，對政府反感，有的行業罷市支援學生，逐漸形成了反政府風潮。

學生反政府的風潮鬧大，從上海、北京、廣州、武漢、重慶等全國性大都市，向二線的省級城市擴散。

徐州的江蘇教育學院學生自治會，對各中學發放傳單，訂在十二月八日星期天上午九時舉行「反對一黨專政大遊行」，直接把攻擊的目標指向國民黨。在軍事重地的徐州，這種大膽對政府挑戰的行動，前所未有。徐州市的警察局在各校貼出布告，嚴禁學生參加反政府示威遊行活動，許多中央駐徐州的特工單位、軍事機關，組織了聯合糾察組，準備強力鎮壓學生反政府活動。

十二月八日的學生大遊行，各校學生的遊行隊伍開出校門時，就被攔截切斷，無法進行全市學生隊伍的集合。不過學生也擬出應付的方法，化整爲零，分成幾十人一隊的小組，在全市大街小巷流竄，向店鋪、住宅、機關散發傳單，隨機街頭演講，學生和軍警像進行城市游擊戰。老百姓給學生通風報信，對軍警橫加阻擋，一天下來，全市到處廢紙垃圾，像遭到一場風災。

災難的星期天過去了，徐州市的災難似乎正在開始。

半年多以來，物價本來就徐徐上揚，學生「鬧事」後，物價漲幅迅速加快，市政府財經部門放話，本市民生物資，貨源穩定，庫存充裕，物價的暴漲純粹是不肖商人囤積抬價造成的。財經部門與軍警單位，一面推出大量物資應市，一面組成聯合監督物價隊，巡邏各商場店鋪，命令貨品按公訂價出售，同時對提高價碼的店家罰款，囤積物資者立刻逮捕拘禁，迅速判刑。如此嚴厲的物價管制，讓人民產生貧乏的恐慌，戰爭的流言四起，家家戶戶儲存生活用品，搶購一切可以買到的物品，商人乘機運用各種手段，囤積抬價又能得到監督隊的縱容包庇，物價便加速騰飛起來。到十二月下旬，黨政軍各單位，宣布從民國三十六（一九四七）年一月一日起，各單位的薪餉，改發實物，以主（麵粉、白米）副（食油、鹽、糖、布）物品票券代替現金，藉以解決囤積漲價問題。可是，囤積的照樣囤積，物價照樣上漲。

徐州是津浦和隴海兩大鐵路幹線的交會點，公路更四通八達。年來隴海鐵路東行山東段，早就因八路軍游擊戰的「扒路」一直不通，最近，津浦鐵路皖北段也時遭破壞，國共內戰的陰雲愈來愈濃厚了。從皖北、魯南、豫東跑來徐州的難民，街頭巷尾到處都是。

街上的警察多了，機關大門的衛兵多了，可是，反對內戰，批評政府的傳單、標語，隨處張貼，學校裡反政府的演講、集會愈加密集了。軍警部門宣布，明年起，晚上十二時到凌晨五時，實施宵禁。

徐州，戰亂的腳步一步步逼近了。

第七章

一

1

今年的寒假放得早，放得長。

春節，是中國人最大的節日。今年農曆正月初一，是民國三十六年一月二十二日，遵照教育部通令，徐州中學寒假從一月十八日（星期六）開始到二月十七日（星期一）春季開學。比往年提早一個星期，假期長達一個月。

寒假的第一天，我來到姊夫家。這天已是農曆臘月二十七離大年夜只差兩天了。難民區的棚戶，不管日子多麼艱難，「年年難過年年過」，是中國人在戰亂歲月的苦難中磨出的一句過年哲學。又無限心酸地捱過一年，祈盼新的年月能夠有好運來臨；家家戶戶，不論平時怎樣卡緊喉嚨生活，到了農曆要過大年，總是卯足勁，準備節慶的吃喝玩樂。女人們在屋旁冰天雪地裡架起鍋灶，爐炭的火舌捲得老高，鍋子裡煙霧瀰漫，炒炸蒸燉著各類年菜，得準備吃上十天半月的份，誰也忙得顧不了頭臉，一個勁兒地幹，好換取大年初十以前不動刀鏟的安閒。男人們已提前從勞苦工作中解脫了，三三兩兩，閒逛聊天，挺著腰摸著口袋，準備在年節大喝春酒，上牌桌摸幾圈麻將，賭幾把一翻兩瞪眼的牌九。孩子們沒有打罵捱了，野兔子般隨處亂竄，吃糖、放爆仗，嘻嘻哈哈的歡笑灌滿了陋巷。這難民區，年節的氣味，在苦澀中向上升騰。

俺姊也在忙著年菜，忙得玩兒似的，一派悠閒。家裡上上下下也就只兩口子，袋裡也有那份閒錢，過年，滿可以一起逛逛街，上上館子，享受幾天輕快的日子。她準備點年菜，不必多，打算在初一前後幾天有體己的親友來家聚聚，這中間，我是重要的一份。

「四弟啊，今年寒假長，年過得早，大年三十到初五，你可哪裡也別去！要回家來過，姊給弟弄些家鄉菜，你和您姊夫好好過幾天。你念書，您姊夫幹活，都夠辛苦啦。」姊在一個月前就叮囑我。

「四弟來啦，」姊高興地招呼我：「您姊夫在屋裡喝茶，昨天還唸叨你哪。」

姊夫已聞聲從廳門探出頭來：

「四弟快進來喝杯熱茶，數九的天，在外面跑夠冷的。」

小小的一間客廳，牆上掛了張大紅剪紙的財神爺年畫，門和窗子都把「福」字倒貼著，說是「福到了」，正面牆根擺一張長條供桌，燒著一爐香，供奉「李氏祖先之神位」，過年的準備，很周到。

我剛坐下，捧著一杯熱茶，還沒喝幾口，姊夫已忙不迭地告訴我：「萬嘉鶴昨天下午打電話給我，他知道學校今天放寒假，你會來家。告訴我，你來後馬上打電話給他。」

我看了萬大哥留的電話號碼，是第七集團軍勤務總處周鴻仁處長的號碼，心裡有些疑惑，照著號碼撥過去。電話通了，聽筒裡傳來萬嘉鶴大哥的聲音。

「萬大哥，萬大哥，」我連聲地喊。「我是少鳴，你好麼？」

「少鳴，是你，」萬大哥也喊得很大聲：「咱倆好久沒見了。明天是星期日，上午八點你到勤務總處傳達室來，我出來接你，開車和你一起玩一天，好好聊聊。」

我把電話裡談的告訴了姊夫。

姊夫的表情很持重：「萬家哥兒倆，現在是王總司令最靠得住的部屬。萬嘉鶴掐準了你放寒假的時間，打電話找你，要花很多時間和你聊聊。我想，他一定有重要的話告訴你。明天見面，你可要聽請楚他說些什麼？」

早上八點，我一到「總勤務處」的大門前，值星的警衛長就認出我，趕緊迎上來：

「郭少爺，您請會客室坐，我馬上打電話到處長辦公室，報告萬中校您已到了。」

正在說著，一輛吉普車從中央大道那端開來，車子停下，司機招手喊我：「少鳴，你上車吧！」

原來萬嘉鶴大哥自己駕車。他什麼時候已經學會開車了。

「萬大哥，你好！怎麼你會開車了。」

「開車有什麼難學？可要把車開得好，並不容易。我已經自己開了半年了，方便，不必倚靠駕駛員，說走就走。」

「咱今天出城去，把肚子裡的鳥氣換一換。」萬大哥說：「年關到了，咱們到雲龍山寺廟吃頓齋飯，先到半山坡你老爺子的墓上祭拜一下。這樣一舉數得，可好？」

我當然完全聽從萬大哥安排。

到雲龍山，在山麓的香燭店，買了祭拜的紙箔、貢香和手工花束，車子盤山而上，開到半坡處停下來。我倆走到松林間，我父親的墓園在一片開闊的平台上。墓園是正方形的園林設計，佔地兩畝，四角各蹲踞一隻高大石獸，前方一座藍瓦石柱的六角涼亭，一條白石路通向墳墓，墓的正面，有一塊鋪著白石的平地，中間是一條巨大的石頭供桌，桌後立著一方很高的石碑，碑上刻著：「郭劍鳴將軍之墓」幾個漢隸大字，左下方屬：「陳果夫題，中華民國二十五年七月十日」一行正楷小字。墓用青石砌造一公尺多高，墓後是一片深綠森林。

我們在供桌上擺好花束，在石頭香爐點燃貢香，把紙箔燒了。我伏地磕三個頭，嘉鶴大哥行三鞠躬禮。

這是我懂事以來第二次祭拜父親。去年清明節，二哥、姊夫和我前來掃墓是第一次。兩次到這座建造得莊重典雅的墓園，祭拜時，心頭湧起的是對一位可親的革命家的敬意，這是我聽到大家述說父親生平事跡所塑的形象。至於親子之間哀思追念的感情，一點也沒有。實在是「父親」的面影在我的記憶裡，淡得只是煙霧一片……

萬大哥把車開到山頂停妥。我們在著名的「放鶴亭」坐下來。放鶴亭因蘇東坡一篇〈放鶴亭記〉成爲徐州古跡勝地。此時在過年之前又是三九寒天，遊人只我們兩個，憑欄遠眺群山崢嶸，俯視湖波盪漾，廣闊而清幽的天地，都屬於我倆了。

旁邊寺廟供應素齋，我們先要了一壺毛峰喝著。

「俺哥和我，去年十一月中旬就調來徐州『總勤務處』了，」萬大哥說，「剛調過來，事情麻煩得纏成沒頭沒緒的一團亂草，兩個月，忙得不要命！加上你們學校的學生正鬧得凶，想著別打擾你念書了，我沒連絡。等到一切大致安頓下來，你們放假了，馬上找你出來，咱們也算偷得浮生半日閑，可要痛快地聊聊。」

我表達了對萬大哥的思念，有很多話要和他說。

萬大哥裝在肚子裡的話，似乎更多，他開始滔滔不絕說起來：

「原擔任『總勤務處』處長的周鴻仁，從當兵就跟在王敬久的身邊，將近二十年，步步高升，掛上一顆金星。他並非軍校正規出身，也沒有什麼學歷，可他聰明靈活，摸清王將軍剛猛的性子，對這隻老虎順著毛撫得十分舒服，把總司令的公館弄在蘇州安置得十分齊全，成爲總司令面前的『紅人』，拿到掌管集團軍物資供應的肥缺，不過幹一年嘛，很刮了些油水。這位中年的少將處長包了一個二十出頭的漂亮小歌星，在外賃屋同居，成爲半公開的祕密。周鴻仁也不怕誰打他的小報告，告上去，不是石沉大海，就是派下人來調查是誰破壞軍譽。去年入秋以後，局勢不安的現象浮出來，周鴻仁帶著小歌星跑了！把老婆孩子甩在家鄉，把總司令甩在前線，他拐了大筆軍餉，跑得沒影兒，猜想大概跑到女人的老家廣東去了。」

歇一下，他繼續說：

「總司令氣得牙都腫疼了。要捉過來，斃了。斃誰呢？人都跑了像從地球上消失了。按照中國眼下這份亂勁，到哪去找人？就算派人去找，廣東那地方的人，長得瘦黑，說得繞口，被糟蹋說是猴形鳥語，其實他們有自成一格的民族文化。外省人要在廣東查訪誰，可說是門都沒有。」

「那該怎麼辦哪！」我爲五大爺著急。

「這不是？總司令把俺哥兒倆調來徐州了。俺哥頂上處長的位子，我幹財務科長，實際是整個後勤的帳目一把抓。唉！」萬大哥嘆一口氣，「不查不知道，一查賬，姓周的給總司令捅了漏子太大了。麻煩的是，總司令交代我倆，無論如何，眞正的情況只向他報告，千萬不能讓上面知道，也不能讓下面知道。」

「洞，很大，得慢慢想法子填補。」萬大哥又加一句：「這下子，夠總司令煩的了。」

我老老實實聽著。急，白急。

萬大哥一口把茶喝乾了，用手轉著茶杯玩，我拿過他的杯子，倒一杯熱茶遞給他。接過茶杯，他啜一小口，又嘆氣：

「唉，讓總司令煩惱的事，還有更大的哩！」

我驚駭張大眼睛，直瞪著萬大哥。

「打仗，和共產黨打仗！是的，是的。」他失神般低沉自語，驀地，發現我驚駭的表情，挺身坐正了，嚴肅地說：

「老弟啊，王敬久將軍，我們的總司令，你的五大爺，可眞是既勇敢作戰，又絕不貪錢的大將。過去八年抗戰中，他和日本打過很多硬仗，在國軍將領中也算是善戰的了。可是，和共產黨打仗，這個仗怎麼打呢？」

萬大哥的眼光全讓陰鬱蓋著了：「你別誤會總司令不會和共產黨打仗！共產黨那套游擊戰，交手一年多，總司令已經摸透了，共軍的指揮官大家都是黃埔同學，他們最怕和王敬久對著幹，可是，咱這邊，上面的人總瞎出主意，從來沒有打過勝仗的，當了方面大員反來領導善戰的將軍，仗打贏，功是他的，輸了，過由你頂。這麼仗怎個打法？」

「老弟啊，你可知道，去年入冬在蘇北的沭陽那場較大的仗？」

「報上登過，《中央日報》、《江蘇日報》等許多報，寫沭陽大戰國軍轉進一百公里……」

「哼！『轉進』，什麼叫轉進？轉頭前進！敗了。」萬大哥憤慨起來：「那一仗，是魯南蘇北地區一場比較正式的仗，上面不放手總司令指揮，硬是把不同系統的三路人馬混編作戰！一仗打下來，咱第七軍團損失一個師，裡面有一個重炮團——一部分駐過徐州中學——陷落在共軍的扒路挖溝戰術中，整團被擄了。」

「駐在大禮堂的炮兵部隊軍紀很嚴，去年十月初的一夜，開走了，禮堂內外，整理得乾乾淨淨。想不到，精銳的重裝備都歸共軍了。」

「共產黨精得像鬼，你打他走，把空城留給你，佔領了大官向上報功，宣傳上佔光，沒實際戰果。他們逮到國軍被誘深入的部隊，迅速包圍起來打殲滅戰，把國軍的團、旅、師都吃掉了——不少的部隊，接受了心理喊話投過去。民怨太深，民心變了！鬥下去共軍愈打兵愈多武器愈好！這勢頭，在前線的官兵清楚，可後頭的軍政大員活在共軍是土八路不堪一擊的夢裡。國共在各地對峙一年多，雙方都在利用美國人居中調停和談的時機，打打談談，暗中作全面開打的準備。照我看，不，前線的軍官大多這麼看法，時間拖下去，對共軍有利，對我軍不利。」

「那該怎麼辦哪！」這回，我爲國軍的形勢著急。

「誰知道該怎麼辦？除非國共雙方的這一位，」萬大哥舉起大拇指：「他倆眞有心和平共存才有點辦法，但是，這不可能，比夢想更不現實。看吧，截至現在，國共的小仗不斷，眞正的全面大規模作戰，也不會多久了。大戰一定會從東北開打，林彪的軍隊弄到日本關東軍的重裝備後，訓練得該差不多了。」

萬大哥聲調愈來愈低。

我的頭也漸漸垂下來。

「淨說這些幹甚麼？菜來了，咱們喝點酒吧。」萬大哥要來一瓶黃酒。這寺院的「齋堂」只供應黃酒，說法是，黃酒溫和，是補養飲料，可以賣。實際也許爲了掏客人的口袋。

端上來的四色素菜的食材，有新鮮香菇、筍尖、銀杏，石斛等稀罕物品，他們說是從南方專門採買而來，廚藝更是細膩。我想起來，俺嘉鶴大哥，本來就是位美食家嘛，他把這齋膳的精品全點了。

「來，老弟，咱哥兒倆先乾一杯。」萬大哥端起白瓷小杯一仰而盡，我也乾了，向他照了照杯子。

「說到酒，南方的黃酒，是文明酒，這『古越龍山』的牌子，是紹興黃酒中的正宗，甘而不烈，醇厚的香氣從舌尖直透咽喉，別家廠產的，就是沒法子有這種風味。」

幾杯黃酒下肚，一片薄薄的紅暈浮上來，萬大哥白中泛青的臉膛，顯現出浪漫文人般的瀟灑風采，文雅的書生氣，很濃，若非罩上那身中校服裝，怎麼看，他也不像一個軍人。

忽然，他指著高掛後牆上的「蘇軾先生畫像」，問我：

「咱倆神神鬼鬼的海聊一上午，在這座放鶴亭高談闊論，老弟，你可讀過東坡先生的〈放鶴亭記〉？」

「讀過，我會背：熙寧十年秋，彭城大水……」

他搖搖手，讓我停下來。

「這文章長，不必背了。文中所寫的隱居之樂，也讓人徒然感嘆。東坡先生那首〈念奴嬌——赤壁懷古〉是千古絕唱，大概你也念過，我倒想聽聽。」

大江東去，浪淘盡，千古風流人物。
故壘西邊，人道是，三國周郎赤壁。

亂石崩雲，驚濤裂岸，捲起千堆雪。
江山如畫，一時多少豪傑。

遙想公瑾當年，小喬初嫁了，雄姿英發。
羽扇綸巾，談笑間，強虜灰飛煙滅。
故國神遊，多情應笑我，早生華髮。
人生如夢，一尊還酹江月。

我按照劉樂山老師所教的古調，吟唱這首〈念奴嬌——赤壁懷古〉，聲韻的抑揚頓挫中，似乎更能表達東坡的無限意趣。

萬大哥原本笑咪咪地聽著，等到吟唱完了，一臉寒涼地站起來，舉起杯子：

「好一個『浪淘盡，千古風流人物。』『人生如夢，一尊還酹江月。』坡翁啊，坡翁！您太寂寞了！讓我敬您一杯。」

聲音顫顫地朔風般冷。

我趕忙站起來，也高舉杯子：

「萬大哥，『自古聖賢皆寂寞』，詩仙不是早就說了麼？來，咱們同敬坡公一杯。讓咱哥兒倆也加入『寂寞』行列。」

同乾一杯，萬大哥拍一下我肩膀，力道挺重。

「你這老弟台，年紀輕輕，這肩膀夠結實。你想要做文學家的夢啊，倒是個，不錯的夢。」

我倆瘋瘋癲癲地相看著，都哈哈大笑起來。

下山時，日頭已經偏西，迎著刀子也似朔風，我心頭熱烘烘地並不覺得冷。萬大哥邊開著車邊說：「這一天，過得眞痛快，清淡幾杯黃酒，消了我許久以來積存心中的塊壘。」

「我也是，大哥。」

「咱哥兒倆要是能夠時不時地這麼聚一聚，那該多好！可這身『二尺半』把我捆住了！……」話鋒一轉，他鄭重告訴我：「今天約你見面，是有個重要事情通知你，我壓著，特別放到最後再說。王總司令這兩天在徐州，開一個軍事會議。他指示俺哥和我，明天，晚上八點，帶你到南郊賓館見他。」南郊賓館是招待大官的頂級招待所。

2

星期一，在學生餐廳吃過飯，我向宿舍的管理先生打了招呼，說是今晚去親戚家，如果太晚了，就請個外宿假。七點半，我按約定站在學校大門外，一輛吉普車準時開到，跳下兩名軍官：萬嘉鶴大哥，另一位少將，當然是從未見過的萬嘉麟大哥了。

我趨前向少將鞠一個躬。

「這就是俺哥——萬嘉麟，也就是你的大哥。」嘉鶴大哥介紹。

「大哥好！」我輕輕叫一聲。

「少鳴老弟，眞不錯！怪不得嘉鶴說到你就讚，眞是見面勝過聞名了。」少將上下看了我，說話爽快，風趣。

這另一位萬大哥，和他弟的翩翩風度，完全不一樣。五短身材，結實剛健，標準軍人威儀。車子由嘉鶴大哥開，我坐在後座。車子進了南郊賓館，開到主樓前的廣場停下。

衛兵迎上來，引導我們到一樓一〇二室。

這是間豪華寬敞的套房，進了房門，穿過玄關，大客廳的沙發上，坐著一條打著赤膊的大漢。中年人了肌肉仍凸在寬大胸膛和粗壯的臂膀上，一塊塊，黃銅雕塑似的，展出雄性壯美。那豹子頭臉，濃眉大眼，相貌十分威猛。他剛從浴室出來，身上蒸著水霧，雖然房間有暖氣，三九天裸著上身，套條短褲，還是得有身體的本錢。

「報告——總司令，郭少爺來了。」萬少將發話，兄弟倆，動作一致，立正，行舉手軍禮。

「恁哥兒倆，都是咱自家人。別見外，就喊他大朋，行了。」總司令手一攤，讓兩位軍官在一旁坐下。轉過臉，大環眼對我掃來，一束光把我電了一下：

「是大朋吧，喝！長成大小伙子啦！」話，全是家鄉味兒。

我趕前一步，跪下，連喊兩聲：「五大爺好！」磕三個頭。

「好，好。還守著咱家鄉的規矩，」五大爺拍拍沙發，讓我坐在他身邊，仔細把我看了個夠：「好小子！恁給五大爺磕了頭，這見面禮是不能免了。」他拍了一下肚子：「看，恁五大爺身上可沒帶錢。」

這句話，逗得小萬大哥忍不住笑了笑。

「嘉鶴，你別笑，這見面禮的紅包，你得替俺補上。」

「是，總司令。」嘉鶴大哥站起來，鄭重回答。

這回，總司令也笑了：「嘉鶴，你別這麼緊張嘛。」

「大朋呀，俺早就想看看你這孩子。恁六大爺、七大爺一口的誇你，可咱爺兒倆最近，咳，都一年多了竟沒照個面？官愈大，愈不自由啊！這回，來徐州，打算一塊兒吃頓飯，談說談說，哪曉得……這點子心願也達不到了。今晚，等一會兒，還有事。現在簡單扼要告訴你，恁七大爺前幾天打電話來，要你下學期就到南京去念，這個決定也是他和我商量出來的。」

「明天一大早，你就給恁七大爺打電話。」五大爺交代我，「大朋，有啥事，找萬處長哥兒倆吧。」

大約見了十來分鐘。萬嘉麟大哥領我們退出來。

時間雖然還早，我決定不回宿舍了。請他們把我送到姊家。

姊和姊夫正忙著包餃子。老家規矩，年初一到年初三，頓頓得吃元寶，可又不准動刀鏟，餃子包好，天然就會結凍，拿來一煮就好。

我坐下來，告訴他們不用再包了，今年過年，咱都回小店去。

我把拜見王敬久大爺的經過說了。我想到，下個學期就要去南京，此去，再能回老家過年的機會恐怕難了！世局誰知道怎麼變化？

第二天，早晨七點，我在姊夫家打電話到南京。接上了七伯伯，他告訴我：昨夜五大爺已經和他通過電話。他要我明天，二十一日，農曆年三十，搭軍用飛機去南京，萬處長派人送上飛機，那邊還是派顧科長接機。原來徐中初中畢業再考金陵高中的計畫改了，因爲五大爺說，愈早轉學南京愈好！恰巧金陵中學寒假高初中各年級都招插班生各五名，所以叫我盡快到南京，準備二月一日，星期六的插班生考試。金陵的寒假插班生，有人事關係，可最終還得憑學力。

我請求七伯伯讓我延後三天到二十四日去南京。他聽過我的述說，答應了。徐州這邊，重新辦好機票，萬家鶴大哥要親自送我搭機。

這一天，要辦很多事：姊夫和姊，要聯絡小店俺二哥，告訴我們明天回去過年；準備過年的禮品、紅包等等。我，先回學校的宿舍，收拾一包要帶去南京的書和衣物，其餘的被子衣服和用具，全部用床單包起來，準備申請離校時，請姊夫來取。再就是到余恒亨家，向余伯母說明下學期轉學南京，請她代向余伯伯致意，余伯母捨不得恒亨更捨不得，千萬叮嚀，也留下她家在南京的地址，相約不久再會。傍晚到文昌街十號，兩位表姊都在外婆屋裡。外婆病兩天了，據鼓樓醫院的大夫診斷，老人家受了風寒，引發急性支氣管炎，發燒三十八度C上下，咳嗽，不算嚴重，比較擔心的是老人的心臟不好，再不能受累、少睡、著涼。

我靠在外婆床邊，瞧著她老人家，白髮蓬亂，臘黃的臉皺得風乾橘皮般，無神的眼珠向著天滾動不知想尋覓什麼？我伏在她老人家耳旁喊她。她歡喜地說：

「噢！大朋，俺乖孫子來啦。」外婆抖抖地伸出乾枯的手掌，摩挲著我的臉龐，生怕一下子消失了似的。

我大聲向外婆拜個早年，告訴她，我明天回小店鄉下。過了年再來看望她老人家。我一月份的餉，發了八袋麵粉票，給俺姊四張，把另四張交給木蘭大表姊，悄悄告訴兩位表姊，我下學期到南京念書的事，二十四號大年初三就走。

兩位表姊慘淡望著我。我問：「二舅幾點回來？」亞蘭姊搖著頭，「沒準兒，大概都在三更半夜。」「二舅呢？」「他啊！遊魂似的，更沒個時候，來了也是躺在大煙榻，死抽一陣，過了煙癮就走。」

這個家咋辦呢？可我也不能不走。

回小店，我們沒去擠公路車。大包小包，拎的背的，東西太多了。姊夫約輛常替木工廠送傢俱的小貨車，下午出發，開到小店俺家門口，卸貨、下人，順當得很。

剛好趕上大年三十夜的團圓飯。不管怎麼著，年，總是要過。

伺候老爺爺，吃罷，躺到床上。

姊夫、二哥、三哥、我，算是四個男人，圍一張圓桌喝起酒來。俺姊、二嫂忙著做菜。弟弟、小妹輪流著端菜。最後二哥上個大瓦罐的羊肉鍋下面火盆的木炭燒得好旺，全家都圍著桌子坐下來。

俺這一家，人人往上竄，有熱氣，誰也壓不住咱們。歡笑，又在前後院蕩開。

吃過年夜飯，按家鄉規矩，長輩上坐，晚輩依序磕頭、拜年、領壓歲錢。俺家這一堆人，都是平輩，姊夫和二哥最大，他們不讓弟妹們磕頭，可紅包照發。

我也準備四個紅包，恭恭敬敬送給姊夫、姊、二哥、二嫂，誠心感謝他們一年來照顧弟妹們的辛勞。

大年夜，守歲也是咱家鄉的規矩。有的守到天亮，至少也要守到午夜交正子時，家家戶戶大放爆竹了，守歲的大人才會去睡。今年這個大年夜的歡聚，以後恐怕難得了！守歲，這個節目，兄弟們正好談心。姊夫搬出四瓶從徐州特地帶來的紹興黃酒：

「守歲，咱兄弟們換換口味，喝這個。」

黃酒，除了徐州市的大百貨店有賣，各縣城、市鎮、鄉村賣酒的店只賣白酒。咱北方侉子，瞧不起黃酒，頂愛喝白酒中的白酒，濃度六十五以上，點根火柴能著火的厚二鍋頭。黃酒，算啥酒，酸不拉幾的貓尿嘛，咋能喝那玩意兒？

我可挺愛黃酒，姊夫也是，二哥在徐州喝過，能接受。三哥自己去拎一瓶二鍋頭來：「吃飯時俺這個沒喝過癮！恁哥兒仨，去喝那黃湯吧。」

桌子中間放一盆花生，酒，自斟自飲，隨意喝。

話題是姊夫撩起來的：

「四弟，你可知道，你五大爺為什麼急著讓你到南京念書？」

「我知道。還不是怕萬一國共內戰正式開打了，南京在江南，又是首都，那裡的中學，讀書環境安定，可以專心念書嘛。」

「哼！豈止是『萬一』實在是『一定』，」二哥把話插進來：「國共的全面內戰，一定會開打。時間，也拖不了多久了。」

姊夫連連點頭。加上一句：

「王總司令這一年多來，處在蘇北、魯南和共軍衝突的正面前線，他要你『愈早轉學南京愈好』，這句話，就證實了國共的全面內戰時間不久了，他一定和你七大爺談過，只是不願對你說白了罷。」

「可是，這內戰，國軍打不得呀！」二哥說：「咱們都知道，這老黃河以南的村庄直延到靈璧縣一帶有百十座吧，在抗戰期間全是國民黨可靠的地盤，十八路只能在北岸山區築巢偶而過河騷擾騷擾。抗戰勝利了，先是八路軍南下趕跑了游擊隊，後是國軍開到又趕走了八路軍，一來一往，只不年把光景，現時這一帶表面還在國民黨手裡，可民心早跟著共產黨轉了。能怪誰呢？國民黨幹得太絕！咱鄉下人的心石頭一樣，也給敲碎了。」

二哥說得又悲憤、又悲觀。

他再接著說：

「姊夫、四弟，恁倆在徐州城裡，大概也有耳聞，可並沒有眼見國民黨幹得多絕！那些土匪行爲恁倆清楚得很，不用多提了。且說說捉丁。這半年多，國軍有些部隊在前線打垮了，軍官帶著殘兵就來鄉村捉壯丁，路上的田裡的年輕人，碰上就捉走了！家人跟著哭嚎要挨槍打，有的像東邊狗黑的獨子神鬼不知沒影了！現時，村子和村子聯手，派人在路口放哨，一見國軍下鄉，就吹起牛角號角，幹啥活的，一丟，拔腿就溜掉。黃鼠狼抓雞似的，有些雞就飛到共產黨那邊去。

「再說說搜查共產黨。咱這一帶稍有點底兒的，大概都是國民黨，抗戰時期，有那麼幾個跑去『抗大』的，都在共軍部隊或解放區裡，哪會乖乖等在庄裡。國民黨聽說哪裡有點動靜，特務下來胡亂捉人家的老小，亂打亂殺，仇恨在鄉村遍地生了根。

「農民的心，轉向到這步田地，恁看，這內戰，國軍咋打？」

「我在城裡聽說，咱這邊，上面的人，認定共軍不是咱的對手，眞正開戰，不用半年能把共軍打垮！」我忍住，不提萬嘉鶴大哥。

「這個消息我也聽人傳說。」姊夫冷笑著：「哼！那些上面的大人物，讓權力矇住眼糊了心了。就算看不到農民，難道也看不到城市裡的學生、工人、各行各業的反對浪潮？還在揀著好聽的話來聽，睁著眼睛作夢，夢想憑武力硬幹完成天下一統哩！咳，明白的人，都已看得出來，國共內戰，非打不可，打下去國軍不見得能佔到便宜。」

「要是大戰非打不可了，那該咋辦？」我很擔心打仗。

「怕啥，咱家那麼大的災難不也熬過來了。老五再有年半小學畢業，我會和你聯絡把他送出去。老三有一身木工手藝能闖天下，到時候我也讓他跑遠點，咱兄弟四個，留下我看守老家這個窩罷。」

「姊夫，你呢？」

「我麼，我這個老牌國民黨員，到時候，恐怕……」

姊夫的話，在半空停住。大家誰也不說了。

喝酒，四瓶黃酒，三個人幹光了。三哥的那瓶二鍋頭，還喝不到一半，他的頭，已經歪到肩上了。

3

這車開進旭園的庭院，太陽已經轉到西南角了，在這片向陽的庭院滿地投射下林木枯枝的線條，一片蕭條的冬景更加凸顯出紅樓古典氣概的巍峨。

七伯母和曉青、曉藍姊妹倆，已經站在大樓拱門前的平台上。沒等我跨上台階，曉藍小妹跳躍著迎上來：

「大哥哥，這回你來南京要讀金陵中學了，不會再走了吧！」她拉著我走到伯母面前。

七伯母微笑著。吩咐顧科長和小李：

「你們把郭少爺的東西搬到小樓他去年住的那間房。郭少爺要在南京讀書了，會一直住下來，你們看著房間還缺什麼不？自己去添補起來。」再招呼我：「少鳴侄兒，咱們進去吧，外面，冷！」

大家進去，把厚外套脫下交給女傭掛在衣帽間。

七伯伯坐在溫暖的大客廳，捧著一本線裝本大書，我們進來了，他把書仔細擺在光亮的花崗石大茶几上，我瞟了一眼，書皮上印著「曾文正公全集（三）」一行木刻宋體字。這種木刻宋體字線裝本，藍封皮，米黃宣紙內頁，翻開有淡淡的木質香味，是前清塾生通用的本子，我們小店家有好幾櫃子，我讀私塾就帶這種本子上學。眞想不到七伯伯這位將軍，坐在完全洋氣的大客廳，會讀古本的曾國藩全集。算算今天二十四日，是春節的大年初三。看起來，七伯伯他們家，大概甚麼節慶都喜歡過，客廳高大的聖誕樹繫滿閃亮的小玩意兒，門上卻又倒貼著「福」和「春」字，還掛著一串大紅宮燈，房子雖然高大，也算非常熱鬧。

伯父、伯母坐在長沙發上，我向兩位長輩拜年，這家不興磕頭那種老規矩，便端正鞠了三個鞠躬。七伯母還是按老規矩給我一個紅包：

「少鳴侄兒哪，這半年你又長高不少成個大人了。這壓歲錢，祝你個一年吉祥，讓你書念得好。」

我謝了伯父、伯母，報告我上個學期的學業成績還沒拿到，已經知道是初二1班的第一名，也是初二全年級的第一名。

「你的學業成績夠硬了。」七伯伯說：「今年金陵中學在寒假招插班生是破天荒的事。北方各地因爲國共對峙的形勢緊張，有地位的人，都在江南安了家，把孩子轉到南方讀書。教育當局便讓南方各城市的大中學校招插班生來解決問題。金陵中學，每個年級只招收五名，恐怕十分難考。不過，其他的市和私立中學都把招生日期錯開，不愁沒有學校讀。金陵中學的考試最早，在二月一日，星期六。明天上午，你帶上徐州中學的學生證，讓顧科長陪你到金陵報名。這回南京各校的插班生考試，不准南京地區的學生報名。」

「少鳴侄兒哪！現在到考試，中間只有一個星期了，你功課雖然很好，可也要臨陣磨一下槍吧！」七伯母有些擔心：「大家都想擠進金陵中學，聽說報名的學生每天都排隊成長龍了。」她回頭叮嚀曉藍：「這一個星期，大哥要安心準備考試，不准你去打擾。」

小妹躲在曉青姊身後，向媽咪做鬼臉。

考試那天，金陵中學擠爆了，只初二的考生就有三百多人，曉青大姊帶著小妹要來加油，伯母准了。顧科長和小李忙著跑進跑出照料。一天五科：上午是國文、英文、化學，下午是數學、史地，每科六十分鐘，考完了，我自己覺得可以，精神也不錯，小妹陪考一天累垮了。

二月三日，放榜。各大報都登出了金陵中學插班生考試錄取名單，我以第三名考取了。全家高興得不得了。

曉藍小妹對七伯母說：「媽咪，大哥哥考試，人那麼多，嚇死我了！要是今年暑假我考初中，也這麼多人考，哪，我怎麼辦？」

「怎麼辦？就看你自己了，媽咪一點也沒辦法。」

「爸爸，」伯母向七伯父說：「少鳴這孩子爭氣，金榜題名，咱們今晚出去換點口味可好？還在過年哪，後天才正月十五。」

我心想，去年八月住這兒十來天，吃過好幾種菜館了，還是家裡的飯，吃起來舒坦。向外跑甚麼勁兒？

七伯父說：「大三元餐廳，在最近從香港半島酒店裡聘來兩位粵菜大師，手藝高得很，一下子就把京城美食圈佔領了。我們陸軍總部幾個已經去過兩回，人人說好再去。我正想帶你們去嚐嚐，今晚就去大三元吧！」

「爸爸，你倒是有口福啊！」伯母撇了撇嘴：「我們這群姊妹淘，怎麼還不知道呢？」連聲呼叫江嫂；趕快通知顧科長，趁上午的時間還早，立刻打電話，讓大三元留個包間。

下午三點的時候，金陵中學的特快郵件到了。寄來「錄取通知書」通知二月六日星期四以前，到學校教務處註冊組報到，到總務處事務組量身做學生制服，到出納組繳費等。插班生要提前辦這些手續，沒辦就通知備取生遞補。這些手續，自然是顧科長陪我去辦。

七伯母很驚奇我的考試成績單：五個科目的成績都在九十分以上，數學、化學兩科都考了一百分。「這孩子頭腦怎麼搞的？他要做文學家，數理又這麼好！」她對伯父說。

「這都是天生的。當年咱結拜的八位兄弟，每個人的頭腦都不錯，可還是劍鳴最行。要不，校長怎麼特賞識他？可他書念多了，想得也多，才會有跑到杭州出家那一場事。少鳴哪，咱們得開導點兒。」七伯父的話裡包含很多意思。

「讓少鳴教小妹數學大概很對頭了。」七伯母逗著曉藍：「大哥的數學這麼好！讓他做你的老師，你可得磕頭拜個師哇。」

「我才不給他磕頭哩！」小妹把頭一甩，長髮馬駒兒尾巴似地揚得老高。

「實在說，數學很容易，至少也不是很難。咱們只要按照步驟，一個環節一個環節地弄清楚，自然就能學通。」我對小妹說：「你如果肯用心，咱們一起加油，頂多三個多月就能弄通。小學的算術沒有多少環節，弄通了，你的數學成績會比哪科都升得快！」

「眞的麼？」曉藍大眼睛一亮。

「大哥哥怎麼騙小妹。這是我學習的經驗嘛，本來，我的數學因爲中間的環節斷了，成績總是不好，後來弄通了，數學的成績一下子就爬上來。」

「大弟說的，一點也不假！」曉青大姊說：「數學是一條鍊子，小學的環節不多，用心學，容易弄通。可惜，我整個初中的數學都在半通不通的混過來。到了高二，再怎麼弄也難了。」

「除非從初中的代數、幾何一步步解決。」我說。

「可是，高中的課業重，沒那個時間了。」大姊說：「考大學時，我考文科，就靠別的科把數學分數補起來。」

伯父和伯母都同意我們的討論。

一九四七年二月十七日，金陵中學春季開學，我插班初中二年級下學期，編在初二3班，成爲這所全國著名中學的學生。

金陵是男校，教學和管理很嚴格，從制服、書包到上課、學習，一切都有系統的規律，就訓練學生的基本知識能力來說，成效十分顯著；可我覺得少了徐州中學那種開放的風氣以及讓學生自由發揮的空間。同學們，當然個個都是尖子，學業的競爭激烈。我在班上，各科的成績都能應付，數學和化學分數很穩，國文仍很突出，作文在全初中部很快就傳揚開了。可是，再沒遇到像徐州中學李銘那樣熱愛文學的老師，學生社團很多，再沒有「前路文藝社」那樣朝氣蓬勃的文學社團，政治性的、社會活動的社團很多，學生參與熱烈。

金陵中學，位在中山路一百六十九號，處在新街口到鼓樓廣場之間，正是南京的中心地帶。從七伯父家的瑯琊路，經廣州路轉到中山路，步行約十五分鐘。我請求步行上下學，理由是藉此運動運動。伯父和伯母都同意了。金陵中學是名副其實的貴族學校，每當上下學，各種時髦的轎車排滿在中山路旁，成爲名車大展，我很不喜歡！很多沒車接送的同學表情，大都透露一種厭惡的味兒。

上學、下學，我像一匹圍著磨盤繞圈兒的驢子，唯一的目標，就是在班上和同學搶學業分數。像徐州中學那一年有趣的學習生活，已歷史般遙遠了。

上學的一條路，走一兩個月，閉上眼睛也知道，哪個坡上站著一片林子，哪家轉角有家燒餅鋪子，路旁梧桐樹枝枒變化的消息，各家商店陳列什麼貨色，全都熟悉極了。大馬路上河一般淌著的車流，首都街巷散放著的酸腐的味道，人和人之間喧嚷的聲音和誇張的姿勢等等，全都熟悉極了。

在我的心裡，對南京這座大城可總覺得愈來愈陌生。

每天，我像一片雲影似的，機械地飄過這些街道。腦子卻常映出：徐州市街的樸素圖片、小店鄉村的田野景物、心和心貼著的親人和朋友們的臉龐……我也反覆想到，萬嘉鶴大哥在徐州機場的話。

大年初三，一月二十四日，那天中午，萬嘉鶴大哥親自開車，把我從姊夫家，送到徐州九里山軍用機場。兩點的起飛時間快到了，我倆緊握著手捨不得鬆開。最後，他說：

「老弟，你這回去南方，走進另一個世界。今後咱哥倆見面的機會可能很不容易了，我會想著你。你很年輕，很有才華，你想做一個文學家的理想，只要堅持下去一定能實現。可你的心中，不能忘記咱北方，不能忘記，北方，這片老是打仗的地方……」

嘉鶴大哥：相信你懂得我，我是咱鄉下的一塊土疙瘩兒，無論到了哪兒，都帶著北方泥土的氣息。

在金陵中學，我拚命用功讀書。用讀書，治療我懷鄉的憂鬱。

回到七伯父家，我也能得到一些溫暖和快樂。

七伯父眞正疼我。他疼我，是眞正關愛，裡面沒有一點憐憫的成分。我不是神經質的人，可對於別人的憐憫，很敏感，怎麼著也不能接受。七伯父近來很忙，難得回家晚餐。偶而飯後，會和我談一會兒，我父親生前的一些事，都是他給我說的。

自從開學以後，我每個星期一、三、五的晚上七點到九點，在小妹的三樓書房，教她算術。她讀小學六下，我從五年級的四則應用題教起，先了解她對每題類型的盲點所在，依序為她分析講解，每次留下練習題，下次上課必須做完交來。我發現，小妹很聰明，但潦草浮躁，就要求她把算式寫得數字端正行列整齊，要像印出來的那樣。也許我眞有好爲人師的毛病，她竟很服我，說我比以前的家庭教師好。

這樣一步一步推進，小妹的算術成績也按等差級數躍進。眞的不到三個月，她對於上數學課已經很有興趣了。

小妹學得高興，我教得也高興。

最高興的是七伯母，她很希望兩個女兒將來在大學讀財經專業，能夠做她貼心的得力幫手。曉青大姊，準備考大學音樂系或文學系了。曉藍對數學有了興趣，讓她老人家有了希望。

七伯母既高興，又有些擔心，問我：「少鳴侄兒，你這樣花時間教小妹，會不會影響你自己的功課呀？」

「不會。」我告訴伯母，學校的功課，我應付裕如，部分在學校裡我就抓緊時間解決了。何況，我總是到夜裡十二點才睡覺，有的是時間讀書。到早晨六點半起床，精神足得很。

七伯母聽了，安心了。

家中訂了：《中央日報》、《救國日報》、《和平日報》、《上海申報》、《大公報》、《文匯報》、《正言日報》、《商報》等，伯父早晨看報。伯母另訂英文《紐約時報》航空版。女孩們不看報紙。《中央副刊》、《大公文藝》，我在晚餐前翻看。伯母見了，就讓江嫂每天把這兩種副刊送到我的房間。

一天，晚餐時，伯父對伯母說：「五哥打電話給我，他月底來南京，會來看我們。」

「五哥這一兩年在山東駐防，他不是湯恩伯的大將麼？」

「別提湯恩伯、湯恩伯了。」伯父厭煩不願說下去。

「湯恩伯可是這位的親信呀！」伯母豎起大拇指：「咱五哥和湯恩伯……」

「讓你別再提他了嘛！還要說。」伯父覺得口氣太衝了，感慨地向伯母說：「問題就出在這兒。反正五哥快要來了，到時候，大概他自己會吐出一些悶氣。」

我暗暗計算，到月底，只有三個星期了。那時，學校也該放暑假了。也許，我能有機會和俺這位老虎大爺談上話。

4

南京各中、小學，在六月二十八日開始放暑假。

我這個做「老師」的立刻忙了起來：曉藍小妹在七月七日星期一，就要參加第一輪的初中入學考試。

南京的中學入學考試，在七月份舉行。各中學招生雖由自己學校決定日期，因為學校的條件有差別，自然就形成三輪的梯次。金陵中學、金陵女中、培正中學、培正女中，這四所學校，前兩所是頂尖的公立中學，後兩所是外國教會辦的私立中學，設備、教學也是一流的；四家各招各的，卻選在同一天採同一試題聯考，男女生都可以在報名表上塡兩個志願。這首輪放榜了，緊接著是第二流學校招考。次輪放榜了，最後是市郊的公立中學和辦得差的私中招生。

從放假到入學考試，中間只有八天。我替小妹列一張總複習表，規定作息時間和課業複習的分配。主要的原則是，教她在這八天裡熟記各科的重點，別再去作細節的摸索。算術：背熟公式，記住例題的題型和解法。國語：把五、六年級課文的精讀文章，篩選出重要問題，特別注意作文的分段、長度和字跡。自然、社會兩科，我讓她自己列出大綱，背熟大綱去聯想細節。當臨場考試時，告訴她每節入場後，別急著翻看試卷，先沉穩坐定，呼吸調勻，再冷靜思考試題。這八天的生活必須正常，睡眠、休息、營養，都得充分。我把自己應考的經驗，全盤端了出來。一方面，我心高氣盛，一定要把這個聰明的小妹送進理想學校；另一方面，我想著，這是對七伯父、伯母愛護我的一點點報答。

考試這天，曉藍不准她媽咪和姊姊去，只要我陪考，江嫂跟著準備飲料。天太熱，三十八度C的高溫，眞正是進「烤」場。還好金陵女中校園樹木參天，蔭涼一些。考程是：

上午八時三十分，國語，六十分鐘；十點十分，算術，六十分鐘。下午一點三十分，自然，五十分鐘；兩點五十分，社會，五十分鐘。回到家裡，在冷氣房休息一陣子，小妹就和我校對試題答案，我替她計算一下，保守些，總分可達三百七十分到三百八十分。金陵女生招八班，三百六十人；培正女中招六班，兩百七十人。我認爲小妹考取金陵女中的機率很大，至不濟也能進培正。第二輪學校，不必考了。

小妹跳起來，繞著我轉了兩個圈子：

「大哥哥，我想跟你磕頭拜師啦！」

「別忙，這個磕頭先記在賬上吧。」我和小妹說笑著。

「少鳴侄兒呀，你的估算準不準哪！」伯母問我。

「準。」我說：「近兩年來，這兩家學校的錄取標準，沒有超過三百六十分的。我相信小妹能考上金陵女中。」

七月十五日，放榜了，張曉藍錄取了金陵女中。下午接到「金陵女中初一新生錄取通知書」，小妹考了三百八十六分，超過錄取標準整整二十分。

「少鳴呀，我看你要是當老師，一定是位好老師。」伯母說。

「哪裡，哪裡。這是曉藍妹妹聰明，功課本來就好，我只在算術方面提示一點，也告訴她平時讀書的方法罷了。」我回答七伯母：「不過，我將來不會幹軍、政、經濟的事。我就是喜歡做老師，還有做文學家。這兩件事，是可以合起來的。」我一高興不禁滔滔起來。

七伯母凝視著我一會，有些感嘆：

「眞奇怪，你這孩子太沉穩了！你說話、做事比一些毛躁的大人還沉穩，實在少見。」停一下，又說：「你的頭腦靈光，數學又好，要是你將來願意學財經專業，跟著我，一定是把得力的好幫手，我們娘兒倆加起來，從南京到上海，還不是一路通吃嘛。」

我微微笑著，並不言語。

「我知道，你是有主張的人，少鳴呀，你眞不像一個孩子。」

我還是沒有話可說。七伯母的心意，我能摸得清楚，可是，那種路不是我喜歡走的。

她說我不像個孩子。卻不能體會到，我在八歲那年老家被土匪搶劫，兩位伯父遭到殺害後，我就不再是個孩子了。實在說，我並沒有過眞正的童年，我不懂得「爸爸」「媽媽」的呼喚，有多甜蜜？

曉藍考過了學校，大家的日子都輕快起來。可七伯父卻一天比一天忙，來去總顯得匆遽。有一次，我抓個空兒，問他：

「七伯伯，上個月底五大爺說要來，怎麼沒來呢?」

「他現在已經沒那個空閒心情了。就連他蘇州的家，也是一兩個月回去一次，住上一晚就走。」

「那麼，五大爺不來了，」我向伯父要求：「我想回徐州一趟去看看外婆。年初我來南京時，她老人家受了風寒引發氣管炎，躺在床上，半年過去，不知道怎樣了?我打好幾次電話，表姊們接的，說她老人家身體還可以，就是沒讓外婆講話。我很擔心。」

「少鳴你有這份孝心，眞是好孩子。可你不知道，現在津浦鐵路不怎麼通了。共產黨炸橋扒路，阻擋國軍運輸。咱白天修，他晚上扒，這條路時通時不通，坐火車不保險。空中只有軍用機。不過，軍運繁忙，座位難弄，不像徐州到南京那麼好辦。我還是給你想辦法找一張去程票，回程票，在你五大爺地盤，他有辦法。」

七伯父給我弄到一張軍用機票。七月二十五日早晨八點的班機，顧科長送機。夏天，我只背一個大書包，帶幾件短衫、內衣上機，預定去一個星期，三十一日返回南京。

萬處長派文際科的車子在徐州機場接我，直接送到文昌巷外婆家，正是上午十點。敲門，亞蘭姊跑來開門：

「大表弟呀!」亞蘭姊喊得很大聲，像好幾年沒見那麼熱烈：「接到你昨晚的電話，算算這時候你也該到了。」

外婆躺在床上，半身倚著大表姊。這半年光景，老人家的模樣大變了！整個人脫了型，面龐瘦得只剩下顴骨撐著一張臉架子，兩隻眼窩裡的眼球濁得完全沒有光亮，鼻子和嘴巴皺成一團，說話就上下全動含糊不清，顯見是一盞快要燒乾了的油燈，時間沒多少了。

不祥的陰影罩上心來，我哀戚地直直望著外婆，說不出話來。

大表姊說：「在你走後，她老人家的急性氣管炎轉成了肺炎，幸虧你給外婆一些錢，我們把她送進古樓醫院急救，住三天病房。回家後身子一天不如一天，沒法子起床活動了。我得工作活口，讓你亞蘭姊休學一年在家看護。就這麼拖一天是一天了。」

我從書包裡面掏出一個大紅包，遞給木蘭姊。她打開來看，驚叫一聲：「這是什麼錢？」

「這是美金。」我告訴木蘭姊，我教曉藍數學，她剛考上金陵女中，七伯母給我這個紅包獎賞我。「一張一百元，總共一千美金。」

「美金，我沒見過，一千美金可是個大數目。」大表姊覺得這筆錢太多了！二表姊也過來看美金是啥樣？

「這筆錢對咱來說，是不小的數目。在七伯母她們炒外匯的人看來，不算什麼。她們上流社會的錢財來往，我想都是用美金了。現在法幣不停貶值，愈來愈賤，美金黑市價碼，愈來愈高。這筆錢算我教書賺來的酬勞吧，也是我給外婆的一點心意。」

「表弟的這筆錢，用的時候，用多少我託人去換多少，是救急錢。亞蘭，你可不能對爹說半個字！」

「我當然知道。」二表姊說。

「這個星期，每晚我睡在外婆床頭，看護她老人家。」我讓兩位表姊回房去睡。

外婆知道我來了，含糊地對我說了些什麼，我偎著她，摸摸她的臉，摸摸她的手，一會兒，她睡著了。

我輕輕離開床邊，告訴大表姊，我要去姊夫家商量一下。本來計畫在姊夫家住一天，一起回小店幾天。現在得重新安排。大概黃昏時，我就回來。

還未到姊家門口，遠遠就看到她在木板屋旁的棚下，忙著做菜。

姊發現我到了，先給我來一句：「四弟，這回打從江南回來了，你算是遠客呀，還是稀客？」

「姊，俺不是遠客，也不是稀客。俺是吃客。在江南就聞到姊的家鄉菜美味了。」

「恁姊弟倆，咋一見面就磨牙來著。」姊夫從屋裡出來，打量我：「喲，四弟長成個大小伙子啦。進屋，進屋喝茶；不，咱們喝酒，給你準備好了——古越龍山。」

進屋喝酒。我告訴姊夫：

「半年來，我在南京的情況，平時在電話中說過，也在信裡寫過，七伯父全家都對我好，請姊夫和姊放心。這次我回來一個星期要辦兩件事：看望外婆、討論稚鳴出來的問題。」

我把上午先到外婆家所見的情況，詳細敘述給姊夫。告訴姊夫，我決定回來的這幾天，每晚守護在外婆身邊，不能再去小店。請姊夫讓我二哥來徐州見面，咱三個人商量五弟的問題。

「照你所說，外婆的病大概不輕，明天下午我和恁姊去探望她老人家吧。來到徐州後，咱二舅那種眼睛長在眉毛上面的人，認爲咱這難民想希求他什麼，一直不敢上他家的門。」

「二舅的勢利眼，把咱鄉下人看扁了。可他不懂得咱鄉下人的骨頭和他的不一樣硬。」姊說：「好多回，俺和恁姊夫說，得去看看外婆，她老人家多好呀！可，四弟，想到二舅對你這個親外甥嘴臉，咱都不願去了。現在外婆病重，可就顧不得了，一定得去看望。」

從姊家回到文昌巷日頭已偏西了。外婆移到床前的太師椅上，蹋在一堆軟被墊裡，人小得可憐，精神好了起來。

「表弟，你眞神，你一來了，奶奶的精神多好。」亞蘭姊嚷著。

「說得也是。」木蘭姊很高興：「有好幾回，奶奶的眼睛光都散了，喃喃著：大朋，大朋，眞怕她一下子過去了。」

我把俺姊特去買的一大盒「美國西洋參」沖劑交給大表姊：「這是俺水口李姊送的，你打開，裡面有五十小包，沖一包給外婆服用。姊和姊夫明天下午過來探望老人家。」

我又告訴大表姊：「俺姊夫說了，你以後有啥事，儘管打電話給他，他馬上就會來幫忙。還有，如果換美金，交給姊夫辦就行。」

整個晚上，我陪在外婆身邊，她聽我講外面的事，點頭，咧開嘴笑笑，還插上一兩句，說的話清楚些了。表姊們也陪著，我讓她們去自己房休息。

「表弟，你不必一個人守，夜裡，咱們輪流著吧。」亞蘭姊說。

「你不懂表弟的心意，」大表姊告訴妹妹：「咱就照著表弟安排的辦。」

但十一點多，二舅回家了，帶一身菸酒味。

「咦，少鳴，你來了！」他盯著我衣袖上繡著「金陵中學」四個紅字的淡藍短衫：「在南京不錯嘛，愈飛愈高啦！」

我沒怎麼搭理他。「嗯」、「哼」了幾聲。他也不敢發脾氣，沒趣地走進西間。

夜裡，聽著外婆平順的呼吸，我在她床頭躺下來，心中不停思考一個問題：人，是多麼複雜的動物啊！一個家裡的人，竟是這麼的天差地別：像外婆這麼慈祥的好人，有大舅那樣忠厚的兒子，也有另兩個妖孽！像二舅這麼自私、勢利、陰險的小人，竟有兩個如此善良的女兒？我再也不相信：「龍生龍、鳳生鳳，老鼠的兒子會打洞」那句古話了。什麼格言名話，都得看眞實情況來斷定。

第二天的十點多鐘，三舅來了。他連外婆的房門也沒進，逕自鑽到西間，兩條毒蟲，倒在大煙榻上呼嚕呼嚕地抽起來。過完煙癮，他大概聽說我來了，輕躡著腳，一溜煙走了。二舅隨後也跟出去。

這兩個人，該是人的渣子，恐怕還比不上一些禽獸呢！我想。

我再也不會認他們作舅。什麼舅不舅的，應該問是什麼樣的人？我是不會讓任何名堂壓住的。

下午三點，姊夫、姊、二哥，一起來探望外婆。二哥帶一些鄉下土產，拎兩隻草雞；姊夫又提了一大盒西洋參。他們知道兩位表姊，十來年沒見了，都還熟得很。

大家圍著外婆，老人家的精神仍然很好，不一會，認出來人，一個一個指著，喊著名字，樂了。

他們坐了差不多一小時，讓外婆休息。我跟他們一起去姊家。

「外婆的精神還好，可氣色太差，恐怕不行了。」二哥說。

「四弟來了，她歡喜，大概也是迴光返照吧。」姊夫說。

我知道他們說的情況。我不忍說。

我把那天聽到七伯父和伯母談話時，一提湯恩伯，伯父很生氣阻止伯母再說下去的情況敘述出來。也提出我心裡的疑問：七伯父爲什麼要生這麼大的氣？

「湯恩伯是有名的常敗將軍。」姊夫說：「他和陳誠、胡宗南等一樣，不會打仗，卻當上方面大員能指揮集團軍總司令，常胡亂調兵遣將，往往中了人家的埋伏，損失慘重。現在，魯南、蘇北這一帶國軍作戰的總指揮是湯恩伯。這一年來，許多部隊被共軍的游擊戰術吃掉，王敬久的師團就損失不少。這些事，有的報紙登過，已經不是什麼祕密。只是以張世希的陸軍參謀長身分，不能說也不方便說。軍隊裡流行一個順口溜：『外行領導內行／敗將指揮戰將／想要皇帝信任／先得生對地方』。整天喊著軍隊國家化，其實玩圈子裡頭還有小圈子的把戲。這一位，搞得太不像話！」姊夫豎起大拇指，和七伯母那天的手勢一樣。

「豈只軍隊不像話，現在咱國家什麼像話？」二哥感受到的鄉下人委屈更多，說話更直接了當：「我告訴你們一件事，去年鄉鎮的小官僚們，忙著按中央指示搞選舉，說二十歲以上的人是公民，可以投票選舉咱銅山縣的立法委員、國大代表。選舉是啥？票是啥？鄉下人哪見過。啥立法委員、國大代表？是幹什麼吃的？鄉下人哪懂。就在前些天，咱小店村弄出一本『公民選舉領票名冊』，全村六百多公民的姓名、出生年月、住址等資料列得很詳，每人一行下面留一截領票人簽章的空白。村長、保長領著辦事員，挨家挨戶叫人在名字下蓋章或印指模。鄉下人，哪有私章？整本名冊每頁都印指模，紅乎乎一片，投票就辦完了。唉——」

二哥長嘆著氣說，第二天村辦事員，敲著大鑼，全村喊一趟：「大家聽著，咱小店村的票，立法委員選的是韓震東，國大代表選的是賈蘊山。」恁看，「他倆在省裡當這長那長，人沒來過，當選了。」

我念過《三民主義》，問姊夫這個國民黨員：「孫中山先生在三民主義裡，把民權主義寫得清清楚楚，就是這個樣子嗎？」

「《三民主義》當然不是這樣子。可惜，中山先生逝世太早了。話說回來，如果他還活著，看到這樣，準會活活氣死！」

「老百姓的生命，在中央大人物眼裡，比不上一隻螞蟻！」二哥說：「咱說這些話，啥用處也沒。還是商量五弟讀書的事吧。」

三個人，議論一陣，決定要使稚鳴從小店闖出來，只有走王敬久這條路。王敬久在當年上海八一三抗日戰爭中，打響了名號，無論怎樣，他的影響力量比另外的世伯大。而且，王敬久是熱血漢子，從前和我們家也最要好。

我從書包裡面掏出兩個紅包。我帶了三個紅包回來，最大的給了外婆。這兩個：一包五百元美金，是七伯父給的壓歲錢。一包三百元美金，是五大爺給的壓歲錢。我從三百元裡抽出一張加到另一包裡：

「這六百元美金，你們到時候調度把稚鳴送去蘇州。我留兩百元在身上，備個萬一。」

把錢遞給姊夫。他說：「錢的方面，這年把已積存不少，你要不要再留這些美金，關係不大。等五弟小學畢了業，我和恁二哥，一定能找關係，接上王敬久的線，把五弟送到蘇州去。」

三個兄弟，吃一頓午飯，喝光姊夫備的四瓶古越龍山。大家的樣子都滿高興，大家的心裡可別是一種滋味。

幾天來外婆病情穩定。我晚上守護，白天雲遊徐州，許多商店關了，難民多了，一片離亂景象！徐中校園，草木還那麼瘋長，蟬還那麼瘋嘶，我讀過的教室住過的宿舍還那麼空空蕩蕩，我心中也空空蕩蕩。去淮海路余家，大門深鎖，庭院荒蕪了，打電話《徐州日報》接通余璟總編輯。余伯伯聽出是我，要約我吃飯：

「謝謝您，余伯伯。這次回來，俺外婆病得重，我的心情也沉重。」我直接告訴了他，「恒亨和伯母呢？您家好像沒人住了。」

「余媽媽帶了恒亨搬到南京去了。恒亨考初三插班，首輪沒上，還等著第二輪的放榜。」余伯伯把他南京家裡的電話告訴了我。

我和萬嘉麟處長聯絡上，他說：「嘉鶴奉派出差了，這回沒法見著。三十一日回南京的飛機，還是兩點起飛，我沒空，派一位丁參謀送機，中午十二點半，準時到文昌巷十號接你。」

這次沒見到嘉鶴大哥非常遺憾。可也把預定要辦的兩件事安排好了。

回到了「旭園」。在晚飯前，我特地找七伯母，把探視外婆這件事的情況告訴她，更把那一千美金紅包給了外婆，說得詳詳細細。我知道，一千美金，在七伯母猶如九牛一毛，毫不在意。可她會留心我怎麼去花這筆錢。

晚上，我打電話到余恒亨家，余媽媽接的電話：

「您好，余媽媽！」

「是少鳴呀！」余媽媽愉快的聲音，立刻感染到我的心情，「我告訴你，恒亨考上南京市立一中了！恒亨，你快來，來和恁少鳴哥說說話。」

恒亨倒有些不好意思，他覺得沒考上金陵，不能和我同校，很不好過。我告訴他：市立一中，也是南京市最好的中學。一中在中華路和金陵的位置差不多在一條直線上，來往很方便。

余媽媽又把電話接過去：「我家在漢中路六十巷二號，是瑯琊路近鄰。少鳴呀，你得像在徐州那樣常常來家哪，余媽媽想你哩！」

「這是當然了。我也老想著你們。」

在南京，我有了一家「親人」了。這是我真實的感覺。

二

1

一九四七年九月一日，星期一。南京金陵中學秋季開學。

升上初三，自覺像一棵蓬勃的樹分枝添葉茂盛茁長起來。我讀書非常用功，上學期只在班上排得第六名，這學期我的目標是進入前三名以內。對於名次、獎狀之類的榮譽，我並不重視，可我要以這種紀錄向提攜我的世伯交代。更有一層看法，世局這麼混沌，我這少年人，不用功讀書，能爲誰做些什麼？

曉藍小妹進入初中，她對數學的興趣濃了，不必我固定時間教她。不過，也偶有問題問我，我不讓她來小樓，總是到她的書房爲她講解。曉青大姊開始準備升大學，七伯父公事的緊張情況從他的匆匆行色我知道了。全家都忙著，比較起來，七伯母的「自由職業」似乎眞的悠閒自由些。

七伯母很關注我，對我了解多了，開始把我當大人一般看待。她總試圖說服我。今天又對我說：「少鳴，憑你這個天分，將來走財經的路，一定很快竄紅。不走這條路，可惜呀！」

我不能不說明白了。我向伯母表示：如果我幹財經或不管哪一行，我都會全力投入，大概幹得出點事情。可我終究是個文學人，幹別的，能改善生活罷了，如幹文學，能提昇我的生命意義。

「罷了，少鳴呀，你眞是和人不同。」七伯母抬眼望看窗外：「你的性格，熱情像你爸爸，堅強像你媽媽。當年我們幾家兄弟們連門住在徐州的時候，夫人們中間，數你媽媽說一不二的性格，能讓大家嘴上挑剔她，心裡很服。」

一轉頭，七伯母忽然發現，我在袖口上，別了一枚紫色的小蝴蝶。問我：大男人別這個做什麼？

「今天一大清早，徐州的大表姊打電話過來，告訴我外婆昨夜子時走了。睡眠中走的，面容非常安詳。表姊靠俺東城李敏姊夫幫忙，今天上午送到殯儀館火化，骨灰罈會供雲龍山佛寺的寶塔上。下午放學，我在路上的禮品店，選了這枚小蝴蝶。我選紫色的，紫色的愛深厚，也不會忌諱。我要爲外婆配戴一個月。」

我平靜說著，七伯母的眼眶紅了。

「難得，難得，少鳴啊，你這份孝心，恁外婆生前逝後都享受到了。不枉她老人家那麼疼愛你。」停了一陣子，伯母還是提出來：「我覺得奇怪，你有孝心，又有耐心，可你來南京這麼久，怎沒要去看著你媽媽？她出家的大悲庵就在南京，你知道的。難道你不想她？」

我搖搖頭。

七伯母驚得幾乎要坐不住了。

我仍是平靜地說：「人，誰都有母親。我有母親，可我沒有媽媽。我有好幾個母親，像外婆、小店老家的大娘、二嫂、水口的李姊、七伯母您，都給了我一些母親般的關愛，讓我感到溫暖。可我從來不懂得一個孩子滾在媽媽懷裡的那種快樂！伯母，每回我聽大姊和小妹，聲聲喊媽咪時——我的心，就在發軟。」我補充兩句：「母親大悲庵的老師父帶著幾位尼姑逃日軍的難，跑來小店老家，住在東跨院的佛堂。每回見到母親，得喊她師父，不久一群師父就回南京了。印象中，母親，是灰色的寬大僧袍的尼姑。」

伯母把頭別過去，連連嘆息幾聲。幽幽地說：「難得今天這個星期天下午，咱們都有空，還是去看看你母親吧。」

在車上，伯母說：「我們從重慶回到南京以後，我去看過她一回，老師父圓寂了，她是庵裡主持，我們稱她宏賢大師。也只奉上一炷香，喝一杯水就回來了。——看起來，宏賢的佛學修爲很深了。」

進了大悲庵，請小師父爲我們通報宏賢大師。

「宏賢大師，」伯母合掌行禮：「少鳴來看望您了。」

我上前鞠躬，喊一聲：「師父。」

母親的氣色很好。突然一愣，雙掌合十，「阿彌陀佛，孩子，你已經長成大人了。阿彌陀佛，阿彌陀佛！」

「師父」陪我們到處走一圈。這庵不小，前後三進佛殿，後面有花園菜園，林蔭濃鬱，香煙和著梵音繚繞，眞是個佛門靜地。

回到家，七伯母告訴我：剛才在庵裡，她還是「打破砂缸問到底」，問了宏賢大師：

「大師，進了佛門修行，難道你不想你的孩子？」

「阿彌陀佛！」大師說：「皈依佛祖，割捨塵緣了。」

「她就說這一句。問別的話，再也沒說。」伯母說：「我眞不懂，你媽媽，噢！你母親，宏賢大師，怎能割捨了孩子？咱走這趟大悲庵，少鳴，你覺得怎樣？」

我實在不知道怎樣回答。還是搖搖頭。

十年沒見了。這回我的印象，母親，還是一身灰袍的尼姑。

可我心裡起了漣漪。我對伯母說：「心裡悶得慌，想去漢中路找余恒亨，吃過晚飯回來。」

余恒亨家，走路不用十分鐘，八月裡我走過好幾次了。當然我把余家給伯母介紹清清楚楚，住在七伯父這樣人家，我很明白，和同學來往也得選擇。恒亨的父親余璟擔任黨報總編輯的地位，七伯父和伯母都放心讓我去他家玩。我也明白，不能讓余恒亨來這家玩。

進了余家，我這尾離水的魚又游進河裡。

余家蒸騰著一片歡樂的氣氛：余伯伯調到南京了，當「中央通訊社」編輯組編審。級別是平調，責任和工作輕鬆多了。余媽媽也在《中央日報》得到《婦女週刊》的主編職位。一家三口，都在南京這座首都大城市安定下來了。

我一來，恒亨高興地把我抱住。余伯伯說：「少鳴呀，咱們又在南京聚集到一起，太好了！得喝點酒慶祝一下。」

「余伯伯，我先向您祝賀，」我鞠了個躬，「可我住在七伯父家，在外面喝了酒，回家得和七伯父打聲招呼，恐怕不行。」我想了想，「這酒，是不能不喝的，少飲些，到時候我讓江嫂替我轉告伯母一聲，我已經回來了，行。」

「咱們今天都少飲一些，品點好酒。」余媽媽拿一瓶好酒出來。

「這人頭馬白蘭地是珍品，別開了吧！」

「咦？少鳴你還懂洋酒？」余伯伯問我。

我告訴他，張曉藍考取金陵女中，七伯母開過這種酒。也給我說過怎樣倒酒、端酒杯、品嚐，是她在教，我哪懂。

這酒眞香！大家晃蕩著杯裡淺淺的黃色酒液，淺淺地啜著。

余伯伯好像也把我當作大人看待，告訴我許多外國通訊社報導中，對中國時局的看法，大多對這位說得不堪！他緊握拳頭把大拇指豎起來，搖了搖。這個手勢，現在成爲那位國王的代號了。

我把二哥所說去年鄉下選舉中央民意代表的事，報告大家。

「這類事，報上都登出來了，還配著現場照片。」余媽媽問我：「你大概一心在讀書上，平常不大看報吧？」

我說七伯父家訂八份報，我不大看，只注意收集《中央副刊》、《大公文藝》，把喜歡的詩文剪貼下來，有厚厚一大本了。

「這八份報，可以代表當前方方面面的報紙了。勝利後的政局，國民黨控制的只是中央政府，沒法子控制全國各地的省市鄉鎭。在教育、文化、新聞等各界，更沒能力沒人才控制，當年抗戰期控制大西南輿論的唯我獨尊形勢徹底瓦解。現在，優秀的人才多在各黨派各社會團體那邊，什麼主張的報紙、雜誌都湧現出來，不同色彩，各以不同立場，去報導一個新聞事件。這實在是自民國以來言論最自由的時代。一向負責控制言論的國民黨中宣部，現在只能控制黨報《中央日報》，軍報《和平日報》等少數幾家。咱自家不寫的少寫的管制新聞，別家大登特登，甚至誇大渲染。這種新形勢，咱自家的報紙，也得報導些管制的新聞。要不，很難和人家競爭生存下去。」

「言論自由，《三民主義》裡也寫著，這不是很好麼？」

「言論自由是好事，不錯。」余伯伯的話不那麼暢快了，「可是，如果咱政府幹的事情，不大能見得人，言論自由就是統治的最大打擊力量。」他接著說：

「例如選舉中央民意代表的作弊新聞，已經被各報刊炮火連天的罵翻了，學生運動、罷工、罷市的鬧事，跟著都來了。這對國家的經濟、政治影響多大！對前線上打仗的軍隊影響多大！」

說到打仗，我緊張起來。我怕仗打厲害了，稚鳴出不來。

「大家都說，國共的全面戰爭，是非打不可。會不會很快就打？」

「這很難說，美國基本是支持我們的。可又希望中國組成一個包括各黨派的政府。美國人的想法，咱們『這一位』哪會答應？馬歇爾特使八上廬山求見他，白跑了。只看美國人什麼時候會煩透？美國一撒手，不調解了，國共內戰的火就會燒起來。」

「我很擔心！余伯伯，我怕戰打狠了我弟弟在鄉下出不來。」

「你別擔這個心，少鳴，」余伯伯安慰我。「就是打狠了，國共雙方現在的目標都在東北。東北是個主戰場，關內擺在旁邊。至於黃河長江間，三兩年還不至於有多大問題。」

「恁爺倆，別儘談些國家大事。天要塌了有高個子頂著，別煩。」余媽媽叫女傭把一盆牛尾湯端上：「大家趁熱喝，這湯熬得好。」

誰說吃吃喝喝可以解憂？從余恒亨家回來，整夜，我沒睡安穩。

我還是死命地拚學校的功課。這件事，成爲我不安的心靈中，唯一能夠抓住的事情，到十一月十二日星期三，金陵中學公布了第二月考的統計成績，我在初三3班已經排到第三名，達到我所設定的初步目標。金陵中學初三年級有八班，採取成績平均分班。學生成績的排列只以本班的名次爲標準。

雖然我抱著「兩耳不聞窗外事，一心只在案上書」的態度苦讀，用來消解我對時局的關注，戰爭的擔心以及對弟弟稚鳴仍然蹲在老家鄉下的憂慮。實際上，這些困擾心靈的問題，纏在一起，結成網，緊緊網住了我，表面是專注學業分數，內心卻愈來愈注意時局。

我見了余伯伯總會談論國事。我看報也開始閱讀《大公報》、《正言報》的新聞報導和社論。新聞報導的消息讓人觸目驚心：美國總統在馬歇爾之外，又派了魏德邁率特使團來華，「調查」中國全面形勢後，發表聲明，既譴責共方對內戰停火的反覆無常，更尖銳批評國民政府腐敗無能，官員大多貪婪、麻木、怠惰，明白指出只靠軍事不顧政治無法對抗共產主義。社論的主張，又多站在社會大眾方面對國府尖銳抨擊。這些東西，看了心煩，又像上了癮似的，不能不看。

現實中發生的景象，就在眼前：東北的內戰從游擊戰演變成陣地戰，陳誠擔任「東北剿匪總司令」打仗連連敗在林彪的共軍手下，退守在瀋陽、長春、吉林等十幾個大城市。北平、天津的大學生舉行「反內戰、反飢餓」大遊行，全國各大都市大學紛紛響應，我們金陵中學門外的中山路上，經常有遊行隊伍把反政府的口號喊徹了天。工廠的工人和一些商店，時常隨著學潮也罷工罷市。

十一月最後一天也是星期日，下午三點多，我想去恒亨家，去大樓找七伯母要告訴她一聲。剛到大客廳門口，我就看到五大爺來了，和七伯父談論事情。忽然，五大爺大罵：「那些狗日的混球，全被共產黨買通了，全是共產黨。」他們看到我了，談話停下。我進去向五大爺行禮問安。他點點頭，沒說話。我趕快退出來，找到江嫂，請她告訴伯母，我去余同學家了。

到了余家，余伯伯正坐在客廳聽唱片。我一到，他望望我的臉色，把唱機關掉。

「少鳴，你有什麼事吧？」

我把剛才看到俺五大爺王敬久的那一幕，告訴余伯伯。

「王敬久將軍的軍隊，在山東嶧線、棗莊和共匪纏鬥，損失不少。主要是國軍被各個擊破，有的成批連人帶槍過去了。和他一起的軍團情況也差不多，這都和總指揮的調度有關係。這個月，上面派劉峙當華東剿匪總司令，駐在徐州；白崇禧當華中剿匪總司令，駐在漢口；河漢一帶的戰局大致穩定下來了。」

我又提出仗打起來，很擔心弟弟還能不能跑出來？

「放心吧，陳誠幹了東北行轅主任，他雖然不行，可現在國軍在東北的四十萬大軍，全部是當年遠征軍機械化部隊，守著東北十幾座大城，共軍還沒辦法吃掉。東北守住了，北平有李宗仁當行轅主任、傅作義當華北剿匪司令，河北一帶的局面也在國軍手裡。山西是晉軍的地盤，閻錫山這個山西王雖然是軍閥，卻也是老國民黨，還算在中央的控制下。現在來說，國共雙方都撕掉和談的面具，這邊早把毛澤東定為竊據國土的罪犯發出通緝令。那邊在今年雙十節，發表『中國人民解放軍宣言』提出『打倒蔣介石，解放全中國』的口號。眞正是王不見王，正式開打了。目前，整體大局，國軍仍佔很大優勢。你弟到明年暑期小學畢業了，有自立能力，那時到南方來讀中學還行。」

余伯伯又感慨地說：「不過，湯恩伯指揮的幾個軍團，從魯蘇一帶撤回江南來整補，幾位軍團司令官（也就是『剿匪』前原來的集團軍總司令），將軍還在，兵員殘敗了，包括王敬久這種戰將，大概都得做個沒有兵馬的將軍。可惜啊，可惜！或者從個人來看，王敬久將軍脫離戰場，倒可以過一段清閒日子。從國家看，善戰的將軍在後方，恐怕不是軍隊之福。」

余伯伯的話很快就證實了。第二天早餐時，七伯父對我說：

「少鳴，昨天你看到俉五大爺了，」他的聲調壓得很平淡：「俉五大爺回蘇州了，他會在蘇州家裡住一陣子。」

我點頭稱是，一句話也不敢問。長輩的事，小孩子哪能插嘴？

忍了兩天。星期三晚上，我打電話給徐州的姊夫：

「姊夫，我是四弟，你和姊都好麼？」

「啊，四弟，我們還是那個樣子。日子麼，過得撐不死也餓不壞，反正就這麼混唄。你怎樣？我和恁姊老是念著哩。」

「我也是老樣子，現在是班上的第三名了。可我心裡總惦記著家鄉，更擔心打起仗來稚鳴出不來了。上星期天，俺五大爺來這裡，聽說他的軍隊垮了？我更加擔心了。」

「王敬久將軍嘛，很能打仗。湯恩伯瞎指揮，最後被搞垮了。也沒全垮，垮一半罷了。不過湯恩伯是個國王嫡系，受不到罰不久還會起來，王敬久雖是黃埔一期，不是浙江人，隔一層就差一層，恐怕得休息一陣子。」

「七伯父告訴我，五大爺要在蘇州家裡住下來了。」

「那好呀！南京和蘇州近，你可以常去看他。」

「萬嘉鶴大哥有消息麼？」我問姊夫。

「萬嘉鶴麼，聽說接受恁小店閆學堯、閆學舜兄弟的勸說，在撤退的時候，他和他哥從徐州跑到老共那邊去了。」

這個消息，像天空突然炸開一聲悶雷，把我驚駭住了。

難怪那天五大爺破口大罵。大概他罵的人裡面，也包括萬家兄弟。不過，無論如何，我不相信萬嘉鶴是共產黨，他哥萬嘉麟，我不清楚，嘉鶴大哥，滿腦子儒家思想，愛文學、音樂、美食，天生的浪漫文人氣質。這樣的人，不可能是共產黨。他竟然也跑過去？

他跑過去了！這是爲了什麼？難道是，民心變了！他變了。

民心變了！這就太可怕了。

忽然間，腦子裡許多思緒，紛紛雜雜地湧現，纏得我頭疼。

我僵直躺在床上，努力把心情平靜下來。想到萬嘉鶴大哥那麼精明、細緻而有主張的人，竟然奔向共產黨那邊！這絕不會是因爲閆學堯兄弟倆的勸說，甚至任何引誘可能讓他這麼做的。回憶一下，嘉鶴大哥在今年一月十九日，徐州中學放寒假的第二天，和我在雲龍山放鶴亭度過那麼瀟灑、那麼傾心的一個星期天。那美好的景像會常存在我心中，那暢快的傾談恐怕以後再也沒有了。那時，嘉鶴大哥在對時局慷慨談說後，提出「民怨太深，民心變了」這句話的結論，當時我忽略了他說話的悲傷心情。到二十四日，他親自開車送我到徐州軍用機場，又對我說：「少鳴弟，咱哥兒倆今天一別，以後要見面就難了。」這句話，裡面包含的意思，當時我也沒聽出來。

我又想到，大年三十晚上，姊夫、二哥和我一起在小店吃年夜飯，喝古越龍山黃酒，縱談暢飲的情景。他們兩個，對時局的悲觀敘說，對當政人物批評的尖銳，很讓我吃驚。可我一直沒深刻思索過：像俺二哥，一個最本分的農民，他的寬闊的胸懷、明達的見識、堅忍的性格，不是一般人可比的。他把我們已經破碎的災難的家扛在他那麼單薄的年輕肩上，他費盡心力要讓我和我弟讀書；沒有俺二哥的犧牲，哪會有今天的我？可這麼一個厚道的守著古風的人，怎樣也發出那麼憤怒的聲音來了？像俺姊夫，一個聰明的善良的鄉村國民黨幹部，對共產黨的仇視幾乎是直覺的，他棄離家鄉流浪在徐州難民區，憑著雙手也掙到一份小康的生活了。可他看清楚了這個社會的黑暗來自何處？他明白一小部分握著權勢的人，踩著無數人民的頭顱來揮霍享樂，是不能讓他容忍的！這兩個人，在他倆最疼惜的四弟面前，發出那些痛心的傾訴和憤怒的抨擊，純粹是鬱在心裡的苦悶宣洩吧。他們不會是受到任何人、任何宣傳的迷惑的。

受到宣傳影響而激動起來的人，當然是有的。像各地大學生的反政府學潮，其中就免不了缺乏現實生活經驗，接受旁人鼓動就跟著大夥一起鬧的。平心想想，宣傳如果沒有事實根據，也不會激動人心鼓起風潮的。我親眼看到的：日本投降消息傳出時，深受異族殘害的淪陷區老百姓，歡天喜地地盼望中央，都以為可以脫離水深火熱的日子了。可是，「盼中央，望中央，中央來了一掃光！」老百姓的日子，陷到更深的水更熱的火裡。我親眼看到的：黨政軍大員，各種豪奢的生活，而流離的難民賣兒賣女來延續一口氣在死亡邊緣掙扎著活下去……

民心變了！這太可怕了。

我想起先哲孟子談治國之道說的：「桀、紂之失天下也，失其民也。失其民者，失其心也。」古今的政治道理是一樣的。

我懂得這些道理。可是，我很久沒有深刻自省了。我用功讀書，爭取學業成績名次，這是不是也算「雞鳴而起，孳孳為利」呢？環顧我住的小樓，環境是這麼優越，設備是這麼豪華，我每天的生活是這麼富足，使用的人這麼方便……雖然我一直沒忘記自己是鄉下人的身分，對於「郭少爺」這個稱呼感到刺耳，可實際過的正是少爺的日子，這是不是也算「言不顧行，行不顧言」呢？如果長期地在這種高等華人的物質條件下生活，我會不會漸漸薰陶出少爺的脾性了？我奢想做一個作家，在這樣生活的耳濡目染下，我的筆，會寫出怎樣的東西？我又會是怎樣的一種作家？……

細想下去，愈想我的心愈涼，我的身上不由得冒出陣陣冷汗。

七伯父全家都對我好。讓我感到溫暖，也感到一種人情上的心理負擔。我將如何面對未來的歲月呢？除非我願融入他們之中，或至少像七伯母所希望的跟隨她工作；否則，我這種心理負擔將愈來愈重。

那天我在一份新聞雜誌上，看到一篇〈蔣夫人慈暉照耀下的國民革命軍遺族學校〉，詳細報導位在南京中山陵前的「國民革命軍遺族學校」，是蔣夫人創辦的專收國軍遺族子弟的一所中學，學生完全公費，學校的環境設施、師資教學都是全國最好的。蔣夫人的玉照非常慈祥，學校的十來張照片，那環境優美極了。

我把雜誌拿給七伯母看。沒等我說話，她就問我：

「少鳴呀，你是不是動心了？」七伯母的聲音特別溫和：「我告訴你吧，遺族學校只辦到中學爲止。高中畢業就沒人管了。現在，你讀了全國有名的金陵中學，初中後接著高中，再考大學也是毫無問題，將來在南京、上海讀什麼大學隨你。難道你怕伯母供不起你麼？別胡思亂想了。」

七伯母的話，句句都爲我設想。當時，我不停地點頭。

現在思索出來，如果按照七伯母所設想的走下去，恐怕就自然而然地，我將融入到她的生活中了。

還有一件事，讓我也有些不安，不能再發展下去。

曉藍小妹上了中學，除了平時有些功課不時和我討論外，經常在星期天，拉著我到她二樓音樂室聽唱片。這打開我接觸西洋音樂的大門。雖然在學校因爲讀譜問題我怕上音樂課，可我喜歡聽老師彈奏或播放的西洋音樂。在這間音樂室，原版的古典音樂唱片有幾百張，從圓舞曲到交響樂什麼都有。貝多芬、柴可夫斯基的交響樂讓我沉醉，特別是德弗乍克的《新世界》，讓我百聽不厭，它的第二樂章讓我有好幾回禁不住流下眼淚來。這讓曉藍也驚奇得很。有時，她又拉我到她書房，讓我給她講古詩，她學著我吟唱的腔調，聲音很動人。本來，我是完全以對待小妹的態度照顧她，漸漸我發現，曉藍對我，在天眞爛漫之外，有時在撒嬌裡又透著些什麼？我覺得應該拉開些距離了。可又禁不住想讓那些音樂來撫慰我，還是被她拉著跑。

我反覆思考，我已經面臨到需要做出抉擇的時刻：是跟隨張府融入到他們的貴族圈子裡去，還是堅守理想回到自己獨立的生活中來。

遺族學校的出現，讓我有了獨立生活的可能性。

如果要脫離金陵中學，去讀遺族學校，我不敢再向七伯父、伯母提出來了。唯一的辦法，是找五大爺。五大爺很受尊重，他的話七伯父、伯母大概會接受。我認爲，五大爺那種眞正代表徐州人的粗獷豪邁性格，正是我骨子裡天生的一種成分。雖然我和他還不很熟，相信去找他，一下子就能掛到一起。

學期已近終了，我決定：寒假到蘇州找五大爺，請他幫助把我送進南京的「國民革命軍遺族學校」。

2

七伯父很高興，我在金陵中學只讀了一年，就在班上得到了第三名。「少鳴，你聰明、用功，這樣下去，說不定下學期初三畢業時，你能拿到第一。」

我要去看五大爺，他也高興答應。

「有地址，有電話，我自己可以找到五大爺家。」

「這可不行。蘇州不比徐州，人不一樣，話你一句不懂。」七伯父命小李開車，顧科長送我去蘇州。

蘇州眞迷人！路旁是水，水岸是路，許多街道就這麼和小河伴著，河岸的垂柳只有枯枝在風中抖動，也具一種惹人憐愛的淒清韻味，要是春天來了以後，千條萬條綠枝婀娜照臨一道道明亮的河水，不知道該又是多麼嫵媚生姿！

「俺五大爺，眞會選好地方來居住。」

「你不知道王總司令的夫人是蘇州人麼？郭少爺。」顧科長說。

我沒見過，七伯父和伯母沒說過，哪能知道。

顧科長大肆展露他萬事通的交際長才，呱啦得讓我頭痛。幸而到了地頭：滾繡坊七號。

五大爺的宅子，在一條寬敞的巷子裡，高階窄門，圍起一座庭院，林木花園中，樹立一棟中國式的二層樓房，黑瓦白牆長窗迴廊，說不上堂皇宏偉，正是江南書香人家的典型建築。

客廳裡一切陳設都是中式的風格，牆上掛的也是中國字畫。五大爺一身唐裝，坐在紅木太師椅上，等我走向前鞠躬時，他抬起身子，一巴掌拍在我肩頭：

「大朋，你這孩子總算來看望俉五大爺啦！」他的嗓音宏亮：「咱爺兒倆，可得好好聚幾天，現在正是寒假嘛。今天是臘月二十八了，後天是大年夜，過完正月初五，我讓馬副官送你回南京。」

五大爺的話，是命令式的。我還在考慮著，他又發話：「小子，你還嘀咕什麼？就在你來到之前，俺已跟俉七伯父通電話，說好了讓你在蘇州過年，別在那裡嘀咕了。」

「吳嫂，喊太太下來！」

「是！」一個中年女傭閃出來應著。

「來，大朋，見過恁五伯母。」這就看出五大爺的細心處了。咱北方人喊大爺、大娘那套，在南方不時興。南方人認那種侉子的稱呼，是老粗的話，不文明。

「五伯母，您好！」我恭敬行禮，輕緩地喊一聲。

「請坐吧，大朋。」她轉向五大爺：「你常說到的大朋侄子，他已經長成個大人了嘛。」五伯母的聲音細，人更細，細柔纖巧，一副美人胎子。看不出多大年紀，「應該也有三十了吧，蘇杭的美女大概就是這樣子。」我忖度著。

「大朋，聽恁七伯父說，你將來要做文學家，很好。恁伯母是四川大學中國文學系的高材生，這幾天，你可以向伯母請教請教。」

「都是因爲你，讓人家還差一年沒讀完！」七伯母埋怨。

「哈！哈！哈！」五大爺得意笑了一串，「這叫做，美人難過英雄關呀！」他故意把話反過來說。

「瞧你踐的！大朋在這兒哪！」

「大朋嘛，還不跟咱的孩子一樣？」

兩個小孩，吃飯的時候從樓上下來。一個五歲，一個三歲。五大爺喊他們「大老虎」、「小老虎」，可他倆都白淨斯文，像母親。「來，你倆。」五伯母告訴兩隻可愛的老虎：「這是大哥哥，會讀書，學問大著哪！」

「大哥哥好！」兩個小傢伙，乖巧得眞讓人疼。

我注意到，五大爺那種逼人眼光，看著兩個兒子，竟也絲一般無比溫柔。

五大爺說：「今年過年，俺哪也不去，誰也不見。大朋，就你這孩子陪著，咱一家子過個安靜年。」他交代馬副官。竟然又對我擠一眼：「蘇州不比南京，在這小地方，俺最大。」

五大爺喜歡酒，不沾洋酒。爺倆用家鄉話拉呱，說到雙溝大麯，都愛。我說：「雙溝酒廠，在俺小店跟前，十來里路。俺那邊人，就不喝大麯，嫌香料，變味！咱都喝能點火燒著的，高度二鍋頭。」五大爺一拍大腿，「著，那二鍋頭眞醇啊！可那土酒，錢賤，外面沒人賣。咱這個年，將就點來喝大麯吧！」

這幾天，除了早餐，頓頓不離大麯。我既不上學，又不顧忌，也放膽陪著暢飲。五大爺特高興：「大朋，就喝酒這點，你比恁爹強多啦！說到恁爹，你知道他跑到杭州靈隱寺做一年和尚，可知道他咋跑掉的？」

我猛搖頭。

「滕傑這傢伙，黃埔晚俺兩期。他參加『復興社』，清黨時，當行刑隊長。那晚，他帶一班人去堵恁爹，俺知道了，先一步通風報訊。要不，一捉住，不問青紅皀白，立馬就斃。前後一年，共產黨員加進國民黨的不知給斃多少！可陪葬的冤死鬼，更多。」

「五大爺，大朋敬您一杯。」我一仰脖子，乾了。

喝大麴，談《三國演義》、《水滸傳》，爺倆不時笑翻了天。兩隻小老虎，常趴在桌邊，眼睛骨碌碌，也跟著笑鬧。

「這麼多年，還沒見恁五大爺那麼樂過。」伯母說。

年初二那天下午，聊天時，五大爺說：

「大朋，你來家住幾天了。俺這兒，可比不上恁六大爺、七大爺家氣派吧？」接著，他自言自語：「老六呢，他人能幹。老七呢，他太太能幹。他們都滿得很。俺只是會打仗，別的不管也不在行。」

趁著他說到七伯父了，我把曾經和七伯母談論想去讀「國民革命軍遺族學校」的經過，向五大爺敘述了一遍。

「恁七伯母是爲你好，她替你設想得很周到。」

「五大爺，我還是想讀遺族學校，要是同學們都是遺族，彼此環境一樣，我會覺得讀得自在些。五大爺，您可能幫大朋想個辦法？」

「大朋，你不知道，要進入遺族學校，比進哪所學校都難。」看我一臉茫然，五大爺解釋：「遺族學校是蔣夫人辦的，夫人是董事長，總裁是校長，學校在中山陵前，是一所道地的貴族學校。你想想，全國的軍人遺族，光是領到國防部『撫卹令』的就有五十七萬人，遺族學校的學生只有四百多個，一萬個遺族也擠不進去一個，難吧？」

我不吭氣，失望的陰雲籠罩在臉上。

「總裁和夫人辦這個學校，當然沒法子親自辦。夫人派一個人來辦，名義是『校務主任』實際主管校務。這個人叫黎離塵，我熟。他一直跟在夫人身邊，現任『勵志社副總幹事』，官階也是陸軍中將。在重慶，我和他同事過一段時間。去年我到南京開會，會上遇到他，他請我到學校參觀過。黎離塵主要還在勵志社辦公，學校的行政組織，和一般學校一樣，分別由教務、訓導、總務三部門主任負責，他是個當家人罷了。」

我覺得如果五大爺出馬，進遺族學校大有希望，就再提出請求。

「夫人常去遺族學校，總裁有時也會去轉一下。」五大爺沉吟著：「如果你能順著夫人這條路向上去的話，將來的發展就更寬了。」

原來五大爺是這樣看待這件轉學事情的。

「你要進遺族學校的事，我找黎離塵來辦。南京㤘七伯父那裡，我也會聯絡。放心吧，孩子。」

二月十五日，星期天，正月初六。我回到南京旭園。不曉得五大爺怎麼說的？七伯父、伯母都挺高興。伯父說，遺族學校方面，已經告訴了五大爺，春季開學我就可以轉過去。

像生了翅膀似的，我輕快飛進小樓。打電話給徐州俺姊夫。

環視這座小樓。唉！不久，我將得到一種獨立的生活了。

三

1

一九四八年二月二十三日星期一，遺族學校春季開學。七伯父和遺族學校的黎主任約定，早兩天，在二十一日，把我送來學校。

七伯父也認識黎主任，不過是彼此見過幾面，沒有淵源。七伯父說，勵志社是一個很特別的機構，他沒說怎麼特別？卻說一般人碰到勵志社的人，都會站遠一點，黎離塵這個人，更是厲害。這回由五大爺出面，讓他乾脆答應下來，很不容易。

送我去遺族學校報到的陣容浩大：七伯父要和黎主任見面，代表王敬久將軍致謝，也建立我在學校要是有什麼問題，請校方和他聯絡的關係。伯母放心不下我，要來看看。大姊和小妹都要來。遺族學校太特別了！南京的中學生都這麼說。學校大門有憲兵排駐守，平時總是四名憲兵站崗，不准人靠近。遺族學校的學生，參加南京的中學校際活動，一切都很特別。像中學生露營吧，遺族學校的露營隊，自成一體，不太和別校自由交流，連飲用水，他們嫌南京自來水不行，由學校的水車送水過來。這回，趁機會，她倆要來探探。

寶藍色豪華的凱迪拉克開在前，司機駕駛。顧科長坐副駕駛座，後面坐著穿上正式中將軍服的七伯父和洋服套裝的伯母。黑色的福特跟後，小李駕駛，後面坐我們三個學生。在學校大門前，車輛稍停一下，顧科長搖下車窗說了句話，車輛開進來，經過兩百公尺長的「國民革命軍遺族學校大道」抵達第二道牌樓大門，再開一百公尺剛好上午九時在行政大樓前停下來。我們這個陣容，在校園活動的同學們，各人玩自己的，沒有人好奇觀望，大概是見得太多。

黎離塵主任，早站在門廳廊下了。他老遠伸出了手，滿面笑容地說：「歡迎您，張參謀長；歡迎，張夫人。請，請。」

他把我們讓進校務主任辦公室的一間客廳。七伯父指了指我，向主任說：「主任，您好！他就是您的學生，郭劍鳴將軍的公子郭少鳴。」我馬上立正，敬禮，畢恭畢敬喊一聲：「黎主任好！」

「嗯，好，」黎主任告訴身後侍立的秘書：「衛參謀，你帶郭同學去辦報到、註冊、入學手續。」看到我們的小李提著大箱子等在門外，對我笑笑：「不必帶行李來了，進了遺族學校門，就是國家的人；蔣夫人就是你們的媽媽，什麼都給準備齊全，連一支牙刷都不用帶。行李再放到車上吧。」

我跟隨衛參謀先去教務處，邊走邊想：黎主任的笑容眞怕人！我稍稍細看他的臉，那麼深的大麻子坑坑洞洞，滿布在少肉的臉皮上，禿眉下的鷂子眼睛，讓我馬上聯想到小店跟胡老夫子念私塾的黃眼珠子的眼睛，可是黃得更狠更鷙陰！鷹鉤子的鼻尖，幾乎要碰到上唇，唇極薄，咧唇一笑，滿口白牙森森，配上焦黃的枯乾的身子，身上套著深灰的中山裝，黯淡成一團，要是什麼昏黑角落，驀然出現，不嚇出你一身冷汗才怪。

教務處在另一棟大樓，衛參謀把我帶到這裡，交給教務主任，低聲吩咐幾句就走了，我感覺從沉悶的空氣裡走出來，有了暢快的呼吸。

教務主任高健老師，親切陪著我辦好註冊，拿了學生證。又領著到訓導處辦公樓填了些表，接著到總務處樓去辦，最後，庶務組長分配給我寢室的床號牌子和一支衣物箱的鑰匙，帶我到寢室看了床位，六人一間，三張雙層床，我是第十寢室第六號上鋪，再到餐廳看桌位，我是第三餐廳第十桌六號，餐廳是六人一桌，和寢室配合。

花了一個多小時把一切手續辦完位子找好，我自己走到校務主任辦公室的客廳時，黎主任也才陪參謀長全家參觀一大圈回來。

黎主任像似對自己人的口吻說：

「郭同學，令尊的大名聽說過，無緣見面。你是王總司令託給我的，參謀長又親自送來，關係就不同了。我在學校的時候不多，有什麼事，可以找我的駐校秘書衛參謀。」他回過頭對秘書交代幾句，又說：「你辦好了入學手續，今天就可以住到寢室。今天是星期六，學校規定：凡是在南京有親戚的學生，星期六下午四點前可以到訓導處登記，領外出證離校，星期天晚上九點前返校銷假。現在還沒開學，今天，你願意住或想回去隨便，明晚九點鐘前到訓導處銷假就行。」這番話說得明白，沒笑，面容似乎好看了些。

我望了望七伯父。

「那麼，謝謝主任的費神和照顧，今天，還是回家吧！明晚早點兒送你回學校。」七伯父告訴我。

七伯父一再向黎主任道謝，黎主任也一再鞠躬送客。

我們回到家，十一點過了十分。大家一齊坐在客廳裡休息。

「大哥哥，你的新學校好大噢！走得我累死了。」曉藍說，「可你們的教室太漂亮了，還有你們的大禮堂比南京新開的大光明戲院還漂亮，好神氣啊。」

「我覺得有些太浪費了！」大姊發表看法：「像科學館，哪家中學有嘛？裡面生物、化學、物理各有專門教室和實驗室，實驗的儀器設備，固然愈齊愈好，可高倍顯微鏡也用不著一人一台吧！還有音樂館的設備，各種樂器、播放音響等等，豪華得更嚇人！似乎像大展覽般，又像錢花不完，這個學校很多地方，太浪費了。」

「你們孩子哪懂？」伯母批評曉青，「蔣夫人親自辦這所教育軍人遺族的學校，又選在首都南京最著名的中山陵前風景區設校，她有一定的計畫和目的，你們哪能亂說？」

「少鳴，你看呢？」七伯父問我：「遺族學校比起金陵中學來，你覺得怎樣？」

「我還沒到處去看。還不能說個什麼。」我回答伯父：「校園，實在太遼闊，能夠辦所大學。從大面上看，小妹說得不錯，太神氣、太漂亮了！實在有些過分。比如各棟樓基的四五層台階，每一階都擺設兩大盆花。這麼冷的天，也弄到盛開的菊花來擺設，大姊認爲浪費，也說得對。」

「你們三個孩子倒是一鼻孔出氣。」伯母說：「這是夫人辦事的風格，現在你們不懂。再長大些，再看多些，就會明白了。」

其實，進入遺族學校，開學第一天，我就看出學校的特殊了。

星期一的開學典禮是上午八點三十舉行。一大早，開來五輛黑色的箱型車，跳下來三四十個高個子灰衣人，迅速地不聲不響分布到各個路口、墻脚站著，眼睛不停向四處探看。全校師生在八點鐘前集合，進入禮堂坐好。大禮堂的座位，老師在最前幾排，後面的學生按照班級學號編定，每人都有一張固定排號的座位。我們端正敬肅地坐著，兩邊靠牆走道，三五步就會站立著一個灰衣人，前面寬大的舞台，四層絲絨帷幕已經拉開，每道幕後隱約有灰衣的身影，舞台正中的講桌鋪上大紅的絲絨桌巾，一大盆新鮮的插花前面，架好了成排的麥克風。黎主任跑進跑出察看，一切都準備好了，恭候蔣夫人蒞臨，她要在開學典禮前來給同學訓話。整座大禮堂，沉在一種莊嚴肅穆的氛圍中，我覺得又厚又軟的絲絨座椅也僵硬得很。

等到八點五十分，許多灰衣人，一下子陰影般遊走消失。

黎主任走到舞台上，宣布夫人臨時有要務取消蒞臨訓話。他開始校務行政報告，大家的血脈也開始流暢起來。

全校學生的班級編制，初中每年級三班，每班三十人。升到高中時要淘汰一些，高中每年級兩班，每班三十五人。總計學生在四百七八十人。現在，初中三個年級齊全，高中只有高一兩班一個年級。

我插班在初三甲班，補上一個病退同學的缺。同班同學三十人來自二十多個省分，級任導師吳懷民先生，江西人，國文老師。

昨晚回到學校才七點多鐘，訓導處管理組長把我領到第一宿舍大樓的管理室交給舍監，舍監安排我住到第十寢室的六號鋪位，向室友介紹一下，立刻像熟朋友般，幾個人混在一起，熱呼得很。我的下鋪五號床位，叫趙敬暉，東北遼北省法庫人，個兒不高，精壯剽悍，很有些大草原上的豪俠味兒，和我的性格非常對口。三號的，叫管東貴，江西雩都人，文謅謅的，愛讀文學書，能談到一起。二號的，叫劉國松，山東益都人，身子很壯，眼睛不大、很亮，讀了些古書，愛畫，也是浪漫一派。其他兩人，也都是初三甲同班。不過，這三個，一晚上就混熟了，讓我在班上，不像新來的那麼孤著。

上課十來天，我發現遺族學校同學，有一種基本的特殊作風，是徐州中學、金陵中學的同學之間所沒有的。遺校同學，每一個都是孤兒，孤兒當然也有三六九等，並不是所有的孤兒境遇一定困苦可憐。可整個說來，在戰亂流離的年月，大半的孤兒總有比常人更為艱難的生命歷程。就以我們初三甲班來說，有少數同學的家境很好，也有嫡親叔伯愛護，除了沒有父親之外，並沒遭受過孤苦伶仃掙扎在飢餓死亡邊緣的經驗，平素過的仍是安穩的正常生活。其他大半同學，各自有不同的悲慘境遇，談說起來種種的辛酸事蹟是什麼故事也編不出來的！更有二三怪人，從來不吐露自己過往的辛酸史，總是在言談中，一觸及家世便石頭般的沉默起來。我也是這二三怪人之一，或者可以算是特別怪的一個。每當我聽到同學訴說時，心裡就暗自譏笑，不由得想要告訴他：「你死了父親固然不幸！可我死了父親，還死了兩位伯父、兩個伯母。我有母親——一個沒撫摸我、懷抱我的陌生尼姑。」我想大聲呼喊一番，卻永遠只是在肚子裡呼喊。

這些闖過人生艱險，品嘗過世態炎涼的小伙子，從生活的瓦礫中打滾過來，一個比一個倔傲，誰也不服誰！匯到一起，形成一種又狂野、又世故、又爭強好勝的群體作風。這和一般校園裡，文質彬彬的優雅溫良的習氣，大不相同。我豁然明瞭，南京中學的學生認為遺族學校學生特別，就是這麼特別。

我進入這個作風特別的群體裡，卻是無比舒暢。我終於甩掉文雅高尚的禮儀，甩掉扭扭捏捏輕言細語的姿態，回到我的粗獷率眞中來。

沒過多久，我在班上除了「老憨」又得到一個渾號。同學們說：「初三甲班，有一個狗熊劉國松了，又添來一個野豬郭少鳴。」爲了我幹什麼都拚命三郎似的，不管死活，硬闖硬幹。同學們，對課業死拚的勁兒，也讓我開了眼界。

學校的每間教室，燈光設備很好。晚自修到十點，大家回宿舍去。在舍監點名以後，如果願開夜車，可以回到教室再讀，學校並不過問。同學們兩兩三三結伴起來開夜車，有的晚睡，有的半夜再去，你來我往，尤其在月考之前的那個星期，教室裡整夜有人，燈光徹夜通明。

我給自己訂下作息時間是，晚上讀到十二點，半夜絕不起來。

我並不和同學拚學業成績。上了遺族學校，一切公費，我不必去爭學業名次來讓人稱許了。花費精力在無助於我文學理想的一些分數上，我深刻思考過，對我乃是生命的浪費！我開始把大部分精力投注在文學研究上，我有把握只用少半力氣在課業方面，就能在班上居於中間的名次，這很夠了。大家在啃課本的時候，看到我抱些中外文學名著啃，覺得奇怪，罵我神經不正常！我，理也不理。

國文科教學研究會，選出高一和初三學生代表本校參加「南京市各中學春季作文大賽」。日期：四月二十四日（星期六），時間：上午九時至十一時，地點：南京市立圖書館。大賽分：「高中作文組」、「初中作文組」、「文藝創作組」三類。我被選爲三人代表中「文藝創作組」代表。

「文藝創作組」，參賽學生不限高初中年級，題材限於寫文明事物。我把文章的主題設定在「薪火是文明的象徵」這個焦點上。我先對照亮黑夜的薪火，作形象的描述，再闡釋中山先生的「博愛」思想，是傳承儒家「忠恕」和「濟世」思想的薪火，先生再加以發揚光大。這支中華文明的薪火，如今，已交在大時代的中國青年手中，我們要無比勇敢地把中山先生的思想傳承下去。我用抒情中涵蘊說理的手法，寫一篇題目是〈薪火〉的一千五百字左右的散文。

從比賽會場出來，我告訴帶領我們出來參賽的老師，已向訓導處請准了假，拿出「離校證」給他查看，自己回瑯琊路七伯父家。

從中山東路，右轉太平北路，走到長江路口，交通警察在路口設起鐵絲拒馬，封鎖了太平路的南北交通。大批的警察，鋼盔、盾牌、電棒，全副武裝圍起兩三道人牆，把路口圍出一塊警察堡壘。向長江路西頭望去，一條由幾百名國民大會代表組成的遊行長龍，打路口蜿蜒到國民大會堂。龍頭是七、八個青壯代表，撐起「國大代表抗議選舉副總統違法作弊大遊行」的巨幅白底紅字長條橫幡，後面按省編隊打出較小些的白布條名號，最前一隊是廣西省代表，人數最多，陣容最整齊；接著是東北、北方、西北各省。代表們，有的長袍馬褂，白鬚飄飄，有的西裝畢挺，昂頭挺胸，有的一身中山裝最是激昂慷慨。這些平時高踞雲端的人物，人人左右手分持國旗、黨旗，跟著領隊不斷呼喊口號向東邊衝，各省都有幾個領隊的代表，高舉長幡，上面寫著口號：

貫徹政治民主化，反對專制獨裁
團結起來，擁護民主先生李宗仁
打倒違法作票的立法院長孫科
孫科辱沒了我們的總理孫中山先生
打倒三民主義的假信徒孫科
民主萬歲，中華民國萬歲

怒火燒天搖旗吶喊的遊行國代們，似乎回到年輕年代鬧革命的光景。看熱鬧的民眾，在長江路兩旁重重疊疊築成一道河流的堤岸，也沉默得砂石般冷靜看著遊行隊伍的波瀾，進退不得，在原地翻騰。

原來在長江路東頭，也有一條遊行長龍，從國民政府游出來向西直衝到太平北路和長江路口，這條由廣東、福建、浙江、江蘇等省爲主體的國大代表遊行隊，怒火燒天，隔著路口的警察城堡，相互對峙，誰也不後退一步。

自三月份以來，每回我在週末從學校進城，總會看到在南京中心的中山東路、中山路、中山南路、中山北路、漢中路、珠江路等大道，會有大學生、工人、商販，甚至教師、工程師等的遊行隊伍，見得多了，一般市民也沒多大興趣來看。可今天這種「國民大會代表」的遊行，太不尋常，市民圍看，看看到底會有怎麼樣的結果？

我看了半個鐘頭。只見有不少人在中間穿梭，兩方人馬鼓噪叫罵絲毫沒停。我快從碑亭巷穿出，轉珠江路，飛奔七伯父家。

趕在十二點前到家，剛好要開午飯。

「伯父、伯母，我今天參加南京市中學作文比賽，比賽完了，我就不回學校了。」

「你是代表學校參加比賽的吧？」

「是的。」

「那很好！寫得一定不錯。來，咱們吃飯。」伯父很高興。

吃飯中間伯母、大姊和小妹，探問我寫的什麼？說我這篇文章很可能上榜，大家等著好消息。這一來，我倒有些忐忑起來。

飯後到客廳裡，我禁不住把經過長江路所見說了說。

「丟人！眞丟人！」伯父氣憤地罵一句，緊閉起嘴。

「豈止丟人，已經把人丟到外國去了！」伯母說：「自從三・二九青年節，國民大會開幕以來，每天製造的新聞，讓外國報紙當笑話登：兩邊爭選副總統？拉攏代表吃喝嫖賭、抬著棺材請願、瘋狂罵街、大街打群架、紅包比賽滿天飛……南京讓兩千國大代表鬧翻了。」

「少說幾句吧！」伯父很生氣：「給孩子說這些幹什麼？」

我悄悄溜回小樓。怎麼也不明白，總統大選是多莊嚴的事呀！怎麼會搞出這些亂七八糟的笑話？我決定明天去問問余伯伯。

「少鳴呀，你可要小心！到學校別談這些事。」余伯伯叮囑著，向我解釋：「這回總統大選就是問題。『這一位』鐵定當總統誰敢說不？可他還要挑人當副總統，在後面操作派系鬥爭，激起反彈，弄巧成拙，造成笑話。其實，中國的事都捏在他一個人手上，他總想弄出『一個主義、一個政黨、一個系統、一個中心』的局面。這夢，老作不成，被人譏笑爲『一個中心、半個系統、許多政黨、沒有主義』的夢想家。夢想家不會向後看，美夢，總要變成噩夢才罷。」

一番話，我聽得大笑，跟著又嘆起氣來。

四月三十日，作文大賽評委會宣布：文藝創作組得到首獎的是，國民革命軍遺族學校郭少鳴的〈薪火〉。領獎日期：五月四日（星期二）上午九時，在市政府大禮堂「五四紀念大會」上頒發。

這消息很快傳遍全校。在看到我啃文學著作的同學，不罵我神經病了。可有人還用迷惑不解的眼光瞧我，還有覺得我不太正常的意思。我自己對得獎，免不了高興，也不是十分高興。限定題材的創作，能算文藝創作麼？而且，又是比賽，讓我要諷刺現實上的一層意思，不能更進一步寫出來。這種「創作」，和文學的距離遠著哪！

領獎回來，老師帶著我到校務主任辦公室，把獎杯呈給黎主任。這回，黎主任的笑，看得出來是真笑。

2

進了遺族學校之後，這兩個半月，我每個星期六下午三點半，課一上完，立刻登記領「離校證」進城，回七伯父家。

遺族學校位在南京城外，出了中山門循陵園大道東北行約十公里，矗立在一座丘陵台地上。這地方叫「四方城」，是風景優美勝地，卻是脫離人間社會的一塊禁區。學校的學制與教材和一般中學相同，實質上，從教學、訓導到生活管理，都經過細密計畫，是一所封閉的黨國預備人才訓練營。

遺族學校的老師，在所教的科目專業方面，個個是學驗俱豐。據說學校用比照教授級的高薪，聘請到校任教，且配給高級宿舍和生活津貼、特別福利獎金等等。經過精挑細選的老師，每一位也是通過嚴格審查的資深忠貞黨員，文史科目的有些從勵志社調用過來。所以，每位老師上課，口若懸河，卻無一句涉及時勢，時常在教學中穿插些宣揚政令的話題，抨擊民主人士的議論。不用說徐州中學那樣自由開放的校風，就連金陵中學謹慎的教育也都談不到。

學生的社團，概由黨團組織領導。圖書館的書，世界文學名著收藏豐富，中國當代名作很少，魯迅、矛盾等人著作完全絕跡。

我獲得了生活上的獨立，卻投入了精神上遭受控制的環境。

我周圍同學，大家都過得快樂，他們對於黨國的一片忠心，讓我認識到，自己是一個異類。我也很快樂，當和他們一起運動、打鬧、罵粗話的時候；喧鬧過後回到自己的心靈天地，我孤寂得像一隻離群的雁在無際的虛空獨飛。

我充分利用「離校證」許可的「離校」時間離開學校。

作爲一個走在文學路上的人，一方面，我需要接近南京城裡的人間混濁空氣；另一方面，我要近距離觀察活動在混濁空氣裡的人物，和他們形形色色的活動情景。

每週六下午，我到七伯父家，通常是，閒聊一些遺族學校的生活瑣事，伯母和小妹，很喜歡聽。晚餐後，我回到小樓，便埋頭在一個星期的報紙中。我們學校圖書館，只訂《中央日報》、《和平日報》、《南京日報》、《大公報》四種報紙，《大公報》的國內要聞版又常被剪掉再送上報架。我特別拜請小李，替我把《救國日報》和《文匯報》保留著。我要從這立場不同的兩種報紙，藉由他們對新聞不同的報導，來幫助我對時事的思考。

讓我驚異的是，《救國日報》是國民黨前輩龔德柏辦的，一向是擁護中央，尖銳批評共方的報紙。自從總統大選後，它的言論態度，變得很大。對共方的批評還是很尖銳，對中央也開始批評，批評的尖銳比左報還厲害！讀《救國日報》的社論，我常爲它擔心，有一篇社論的題目是：「不殺陳誠無以謝國人！」，文章裡縷述總握一切軍政大權的東北行轅主任陳誠，弄權謀私，剛愎自用，搞小圈子，打假報告，搞得政風敗壞，軍心渙散，致令共軍轉守爲攻，節節得逞，東北陷入危局，成爲東北失利的罪人。呼籲最高當局，殺陳誠以向國人謝罪等等。又有一篇社論的題目是：「和無口，鬥無門，爲孫科算命」，文章把孫科的「科」字，拆成「禾」「斗」兩字。譏刺孫科既不能文，與老共談和；又不能武，與老共戰鬥。草包一個，必死無疑。

陳誠、孫科，是蔣公最倚重的近臣，這位別號「龔大炮」的龔德柏社長兼主筆，用這麼犀利的筆攻擊他們，哪天不把自己炸燬才怪。《救國日報》的炮火雖然猛烈，到底是同志辦的，不會對黨國的根本進攻。一些左傾的報紙，民主黨派的新聞雜誌，對於國府的批評，涉及到黨政軍的各個層面，所造成的影響，更是重大而且普遍。

在首都南京，輿論幾乎一面倒地批評國府，這種情況，從好的說，相當地展現了言論自由。從另一個角度看，也可以說，國府的施政確實腐敗，卻又失去控制局面的能力。我對國家局勢的惡化，神經過敏似的，總在擔心。

回到遺族學校，看到同學都樂陶陶地，有時我又懷疑自己眞的是神經過敏。

五月二十日，是中華民國第一任總統就職大典的日子。政府宣布全國各機關、學校放假一天慶祝。我們學校，全校師生人人興高采烈，學校各處布置得比過年還火紅，各班教室都懸燈結彩，出刊慶祝壁報，學校的大門、中門和行政大樓前，搭起三座巨大鮮花牌坊，慶祝標語貼滿各處，每條道路遍插著國旗和黨旗。在裝飾得金碧輝煌的大禮堂舉行慶祝大會，黎主任在頌揚蔣總統這位偉大政治家、軍事家、教育家和思想家之後，特別請來中國國民黨黨史專家，一位姓王的中央大學歷史教授做一場「總統　蔣公的豐功偉業」專題演講，講了兩個小時，我看到同學個個聚精會神聆聽，表情虔敬。

慶祝大會開了三個小時，黎主任宣布：下午同學們可以自由離校，到南京城裡去看看萬民歡騰的盛況，晚上九時前返校。這個宣布，讓星期假日無法離校的同學全部出動了。

我覺得半天時間，來回很急促。人群裡擠來擠去，傻子似的，幹啥？乾脆中午休息，下午帶本書找個幽僻處，自在大半天。

總統就職以後，政治上混亂的情勢，比較穩定了。軍事上，除了東北的軍情外，大西北、北方等地沒有多大變化，整個長江以南，基本上沒有共軍出沒，人民的生活還不失魚米之鄉的水平。城市的商務活動漸趨正常，夜間燈紅酒綠歌舞昇平的景象又來了。

進入遺族學校，我第一次見到蔣夫人的場面很尷尬。

六月十三日又到了星期天，因爲今天下午要參加班級的乒乓球比賽，我是初三甲班乒乓球隊員，所以這個星期天沒回南京城內。蔣夫人——我們遺校同學的蔣媽媽，自開學至今都忙得沒空到學校來。今天早上八點多，我穿一身運動服，在體育館練球，只聽外面有同學喊：「蔣媽媽來捉人了！」

在體育館內做各種運動的同學，立刻四散竄逃。我從體育館正門跑出來，看到對面籃球場有人追有人跑，覺得大家像玩「老鷹抓小雞」遊戲，很有趣！可我正沿一條小路跑著，感到一個人影正走過來，匆忙間，我差點撞上。腳步急切刹住，我看到穿著後跟又細又高的銀色高跟鞋的女人一雙腳，正正的立在面前：

「看儂還要往哪跑？」

上海腔很重的話，我總算聽懂了。緩緩抬頭，從高跟鞋，到覆蓋足踝的銀藍色旗袍，到塗著鮮豔口紅的唇、抹著很厚脂粉和眼影的臉孔，她不是蔣夫人還是誰？我眞好運，讓她逮個正著。

乖乖地跟著她的衛士，塞到一輛箱型車裡。

蔣夫人喜歡孩子，喜歡有些孩子陪她們星期天一起做禮拜。蔣夫人和總統在陵園路九號的小紅山官邸，二樓「凱歌堂」是她們專用的禮拜堂，她有空時，每一兩個星期天早上，帶幾輛車到學校來捉十來個孩子去，做完禮拜，每人給包糖果，再送回校園。起初同學覺得新鮮，不跑。可跟她們做禮拜，聽周聯華牧師講道，沒趣又不敢動一下，木頭人似的塑一兩個鐘頭，就不願幹了。

蔣夫人有空常常會到學校巡視，看看我們上課和生活，偶而還會在我們的餐廳坐下，品嘗一口飯菜。她來，黎主任當然最早知道，會到學校等候。今天是星期四（六月十七日）上午第三節下課時間，夫人的座車開到，先來的一輛車，下來那位塊頭高大的黃仁霖，趕忙趨前躬身替夫人拉開車門。這位聯勤總司令，跟在夫人身後，模樣哈巴狗似的乖順。這時候，黎主任跑前跑後，走路的身子沒有直起過，臉上堆的笑幾乎能滾落下來。當然，幾個灰衣人距離得更遠些。

中午開飯時，師生已經坐定，訓育人員通知大家：「夫人要來視察。」我們的餐廳，本來就明亮潔淨，六人一桌，四菜一湯，營養很豐富。今天不曉得怎麼搞的，一隻蒼蠅竟闖過嚴閉的紗門紗窗，在空中飛舞逍遙，恰巧讓夫人看到，手指點了一下。

夫人的車隊開了，我們的午飯「開動」了。黎主任一臉鐵青大步跨進餐廳喊來總務處的庶務組長，組長剛立正站好，黎主任二話不說，揚起一根木棒劈頭蓋臉打下去，那組長，不敢躲，也不敢叫。

我被驚呆了！我十分氣惱黎主任的行動，在短短時間內，對夫人和對職員做出這麼天差地別的變化！學校職員，在他眼中像什麼？

我看了看老師的幾張桌子，在課堂上，口沫橫飛的老師們，個個專心吃自己的飯。沒有誰出來說一句話，甚至連頭都沒人抬一下。大概這種場面是常事了，可我很奇怪，遺族學校的老師是怎樣精挑細選找出這麼的一群來？

蔣夫人的車隊，有時會突然開到學校來，那是她陪著外國客人前來參觀。班上同學說：歐美駐華大使、聯合國文教組織官員、美國國會議員、美國退伍軍人協會，以及基督教會、慈善機關的世界組織領袖等等，蔣夫人都安排他們參觀，看看她對軍人遺族所做的完善照顧，我們學校也成爲外國新聞媒體鏡頭拍攝的重點。

一個綽號老油條的，伸一下舌頭說：「偉大的蔣媽媽，最耐斯了。她領這些洋鬼子來學校，讓人看咱們過得多好，又能要到很多美金捐款，好棒喔！」蔣夫人喜歡同學喊她蔣媽媽，同學也都這麼喊她。聽到這樣喊法，我覺得膩。

在總統大選期間，有幾個月，蔣夫人沒來，這種參觀沒有了。

六月底，學期考試完了。外地同學收拾東西，等七月三日開始的暑假回家。七月一日，同學都在校園活動，上午九點，訓導處廣播：蔣夫人帶著美國國務院重要客人，正在學校農場參觀牛奶場，預定九點四十分到校本部，十點整在大禮堂講話。訓導處命令同學停止在校園的活動，立刻回到宿舍換上學校制服，九點三十分在操場集合，夫人帶外國賓客檢閱後，列隊到大禮堂聽講。

遺族學校農場位在衛崗，佔地八十多公頃，其實是一個獨立經營的大農場。農場附設的乳牛場，一百多隻乳牛，是蔣夫人讓農林部專案從荷蘭運來，生產的高級牛奶，也是首都大官和上流社會享用的特供物質。這農場不知爲何掛上遺族學校農場的招牌？我在整個學期中，還沒機會到農場參觀一次。聽說，農場的許多先進生產和試驗工作由不少洋人專家指導操作，對外從不開放。外賓參觀學校，也從未參觀這農場。這回的美國人，很特別，弄得大考後正在閒散中的全校同學，一下子雞飛狗跳起來。

貴賓共六位，蔣夫人一一介紹，致詞歡迎；參觀團長講了一些話，都用英文，都很短，全部活動大約二十來分鐘。

像進場時一樣，全體同學起立，熱烈鼓掌，歡送客人離場。

校務主任辦公室，一位英文秘書上台，解說這六位客人都是農業專家。團長致詞中，讚美我們農場土質優良，管理很好。感謝蔣夫人親自接待，應允分兩年贈一百萬美金給學校，改進農場的各項設備。

最後這句話，大概是最重要的事。我想。

七月二日，上午九點，全校同學服裝整齊集會在大禮堂。禮堂舞台後壁上，貼起「國民革命軍遺族學校初中部學生第二屆畢業典禮」兩行金字，舞台前面放置農場製作的一排花籃。典禮開始後，黎主任今天特別著陸軍中將軍服演講，宣示本校是六年一貫制的中學，初中畢業大部分直升高中。今年初中三班九十人中，病退八人，留級八人，下學期高一編成兩班。希望升上來的同學，在高中階級努力上進。

沒有驪歌，沒有祝賀。我的初中學程，就此走過。

四

1

一九四八年七月三日星期六，遺族學校的暑假開始；到九月一日星期三，秋季開學。

我像往常進城一樣，在四方城站牌，坐上開往新街口的馬車。新街口和中山陵間這條馬車線路，是南京市特別保留的一個傳統交通樣式，作爲從市中心通向觀光勝地的一道風景。我非常喜歡坐這線馬車，便宜，又極有趣。當馬車進了石頭城的中山門走在中山東路鋪著石板的慢車道，馬蹄得得，敲著輕快的夢幻節拍，也敲著六朝金粉的流風餘韻。

太陽才升到兩竿子高，梧桐的綠蔭甬道清涼。我邊搖晃，邊想著：我的初中學程，從插班徐州中學初一下，讀一年；再插班金陵中學初二下，讀一年；又插班遺族學校初三下，讀一學期。兩年半，換三所學校。要是把在游擊隊基地的後馬家中學也算上，初中三年四校，走馬燈似的，還沒平靜地安生地過著一回暑假。

這個暑假後，我升上高中，不再顛簸奔波。我得好好安排一下：

我決定不住學校。學校在暑期還有一些同學住著，餐廳也照常供應。這一塊隔絕社會的營地，上課時，只好耐著，哪能在難得的暑假再把自己鎖在裡面？何況，我想回學校，隨時都行，黎主任的駐校秘書衛參謀給了我一張「出入證」。這證是「校務主任辦公室」發，不限日期時間，比訓導處發的「離校證」，方便太多。雖然住到七伯父家，也有一定的拘束，我也愈來愈對他們那種洋化的高級享受的生活反感！至少我可以去市圖書館，每天讀到黃昏再回家，這麼著我可以暢快讀文學，太好了！

我還打算在南京的大街小巷到處蹓躂蹓躂，這大城，有很多地方還陌生得很。聽說下關那地方很雜，伯母一提就煩，我好奇，想去探探。暑假這麼長，得過出點意思。

回到旭園，曉藍小妹在庭院裡逗弄她的波斯貓。這隻通體雪白的小波斯貓，是曉藍央求媽咪買給她的。七伯母不准旭園飼養狗貓等動物，怕髒、怕臭味。可小妹沒人陪她玩，纏著要買。

曉藍抬頭看到我，小鳥般撲上來：

「大哥哥，你們學校放假啦！」「我們學校早放兩天了，」「這暑假你可得回家住噢！」她一口氣說個不停。

曉藍長高了一些，可還是個小女孩。

要吃午飯了，曉青大姊下來。看到我就說：

「大弟，恭喜你，初中畢業了。」

說到初中畢業，這件事，我差點忘了。我把遺族學校是初高中六年一貫制的情況告訴大姊，我們的初中畢業典禮，十分平常。

「媽咪去上海了。她明天回來，咱們在家開個慶祝會。」

「好哇，我贊成。」小妹高興拍手。「大哥哥上回作文比賽得了第一名，還沒慶賀哩！我跟媽咪去說，這回，一起慶祝。」

我看著大姊、小妹，兩個單純又善良的女孩子，天眞得如兒童。大概她們不管也不懂，伯父和伯母最近的心情都不好過。我謝謝她倆說：「別給伯父、伯母增加麻煩吧！」

下午很早我就到恒亨家。初三下我轉到遺族學校來向余伯伯、余媽媽說過，學期中來過兩回，又有將近兩個月沒來了。

余媽媽一見面就恭喜我初中畢業了，又埋怨怎麼這麼久沒來？她有一回晚上打電話到遺族學校總機，請轉到宿舍找我，總機告訴她：學校規定學生對外不准接打電話，有事連絡要經訓導處生活管理組中轉，她氣得把電話掛掉。

「遺族學校，就是這麼一座美麗的集中營地呀！」我笑著說。

「我要告訴你個好消息。少鳴呀，你的好兄弟阿亨，今年在南京市一中畢業，成績達到直升本校高中標準，下學期讀一中的高一，暑假不用忙考高中了。」余媽媽看了身旁的小余一眼，「很不容易哩！全體畢業生中只有十分之一的名額可以直升。恒亨還嚷著，暑期要去考金陵高中，我沒准他。」

恒亨在一旁兩手一攤，似乎還有些無奈。

「恒亨，眞得恭喜你了。你能拿到直升名額，你的成績至少在前五名以內。」

「我是班上的第二名，本班有四人直升。」

「你知道我初三下在遺族學校班上第幾名？告訴你，可別把你嚇著，全班三十五人，我是第二十名。」

「怎麼可能?難道你們遺族學校同學的程度那麼高，把你這個大天才都壓下去了。」

我向恒亨解釋，我們班上同學的程度眞不錯，如果我想去拚學業成績的話，大概還可以站到前面。我現在不再管學業成績了!我決定把精神和力氣都投注在文學。

「少鳴呀!你眞有定見，太早成熟了。」余媽媽說:「這個暑假你可有什麼計畫?」

我把不願關在學校，要住出來好好運用暑假時間的想法說了說。

「那你就不妨住到這裡來。」余媽媽勸我，「你住過來，這個暑假兩個月，大家都會很快樂!少鳴，你是恒亨的好朋友，也是恁余伯伯的好朋友呀!你可記得?去年在徐州時，我就要你住我家。」

我當然記得，記得非常清楚。余家三口對我的情誼完全是無私的。恒亨的率眞，余媽媽的慈和，每一想到就讓我的心顫起來。余伯伯給我各方面的啓示，實在是劉樂山老師以後，對我影響很大的人。

「余媽媽，我完全懂得您的關愛，讓我回去跟俺七伯父報告一下吧，」我回答余媽媽，「恒亨，當然是我的好朋友!余伯伯呢，他是我的老師啊!」

說著說著，老師回來了。

「少鳴呀，你可算來了!」余伯伯說:「恁余伯母整天唸叨你，聽得我耳朵都快起繭了。」

恒亨嗤地一笑:「爸，你也別說媽媽，你呢?」

逗得大家一起笑起來。

「今晚，咱們又該喝一杯吧?」余伯父問我。

想到七伯母在上海，伯父忙透了，行。我打電話到旭園，交代江嫂，請她報告大小姐，說我飯後再回去。

余媽媽取出兩瓶古越龍山：

「今晚，恁爺兒三個盡情喝吧，這黃酒我存著一大箱哩。」

她給我們三個斟酒，恒亨把酒壺搶過去：

「媽，我來吧！」

恒亨竟也能老到地上桌飲酒了！眞是士別三日啊。

大家舉起杯子，余伯伯發言：

「這第一杯，祝賀二位小將初中畢業。乾。」

三位男士把杯底翻了翻。

余伯父說：「少鳴，你那篇得到文藝創作組首獎的〈薪火〉，寫得眞不錯，也該祝賀。」

我馬上站起來，捧起杯子：「余伯伯，您是我的老師，平時給我許多指導，我敬您。」我喝下一杯，「別提〈薪火〉，提起來我覺得慚愧，比賽嘛，哪談得到文藝創作？」

「比賽文章，也有比賽的評審標準，少鳴，你這篇〈薪火〉我也看過，眞是不錯嘛。」余媽媽說。

我趕快轉移話題來讚美菜餚。余伯伯忽然吟了太白兩句：

人生得意須盡歡

莫使金樽空對月

端起杯子，晃晃喝了一杯，手中的筷子指著菜餚：

「這幾種水產，不過是家常小菜罷了，可往後恐怕不大容易買到囉。少鳴，你在遺族學校裡住著，你們什麼也不用自己買，不知道現在的物價是怎麼個瘋漲？去年物價比前年漲了一倍，各地的學潮已經喊著『反飢餓、反內戰』了。今年的物價，每兩個月就漲一倍，政府的限價、管制、檢查等等手段都用光了，沒用！打仗把什麼都打亂了，生產停了，交通斷了，供應失調加上特權人物操縱，小民活得都快斷氣，人心思變啦！不用人家拚打，老百姓就把你扳倒了！」

余伯伯這一說，讓我想到早上坐馬車時，我下車給車夫十元法幣等他找三塊錢，他不找錢，嘴裡還在嘟囔：

「你以為十塊錢還算錢呀！趕明個再坐，先給我二十塊再說。」

我還以為碰到霸王車伕，故意訛詐我哪！

「像張參謀長他們那些階級，說句不好聽的，是享受特權的達官貴人，達官貴人不怕物價漲，物價愈漲愈容易生活。我們這些職稱比較高些的機關人員，單位也得全力照顧。可憐中下層工薪階級、平頭百姓，日子一天比一天難捱。這個政府，不曉得，路在哪裡？」

沒見過余伯伯說話這麼憤慨過。我告訴他七伯父、伯母現在都忙得沒工夫沾家。

「前方的情況不妙，參謀長當然忙得暈頭轉向。至於夫人麼？跑在南京和上海之間的大戶股匯玩家，就有一些手段厲害的貴夫人團。她們，現在炒玩的東西轉到美鈔和黃金上面了。」

邊喝、邊吃、邊聊，一頓晚餐，我上了一堂結實的經濟課。

約莫晚上九點，我回到鳥語小築。

第一時間，打電話給徐州李敏姊夫：

「姊夫，我是四弟，你和俺姊好吧！」我急切地問他：「現在稚鳴小學畢業了吧，怎麼樣，能不能來南京？我想快點把他帶到蘇州，去找俺五大爺再拜託黎主任，把他也弄到遺族學校來。遺族學校今年招初一新生三個班，正從全國各地選學生，王總司令推薦的學生，大概沒有問題可以進來。」

「四弟，告訴你，你可別急！」電話裡傳來姊夫的話，清楚、沉著：「我告訴你，稚鳴在小店的小學，六月初就畢業了。恁二哥送他來徐州，就住在這裡。這一個月，我千方百計要送他去南京。可是，津浦鐵路被老共扒斷了，從蚌埠以北到徐州的路基全都拆掉，淮河大橋炸斷，《徐州日報》消息，蚌埠以南到明光的路段和橋樑也毀了。現在，每天車站廣場擠滿了要去南京的人，誰也動不了，只盼著國軍把八路趕跑，打通這條鐵路。

「四弟，你別急。我已經搭上關係，把稚鳴排進銅山縣立中學下學期初一新生名額中，這年頭，縣中都得自己找財源，招生名額總有三分之一可以標購，我看打通津浦鐵路不是一時的事，給他安排個學校先讀著，就安心了。鐵路啥時一通，咱就啥時去南京。」

聽了姊夫的敘說，我漸漸冷靜下來：

「姊夫，虧得你費心安排，目前也只好這樣了。不過，我打算去求住在蘇州的五大爺，看有沒有辦法弄一張軍機票。」

「你可以試試，可別抱太大希望，官場上，人走茶涼，王敬久在這一帶灰頭土臉地撤走，估計現在徐州剿匪總部，不見得買他的賬了。」姊夫說：「稚鳴就在我身邊，他要和你說幾句。」

「哥哥，你可好！」稚鳴的聲音永遠對我那麼親愛：「我來到咱姊家，什麼都好，你別惦記著啦！現在鐵路不通，神仙也沒辦法走過去。姊夫給我弄到銅山中學去讀，只不過比省徐中差一小指頭，比那麼多沒學校可進的人，強多了。人不能老是站在這山望著那山高呀！哥哥，別煩心，你好好幹你的。」

弟弟長大了。生鐵久鍊也成鋼嘛。

夜間，我掙扎在一個問題中：天亮以後，我怎樣去和七伯父說「這個暑假我不回來住？」當然，我不能說出要住到余恒亨家，只好說留在學校讀書。說謊我害怕，七伯父一家如此愛我！我怎麼去面對小妹的難過、伯母的失望、伯父和大姊的關懷？在我最艱難、最無依的時候，旭園給了我溫暖的懷抱，鳥語小築給了我一個安適的窩，讓我跨過金陵中學進入遺族學校，這份恩情沉重地積澱在我的心坎裡。如要對親愛我的這個家庭說謊，欺騙他們的信任，違拂他們期待我回家來住的善意，轉而去住到關係並沒有這般親密的一位同學的家中，這是一種對情理的背叛，一種違逆常道的行徑，我的良心發生不安的震顫，難以平靜下來。

可是，我已清晰地看到：我所決定走的文學道路，和七伯父一家所走的富貴道路，兩條路沒有辦法交集且方向相反。我既不願融入他們混在一起，未來彼此的距離必然愈拉愈大愈走愈遠。我對於他們的階層存著很大的反感，發展下去，早晚我會站在和他們對立的一面。

那時，對彼此產生的傷害將更嚴重。

這個黑暗社會對我的生命從抽芽就殘酷踐踏，這些頂層人物對匍匐在地上的人民自私地殘忍地壓榨卻還滿口的仁義道德，這群思想封建專橫跋扈只信仰槍桿子的武夫還要高唱自由民主的濫調……。

我這個偏愛凍死迎風站的鄉下人，不能被風中攜帶的一絲絲花粉迷亂了自己的眼睛。

2

我和恒亨住一個房間，各人的小床前，放一張長條書桌，讀書寫作都很方便。兩人每天跑市立圖書館看書，中午在附近隨便吃點，直到圖書館下午關門，我們才回家。

恒亨讀的，大半是些高中課本的參考書，作高中課程的預習工作，偶爾拿個數學題和我討論一下，他讀他的，我讀我的。

我讀的全是遺族學校圖書館所不收藏的文學書，我借閱《魯迅全集》第三冊起的「雜文」，一冊冊細讀，到第八冊，總共十五種雜文，我計畫在一個月內讀完，再讀胡風主編的《七月文叢》。我閱讀的速度快，上午讀計畫中的書，下午讀文學刊物，杭約赫主編的《詩創造》最讓我迷醉。這本詩刊，讓我了解到：「詩，是反映現實最明亮的鏡子。詩，是攻擊醜惡最有力的投槍」這句話的意義。對於抗戰之後，混亂的社會現象、醜惡的現實狀況，詩人們那些犀利的充滿熱情的詩篇，讓我讀得血液也沸騰起來！我跑到書局買了最喜愛的幾位詩人的集子：穆旦的《旗》、《穆旦詩集》，杭約赫的《火燃的城》，陳敬容的《交響集》，辛笛的《手掌集》，卞之琳的《魚目集》，何其芳的《夜歌》等七、八本詩集，揣一本在口袋裡，勾出最愛的詩，隨時掏出來背讀。

對於那些以文藝爲名海派們幽默的消閒的刊物，我一看就厭。對周作人、梁實秋、林語堂這般高等華人的風花雪月，我極爲輕蔑。我的這種文學觀念來自生活，什麼文學作品能比生活更眞實呢？

我和恒亨，中午飯只是簡單吃點東西，每天都到圖書館左邊圍牆邊上的一溜小吃攤，來碗麵，或者一盤炒飯，幾隻煎包都差不多。這些小吃攤的食客，主要是工人、下層職員、學生，荷包沒幾個錢，塡點東西到肚子裡就算了。可是，每張桌子旁邊，都有赤裸上身髒兮兮的小孩，拎著一隻奶粉鐵罐子，注視著人家吃罷的殘渣剩湯，一見有點殘剩，動作風一般衝上，端起碗盤往自己鐵罐裡倒。他們好像有分配地盤，這一溜小吃攤二、三十張方桌，各有這麼兩三個孩子守著都不會越位搶奪。

一回我們每人買兩塊燒餅拎著，搖搖擺擺往圖書館走。旁邊忽然跑出來個孩子，朝著恒亨的燒餅，連吐兩口唾沫。我們一下子愣住，那個瘦得猴似的六、七歲孩子，哀求著：「大叔，把燒餅給俺吧！俺媽在窩棚病得不行，快餓死了。」

恒亨難過得不得了，一句話沒罵把燒餅給他，我也把餅送過去。

這一溜十來家小吃攤，像大夥商量好似的，不論賣的是什麼，每兩三天，價錢就往上跳一跳，從七月上旬到下旬，二十來天，漲了五、六倍，可是來到攤子上吃東西的人，大夥兒嘴裡罵的都是中央政府，沒有罵小攤老闆。有時小攤老闆跟著食客一起罵，最後總是一句：「這攤子眼看要收了，賣出去的錢，再去買料也不夠了！原物料日日漲、時時漲，不能幹啦！」

我們回家跟余媽媽說。她說：「現在商店裡擺在櫥子裡的貨，裝個樣子罷了，政府不准商店關門，關門就罰錢捉人。咱們吃公糧的，柴米油鹽都用配給制，一般老百姓就慘了！你們以後的午餐，就從家裡帶飯盒吧。」

走在大街上很多商店還是把店門關了，愈來關門的愈多，南京這座首都半邊身子，癱了。

余伯伯每天晚餐桌上，說話以前，先嘆幾口氣。今天，一進門就跺腳大罵：

「這個政府眞沒指望了！無錫這座中國大糧倉的城市，米店裡沒有米賣，老百姓湧進倉庫搶米，政府開來軍車，打死十幾個人民。管治安的、管經濟的不管囤積的商人，只會開槍鎮壓挨餓吃苦走投無路的老百姓，這下打死這麼多人，不准中央社發新聞，可外國的通訊社都把消息發出去了，看明天吧，全世界都會把中國四大米市之首的無錫搶米死人這條新聞做大，國內各黨派報紙也會熱炒它。我看，中央社的人不久也要造反了。」

我在我的「大事簿」記下：

一九四八年七月二十八日，星期三。

余璟伯伯，晚上談本日無錫市發生糧商囤積惜售，飢民開倉搶米，政府派兵鎮壓，槍殺十餘人，造成血案。義憤塡膺，言辭激烈，使我極爲吃驚！

身爲資深國民黨員，曾任徐州黨報總編輯，余伯伯的忠黨愛國，當非一般人可及。這樣一位忠貞報人，竟也說出「政府沒有指望了」的沉痛批評，可見一般人對於政府的態度已到怎樣深惡痛絕的地步。至於普通老百姓，活下去都成問題了，當然要反對政府。

這就是我最害怕的：「失民心者，失天下。」這句話，會不會應驗在國共內戰呢？

我來自儒家傳統家庭，父親也是忠貞的國民黨員，這許多年，目睹當局上下交徵利的腐敗景象，我選擇要做一個站在社會的廣大人群立場的文學家，當作我今生的努力目標。我反對當前這個虛假的國民黨，可是，對於共產黨的擅於機變作風，我心裡，還是充滿了疑懼！

接下來的幾天，報紙上報導，各地城市都有大學生起來抗議，雖然在暑假當中，學生無法大量集結，可是，學生參加到工人行列中，使工人罷工示威的氣焰狂熱起來。事實上，物價飛漲，社會動亂，全面大戰的陰雲覆蓋當頭，許多資本家已把資金移到外國。《大公報》的經濟版調查了上海具規模的三千家大工廠，只有六百家左右開工，其他有的關門，有的連機器也拆走剩下空廠。大批工廠停產，使得無數工人失業，既造成經濟問題，也造成社會問題，自殺、殺人、搶劫、暴動的案件，在大城市每天發生到難以數計。

走在南京街頭，我們明顯感受到，緊張的變亂的氣氛一天比一天加濃，街頭崗亭警察開始布上雙崗，荷槍實彈的憲兵，鎮暴部隊，一小隊又一小隊，在街巷穿梭巡邏和集會的工人進行你追我趕的活動，難民多了，乞丐多了，到處都有一群群襤褸的病黃人形，挪動在許多商門關閉的街道陰影下，南京，我們的首都，在炎夏七月竟如冷秋季節蕭索。

我打電話到徐州，問俺姊夫：「徐州的情況怎樣？」在電話裡，我把南京市景況對他報告。「徐州是中等城市，好管，加上現在全市歸在軍事管理下，白天各行業開門經營，物價貴，還不像大城市那麼瘋漲，晚上十點起宵禁到第二天早晨六點，治安相對較好，集會遊行必須剿匪總部的安全處批准，他們只批准擁護政府的，公家領導的遊行，所以學生，工人等的活動，至少表面上都被壓制下去。」

我告訴姊夫，我打好幾次電話到蘇州五大爺家，副官接電話每次都回答「總司令不在。」有一回，五伯母接到，問知我的事情，她告訴我：「你五大爺已調到上海。關於空軍機案，國防部通令，嚴禁普通人民搭乘軍用飛機。就連一般軍眷也不准搭乘，徐州南京間的軍務特忙，更不可能讓平民搭機。」

「那麼，咱五弟只好等國軍把津浦路打通了。」姊夫補充說：「這條路對於首都南京太重要了，國軍一定會盡快打通。」

我並不這麼認為。

大家都從國共兩方的兵力來估計戰局，我是憑感覺來估計，或許是我過於擔憂，我總覺得：社會最大多數的下層人民，像工人、農民、低級公教人員的心都不在政府這邊。我也相信儒家的治國道理：

域民不以封疆之界，固國不以山谿之險，威天下不以兵革之利；得道者多助，失道者寡助。寡助之至，親戚叛之，多助之至，天下順之。

時常想到這幾句話，我就為時局擔憂。我認為兵力和武器，並不可靠；可靠的還是民心。如果失去民心，最後會眾叛親離。軍隊並不一定服從指揮，一但倒戈，那就危險了。

這只是我的想法，不敢對任何人說。畢竟，在成年人眼中我仍是個孩子。即使童言無忌，也會被人認作小孩子見識。所以，連和余璟伯伯談話，我也不願把自己擔憂的想法說出來。

余伯伯和我談話的時候多了。或許他滿腹悲憤無法排遣吧。晚餐後，余伯母泡一壺茶，四個人在客廳聊天，有時談到很晚。

這七月最後一天，恰好是週末，余伯伯回來時抱著一包東西，打開一看，半隻金華火腿，一顆山東大白菜。

「這是我們社管員工物資調配的小金，悄悄拿到我辦公室的。年頭不同了，機關裡一些直接操辦庶務的員工，別看他職級低，可就有那麼一點點接觸生活物資的機會，也就握住一點點實權，那些平常不正眼瞧他們一下的主管，現在去巴結他們，還常吃釘子哪！」余伯伯有點得意：「太座，這可是正宗的金華火腿，新街口老大房本店，也不見蹤影了。你切下一塊，晚上來一盆火腿熬大白菜，慰勞一下咱們的腸胃。」

這勾起余伯母的委屈傾訴：

「我編的這個週刊，本來以『討論婦女問題，激發婦女潛能，團結婦女力量』爲宗旨，來達到聯合婦女同胞愛國效忠的目標。現在，每天來稿或憤怒揭發社會黑幕，或指責政府執政的無能，最多的是埋怨物價上漲。一個星期幾百份投稿，要選出一個版面所用的稿子都難。物價、物價，把家庭主婦都快逼瘋了！」

「太座啊，別慌，現在物價的一日三跳，不過是小菜一碟，物價飛騰的大戲馬上要演出了。」余伯伯苦笑著說：「我報告一條消息：今天英國路透社報導倫敦《金融時報》全球金融快訊指出，中國上年度財政赤字達到國家總預算百分之七百，超過六成爲軍費支出。現在，政府全靠印刷鈔票支付龐大開支，中央銀行已經失控，六月份鈔票發行量比五月份上漲二十倍，從八月一日也就是明天起，面額一萬元、伍萬元、拾萬元的法幣推出來，咱們等著看物價的大戲吧！」

余伯伯把這麼嚴重的消息，故意說得輕鬆。我們聽了，知道這將是不得了的物價災難，誰也沒特別驚駭。大家被近半年來方方面面的政治醜聞燎烤得焦頭爛額，這類國家的災難消息，再激不起心裡一絲震盪的波紋。

星期天早晨，余伯伯帶恒亨和我，三個人坐在巷口那家豆漿店吃早點，我和恒亨分別排隊「搶」豆漿和燒餅油條。豆漿變成豆水不說，燒餅油條縮了，每套要價五千元，結帳時共計兩萬四千元。老闆先聲明：「一百元一張的鈔票不要，沒功夫數它，至少得給一千元一張的。」他大喊著：「難道你們不知道？今天壹萬元、伍萬元、十萬元的鈔票出爐啦！來，我給你們看看。」他拿了一張拾萬元的法幣，抖給喝豆漿的人看。又說：「這拾萬元一張的，比不上從前拾元一張印得漂亮，紙張和顏色差多了！藍得烏七八黑，沒勁。」

中午前，我從巷口經過，一個工人提著一捆鈔票，跟豆漿店老闆吵得凶。這捆拾元、伍拾元、一百元面額的法幣，工人說總共是伍萬元，堅持要買燒餅油條：「不管怎麼說，這捆錢也是錢嘛，中央銀行的鈔票，又不是我自己印的僞鈔。」

「老哥，壹百元一張的，丟給要飯的，也不要囉。得了，燒餅油條中午價一套叁萬元，你說這捆錢有伍萬，不夠買兩套。現在我免費送給老哥一套燒餅油條，你把這捆鈔票拎回家，糊牆、生火隨便，可別扔在這兒。」

我站在一旁看了半天。心想，這種日子，往下去，怎麼得了啊！

沒過幾天，南京各角落的小店小攤全關了。一般商店，開門營業，從十點做到十二點，去買東西，大部分都「售完了。」爲了解決問題，政府開放了不少軍、公、教的福利中心，供給普通老百姓購日用品。這些機構有數鈔機，還收小面額法幣。

我們在南京街頭每走幾條街就看到一條百十公尺的排隊長龍。男女老少大多提著、背著，甚至挑著成捆鈔票，在烈日下緩慢移動。謾罵政府、此唱彼和，彷彿玩一種消氣的娛樂。旁邊來回走動維持秩序的軍警，聽而不聞，面無表情，機器人似的。

公教人員的主副食、生活必需品，全靠機關配給。

老百姓，人人都是百萬富翁，人人都窮得叮叮噹噹。

鈔票面額再大，也追不上物價一個跟斗翻上天的速度。

物價繼續飛揚。謠言滿天飛：傳說美國特使嫌蔣總統擺譜，把調解國共和談的工作停掉。有的說美國已準備在許多大城市撤僑，有的說美國答應的援助金額不給了……各報紙雜誌報導的新聞，儘是抨擊國府甚至直指我們最高領袖的批評……，整個大局，像一鍋滾水般鼓盪，怎麼也壓不住了。

拖到八月十九日，蔣總統公布了「財政經濟緊急處分令」，宣布實施「幣制改革」，主要內容是下面四條：

（一）發行金元券貳拾億元做本位貨幣。以一比三百萬的比例限期十月二十日前，法幣均需兑成金元券。

（二）禁止私人持有黃金、白銀、銀元及外匯，限期向政府銀行兑成金元券，到九月三十日止。違者嚴辦。

（三）限期登記管理本國人民存放國外之外匯資金。

（四）限制各地物價，凍結在一九四八年八月十九日的水準上。所有按生活指數發給薪資的辦法一律停止。並禁止工廠罷工怠工。

這項緊急處分命令和辦法公布之後，國府在上海、天津、廣州設立三大經濟管制區，分別派出督導專員，動員了財、經、稅務人力，運用龐大警察和法院系統力量，來建立幣制改革和穩定物價的基礎。

物價按金元券交易，一下子穩定下來。

市面一般流通的金元券，最大量的是「角」和「分」的面額，一元券算是大鈔，拾元券是最高面額，非常少見。

市場交易，恢復了正常。

儘管有些報紙，對金元券的穩定性提出質疑，黨政軍各報，領導新聞媒體大量宣揚這回「金融革命」的偉大意義。

善良的廣大百姓，還是擁護政府，大街上，每家銀行的前面，又見排隊的人龍，大家把家裡藏著的金銀，都拿出來向銀行兌換金元券。許多老太太，哆哆嗦嗦地把配帶一輩子的金項鍊、手環、戒指之類摘下來，孩童般滿臉興奮地擠在人群裡，響應蔣總統偉大號召，來參與這回國家金融的革命。

我是不太信任這次金融革命的。八月二十一日星期六，我照例去看望七伯父、伯母他們。他們家裡沒人談金元券的事。伯母給我五十元金元券，八張伍元券，另外十張壹元券：「現在要用這種新東西了，你身上的法幣大概也沒多少，給小李吧。這五十元，給你坐車子、零用。」

我橫看豎看，這些金元券印得不怎麼樣，紙張薄些、鈔面小些，還比不上最早的老法幣順眼。

晚上打電話到徐州問姊夫：「金元券這兩天鬧得歡，姊夫，你去銀行兌換了沒有？」

姊夫在那頭大笑：「四弟，你也把姊夫看扁啦！俺再傻也不能傻到拿金銀去兌換那幾張紙頭兒。不過，咱這片棚戶區，可家家戶戶中了魔似的，大熱天跑去銀行排隊，弄了些金元券回來。」

我還有二百元美金，壓在箱底。我也不會傻到去兌換幾張花紙。

余伯伯談到金元券，他說：「政府這次的『金融革命』，往好處說：是一場政治豪賭。往壞處說：是一種經濟詐騙。不論是豪賭或詐騙，最後一定輸光。」

不待我請求他講清楚些，他就給我分析：「中國現在經濟亂象，必須用經濟的方式解決：增加農工生產、疏暢物資流通、節約國庫開支、講求資金效益、鼓勵企業投資等等，才是根本之計。要進行經濟建設的根本之計，必先以停止內戰作基礎，否則也是收效有限。可是，當前政府高官，沒有幾個有風骨有見識的，讓王雲五這種外行來設計金元券政策，讓蔣經國坐鎮上海，帶著他的『戡建大隊』用政治的方式來解決經濟問題，注定會失敗收場。可是，這一回，騙走了全國最擁護政府信仰領袖的老百姓重似性命的一點金銀，你想一想，這個政府還有沒有下一次的機會？」

「唉！」余伯伯沉重嘆氣：「蔣先生有一個蔣經國兒子坐鎮上海也不會讓經濟起死回生！他得有一百個蔣經國兒子，坐鎮全國各大中城市聯合作戰。不過，就算有一百個蔣經國，那位楊貴妃一出手，什麼雷霆萬鈞的經濟鎮壓，立刻就會煙消雲散！妖孽啊！妖孽。國之將亡，必有妖孽！」余伯伯這樣結論。

我靜靜聆聽余伯伯的分析解說，非常欽佩。

我也體察到這一段時間以來，他內心的情緒有著微妙的變化，他對當局的批評，已從隱約含蓄變爲明白，他的言詞也變得直接、果斷和激烈。這讓我更深一層認識，余璟伯伯，實在是一位有良心又有遠見的人。

我在大事本上，記下來余璟伯伯今天的談話。

3

一九四八年九月一日，星期三。國民革命軍遺族學校秋季開學。

上學期開學典禮，蔣夫人要參加臨時取消。這回，她來了。

當塊頭高大的勵志社總幹事黃仁霖，從大禮堂舞台後面的帷幕一角閃出站定，在舞台下面最前一列的黎主任，喊一聲「起立！」全體師生馬上從座位站起來，肅立等候。蔣夫人出現了，頎長的身姿著一襲月白色旗袍款款而行，後面隔兩尺遠跟著胖胖的婦女會孫總幹事，差不多二十幾步的距離，花了兩三分鐘走到舞台講桌邊，孫總幹事搶前一步，把那張高背雕花的歐式大圈椅擺正，稍稍攙扶一下請夫人坐好，退後侍主。這時，蔣夫人右手對我們微微一擺，我們鼓拍半天的熱烈掌聲停下：

「蔣媽媽好！」演練效果從呼喊的整齊表現出來。

蔣夫人站起，點點頭：

「孩子們好！」音調高貴優雅。

我回想著：五月一次、六月三次，連同這回，我看到蔣夫人五次。每次，她都著曳地旗袍，儀態萬千。

蔣夫人坐下來，對我們講話：

孩子們，新的學年開始了，你們都升上一個年級，看到你們朝氣蓬勃的精神，我非常高興。

我們的國家，因為共匪叛亂，造成各方面的破壞。抗日戰爭剛勝利時，總裁就號召他們，放下武器，接受領導，齊心參加建國大業。共匪頑強抗命，擴充兵員，至今已竊據全國四分之一的國土，脅迫一億六千萬同胞，形成一個萬惡不赦的叛亂集團。政府在北方幾個戰區設立剿匪總司令部，將要集中兵力，把叛亂的匪徒一一消滅。

消滅共匪叛亂，不但在前方的軍事戰場，也在後方的各個領域的戰場。匪諜無孔不入滲透各個領域，目前許多報刊專登攻擊政府的新聞和言論，作家文人普遍寫作左傾文章，大學生一波波的學潮，工人罷工，商人罷市等等，這些完全都是共匪在暗中搞鬼。所以，政府也要嚴格控制變亂的情況，維持社會安定的秩序。

經濟問題，關係國計民生，當然是共匪破壞的重要目標。這一年，尤其是最近半年，經濟嚴重失調，工廠停產、農民棄耕、商人囤積，造成各地物價飛漲。其中匪諜的煽動破壞，就是主要原因。現在，政府已頒布「財政經濟緊急處分令」，發行金元券，改革幣制，規定物價標準，穩定市場，已經恢復了經濟的正常形勢。

孩子們！你們的父親，都是爲國捐軀的英雄。英雄的子弟，是國家的寶貝。我辛辛苦苦創辦這所「國民革命軍遺族學校」，有美好的環境，有優良的師資，讓你們無憂無慮接受教育。孩子們，你們要體會蔣媽媽對你們的用心和希望，讀書不忘救國，將來在社會各業，一個個都成爲忠黨愛國的人。

這番演講，同學們激動不已！教務處早已拿到稿子快速印出來，發給各班，同學人手一張。

我升上高一，被編在高一甲班。級任導師是錢三元先生。

從徐州中學我敬重的導師王欣然先生之後，在金陵中學經過兩位導師，到遺族學校經過一位導師，我都覺得不怎麼樣！他們頂多只是照管學生雜事的老師，不能算是「傳道」、「解惑」的「人師」。所以囫圇而過，沒有在我心裡留下多少印象。這位錢三元導師，一看，就有些特別。矮個兒，身子扁平，薄唇，下唇向上翹，上唇往下搭拉，整個下巴緊綳的一團皺摺硬撅撅地老像和人鬥氣。瘦削的臉龐，架一副黑框的寬大眼鏡，從眼縫射出的光芒，銳利得刺人。走路姿勢怪，頭高昂著，胸挺出老遠像一面盾牌。讓他別在灰中山裝上衣的「勵志社」徽章，特別突出得顯眼。

第一節，週會，錢老師上台，首先介紹自己的名字「三元」是「連中三元」的意思：中大國學專修科畢業、政治幹部學校情報組進修、勵志社資料科室特取，可不是連中三元？現在是勵志社黨史編纂，黎主任這學期借調過來教國文，做高一甲班導師。

自我介紹完畢，接著講剛才開學典禮上蔣夫人的演說詞「是一篇情文並茂的文章，也是一件歷史性文獻」，要求我班同學必須熟背，在下次的週會上，他要抽點同學上台背誦。

全班同學馬上哄起來。

本來，同學們對蔣媽媽就很崇敬而且感情很深，可是，看到錢三元老師這番諂諛的談論，覺得他的做作實在玷辱了我們蔣媽媽高貴的人格。「三塊錢」的外號就貼到導師身上。

三塊錢當我們導師，他本身的課教得七差八錯，偏又愛在班上訓話，抽叫同學個別面談，要年齡大些的人早辦入黨，弄得班上讀書的氣氛浮躁起來。

上課一個多星期，報紙上報導了東北戰事失利的消息，九月十二日北寧鐵路受共軍控制，軍事要地錦州被圍；軍事記者分析：東北情勢危險。東北籍的同學，個個坐立不安，吃飯睡覺都談論戰局。到九月十六日，新聞報導，山東省府大城濟南被共軍包圍，遺校同學中有一大批「濟南國軍遺族學校」的同學，整群從濟南轉來南京，這個消息，讓他們像熱鍋裡的螞蟻，快發瘋了！

我！也像熱鍋裡的螞蟻，濟南是徐州的大門，戰火燒到濟南了，徐州咋辦？我那些親人咋辦？我弟稚鳴咋辦？

星期六到七伯父家，只有大姊、小妹和一群傭工，七伯父不見人影兒，伯母住在上海處理她公司的事，十幾天沒回來。

跑到漢中路余伯伯家。

余璟伯伯開頭的一句就說：「看來，我以前告訴你的內戰局勢估計，太樂觀了！我還存有國軍的兵力和武器兩面佔絕對優勢的這種錯誤觀念，高估了國軍的作戰能力，低估了「民心」和「士氣」在戰爭中所起的作用。現在，事實證明：『人』，才是戰爭勝負的決定性因素。目前許多下面人都認識清楚了，可是，咱們頂上頭的大人物，還不能認識清楚。」

我對余伯伯說：「瑯琊路的七伯父、伯母都不著家了。我打電話徐州，徐州俺姊夫告訴我：蔣緯國的裝甲兵坦克車部隊，集中徐州，空軍第四大隊的戰鬥轟炸機群，也停到徐州軍用機場，還有黃百韜、邱清泉、黃維等的機械化兵團布在徐州四周。徐州的國軍已準備好在徐蚌地區，和共軍主力打一場大決戰！報上說，這場決戰，將會消滅掉共軍主力，扭轉北方戰場的形勢。您看呢？余伯伯。」

「我不敢再樂觀了！」余伯伯說：「依我看來，國軍要在徐蚌會戰打贏，恐怕很難！我現在完全相信民心和士氣了。沒有民心，就沒有士氣，沒有士氣，仗就會輸掉！要打贏仗，先要贏回民心。」

「民心能贏回來麼？」余伯伯轉回話題：「且看這回蔣經國在上海幹得怎樣吧！蔣經國一到上海，喊出『只打老虎，不拍蒼蠅』、『打禍國的敗類，救最苦的同胞』這些響亮口號，下獄六十多名巨商大戶，槍斃陶啓明、張亞尼、戚再玉等幾個炒股貪瀆官員，報紙跟著起鬨，外國記者說他是『中國的經濟沙皇』，中國記者說他是『雍正皇帝』。捧過頭了！他關的、殺的，頂多是些狐狸，哪有一隻老虎?咱們等著看,蔣經國打虎的下一回合吧!」

並沒等多久,就在十月,這一個月前後,中國整個局勢有了徹底的轉變!報紙登的消息,每天都像擲出死亡炸彈,炸得人魂飛魄散!在戰場上:九月二十四日濟南失落,十月四日錦州失落,十月十九日長春失落,十一月二日瀋陽失落,東北全部淪陷,四十多萬美式裝備的部隊剩下三萬人撤出,將領死得死、降得降,任誰作夢也不相信,僅僅一個多月,遼闊的東北大地,滾湯潑雪似地化爲烏有。在經濟上:蔣經國抓到孔祥熙的大兒子孔令侃,宋美齡親自到上海虹橋監獄把他接出來釋放。抓到藍妮這個小電影明星,她是行政院長孫科的情婦,孫科寫信稱她「敝眷」,也放了。上海市民把蔣經國說成「只拍蒼蠅、不打老虎」,蔣經國名譽掃地,經濟管制失敗,金元券信用破產了。

在前線戰場國軍連連敗退的危亡時期,在後方經濟市場上,皇親國戚喪盡天良還幹著挖國家經濟老根的勾當,這就像家裡失火了,大夥忙著救火都來不及,想不到有家人向火上潑汽油,趁著慌亂來搶奪財物一樣,太讓人難過了!最使我困惑的是,我們的蔣媽媽,她在我們開學典禮上的演說,說的話多麼動人!怎麼也幹下這般醜事?

這些想法,我只能在心裡想,在學校裡,我不敢隨便說出一句。學校裡,除了伙食的正常供應,其他都已不正常了,許多學科的老師走了,三塊錢導師跑得特快,剩下的老師,上課不上課也沒人管,各處室的辦公職員七零八落,行政系統癱瘓了,黎主任很少在學校出現,老師、職員和學生,大家愛幹什麼就幹什麼,最常見的是成堆地圍在一起聊天。平時校園花木整理得仙境似的,庭園每個角落潔淨得看不到一塊紙片,總務處說工人走了大半,剩下三、四十人只能維持伙房的工作和主要地段的清理,凋殘的花木、蔓生的雜草管不得了。

儘管這樣，同學聚在一起，還是把一切敗亂，都說成共匪造成的。大家對於報上所登的宋美齡到上海所做的，都說蔣媽媽不會這麼做，一定是左傾記者造謠，大罵記者如果不是匪諜就是被共匪騙了。這使得我相信：到這個時候，任何機關學校，沒有一個比遺族學校的學生這麼死心塌地擁護中央了。大家一片死忠，心裡懷著異議的，只有兩個怪人，高一甲我這個老憨和高二甲的那一個王越。那個常在報刊發表些東西的傢伙，實也是一位有心人。

十一月六日，各報的頭條大標題，都是徐州被圍的消息。

這天是星期六。近來，學校大門的憲兵崗衛，對同學出入的管制已經很隨便了，只要穿著遺校學生制服進出，他們就懶得過問。我早餐之後，跑到四方城站搭乘馬車，馬車先收費了，金元券二元。

趕到瑯琊路七伯父家，八點半鐘。七伯父已去上班。顧科長似乎沒事幹，在院子裡踱著方步。看到我來了，馬上對我說：「郭少爺，你來得正好。夫人和小姐們，前天搬到上海去了，下面人大半都跟去上海。南京只留下幾個人伺候參謀長。」他從軍服口袋裡取出個大信封遞給我：「這是夫人留給你的，她要我親自給你送去，這下子免了。」我坐到客廳裡，拆開信封，裡面有兩個小信封：一封是信，伯母寫的。她說：她們走時都念著我。要是有機會，希望我能和她聯絡上。她又說，也許過一陣子，她們會搬到香港。伯母把她上海、香港的地址、電話都留給我。另一個信封，裝著五張面額一百元的美金大鈔。

我的七伯母，對我關愛得太周全了！這時光還想著不太聽話的我，真讓我心頭發酸。其實，我何嘗不想著她們？

回到鳥語小築，我的房間仍有人打理，還是那麼窗明几淨。和每次回來一樣，我撥電話到徐州，撥好幾次，總響著「忙音」，我打電話給南京電信局查問，南京徐州間的電話還通，繼續撥，通了，電話俺姊接的。

「姊，你們現在怎樣？」突然我孤獨得想哭，可不能哭！

「四弟麼？老天爺呀，可讓我聽到你的聲音了。」姊啜泣起來，停一下，她說：「我們反正這樣子，破罐子破摔，無所謂了。你姊夫這會子出去張羅什麼了，我們打算過幾天回家鄉去，孤魂野鬼似的，在外面這些年月，流落夠了！怎麼著，俺也要回老家。只是總念著你，一個人到處躲，也沒個根柢。」

「稚鳴呢？」

你姊夫把他從銅山中學弄到山東臨時中學了。等等，你姊夫回來了，讓他來說。」

「四弟，」姊夫的一聲呼喚把我的淚催落下來，「我跟你說，山東濟南的七、八所中學師生，跑來徐州，徐州剿總，把這批師生編織成一家『山東省臨時中學』供給一切生活，我看是想把這個學校護送到南方去。我和稚鳴商量，咱自己去不了南方，乾脆加入他們裡邊，稚鳴很樂意。我把你留下的錢都換成外幣，弄一根帶暗袋的腰帶，給他繫上了。五弟比你要精，在集體中，他不會吃虧，你放心吧！」

「我和你姊也估摸了幾天，覺得反正是這麼回事，跑個啥？決定最近就回鄉下老家了，葉落要歸根啊！」姊夫的話，忽然停下來，或是怕他的話刺激著我了：「四弟，我們不放心的，倒是你那個牛脾氣，怕你的憨勁一來，吃虧。四弟，咱們以後不曉得啥時能再說個話？姊夫要叮嚀你一句，你在外面，幹什麼都要機伶點兒。」

我告訴姊夫，咱們都很年輕，我不相信這汪混水澄清不下來。熬時間，那般老傢伙，總還是會早幾步歸西，決熬不過咱們。

姊夫在那頭，被我說得笑了。

這通電話大概就此告別了。

我給七伯父寫一封信，對他老人家幾年來的愛護表達感謝。又給七伯母寫一封，寫得纏綿多了，裡面又附上了給曉青大姊、曉蘭小妹各一張，期盼望有機會相見。

整理一下必需的衣物用品，打成一個大包。把二哥給我的《紅樓夢》詩詞手抄本，二嫂縫一雙布鞋，拿布包好，和幾本書一起收到大書包裡，手上提著，肩上背著，下了這座熟悉的小樓。

顧科長叫小李開車子送我，我擺擺手，把兩封信交給他，謝謝他幫忙，我請小李幫我提大包送我，我們去漢中路，不遠。

路上，小李指指點點，這瑯琊路到西康路五、六條街，幾百幢洋房的大人物，去上海去香港去美國，差不多走光了。

走出這塊豪門特區，進到尋常百姓的巷弄，許多人家，趁空在家裡洗洗刷刷，很平常地過著日子。奇怪，仗打得愈近，老百姓反倒不像前幾個月那麼驚惶了。

到余伯伯家，我告訴他們瑯琊路那一帶的景象。

「你大概沒留意，南京、上海飛往外國的國際航線，班班客滿，富豪大戶，有的直飛美國，有的先去香港。到上海的，不過是觀望一陣罷了。」

「怎麼老百姓反倒比過去鎮定下來了？」

「共產黨不是對老百姓喊話：『窮人翻身』嘛！老百姓傳著：共產黨來了，窮人能不能翻身？還不知道。不過，跟著國民黨，把我們弄得一窮二白，再窮也窮不到哪裡了，共產黨總會給口飯吃罷。」余伯伯說：「你看，這是首都呀，首都老百姓見多識廣，最後還讓國民黨把家底兒騙光。國民黨再談什麼，人民也聽不進去了。」

「你們家呢?余伯伯，可有什麼計畫?」我直接提問。

余伯伯回答得很坦直：「我們不準備動。像我和你伯母這種領薪生活，從沒幹虧心事的普通知識分子，沒什麼好動的，再說也沒有本領動。」又對我說：「機關裡，平常做特殊工作的人，現在懷著鬼胎，開始惶恐了。一般規規矩矩的同事，大致上的想法，和我一樣。倒是要問問你，你打算怎樣?」

我把自己的想法述說出來：「走，還是留?這件事，我思考很久了。如果留下來，我只是個剛念高一的學生，家是鄉下農戶，將來有沒有機會上學?這是個問題。如果跟著學校走，我是要利用這個機會，多經歷些人生，多跑一些地方，多開一些眼界罷。無論走出後怎麼樣，我絕不會沾染政治，不會作升官發財的夢，那樣的夢只要我融入張世伯家就得了。」我看到余伯伯在點頭，心裡一陣欣喜，說得更細一些：「余伯伯，我曾跟你說過，我將來要做一個關懷社會的作家，這是我唯一的夢。我讀的文學名著愈多，愈覺得這個夢太難實現了!文壇上，已經有那麼多偉大的作家，那麼多不朽的作品，自己感覺實在太渺小了。必須不斷地研究學習，必須用一生去努力，或許會有點可看的東西留下來。文學的學習，不能只靠書本，還要依靠生活。所以，我要走出去，那怕出去後四處流浪，流浪也是一種作家的教育。這是我的想法，我的決定，也許太浪漫、太幻想了吧!」

「你的想法，你的決定，都非常合乎實際。如說是浪漫，也是理想性的浪漫，絕對不是幻想。」余伯伯所下的肯定斷語，像注下一針強心劑般，讓我的精神增加很大的信念。

「現在這樣懷抱理想的年輕人，太少了!少鳴，很高興能認識你，」余伯伯說：「本來，我想看，如果你不走，可以住在我家，我和你伯母都喜歡你，我們會像對恒亨一樣對你。聽到你的想法，我覺得，你不該留下來，你該海闊天空飛出去。」

今天，一九四八年十一月六日，星期六。我在「大事簿」上記下余璟伯伯和我的談話，這番談話，是生命途程中指標性的里程碑。

從十一月中旬起，南京各機關、學校的伙食團，奉命日夜趕工做饅頭，街頭巷尾的餅店饅頭店，也被動員徵用來趕做饅頭，全南京市像搞做饅頭大賽似的。

徐蚌會戰開打以後，共軍把守在城裡的國軍裝甲坦克部隊，和布置徐州周邊的陸軍兵團切開，調動百萬民工一夜間圍著徐州挖出一圈又寬又深的土溝，像護城河似地把徐州城市的裝甲坦克車困住，一開出來掉到土溝裡動彈不得。圍困一個多星期，徐州市內的七、八十萬軍民糧食吃盡，燃料燒光，成爲憋著肚子的一城餓鬼。

中央搞的全南京做饅頭運動，是把饅頭裝在麻袋裡，每袋一千個，交付空軍第十運輸大隊，飛臨徐州上空空投下去。

老百姓的話題，全都集中在饅頭上，很多被徵做饅頭的小店，老板和夥計被督著日夜趕工，開始瞪著眼罵街：

「笨驢，什麼裝甲兵部隊。讓人家弄道溝就擺平了，那些工兵、砲兵幹啥去啦！那位花花公子的裝甲司令，跳舞玩女人在行，幹仗就癱下來。」

「空投饅頭，這妙計誰想出來的！城裡是滿城餓鬼，就那麼一、二十架運輸機，就算二十四小時不斷地飛，能飛幾趟？投幾麻袋下去？只不過給餓得快死的丟一個小饅頭給他，牙縫兒也塡不滿，該死還是死！」

報紙登出來的「特寫」更精彩了，說是城裡的軍民，見到飛機投下麻袋，一湧而上爭搶，有的人被整麻袋饅頭活活砸死……說是共軍故意在土溝那邊大吃大喝，用大喇叭播放歡迎國民黨部隊兄弟，過去喝兩杯，忍不住餓的守軍跑過去，被督戰團從背後用機槍打死……

在城外被共軍包圍的兵團，處於被分解合圍的狀態。

十一月二十二日，黃伯韜兵團十萬人在徐州以東踫庄一帶被擊潰，黃伯韜殉職。十二月初黃維兵團十二萬人在徐州以南雙堆集地區被打垮，黃維被俘。十二月四日杜聿明率兵從徐州突圍，被共軍攔截，激戰之下，兵團司令邱清泉殉職，杜聿明被俘。到十二月底，徐蚌會戰前後兩個月左右，國軍五十多萬中央嫡系精銳部隊，有的投降，有的潰散，全部損失。徐蚌會戰潰敗，中央已經賭光大規模作戰的老本。

徐州一失，共軍大批部隊直逼長江北岸。

南京城內開始聽到浦口那一帶傳來的大炮爆炸聲。

這些日子，我常常來余伯伯家住兩三天。愈來我愈珍惜余家的友愛。相對之下，在張家，那種華貴的高級物質生活，不時把我刺得心痛。他們全家對我的親愛，讓我一方面感受到情意的溫暖，一方面又有著無法消除的煩躁和隱隱的不安；老是覺得，那種生活型態，不是我所應該去過的。在余家，我們站在同一條水平線上，從逐漸交流到掏出心來任意談說，大家的情投意合，產生舒坦無比的自在快樂。

我們都有默契，應該好好珍惜已經不多的聚會時日。經常我們走到夫子廟、秦淮河一帶，在路邊攤上挨家品嘗地道的南京民間小吃，擁擠在人流中東張西望無目的閒逛。甚至我們擠上二十五路，江南汽車公司開往下關的公車，在那塊水陸碼頭的地盤，和一群操著江北口音的難民，扯談了半天。每到晚上，我們四個常圍爐清談，輕言細語，說到時局像說遙遠的故事般，不再憤慨、哀傷，心裡定下準則了，對那些惱人的醜聞當作趣談，把現實煩惱和隆冬嚴寒都趕出門外。

在徐蚌會戰失利聲中，壞消息不斷傳來：蔣夫人赴美求援雙手空空回來；中共公布第一批「戰犯名單」十三人，蔣介石、宋子文、陳立夫、戴季陶、宋美齡排在前五名；蔣總統發表民國三十八年「新年文告」呼籲願共產黨「商討停止戰事恢復和平」被指爲遲來的悔改，遭到擯斥；國府外交部長吳鐵城，照會美、蘇、英、法四國駐華大使出面「調解內戰」全部拒絕；華中剿匪總司令白崇禧電告蔣總統，要求停止內戰，南方幾省參議會議長，發表通電，要求總統下野……。首都天空的烏雲，這些日子已然墨黑如夜。

南京市內，孫科主持的行政院遷到廣州去了，中央各部門、各單位都南遷廣州或轉移上海，剩下總統府屹立在長江路上，卻也只是個空殼子，門前冷落的情況，不像一座總統府，倒有點像博物院。

遺族學校內，同學早就無課可上了，還是運動、打球、聊天，過著閒散的迷茫的日子。每當聚在一起談到了時局，除了罵共匪，又多了個罵美國人的題目：罵美國人在國共內戰中調解給了中共準備戰爭的機會，罵美國人拿美援來脅制國府，罵美國人沒情義在現下我們需要幫助的時候竟然不伸出援手！罵歸罵，日子過得並不怎麼感到憂愁，大家相信，我們的校長和蔣媽媽，一定會照顧我們。

憂愁來了。一月二十一日，星期五。蔣介石總統宣布「引退」，總統職位，由副總統李宗仁代理。

這是個不得了的壞消息。對我們遺族學校的學生來說，是要命的壞消息。在我們同學心目中，偉大的蔣總統，是巍峨的一座高峰，是我們生命中的擎天柱子，擎天柱，倒了，天塌下來。
閒散迷茫了好幾個月的同學，個個愁容滿面。運動場、體育館、音樂館、圖書館等等，再也沒有人活動，好像約定了似的，在收聽到中央廣播電視台下午二時正的新聞廣播後，大家驚駭地奔走相告，不久各自回到自己的教室討論起來。

在我們高一甲班的教室，三十七個同學除了近來離校回老家八個，全數到齊了，隨便找張課桌坐下來，七嘴八舌地發表意見。

「蔣總統下野了，他還有沒有心思管我們的事？」

「李宗仁幹上總統，他是桂系的頭頭，桂系跟咱黃埔系，一向是互相排擠的，這就是個禍患。」

「我看咱們校長，就是有心照管我們，恐怕也沒權了。」

「你們胡說什麼！」一個年紀大的同學喝斥著。我們高中部這兩個年級，有一些「逾齡」同學，有的工作過，不知道怎麼進來的？他們的年紀大得多，我們班上兩個都已二十多歲。

這時，另一個大學長，被同學認爲是班上智多星的小矮子，走到前面，站在老師的講桌前，對大家「訓話」：

「你們不懂的事，別胡亂說話！」他擺出一種老師的架式：「我告訴你們，李宗仁上台，他當總統也只是個名兒，咱們政府是國民黨組織的政府，實權還是握在國民黨總裁我們偉大的校長手裡。你們知道，遺族學校是蔣夫人辦的，主要人員都從勵志社調來，經費是由國軍聯勤總部負責。聯勤總司令黃仁霖也是勵志社主任，是一直跟隨夫人的，黃總司令聽誰的？你們想想吧！這不就清楚了，還擔心什麼？」

大學長的話，像一盆冷水澆到同學熱昏的頭上，大家安靜下來。他把手裡的一本雜誌向同學揚了揚：

「這份前天出版的《新聞追蹤》週刊，專門挖政治內幕新聞，也是罵政府的刊物。這一期有一輯『蔣介石下台前陰謀揭祕』專題，當然是辱罵總裁的報導。不過，裡面透露的消息說：總裁已任命陳誠當台灣省政府主席兼警備總司令，蔣經國爲中國國民黨台灣省黨部主任委員。並且下令把中央銀行庫存的黃金、白銀、外幣運送台灣，把北平故宮博物院的國寶精品也運去台灣。你們想想，總裁的眼光看得多遠！勵志社方面早有傳說，校長要把我們遺族學校遷去台灣，這可是把我們當作寶貝呀！」

同學高興得拍桌子的拍桌子，鼓掌的鼓掌，哄成一團。

智多星伸出雙手向下壓了壓，讓同學靜下來。

「大家冷靜一下，這個雜誌學校一向禁看，我給你們報告這些消息，是爲大家好，你們可別害我。像總裁的這些深謀遠慮的安排，就被雜誌罵得不成人話。」

「這雜誌裡一定有匪諜！」

「不把黃金運去台灣，難道留著給共匪？」

「……」

「好啦，好啦，你們可以把好消息傳告出去，可別說我在班上散布這份雜誌謾罵的新聞，我可是一句也沒說。」智多星大學長把雜誌捲巴起來塞到袖筒，誰也不給看。

晚餐時，好久不見的黎主任來到餐廳，給大家講幾句話，要同學別擔心，蔣媽媽到哪都會把同學帶著。並宣布：明天早上，派高一甲班同學代表遺族學校到小紅山凱歌堂陪校長、校董主席做祈福禮拜，八點正，在學校大禮堂前廣場集合。

黎主任不讓兩個「大學長」參加，怕惹蔣夫人不喜歡。他親自帶領我班二十六名學生在八點三十分前，走進了凱歌堂，排成三行，站在這間禮拜堂後排，恭候總裁和夫人蒞臨。我們之外，參加禮拜的人陸續來到，坐在第二、三排。我認出的有蔣緯國、何應欽、張群、黃仁霖四個，另外五位沒見過。

九時正，大家都站起，肅立。

蔣介石總裁，著五星上將戎裝，披著寬大的黃呢絨斗篷，和穿著藏青色絲光旗袍的蔣夫人，從三樓沿弧形的樓梯，緩步並肩下來。他倆那種高貴的威儀，仍讓人感到震懾。不過，我凝注目光，看到蔣夫人面容嚴肅，嘴巴綳得很緊！蔣介石總裁，臉色非常蒼白，像是生過一場大病。侍從接過斗蓬。

總裁和夫人在第一排並置的兩張圈椅上坐下。

周聯華牧師，熟練地輕步邁向講壇。行過規定儀式，牧師請大家翻開聖經第一百五十四頁，《約翰福音》第十二章，第三節：「主要吸引萬人歸己」。牧師讀出經文：

耶穌對他們說：光在你們中間還有不多的時候，應當趁著有光行走，免得黑暗臨到你們；在那黑暗裡行走的不知道往何處去。你們應當趁著有光，信從光，使你們成爲光明之子。

牧師接著宣說：中國遭到黑暗來臨的時期，偉大的領袖，爲了顯示他全力促進和平的眞正心願，毅然接受野心人士的要求，把總統大位讓出來，自願引退還鄉，做一介平民。這種曠古未有的偉大行爲，只有我們領袖這樣大智大仁大勇的偉大人物，才能做得出來。我們的領袖，就是耶穌所說的

「光」，我們要信仰光、崇拜光，永遠跟著光走，才不會沉淪到黑暗中。
牧師又引出一粒麥子落地，生出許多麥子的故事，願大家跟隨偉人，爲我們的民族，犧牲奮鬥，做一粒落地的麥子。
牧師讓大家一齊祝壽：天佑偉人。
最後帶領著唱一支〈奇異恩典〉聖歌，感謝偉大領袖給我們的恩典，祝壽偉大領袖永遠平安。
蔣介石總裁偕夫人下樓，登車離去。
黎主任直接去勵志社。
我們在班長帶隊下返校，經過四方城車站，我告訴班長，要在這裡等馬車。
早上這不到兩個小時的禮拜，給我的印象太深刻了！我看到一位失敗了的大人物，在落魄中仍要擺出不凡的姿勢；我看到一些無能的扈從者，滿身媚態表現自己的忠貞。我更深深地體會到：語言，是何等的不可靠，即使最醜惡的事物，竟也會被利口巧言，翻轉成偉大神聖的東西！世間所謂的偉大的、神聖的東西，又是多麼可疑呀！
到余璟伯伯家，他們正要午餐。
在飯桌上，我沒說什麼，生怕影響用餐的氣氛。我自己實在沒胃口，幾乎沒吃什麼東西。
大家坐到客廳，余媽媽看著我的臉色不太對：
「少鳴，你沒有什麼吧？」
我把上午參加蔣介石總統下野禮拜的情景描述出來。
余伯伯拍拍我：「少鳴，你還是太年輕了。明明你知道是怎麼一回事，竟還氣成這樣！你可得好好練練啊！」

「要說蔣先生的是非，恐怕還得過很長的時間，讓未來的史家去評斷。當代所謂的學者寫什麼，都不算數。」余伯伯靜靜地說：「他，和另一位先生比起來，可以說各有一套。從『權謀』這個觀點來看，蔣先生不會差到哪裡。他說自己引退了，可是什麼也沒交出來。就看他在台灣布局的謀略，根本上已經要把大陸甩掉，到那座孤島去建立海外的王朝。其實，現在國府還擁有大江以南的半壁河山以及大西北的地區，如果他全心全力支持李宗仁這個桂系的國民黨，徹底拆掉黨內有黨派內有派的圈圈，還是可以和中共拚個長短，至少，也可以增加些和人家談判的籌碼。蔣先生要跑去台灣這種布局，誰都知道，一切都完了。」

我告訴余伯伯，學校裡傳說，遺族學校要遷到台灣。

「這件事，一定可能。蔣先生要去台灣，除了帶走錢財寶物，就是要帶走人。」余伯伯肯定地指出：「你也知道，上個月，北京大學朱自清、周作人等八十二名教授的公開聲明的事吧。可以說，大陸上有點頭腦的人，不會跟去台灣。他能帶走的人，主要是他的黨羽，還是有被裹脅的年輕人，像你們遺族學校同學這群忠心耿耿的寶貝，他不會捨得丟下。」

這話，可算是說到底了。

我到樓上，重新整理我的東西，塞了一套春秋天衣服在大書包裡，別的都留下來。

再回到客廳，我對余家三口說：

「這次回到學校，說不定學校隨時會遷走，我就背這個書包上路吧，多帶東西，也是扔到路上。」

我拿出那個裝著五張美鈔的信封，雙手遞給余媽媽：

「余媽媽，請你收下這個吧！」

余媽媽接過，抽開一看，馬上遞過來：

「少鳴啊！你這就不對了。」

我不能讓親愛我的人有一絲誤會。懇切說明，我一路必定是公費，錢帶多了，沒用，可能還招惹麻煩。我身上還有一些，這包錢留在家裡，比我帶著也許會好些。

「如果學校短期不遷，我當然要回家來和大家再聚聚。」

又一次，和我所親愛的也親愛我的人分離了！

他們三個，一直送我、送我，出了巷子，還送。我不願在車站分手，強迫他們回去。

余伯母兩眼含淚，恒亨已經淚流滿面。

轉過身子，又一次，我流下離別的淚水。

4

我的好友那個高二甲怪人王越，星期三晚飯後，在校園裡蹓躂，看到校務主任室亮著燈，覺得奇怪！趨前一看，只見黎主任被十來名職員、工友圍在中間談論什麼。他悄悄進去，聽了幾句，轉身跑回宿舍大樓。召集了高二高一的班級幹部，告訴大家：

「出事了，出事了！趕快行動，把黎主任搶救出來。」

原來訓導處的職員從勵志社得到消息：校長在上個星期已命令國民革命軍遺族學校遷往台灣。今夜，職工們發現黎主任到辦公室，便約集了人圍住，要求給予遣散費。

「看樣子，職工們很凶，恐怕黎主任的安全會有問題。」

火速集合高中部同學三十人。

王越像指揮官似的，命令四個人守住宿舍大樓，准進不准出，管制同學跟隨礙事。帶大家列隊跑步到軍械庫，打開庫間，每人背上一支上軍訓用的卡兵槍，留下兩人守庫。其餘的跑步到校務主任辦公室。王越分配好隊員各就位置包圍，帶領著吳靜宣、趙敬暉、我，四個人進去和職工們談判。

職工們發現大批武裝學生來了，開始騷動。

王越大聲說：「各位先生，我們同學過來，沒有別的意思，只是想了解各位和黎主任有什麼問題，讓我們大家一起設法解決。」

「有什麼問題，那就要問他！」一位職員直指黎主任大喊。

平時，學校職工，看到了黎主任好比小鬼見到閻羅王，低頭垂手，眼皮也不敢翻一下。一個不對，會被打罵得像畜生似的，任憑處置，哪敢動彈。今晚的情形，職工們個個像吃了炮藥，個個要爆炸。

「總裁早在一個月前，下令遺族學校遷去台灣，經費也早已撥下來了。可這姓黎的，裝作沒這回事，絲毫不動，一點也不透口風，剛才問他，他還抵賴，堅決否認有這回事。」

「這傢伙狡猾透了！要不是馬組長拿出證據，他還死不承認。」

「黎麻子什麼時候說過一句真話？能壓就壓，能騙就騙。在他眼裡，咱們職工連一隻狗都不如！」

「對，黎麻子，從來沒有把咱們職工當人看。」

「可是蔣夫人一來，他還不是變成了一條狗！」

職工七嘴八舌，眼裡沒有人，什麼話都說出來。

「各位先生，請大家好言好語、好好商量。」王越說。

「怎麼說黎主任也是長者，我們要談事情，也不必說那些題外的話。解決問題總不能靠吵罵來解決呀！」趙敬暉勸職工們：「大家請坐下來，咱們一起商量。」

黎主任平日凶巴巴樣子，人人見他害怕。現在縮了、小了。

訓導處生活管理組的馬組長，也是勵志社調派過來的。這時，對他高高在上的長官，毫不在乎：

「總裁下令遷校、撥款的文號，我都從社裡查到。」馬組長提出疑問：「黎主任拖著不辦是什麼意思呢？是不是要拖要緊急時，把大家也包括你們學生甩下來把錢污了，一走了之？」

我建議馬組長：職工四人和學生四人，一起與黎主任協商。其他職工都不能插嘴。經過一小時討論，決定給職工半年薪資，王越在協議書簽字，糾紛落幕。我們請黎主任到宿舍大樓休息——必須嚴密看管這位寶貝。

當夜由王越、吳靜宣二位同學召集高中部同學開會，立即組織「國民革命軍遺族學校學生自治會」，決議由自治會領導同學遷校。自治會設會長、副會長各一人，下設：外事、總務、安全、文化四組，各設組長一人，各組組員由組長選定。重要決策，由自治會幹部會議決定，日常工作由會長主持，按自治會組織章程辦理。

第二天，早飯以後，全體同學集合體育館，由自治會第一屆會長王越，對同學講述目前情況，宣布今天準備，明天開始遷校。

這時，學校老師已全部走了，剩下職員三位，伙房工友五人要和同學一起走。黎主任是我們名義上的領隊，實際上由安全組同學日夜陪伴，不讓他有機會走脫。我們擬定先往廣州，再搭船赴台，一路上，需要黎主任寫公文，和各地有關單位連絡，運用他的經驗和人事關係，由自治會同學執行辦事。

上午，按軍隊組織方式把同學編成四個大隊，每大隊八、九十人，再分兩個中隊，每中隊分四小隊，每小隊十一、二人，編號碼，寫名冊，很快地便組織成一支系統有序的遷校隊伍。

隊伍的組織方式，打破班級，按年齡大小混合編排，以便年長同學照顧年幼的。同時採取依地區結合原則，使相熟的同學編到一起，此去不曉得在路上會有多少波折，要經過多少時日，初步估計，至少也得四、五個月。這四個大隊是：第一大隊以湖南同學為主體，第二大隊多是山東同學，第三大隊江浙閩粵同學，第四大隊東北和西南各省同學。

隊伍編定，自治會讓同學立刻各自準備，每人限帶一件中型行李，星期五搬。王越率趙敬暉、吳靜宣三人跑遍南京，最後租到十二輛貨運大卡車，自下午二時第一梯次六輛車先走，五時第二梯次六輛出發，走京杭國道到首站目的地：杭州。

眞得感謝王越他領導我們第一屆自治會同學，大家徹夜規劃出這麼有系統的辦法、有紀律的組織，僅僅在一天之內，同時分頭做成許多事情，王越的魄力、能力、耐力，的確令我敬佩。

這時，長江對岸，已經炮聲不斷，我們是撤離南京殿後的單位，沒有人能相信遺族學校的遷校，是一群未成年的學生自己幹的。

一九四九年一月二十八日，星期五。這天正是農曆戊子年的大年三十。五點上車。暮色四合中，我四顧這座花園般的學校，陷落在淒冷空寂之中，寒風掠過蕭瑟的林子搖動枯枝發出悽厲的呼號，像替一個王朝的衰敗唱著哀歌！

原訂在夜十一點前趕到杭州，路上冰雪滿地，車輛擁擠，開到陶瓷名城宜興已夜十二點。深夜開車，經過山區湖邊，聽到當地土共散落的槍聲，司機關掉車燈摸黑開，情況危險，便在宜興停下。

車子開動時，同學擠得沙汀魚似地互相倚靠搖晃尚不很冷，半夜停在路邊，數九天氣的寒風鑽進棉衣縫裡凍得在車上站立不住。大家跳下車廂，不少人倚著店家的冷墻，擠偎在一起像羊群互相貼緊來靠彼此的體溫取暖，有的兩兩三三聚著扯談來消磨長夜，我孤獨在一邊，凍極時，不停跺腳，望著化雪後簷溜掛著的成排冰錐，感覺直刺得心頭冰冷！子時到了，家家戶戶死寂一片，遠處偶有零星爆竹的稀疏幾響，要顯出戰爭年月人民生存的悲哀……

在零下溫度的寒夜，同學們撐了一個多小時，全都受不了啦！這時自治會的總務組同學求得街上那家宜興大戲院拉開鐵門收容，同學們湧進去，馬上在一排排木板座上躺下，雖然滿屋蚊子，誰也顧不得了，盡量把頭蓋住呼呼大睡。

大年初一，在冷清的杭州市景中，我們的車隊開進了西湖旁的「中正中學」。先一天來到的同學，湧上來，歡呼，擁抱，爭著把行李搬到借住的教室……。這群孤兒組成的自治團體，在生死流離間鑄成了親愛的兄弟情誼。

中正中學的規模不大，教室住不下，我們第四大隊第二中隊的同學，分到附近葛嶺半山的瑪瑙寺去住。如果按照省籍，我應該編在第三大隊。可是以徐州為中心的蘇北地區同學，生活習俗語言動作全是北方侉子，便自組一個中隊，編在第四大隊裡。瑪瑙寺的環境清幽，廟裡的和尚都已散光，我們這四十來個同學，分四個小隊，以小隊為單位，大殿、偏殿、前院、後院隨你去住。自治會發給每人一條毛毯，一條棉被；蚊帳少，原則是高年級和低年級同學，兩人合用一頂大蚊帳。初一丙班有個也愛看書的小傢伙，是徐州碭山人，便成爲同一頂蚊帳下的兄弟，他叫尉天驄。

杭州的電影院和公共汽車，被撤退來的敗兵打得不敢向他們收票。我們學校的制服是軍裝，帽子上有青天白日黨徽，同學被當作敗兵招待，很多同學每天從西湖邊坐公車進城，逛街看電影，有的早場晚場都趕，在杭州十六天中看了二、三十場電影，等到忽然要走了，才發覺住在西湖邊上，竟沒到著名的西湖十景蹓躂過。

我不喜歡城裡的荒亂，也不喜歡去擠霸王電影，每天爬山遊湖，兩條腿把景點跑遍。也花許多時間來剪貼大公報的《文藝》副刊。在上星期四自治會宣布遷校時，學校的東西任憑同學拿，我一頭鑽進圖書館，把每月裝訂一冊的《大公報》搬出來，翻到每週的《文藝》版，一張一張仔細撕下，兩年一百多張，我捆紮成卷，寶貝般揣在棉襖裡，腰間繫上皮帶，怎麼奔走坐臥也不會弄掉。這就在瑪瑙寺的供桌上攤開，挑選出喜歡的詩文剪貼成一大本。我在剪貼，天驄幫著幹活，我吟讀喜愛的詩文，天驄也跟著讀。

我剪貼《文藝》上的名作，也把自己近幾年來，發表在南京、徐州、上海的一些刊物上的「習作」剪貼成一小本。這些詩文，是從十二歲到目前的寫作成績，大約近三十篇，其中詩佔一半以上。有一首小詩，是我離開徐州時的感懷，題爲「流浪者」，天驄很喜歡，拿去背誦。

流浪離開故鄉
是爲了要歡笑著回來
握別了兄弟的手

是爲了將來的美好相會

我不是一個吉普賽人
那麼愛浪漫游蕩
有一種聲音在遠方呼喚
要我鼓起勇氣去流浪

流浪者的眼睛凝望遠方
不怕走黑夜的路
不相信魔鬼的謊言
不動搖迎接黎明的心……

我在勤讀以外，有了感受就寫在自己本子上，準備以後修改成定稿。我也鼓勵天驄，想寫就寫，別怕！可他的性格比較謹慎，讀了不少，沒見他動筆。

我倆除了醉心文學，也醉心自然。好不容易到了杭州，又住在西湖邊上，要不盡情遊賞這片美麗山水，太可惜這難得的機會了。大約上午讀書，下午我們到處跑，按照西湖遊覽圖，著名西湖十景很快跑完，許多僻遠幽祕的美景我們也看過，就連很遠的虎跑、龍井，我倆口袋裡裝兩個冷饅頭，也去流連了一天。

遊賞西湖，喝點西湖酒是最自然不過了。經常在傍晚，我倆到湖邊小酒店，每人來一碗黃酒，就著花生、大頭菜，飄飄然起來。我們的日子，過得和別的同學大不一樣，一天也沒進過杭州城裡。同學們喊我們去，也不理。又給我起了個渾號「大和尚」，天驄自然也得了個「小和尚」的名頭。

在杭州等火車，等了十六天，鐵路局終於撥給我們一列專車。

就在我們離開杭州的前夕，對這次遺族學校遷校貢獻最大的三位同學：王越、吳靜宣、趙敬暉，前兩位宣布要返回家鄉，不跟學校去台灣。這讓全體同學都非常遺憾！王越擔任自治會長的規劃、決斷和領導有方，是讓遷校得以實行的主要人物；吳靜宣、趙敬暉兩位，當大家的車隊開來杭州時，他們前往上海，找到聯勤總部財務處，費盡周折要到早該撥給我們的遷校經費二十萬元金元券，兩位青少年面對這麼一大堆錢，又想辦法紮成一條條布袋，分別捆綁在身上，從上海送到杭州。沒有這筆錢，我們遷校也走不成，沒有他們兩人臨財不苟的品格，這筆錢也會飛掉。

同學們怎麼勸慰，甚至請求，王越和吳靜宣的態度非常堅決，他們一致地表示：他們已把同學帶出南京，現在有火車了，遷去台灣大概已沒多大的問題。他們協助遷校的心願已了，但願同學順利完成後面的行程。他們決定和大家告別，回到自己家鄉。

王越決定回鄉前，在十二日晚上找到了我。我們走到瑪瑙寺後山上的初陽台，這是西湖觀日出的一個景點。此時正月十五的一輪月亮，冰盤般懸在東方天空，滿湖碧波閃耀點點銀星，三潭印月的島影依稀可見。在此佳節良夜，應是西湖遊人最多的時候，街燈昏黃的環湖路上，人影全無，偶爾馳過一輛車子，悄無聲息地迅疾消失在暗夜裡。冬夜正長，西湖的春天還不知在何處。

初陽台上，更空寂一片。我們找到個避風的山岩坐下來。

「郭楓，」王越和我相聚時，總是互相喊著筆名，「你看現在的大局怎麼樣？」

「在咱們遺族學校同學裡，你和我對問題的看法總是一樣，」我說：「要談現在的大局，我看不到什麼希望！」

「一切成敗的關鍵，就在咱們這位校長老先生身上。」我又加一句補充。

「一點也不錯。」王越一拍大腿：「蔣介石這個人，說的話，永遠冠冕堂皇。做的呢？自稱是孫中山傳人，他幹的事全在打著三民主義的旗號砸三民主義的牌子；滿口自由民主，他永遠是一個人說了算的皇帝。讓皇親國戚徒子徒孫佔著大大小小的山頭，來拱衛自己的江山，這群黨羽，大多是貪污有招，辦事無能，連老婆舅子也幹著禍國殃民的醜事。他當皇帝也只是個昏君。」

「向岳，你批評得準確。說到昏君，我又要引一句古聖人的話：『爲湯武驅民者，桀與紂也。』現在中國的前途，就落在國共兩黨頭人手裡，那一位並不見得會是湯武，這一位已經和桀紂差不多。可憐的中國軍民人等包括無數的知識分子，被昏君驅趕著投向對方，這是自作的孽果啊！」

「我常常笑你老愛搬弄些古話和我亂扯，這回，算你食古能化罷，」王越不再一臉嚴肅，給我開著玩笑了。「那麼，你心裡有什麼打算？」

「你呢？」我反問王越。

「回到濟南，我可以繼續在普通中學讀書，家裡還能夠供應得上。高中畢了業，念大學自己半工半讀，說不定就弄個記者幹幹，既有職業，也能寫作。作家憑的是作品，上不上大學，沒啥關係嘛。」王越特別加重口氣：「在這個節骨眼上，我不想跟著天涯亡命了。」

「我的背景已經告訴過你，向岳，我回家鄉，就不可能繼續上學，這無所謂，文學是自己讀的。我跟去台灣，想得是，多跑點路多經歷些世事，」我也特別強調：「放心吧，我不會讓政治污染，我的文學一定是爲人生的文學，或者說是爲社會的文學。」

「這就好！」王越握緊我的手：「我們是分道揚鑣，殊途同歸。」

一九四九年二月十五日，星期二。遺族學校上了火車。火車共掛十節車廂，其中一至九節是普通客車車廂，自治會同學在新會長趙敬暉率領下，陪著黎主任全家乘第一節車，二至八節分配給四個大隊，第十節是鐵皮貨車，是我們的炊事車。我們第四大隊大二中隊排在第九節，連人帶行李很擠，我給天驄在行李架上鋪條棉被，再用童子軍繩作一道護網，讓他晚上睡得很安穩。大概年紀小的同學，都被安排得可以，我們高年級的橫躺直睡，都行。

我們的火車不是一直開的，逢軍車、快車，就靠站讓路，同學不准下車，只有伙伕抬著大軍鍋，在路邊做飯，常常舀起水田裡漂著糞球的水用，遇到煮出的飯難聞，飢餓的肚子也管不了那麼多。每等到車讓路，有時一等就一兩天，同學們，沒一個埋怨卻深深覺得幸運。我們一路上看到，無論大站、小站，逃難的人潮，像海浪般一波又一波往各列火車衝！說著各省方言、穿各種服裝、有各層階級身分，全瘋狂往前衝，拚命攀爬火車，每節車門上都掛著半身懸空的人，車廂頂上都坐著扒著人堆，火車穿越山洞，很多人被碰落摔死，別人還是爬上去，彷彿世界末日來臨了，驚恐地奪搶著搏命的大逃亡。

當我們列車一停，人潮奔過來！我們在每個窗口架上槍，不准任何人接近。哀求的、哭訴的、舉著一把鈔票的……種種辦法想讓我們帶一程，自治會嚴格規定，不准。如果開了一個口子，浪潮會把我們衝垮！戰爭，就這麼赤裸裸地，把人性的自私面揭露出來。

敗退下來的軍隊，也乘機搶人、搶錢、搶車。軍隊看到我們的專列車廂上掛著「國軍遺族學校」的布條，既是遺族，總是放過我們。

從杭州到南昌，走走停停，火車開了十八天。

火車在南昌車站一停，黎主任向自治會的一些同學展開遊說：

「南昌的對面，隔一道贛江吉安市。吉安那地方，風景美，民俗十分淳樸，是一處魚米之鄉，也是南昌的後花園，」黎主任描述得很動人，「吉安市長，是我的老部下，我出面可以借讀一所學校，讓大家安定下來，正常讀書，再好也不過了。」

黎主任建議自治會，命令同學下車，搭船過江去吉安。

自治會開會，討論黎主任的建議。

趙敬暉說：「那回咱們學校職工包圍黎主任索要遣散費的時候，有人指著他責罵，說他在危險時，污掉遷校的錢，把大家甩下，自己一走了之。當時黎主任沒說一句話，等於默認。如果我們去吉安，會不會被他甩掉？大家應該考慮。」

「讓我們去吉安，這是一個騙局。」我說：「到了吉安，黎主任一定會自由行動，脫離我們的監控。而且，市長是他的老部下，我們等於進入他的勢力範圍，到時候被管制的一定是我們。吉安，那地方隔一條贛江，不通火車，時局萬一緊急了，他溜掉很容易，我們幾百人就會動彈不得。」

「根本是黃鼠狼給雞拜年，沒安好心！」管東貴提出警告：「我們得注意一件事：大家絕對不能下火車。現在每個單位搶火車搶得要命，咱們下了火車，再也弄不到火車，當然也別想走得成了。」

「咱們這列火車，以後不論停在什麼車站，個別同學可以向大隊長報告下車一會兒，不能讓大家都下來。」劉國松說。

「這列火車，咱們一定要坐到廣州。」趙敬暉作了結論。

自治會決議：我們學校只遷往台灣，哪裡也不去。在南昌車站，同學要在車上，每節車廂不准在同一時間內有五個人下車。

火車停在南昌站的第二天上午。在陸軍總部任職的，黎主任次子黎模鈞少校，開輛吉普車來，說是要請父親進城去吃頓飯。自治會幾個幹部圍住車子正商量著，已經坐在車上的黎主任，令他兒子：

「開車！」

黎模鈞發動了車子，我趕快搬一塊大石墊住車子前輪。

「不准動！把手舉起來。」管東貴舉槍指著黎模鈞大喊。他看到黎模鈞正在拔手槍，準備打我。這時，車上高中部同學，看到出了狀況，立刻有幾個人端著槍下來，槍口對著黎家父子。

黎主任被逼下吉普，氣得全身哆嗦，不發一語，讓吉普開走。

大家回到了火車上。

自治會長趙敬暉，表揚管東貴：「老管還是眞管用，平時他不吭不響，這回咱幾個下車去圍黎模鈞，只有他一個人記得帶槍，要不是他機伶，今天就會出事。」

「我看黎主任讓兒子來接，八成是要開溜，帶枝槍防備。」管東貴說：「沒想到黎模鈞那小子，竟敢當眾拔槍，要打郭老憨。」

「這很可能，他開槍，衝走，誰能攔住他？」趙敬暉說。

「吉人自有天相嘛！」我謝謝管東貴。

在南昌車站停三天，火車開到長沙，轉上粵漢鐵路，又開開停停，開了十一天。在四月十七日，星期日，上午十點。火車終於抵達廣州火車站。外事組預先聯絡好了寒假返回廣州的同學，他們前來迎接，已替我們租好卡車，直接開到廣州西郊的夏教鄉。這是個濱臨西江的富裕鄉村，也是著名的僑鄉，到處都有建築宏偉的宗祠，我們在幾位廣東同學安排下，借了五處大祠，安住下來，等船前往台灣。

在夏教鄉安住下來。沒過幾天，四月二十一日，因爲國軍扼守江陰要塞的司令率軍投共，使得布置了一百多艘軍艦、七十多架飛機嚴密防守的長江天險，門戶洞開，共軍長驅渡江，南京首都陷落。這條新聞，既使同學哀傷，又使同學暗自慶幸。

黎主任和家人，獨自借住農家的一個小院，我們自治會就在小院旁邊的「梁氏大宗祠」。這時，我擔任自治會的文化組長，辦了一份《遺校週刊》，刊物是四開紙油印四頁，文化組主編。第一頁：校聞、短評，第二頁：同學心聲，第三頁：生活隨談，第四頁：文藝創作。儼然像一份小型報刊。我請高二的盧荷生同學、高一的扈有煒同學刻寫鋼版蠟紙，他們的字又小又整齊，像鉛字般。我仿照報紙形式編排稿件，每期同學的投稿很多，稿源豐富，我只負責第一版的新聞稿和短評。沒想到，這份小小的油印刊物，在促進同學的團結上，發揮了很大作用。

自治會幹部發現：黎主任時常邀請第一大隊的幾位湖南同學隊長，到家喝茶吃飯。起初以爲，主任是湖南人，不過是同鄉聯誼；後來感覺出有些問題，安全組派人摸底，了解到黎主任在煽動湖南同學對山東同學鬧事，怪不得這兩個同學大群，近來常發生打架事件，漸漸形成群體對立的情勢。在我們三百四十多位同學中，湖南籍佔八、九十位，山東籍佔六、七十位，是兩大群體。這兩大群體，對立打鬥，勢必造成混亂局面，這種省籍群體對立的形勢發展下去，可能讓我們這幾個月以來，在患難中凝聚起來的親愛精神崩解。

自治會的幹部：趙敬暉（遼北）、管東貴（江西）、劉國松（山東）、郭少鳴（江蘇）、劉光霽

（北平）、閻志恒（山西），其中籍隸兩大省群的只有劉國松一個。劉國松也只是半個山東人，從小跟母親生活在湖北。大家站在全校同學立場，觀點一致，認爲必須儘快消弭這種被挑撥起來的省籍對立隔閡。

自治會緊急開會議定：責成文化組辦的《遺校週刊》，把最近要出版（五月二十三日星期一）的第五期，改成特刊方式，針對省群對立問題作專刊報導。在第一版，刊登一篇由我執筆，自治會全體幹部簽名的「爲呼籲精誠團結告同學書」，內容是正面論述：我遺族學校同學一向有精誠團結的精神，我們缺少校方領導，憑藉同學自治，得以在南京情勢危急之中，破除萬難撤出險地，一路歷經艱困境遇，也藉團結力量一一解決。現在兩大省群同學，由少數個人間的不和，遭到別人利用挑撥，逐漸形成了省群對立形勢，危及我們遷校的整體計畫。自治會全體幹部，呼籲兩大省群具有影響力的同學，挺身出來疏解此種不理性的意氣之爭；也呼籲兩大省群的所有同學，必須認清對立的結果是共同毀滅，唯有精誠團結的力量，才能達成遺族學校遷到台灣的目標。

《特刊》第二版，我用了個「短刀」筆名，寫了一篇：〈三問黎主任離塵〉。我質問的三個標題是：一、爲何我們校長下達的遷校命令，黎主任竟私自隱匿，不予公布？二、爲何在南昌黎主任勸誘我們遷往吉安，公然違背遷校台灣的命令？三、爲何黎主任藉省群意識，煽動內鬥，破壞團結，造成遷校工作的重大危機？在三個標題之下，我列舉具體事實，一方面顯示黎主任處心積慮地一再想甩掉我們的陰謀，另一方面證明我所質疑的三個問題，全是有所依據，並非無的放矢。

《特刊》第三版，整版報導近來省群同學對立的來龍去脈。第四版，刊出「同學投書」，特約一些同學，提出對此一事件的看法，對黎主任操弄省群意識的批評。

《遺校週刊》第五期「特刊號」印發全體同學，猶如重磅的深水炸彈，激起怒潮般的廣大迴響。

自治會順勢約集第一、第二大隊各隊長協調，很快獲得支持，建立共識，一場省籍對立的危機，煙消雲散。

黎主任從南京到廣州，已經了解我們同學硬幹的能力，萬萬沒想到，我們的文宣也有一套。這套文宣所產生的力道之大，出乎他的意料，讓他花費不少工夫和時間，設計、拉攏、挑撥省群同學衝突的辦法，毀於一旦，反而提高自治會的領導權威，促成同學更緊密的團結。可是，黎主任能見風轉舵，馬上邀請自治會同學到他家吃飯，表示這是一場誤會。這頓飯，我沒去吃。

黎主任第二天傍晚，單獨請了我去，滿臉堆著他特有的可怕笑容，從客廳走到天井來迎，遠遠伸出了手：

「少鳴，聽說你整天待在祠堂裡，不是讀書，就是寫文章。天太熱，你也該出來玩一下，游個泳，活動活動嘛！」

「謝謝您，主任。謝謝您的關心。」

「別這麼客氣，少鳴啊，我可是眞的很久沒見到你了。」

「喝茶，這是朋友送來的黃山毛峰新茶，品品看，以後恐怕再也喝不到啦。」黎主任談茶論酒，拉扯半天，絕口不提《特刊》的事。

他不提，我更不提。

「少鳴，你還記得張參謀長當初送你到遺族學校的事吧？那年寒假，全校可就收你一個插班生啊！」

「主任，謝謝您！」

「別謝了，你記住咱們的關係，可是和別人不同呀！」

「是的。」我點點頭。

「你的文章寫得眞不錯!」黎主任忽然冒出這句話。

我心裡想到:來了,該來的還是來了。我正襟危坐,準備接受一場暴風疾雨的來臨。

黎主任卻把話鋒一轉:

「難怪當初王敬久將軍給我打電話時,誇獎你,很有文才,承襲乃父之風。他說得不錯,看得出,你的古文很有根柢。少鳴,我也喜愛古文,勉強可以寫詩塡詞,你有空就過來,咱們煮酒論文,也是流離中的一件雅事。」

「不敢,不敢!黎主任您是大家。」

「今天晚上,就在舍下小飲吧。」

「報告主任,我今晚已和幾個同學約好了,眞對不起。」

黎主任臉上陰雲四起,忽而轉爲一片春光:

「好吧!記住咱們的關係不同,你得常來坐坐。」

我照常讀我的書,出我的報,寫我的「短刀」評論。

對黎主任,我敬而遠之。他派人找我幾回,我婉拒,不再找了。

兩個月後。國防部派一艘海軍運輸艦金剛輪泊在黃埔軍港,自治會把同學的隊伍排好,準備即將上船。黎主任把我叫到隊伍前面:

「郭少鳴,這回去台灣,那是個戒嚴地區,有辦法治你!」他一臉鐵青,聲音好像錘子敲打:

「我警告你!你要是再耍短刀、長刀的話,到時候,可別怪我。」

「去罷!」驅趕什麼似的,他神情高傲,把手一揮。

進入船艙，我不答理別人的關心探問。仔細尋思：黎主任爲何要在這關頭先給我這記下馬威？他當然非常清楚，一般同學對他不會有什麼看法，自治會幹部對他的意見時空一變也就轉變了，唯一從根子上反對他的只有我。這些搞特工的，對於筆桿子警戒得很！可是，我沒有任何把柄在他手上。《遺校週刊》從四月二十五日起，每星期一出刊，到搭船前的七月二十五日，出版十四期，我保存著完整的一份。全部週刊，沒有一篇涉及政局的新聞或文章。「短刀」共寫了十一篇評論，只在揭發他言行的弊端而已。例如：他爲了拉近與自治會幹部的距離，說了些當局內幕醜聞，我也評論其既爲忠僕又爲狡徒。現在去台灣，我當然不會和他再糾葛，可也並不必怕他。

我覺得應該感謝黎主任：今天，一登上軍艦，他這記當頭棒喝，提醒了我：「台灣是戒嚴地區！」戒嚴地區是個怎樣狀況？現在雖然還不能了解，想像中，大概還是思想控制那套，從秦始皇就幹的焚書坑儒偶語棄市的老戲。那麼言語作文之間，就大受限制了。

我還得感謝黎主任：從今年一月二十六日，到現在七月三十一日，差不多就在半年之中，黎主任，這位一直幹特殊工作的勵志社中將大人物，展示了多變的善於表演的種種臉譜和身姿。他給了我活鮮的教育，讓我深刻地認識到：搞政治的，尤其搞特工的，沒有一句話一個面容是眞實的。

軍艦在台灣海峽的風急浪高中前進。許多會暈船的同學，已經嘔吐得七葷八素狼藉一片，臉孔蒼白躺著，動彈不得。

我不暈船，愛看風浪翻湧的氣勢，跑到甲板上。

我要迎接風浪，恣意領受前途的顛簸。

回顧消失在煙霧中的海岸，我成長中的大陸歷程，從此結束。

後記

這部分《老憨大傳》能夠寫成，可以說是一個奇跡，也可以說是我的生命還給了上蒼一個心願。

所謂的奇跡，指的是我寫作中體能上展現的情況。

二〇〇〇年五月初，我罹患「非何杰金氏惡性淋巴癌」，住進台大醫院。不到一個月，體重驟減二十五公斤，全身黃疸，癌細胞擴散臟腑各器官，癌末病危，命如游絲。此際，血液學教授田蕙芬醫師，特向死神挑戰，悉心治療，經半年而漸趨好轉。老憨的殘年餘生，是田蕙芬教授搶救回來的。也許，上蒼要讓我寫下點東西再走。於是，雖然回到山居養病，我已顧不得身體尚未康復，便息交絕遊，開始寫作。自二〇〇一年起，以三年時間，寫了《台灣現代詩史論》初稿。自二〇〇三年起，以兩年時間，寫了《老憨大傳》。我是向時間爭奪工作的：古稀老朽之軀，經過長期化療，頭昏眼花，手抖指尖痲木，刻字般塡寫著稿紙的每個格子，必須每小時休息一陣子。心理上陰影重重，身體稍有不適就疑慮癌魔又攻擊我哪個器官了？如此，每天斷斷續續作業十個小時以上，只想著，辭世之前，多少也得寫點兒東西出來。直到今年五月底，田蕙芬教授向我宣告：「你的癌症追蹤治療期已安然度過了，病症宣告治癒。」我才算是回復到比較正常的生活。在過去五年的追蹤治療期間，寫作的艱難情景，無須多說，說是體能展現的奇跡，或者不算是太過分。

所謂的還給上蒼一個心願，指的是我寫作的動機和目標。

我們北方鄉下有句老話：「什麼蟲鑽什麼木頭。」活過了七十好幾，我愈發明白，自己天生就是鑽文學木頭的那種蟲。可文學的蟲，早期的培養化育至關重要。就文學生命說，我童年時期經歷孤貧苦難農村生活的不幸，實是未來文學創作生活的大幸！更幸的是，農村只有塾堂，我得在舉人劉樂山先生門下，攻讀古籍多年。樂山先生，乃望重淮悔之博學鴻儒，又是維新派的思想家，對幼小的我，關愛情深，期望殷切，奠定我古文根基，樹立我「人生文學」和「社會文學」的理念。我的老師劉樂山先生，引導我走上文學的正路，是我永生銘念而黽勉追慕的師表。其後，我在少年時期，尋索五四作家關懷社會的作品和俄法各國現實主義的小說，日夜閱讀，如飢如渴，都受我的老師樂山先生所啓發。懷著人生的社會的文學理念，我於一九四九年來台後，對台灣當時荒蕪一片的文壇，極度失望。到了一九五三年，台灣文壇特別是詩壇，全面依附統治當局而大搞逃避現實的唯形式主義「現代詩」。自此，我即與所謂「現代文學」的主流決裂，踽踽獨行於「社會文學」的荒野。而洪流滔滔中，仍有不少拒絕從俗的文學朋友；其中，尉天驄、葉笛、李魁賢、許達然等四位，先後在文學工作的艱難途程上，成爲我相濡以沫的兄弟。這幾年，我遁居山中，勉力寫作，過著苦行僧般極簡的生活，偶而，也會興起孤單虛空的感慨。我對文學的愛，知友對我的愛，就成爲我精神的支柱。這讓我鼓起勇氣，來寫《老憨大傳》。

《老憨大傳》寫作的動機，不在於寫老憨的個人傳記，而在於寫老憨所經歷的時代中一般庶民生活的傳記。老憨將近八十年的歲月，經歷了多種政治局面，生活過從極低到至高的階層，老憨，終究還是一個鄉下人。因而，《老憨大傳》寫作的目標，就是以鄉下人的眼睛，映現亂世之中一般庶民遭受強暴踐踏的眞相。突顯「某些執政者不仁，以人民爲芻狗」的歷史。這就是，我在有生之年還給上蒼的一個心願。

印刻出版的這部《老憨大傳》，是整個「大傳寫作計畫」的第一部。這部小說，寫的是一九三〇、四〇年代，國民黨政府的作爲及其在國共內戰中急遽潰敗的眞實場景。這部小說寫作過程中，許達然、李魁賢、鄭清文諸兄，指點很多；應鳳凰教授，鼓勵不少，長子郭力昕，給我提了些中肯的意見，一併在此致謝。

《老憨大傳》第二部（一九四九～一九七九）我正在寫作。第三部（一九八〇～二〇一〇），如果我的身體能撐得住，五年之內，我要全部寫出來。寫作的目標，仍在反映當下的社會，老憨個人無足輕重只是小說中的一根線索而已。

——二〇〇六年八月十三日凌晨於新店山居

郭楓文學年表

一九三三　生於江蘇省徐州市。父郭劍鳴黃埔軍校一期畢業，母王淑之金陵女大肄業。
一九三六　父作戰負傷，調警界，徐州市警察局長任內逝世，母赴南京大悲庵為尼。
一九三八　日軍轟炸徐州，隨外婆逃難銅山縣小店村鄉下老家。土匪搶劫，大伯父、二伯父同遭殺害。全家除七十高齡祖父外，均孤兒。二伯父長子郭繼宣年十六歲最大，擔起一家之主的擔子。
一九三九　在小店村，受業於秀才胡慶標先生，讀私塾一年。
一九四〇　在小店，轉受業於舉人劉樂山先生，讀古籍四年。劉樂山老師，博學鴻儒，具時代識見，循循善誘，關愛情深，教導儒者為人立身之本。乃余此生至為感激敬愛之師表。
一九四四　進入游擊隊基地後馬家，在後馬家中學讀初一。
一九四五　日本投降，抗戰勝利，後馬家被八路軍包圍，於戰火中突圍，流浪徐州。
一九四六　入江蘇省立徐州中學，讀初一下。散文處女作〈心影〉發表於徐州《前路》文藝月刊。詩、散文多篇刊於徐報《副刊》。
一九四七　〈詩兩首〉刊上海大公報《文藝》副刊。

一九四九　隨「國民革命軍遺族學校」遷來台北，進入台灣師大附中讀高一。

一九五〇　讀台南師範學校。結識葉笛，文學志趣投合，情逾兄弟。

在《新詩》週刊、《寶島文藝》、《野風文藝》、《半月文藝》等多家刊物，發表詩、散文。

一九五三　紀弦辦《現代詩》，以全盤西化「橫的移植」為號召，同時組織「現代派」，使獨立創作的詩人，納入集體化的派系組織。乃深為痛惡，拒絕加入。此後，永不參加任何文藝集體組織，自行孤立於文壇之外。唯以「文學創作」和「文學推展」二事，懸為人生使命。

在台南省立台南師範附小擔任教員。

一九五四　與葉笛二人，創辦《新地》文藝月刊，共出八期，經費窮盡停刊。

一九六四　任教省立台南女子高級中學國文科教師。

一九七一　創辦新風出版社，出版王夢鷗《文藝美學》、何欣《松窗隨筆》、鄭樹森譯《抓住這一天》等「紅葉文叢」。

《九月的眸光》散文集出版，為「紅葉文叢」之一。

一九七二　自台南女中辭職，全力創辦各項企業，寬籌資金，用以完成「文學推展」之使命。

一九七三　在高雄醫學院阿米巴詩社講授文學及新詩。與同學陳永興、王興耀、蔡瑞芳、黃文龍、王國華、石秀文、陳琰玉等十餘人，往來甚善。

結識詩人李魁賢，詩觀相合，時相切磋，為生平極洽詩友。

一九七五　得識臺靜農先生，常登門請益，飲酒論文，脫落行跡。

一九七六　創辦「七匯皮革製品有限公司」，工廠設於「高雄前鎮加工出口區」，與英商合作，產品銷往歐洲各國。

一九七七　與高準、丁穎三人合辦《詩潮》雜誌。

創辦「七匯歐亞貿易公司」地址在台北市敦化北路二〇七號國貿大廈四樓，專業經營歐洲業務，銷售高雄工廠出品。

一九七八　赴美，在愛荷華大學聶華苓家，某晚，與來自上海大學訪問學者對談關於儒學問題，駁斥其批孔觀點政治取向。談笑中，舉座傾倒。

一九八〇　赴南非共和國投資，在約翰尼斯堡創辦「七滙國際貿易公司」，在其第一大港德班（Durban）創辦頗具規模的「七匯遠洋製衣工廠」，積累文學發展資金頗豐。

一九八一　在芝加哥西北大學，結識許達然，遂往來無間，砥礪相惜，許為平生知己。

一九八三　創辦《文季》文學雙月刊。主筆寫作社論、文學短評、編後等，均不具姓名。《文季》同仁：葉笛、許達然、李魁賢、何欣、唐文標、尉天驄、陳映真、王禎和、李南衡、黃春明、蔣勳等。

一九八四　得識書法大家王壯為先生，同嗜大陸白酒。每至其家暢飲劇談，樂不可支，為忘年酒友。

一九八五　創辦「新地出版社」。著作《老家的樹》散文集、《永恆的島》散文集、《第一次信仰》詩集等出版。

一九八六　得青年文學工作者王文伶之助，改「新地出版社」為「新地文學出版社」。冒險突破台灣當局嚴禁印行大陸現當代作家作品之禁令，編印「當代中國大陸作家系列」叢書四十種出版，獲當年「台灣出版界十大新聞」之三。台灣各出版社隨之刊印大陸文學作品。

一九八七 創立「新地文學基金會」。邀許達然、李歐梵、聶華苓、陳若曦、非馬、李魁賢、鄭清文等為理事，籌辦「當代中國文學國際學術會議」，把台灣作家著作引薦至大陸重要出版社出版。王文伶為基金會秘書，贊襄工作特多。

新地文學基金會，與北京大學中文系、中國社會科學院文學研究所，擬訂「當代中國文學國際學術會議」第二屆會議一九八九年八月在北京大學召開。會議經費及海外學者邀請由新地負責，中國大陸學者邀請及會議事務由北大及社科院文學所負責。

一九八八 「當代中國文學國際學術會議」（第一屆），由新地文學基金會與台灣清華大學中文系、所合辦，開創台灣舉辦新文學國際學術會議的先河。

一九八九 原訂八月在北京大學舉辦「當代中國文學國際學術會議第二屆會議」，遇北京發生「六四天安門事件」，乃犧牲經年籌備花費的人力物力，決定停辦此項國際會議。

《郭楓散文精品》由北京中國友誼出版公司出版。

一九九〇 創辦《新地文學》雙月刊。

《新地文學》同仁：李子雲、李魁賢、施淑、陸文夫、許達然、陳萬益、葉石濤、葉笛、鄭清文、潘旭瀾、蔣子龍、劉再復、嚴家炎等。

「北京大學郭楓文學獎」首屆於四月七日在北京大學舉行，特前往頒發。得獎人包含學者吳組湘、作家汪曾祺等八人。此為北京大學首次設立之個人名義文學獎。

再度與台灣清華大學合作，主辦「當代中國文學國際學術會議」第三屆會議。與會海內外學者一百餘人。

一九九一　《山與谷》散文集，香港三聯書店「文藝風」出版。
主編《台灣藝術散文選》一套四冊，天津百花文藝出版社出版。
主編《當代台灣名家作品精選》一套十冊，包括鄭清文、李喬、陳映真等小說，李魁賢、趙天儀等詩集。由北京人民文學出版社出版。
主編《當代台灣小說選》一套四冊，由北京三聯書店出版。
《郭楓散文集》天津百花文藝出版社出版。

一九九二　《尋求一窗燈火》散文集，廣州花城出版社出版。

一九九三　《諦聽、那聲音》詩集，北京人民文學出版社出版。

一九九四　《郭楓散文論》南京師範大學秦家琪教授、楊州大學吳周文教授合著。

一九九五　創辦「台日電梯製造（南京）有限公司」。工廠：南京浦口台外工業區日月潭路一號，公司：南京市中山路八十一號華廈大廈二十六樓。建立將來在大陸辦文學出版事業之根基。

一九九六　《南京詩抄》一集詩稿完稿。

一九九八　《攬翠樓新詩》台南文化中心出版。

一九九九　第二故鄉台南頒給「文學貢獻獎」。

二〇〇〇　五月，罹「非何杰金式惡性淋巴癌」，台大醫院宣布病情已至癌末，生命僅餘一週至十天，未料台大血液學教授田蕙芬醫師，積極救治半年竟漸復健康。

二〇〇一　放棄一切工商事業，回歸文學研究、創作、評論工作。
《美麗島文學評論集》台北縣政府文化局出版。

《台灣現代詩史論》一套三部，第一部《現代詩史論》、第二部《現代詩藝術論》、第三部《現代詩作家論》之寫作計畫，經「國家文化藝術基金會」核定專案寫作。

二〇〇二 寫作《台灣現代詩史論》。

創作新詩三十餘首，並寫作文學評論、長詩等多篇。國家文學藝術基金會，聘為「國家文藝獎」評審委員。

二〇〇三 《美麗島文學評論集續集》台北縣政府文化局出版。

二〇〇四 擔任「國家文藝獎」文學獎評審委員會主席，評出白先勇為年度國家文學獎得獎人。

《老憨大傳》長篇小說，獲得國家文化藝術基金會核定列入「長篇小說專案」。

二〇〇五 《台灣現代詩史論》八十萬字完稿，向國家文藝基金會結案。

田蕙芬教授宣布：癌症經五年追蹤治療一切正常。正式宣布痊癒。

二〇〇六 《郭楓詩選》由台北縣文化局出版。

《台灣詩人選集——郭楓集》由台灣筆會出版。

十月，參加北京大學暨首都師範大學主辦「兩岸新詩國際研討會」，會中發表〈論洛夫詩的情思和語言〉長篇論文。

十二月，《老憨大傳》由台北印刻出版社出版。

文學叢書 141

老憨大傳

作　　者　郭　楓
總 編 輯　初安民
責任編輯　施淑清
美術編輯　許秋山
校　　對　郭　楓　施淑清

發 行 人　張書銘
出　　版　**INK**印刻出版有限公司
台北縣中和市中正路800號13樓之3
電話：02-22281626
傳真：02-22281598
e-mail:ink.book@msa.hinet.net
網　　址　舒讀網http://www.sudu.cc

法律顧問　林春金律師
總 代 理　展智文化事業股份有限公司
電話：02-22533362・22535856
傳真：02-22518350
郵政劃撥　19000691 成陽出版股份有限公司
印　　刷　海王印刷事業股份有限公司

出版日期　2006年 12 月 初版
ISBN　978-986-7108-95-1
986-7108-95-7

定價　400元

財團法人|國家文化藝術|基金會 贊助出版

國家圖書館出版品預行編目資料

老憨大傳／郭　楓 著.－－初版，
－－臺北縣中和市：INK印刻，
2006〔民95〕面；　公分（文學叢書；141）

ISBN 978-986-7108-95-1（平裝）

857.7　　95024326

INK INK INK INK INK
INK INK INK INK INK INK
INK INK INK INK INK
INK INK INK INK INK INK
INK INK INK INK INK
INK INK INK INK INK INK
INK INK INK INK INK
INK INK INK INK INK INK
INK INK INK INK INK
INK INK INK INK INK INK
INK INK INK INK INK
INK INK INK INK INK INK
INK INK INK INK INK
INK INK INK INK INK INK
INK INK INK INK INK
INK INK INK INK INK INK
INK INK INK INK INK
INK INK INK INK INK INK
INK INK INK INK INK
INK INK INK INK INK INK
INK INK INK INK INK
INK INK INK INK INK INK
INK INK INK INK INK
INK INK INK INK INK INK